ANNE ET LA MAISON AUX PIGNONS VERTS

LUCY MAUD MONTGOMERY

ANNE ET LA MAISON AUX PIGNONS VERTS

roman

traduit de l'anglais (Canada)
par Henri-Dominique Paratte

ARCHIPOCHE

Première édition : *Anne of Green Gables*
(L.C. Page & Co, Boston, 1908)
avec huit illustrations de M.A. and W.A.J. Claus
reprises dans la présente édition.
Révision linguistique : Hélène Duranleau, Diane Martin,
Monique Proulx et Brigitte Smith.

Notre catalogue est consultable à l'adresse :
www.lisez.com/archipoche/44

Archipoche
92, avenue de France
75013 Paris

ISBN 978-2-37735-958-5

Tu es née sous une bonne étoile
Âme de feu et de rosée
Browning

À la mémoire de mes parents

1

La grande surprise de Mme Lynde

Mme Rachel Lynde habitait à l'endroit précis où la grand-route d'Avonlea plongeait brusquement dans le creux d'un vallon bordé d'aulnes et de fuchsias et traversé d'un ruisseau qui prenait sa source dans le bois, derrière la vieille maison Cuthbert. On disait que ce ruisseau impétueux serpentait à travers le bois par un mystérieux dédale de méandres, de cuvettes et de cascades, mais, une fois arrivé à Lynde's Hollow, il se transformait en un ruisselet paisible parfaitement discipliné, car même un ruisseau n'aurait pu passer devant la porte de Mme Rachel Lynde sans soigner son apparence et ses bonnes manières. Il était sans doute fort conscient, ce ruisseau, que Mme Rachel, assise derrière sa fenêtre, prenait bonne note de tout ce qu'elle apercevait, à commencer par les enfants et les cours d'eau. Il savait bien que, pour peu qu'elle remarquât quelque chose d'étrange ou de déplacé, elle ne serait en paix qu'après en avoir compris le pourquoi et le comment.

Bien des gens, à Avonlea comme ailleurs, s'occupent des affaires de leurs voisins et négligent les leurs. Pour sa part, Mme Rachel Lynde était de ces créatures particulièrement douées qui peuvent à la fois s'occuper de leurs affaires personnelles et mettre le nez dans celles des autres. C'était une maîtresse de maison hors pair ; elle s'acquittait toujours à la perfection de ses tâches domestiques ; elle dirigeait le cercle de couture, aidait à organiser les cours de catéchisme pour l'école du dimanche, et s'était instituée pilier de la société de bienfaisance de son église et auxiliaire des missions pour l'étranger. Pourtant, en dépit de toute cette activité, Mme Rachel trouvait le temps de rester assise des heures durant à la fenêtre de sa cuisine pour tricoter des courtepointes à chaîne de coton – elle en avait tricoté seize, c'est ce que racontaient avec admiration les femmes d'Avonlea – tout en parcourant de son regard perçant la route principale qui, ayant traversé le vallon, montait, en s'essoufflant, la butte rouge que l'on voyait au loin. Comme Avonlea occupait une petite presqu'île triangulaire qui faisait saillie dans le golfe du Saint-Laurent, on n'avait pas d'autre choix, pour en sortir ou y rentrer, que de passer par la route de la colline ; on n'échappait donc jamais à l'œil inquisiteur de Mme Rachel.

Un après-midi du début de juin, elle était à son poste. Le soleil, brillant et chaud, dardait ses rayons sur la fenêtre ; le verger, en contrebas de la maison, rosissait, comme une jeune mariée, de toutes ses fleurs autour desquelles bourdonnaient des milliers d'abeilles. Thomas Lynde – un petit homme doux que les habitants d'Avonlea appelaient « le mari de Rachel Lynde » – semait ses graines de navets tardifs dans le champ de la colline, à l'arrière de la grange. Matthew Cuthbert aurait dû, lui aussi, en semer dans le grand champ rouge près du ruisseau, vers le domaine de Green Gables. Mme Rachel savait bien qu'il devait s'y mettre incessamment ; la veille, elle l'avait entendu mentionner à Peter Morrison, dans le magasin de William J. Blair à Carmody, qu'il comptait commencer le lendemain après-midi. C'est Peter qui le lui avait demandé, bien sûr : on n'avait jamais entendu Matthew Cuthbert se confier de lui-même à quiconque.

Or voici qu'à trois heures et demie, en plein après-midi d'une journée de travail normale, Matthew Cuthbert menait calmement son attelage, traversant le vallon, remontant la colline ; bien plus, il portait un col blanc agrémenté de son plus beau costume, ce qui prouvait bien qu'il quittait Avonlea ; enfin il avait pris le boghei[1] et la jument alezane, signe incontestable qu'il comptait se rendre fort loin. Mais où donc pouvait bien aller Matthew Cuthbert, et dans quel but ?

Mme Rachel, par d'habiles rapprochements, de faibles indices, aurait pu sans peine trouver la réponse à ces deux questions s'il s'était agi de n'importe quel autre homme. Mais Matthew, lui, quittait si peu sa maison qu'il devait sans doute obéir, ce jour-là, à quelque impératif aussi urgent qu'inhabituel ; il était, en effet, l'homme le plus timide qui fût et il détestait se rendre en un lieu étranger, ou à quelque endroit où il eût risqué de devoir parler. Matthew, bien habillé, avec un col blanc, conduisant un boghei, cela n'arrivait pas souvent ! Mme Rachel, de quelque manière qu'elle abordât ce problème, n'y trouvait pas

1. Cabriolet à deux roues.

de solution, et tout le plaisir qu'elle eût pu retirer de son après-midi s'en trouva gâché.

« Je ferai un saut à Green Gables après le thé et je tirerai les vers du nez à Marilla », se dit pour finir cette noble femme.

« Il ne va pas à la ville, en général, à cette époque-ci de l'année, et il ne rend *jamais* visite à personne. S'il n'avait plus de semences de navets, il ne s'habillerait pas si bien et ne prendrait pas le boghei pour aller en chercher d'autres ; et il n'allait pas assez vite pour se rendre chez le médecin. Et pourtant, depuis hier soir, il a dû se passer quelque chose pour qu'il prenne la route. C'est un vrai mystère, un vrai, et je ne serai pas tranquille avant de savoir ce qui a incité Matthew Cuthbert à quitter Avonlea aujourd'hui. »

Voilà pourquoi, sitôt le thé pris, Mme Rachel fila ; elle n'avait pas à aller loin ; la grande maison où vivaient les Cuthbert, pleine de coins et de recoins, abritée par des vergers, était à peine à un quart de mile de Lynde's Hollow, par la route. Bien sûr, la longue allée ajoutait considérablement à cette distance. Le père de Matthew Cuthbert, aussi timide et silencieux que son fils, avait cherché, lorsqu'il avait fondé son domaine, à prendre le plus possible ses distances face à ses semblables, sans pour autant s'isoler totalement dans les bois. Les bâtiments de Green Gables étaient construits à l'extrémité la plus éloignée des terres qu'il avait défrichées, et les Cuthbert y étaient toujours installés, à peine visibles de la route principale bordée par les autres maisons d'Avonlea si gracieusement situées. Pour Mme Rachel Lynde, vivre à un tel endroit, ce n'était pas *vivre*, tout bonnement.

« Tout juste *résider*, voilà ce que c'est », se disait-elle en foulant l'allée pleine d'herbes et d'ornières, bordée d'églantiers. « Je ne suis pas surprise du tout que Matthew et Marilla soient tous les deux un peu bizarres, à force de vivre tout seuls dans un endroit pareil. Les arbres ne constituent pas la meilleure des compagnies. Il n'en manque pourtant pas ! J'aime bien mieux les gens, quant à moi. Je dois dire que les Cuthbert, eux, semblent s'y plaire, mais c'est vrai, je pense, qu'ils en ont pris l'habitude. Une créature se ferait à tout, même à être pendue, comme dirait un Irlandais. »

Sur ces bonnes pensées, Mme Rachel, sortant de l'allée, déboucha dans la cour de Green Gables bordée d'un côté de vieux saules à l'allure de patriarches, et de l'autre de fort pimpants peupliers d'Italie. Dans cette cour si verdoyante, si propre, nette, on n'apercevait pas l'ombre d'un bout de bois ou d'une roche : s'il y en avait eu, Mme Rachel n'aurait pas manqué de les voir. En privé, elle confessait qu'à son avis Marilla Cuthbert devait balayer cette cour aussi souvent qu'elle balayait la maison. On aurait pu manger par terre, sans rencontrer le moindre grain de poussière.

Mme Rachel frappa d'un coup sec à la porte de la cuisine et entra dès qu'on l'y eut invitée. La cuisine de Green Gables était un endroit charmant, ou du moins l'aurait été, si elle n'avait pas étouffé sous une propreté excessive : celle, impeccable, d'une salle de réception qui ne servait jamais. Les fenêtres étaient orientées vers l'est et vers l'ouest ; par celle de l'ouest, qui donnait sur la cour arrière, entrait à flots la lumière douce du soleil de juin ; mais celle de l'est, par où se profilaient les fleurs blanches des cerisiers dans le verger de gauche et les silhouettes minces des bouleaux inclinés, dans le creux près du ruisseau, était masquée par des vignes enchevêtrées. C'est là que s'installait Marilla Cuthbert lorsqu'elle trouvait le temps de s'asseoir, se méfiant toujours un peu des rayons du soleil ; elle les trouvait trop légers, trop dansants, incompatibles avec un univers devant absolument être pris au sérieux. C'est donc là qu'elle s'était assise pour tricoter. Derrière elle, la table du souper était déjà mise.

Mme Rachel, avant même d'avoir fermé la porte, avait déjà pris bonne note de tout ce qui se trouvait sur cette table. Comment ne pas remarquer les trois assiettes vides, preuve que Marilla attendait que quelqu'un revînt avec Matthew pour prendre le thé ? Le couvert, pourtant, était celui de tous les jours, et il n'y avait qu'un bocal de conserves de pommes sauvages, et un seul et unique gâteau : l'invité attendu ne devait rien avoir de bien spectaculaire. Mais alors, pourquoi le col blanc de Matthew, et la jument alezane ? Mme Rachel commençait à avoir le vertige à force de chercher à percer ce mystère inhabituel qui entourait le domaine si placide, si peu secret de Green Gables.

« Bonsoir, Rachel », dit Marilla d'un ton brusque. « C'est réellement une belle soirée, n'est-ce pas ? Vous ne voulez pas vous asseoir ? Et comment va tout votre monde ? »

Entre Marilla Cuthbert et Mme Rachel, en dépit de tout ce qui semblait les opposer – à moins que ce ne fût, précisément, à cause de cela –, il avait toujours existé quelque chose que l'on doit bien, à défaut de terme plus précis, qualifier d'amitié.

Marilla était une femme grande et mince, au corps anguleux, sans la moindre rondeur ; quelques mèches grises striaient sa chevelure noire, toujours enroulée derrière la tête en un petit chignon noir très serré que transperçaient deux épingles de métal. Elle avait l'allure d'une femme de peu d'expérience, aux idées rigides, ce qu'elle était ; mais un imperceptible mouvement des lèvres laissait deviner qu'elle aurait peut-être pu, si elle avait accepté de le laisser s'exhaler davantage, faire preuve d'un certain sens de l'humour.

« Nous allons tous très bien », dit Mme Rachel. « J'avais peur, cependant, que ce ne soit pas le cas chez vous, quand j'ai vu Matthew partir aujourd'hui. J'ai pensé qu'il allait peut-être chez le médecin ? »

Marilla, qui avait compris, plissa légèrement les lèvres. Elle s'était attendue à la visite de Rachel ; elle savait bien que de voir Matthew se mettre en route sans aucune raison évidente ne manquerait pas de piquer au vif la curiosité de sa voisine.

« Oh, non, je me porte à merveille même si j'ai eu un violent mal de tête hier », fit-elle. « Matthew est parti à Bright River. Nous allons recevoir un petit garçon qui vient d'un orphelinat de la Nouvelle-Écosse. Il arrive par le train du soir. »

Marilla aurait affirmé que Matthew était allé à Bright River chercher un kangourou venu d'Australie, l'effet n'aurait pas été plus sidérant. Mme Rachel resta, de fait, bouche bée, pendant quelques secondes. Il était, bien sûr, impensable que Marilla se moquât d'elle, mais Mme Rachel ne put s'empêcher d'y songer.

« Vous êtes sérieuse, Marilla ? » demanda-t-elle lorsqu'elle eut recouvré la voix.

« Oui, bien sûr », répondit tranquillement Marilla, tout comme si le fait de recevoir des petits garçons issus d'orphelinats de la Nouvelle-Écosse faisait partie, à Avonlea, dans une ferme bien organisée, de l'ordinaire de chaque printemps, et comme si ce n'était pas une stupéfiante innovation !

Mme Rachel se sentit subitement très secouée comme par une décharge électrique. Son esprit se mit à fonctionner en points d'exclamation. Un garçon ! Marilla et Matthew Cuthbert, eux, adopter un garçon ! Venu d'un orphelinat ! Eh bien, le monde allait basculer sens dessus dessous ! Plus rien ne parviendrait à la surprendre après ce coup-là ! Plus rien !

« Mais, diable, qu'est-ce qui vous a mis pareille idée en tête ? » s'enquit-elle encore, d'une voix désapprobatrice.

C'est que cette initiative avait été prise sans qu'on la consulte ! Il fallait, par voie de conséquence, qu'elle désapprouve, absolument !

« Eh bien, nous y pensions depuis un bon moment, nous y avons songé tout l'hiver, en fait », rétorqua Marilla.

« Mme Alexander Spencer était ici la veille de Noël, et elle nous a dit qu'elle allait adopter une petite fille de l'orphelinat de Hopetown, au printemps. Sa cousine vit là-bas, et Mme Spencer lui a rendu visite et connaît maintenant le sujet à fond. C'est comme ça que Matthew et moi, nous avons eu l'idée. On en a parlé et on a pensé faire venir un petit garçon. Matthew vieillit, vous savez, il a soixante ans, il n'est plus aussi vif et vigoureux qu'il l'était. Son cœur lui cause beaucoup de souci. Et vous savez combien il est difficile de trouver du personnel pour vous aider. Les seuls que l'on peut avoir, ce sont ces stupides petits Acadiens, des demi-portions : et une fois que vous avez réussi à en entraîner un à faire ce que vous attendez de lui, voilà qu'il vous laisse et qu'il part dans les conserveries de homards, ou aux États. Tout d'abord, Matthew a proposé que nous prenions un petit immigrant du docteur Barnardo. Mais j'ai carrément refusé. "Ils sont peut-être très bien, je ne dis pas le contraire, mais pour moi, pas de ces petits chiens perdus sans collier", ai-je dit, "Au moins, qu'il soit né ici." Il y aura toujours un risque, bien sûr, on ne sait jamais sur qui on tombe. Mais je me sentirai l'esprit plus tranquille, et je dormirai mieux la nuit, si on prend un enfant né au Canada. C'est pour cela qu'en fin de compte on a demandé à Mme Spencer de nous en choisir un lorsqu'elle irait chercher sa petite fille. Nous avons appris, la semaine passée, qu'elle s'y rendait et nous lui avons donc fait dire par les gens de Richard Spencer, à Carmody, de nous ramener un brave garçon, gentil et intelligent, de dix ou onze ans environ. Nous avons décidé que c'est le meilleur âge, juste assez vieux pour se rendre un peu utile tout de suite pour les tâches qu'il faut faire, et encore assez jeune pour être mis au pas comme il faut. Nous avons l'intention de lui offrir une bonne maison et une bonne instruction. Nous avons reçu aujourd'hui un télégramme de Mme Alexander Spencer – le facteur vient de l'apporter de la gare – nous disant qu'elle-même et le petit garçon arrivaient ce soir par le train de cinq heures et demie. C'est pourquoi Matthew s'est rendu à Bright River : il est allé chercher l'enfant. Mme Spencer l'aidera à descendre à la gare. Elle, bien entendu, continuera son voyage jusqu'à la gare de White Sands. »

Mme Rachel se faisait un devoir de toujours dire ce qu'elle pensait ; elle décida de le faire à cet instant même, son esprit étant parvenu à assimiler cette incroyable nouvelle.

« Eh bien, Marilla, je vais vous dire sans hésiter que je pense que vous faites quelque chose de tout à fait insensé, de tout à fait dangereux, si vous voulez mon avis. Vous ne savez pas à quoi vous vous exposez ! Vous amenez un enfant inconnu dans votre maison, dans votre foyer, sans rien savoir de lui, ni de son caractère, ni de quels parents il est né, ni ce qu'il risque de devenir ! Vous savez, je lisais, pas plus tard que la semaine dernière, dans le journal, l'histoire de cet enfant qu'un couple, de l'ouest de l'Île, a adopté : il sortait d'un orphelinat, et il a incendié leur maison une nuit, il a mis le feu par pure méchanceté, Marilla, et il les a presque grillés tout vifs dans leur lit. Et je connais une autre histoire, celle de cet enfant adopté qui gobait les œufs tout crus – ils n'ont jamais réussi à le débarrasser de cette détestable habitude. Si vous m'aviez demandé conseil, ce que vous n'avez pas fait, soit dit en passant, je vous aurais dit, grands dieux, de ne pas vous lancer dans une pareille affaire. Voilà ce que je vous aurais dit ! »

Ces jérémiades ne semblèrent guère offenser Marilla, ni lui occasionner quelque inquiétude que ce fût. Elle tricotait, calmement.

« Je ne dis pas qu'il n'y a rien de valable dans tout ce que vous avancez, Rachel. J'ai eu mes doutes, moi aussi. Mais Matthew, lui, était fermement décidé. Je l'ai bien vu, alors j'ai cédé. Matthew est si rarement résolu à faire quelque chose que, lorsque c'est le cas, je pense que mon devoir est d'accepter. Quant aux risques, il y en a dans tout ce que les créatures humaines entreprennent en ce bas monde. Si on va au fond des choses, il y a même des risques à avoir des enfants à soi : les résultats ne sont pas toujours brillants. Et puis la Nouvelle-Écosse n'est pas loin de l'Île. Ce n'est pas comme s'il venait d'Angleterre ou des États. Il ne sera pas très différent de nous autres. »

« Bon, j'espère que tout se passera bien », dit Mme Rachel d'une voix qui cachait mal une douloureuse inquiétude. « Mais ne venez pas dire que je ne vous ai pas prévenue s'il met le feu à Green Gables ou s'il vide de la strychnine dans le puits – j'ai entendu parler d'un cas, au Nouveau-Brunswick, où un enfant venu d'un orphelinat a fait cela et où toute la famille est morte après d'atroces souffrances. Mais, cette fois-là, c'est d'une petite fille qu'il s'agissait. »

« Eh bien, nous, ce n'est pas une fille que nous adoptons », dit Marilla, comme si le fait de déverser du poison dans les puits eût constitué une particularité féminine qui n'était pas à redouter de la part d'un garçon. « Je ne m'imaginerais jamais en train d'adopter une fille ! Je me demande comment Mme Alexander Spencer peut s'y résoudre. Mais après tout, il est vrai qu'elle serait disposée à adopter un orphelinat au grand complet ! »

Mme Rachel aurait souhaité rester jusqu'à ce que Matthew revînt avec le petit orphelin importé. Mais, réfléchissant qu'il faudrait encore deux bonnes heures d'attente, elle préféra continuer sa route jusque chez Robert Bell pour leur faire part de la nouvelle. Cela produirait certainement son effet, et il n'y a rien que

Mme Rachel aimait mieux que faire sensation. Elle prit donc congé de Marilla, à la grande satisfaction de celle-ci, qui, influencée par les sombres propos de Mme Rachel, sentait ses doutes et ses craintes se raviver.

« J'aurai tout vu », éructa Mme Rachel une fois qu'elle fut dans l'allée, à bonne distance de la maison. « Il semble que je rêve tout éveillée. Mais c'est surtout pour ce pauvre jeunot que je m'inquiète. Matthew et Marilla ne connaissent rien aux enfants et ils vont s'attendre à ce qu'il soit plus sage et plus intelligent que son grand-père, à supposer qu'il ait jamais eu de grand-père, ce dont on peut douter. Il me semble étrange de se représenter un enfant à Green Gables ; il n'y en a jamais eu, puisque Matthew et Marilla étaient déjà grands quand on a construit la nouvelle maison. Ont-ils jamais été enfants ?… Difficile à imaginer qu'ils l'aient été, à les regarder maintenant. Je n'aimerais pas être dans les sabots de cet orphelin. Mais voilà que je le prends en pitié. Vraiment ! »

Ainsi Mme Rachel, ardente, passionnée, généreuse, s'adressait-elle aux églantiers, mais si elle avait pu entrevoir l'enfant qui attendait alors patiemment à la gare de Bright River, sa pitié aurait été plus sincère et plus profonde encore.

2

La très grande surprise de Matthew Cuthbert

Matthew Cuthbert et la jument alezane n'eurent pas de peine à parcourir, au petit trot, les huit miles[1] qui les séparaient de Bright River. C'était une jolie route, qui cheminait entre des domaines ruraux d'allure cossue. De temps à autre, on traversait un petit bois de sapins, ou un vallon niché dans les fleurs claires des prunelliers. Les nombreux vergers répandaient dans l'air leur haleine délicate de fleurs de pommiers et les prés allongeaient leur pente douce vers un horizon de brumes perle et pourpre. Pendant tout ce temps,

Les oiseaux gazouillaient, parés de leurs plus beaux atours, comme si, de l'été, on eût vécu l'unique jour.

Matthew, à sa manière, appréciait ce voyage, sauf aux instants où il devait saluer les femmes, car, à l'Île-du-Prince-Édouard, on était censé saluer tout le monde d'un petit signe de tête, que l'on connût ou non ceux et celles que l'on rencontrait.

---

1. Unité de mesure équivalant à 1 609 mètres environ.

Matthew craignait toutes les femmes, sauf Marilla et Mme Rachel ; il ne se sentait pas à l'aise en leur présence, persuadé que ces créatures mystérieuses se moquaient de lui. Il avait peut-être raison, d'ailleurs, car il était d'allure plutôt curieuse, avec sa silhouette dégingandée, ses longs cheveux gris fer qui tombaient jusque sur ses épaules elles-mêmes tombantes, et cette barbe brune, douce et touffue, qu'il arborait depuis ses vingt ans. De fait, ce peu de gris mis à part, il avait à peu près la même physionomie qu'à vingt ans bien qu'il en compta soixante.

Lorsqu'il arriva à Bright River, il ne vit pas le moindre train. Se croyant en avance, il attacha son cheval dans la cour du petit hôtel du village et se rendit à la gare. Le quai était parfaitement désert ; la seule créature vivante qu'il aperçut était une petite fille, assise tout au bout, sur un tas de bardeaux. Matthew, prenant furtivement note qu'il s'agissait d'une fille, passa devant elle le plus rapidement possible, sans la regarder. L'aurait-il reluquée davantage, qu'il n'aurait pu manquer de constater à quel point ses traits, et toute son attitude, témoignaient d'une profonde tension : elle attendait quelqu'un, ou quelque chose, c'est pour cette raison qu'elle était assise là. Et, comme elle ne pouvait rien faire d'autre pour le moment que de rester assise là à attendre, elle s'y appliquait avec une incroyable intensité.

Matthew apostropha le chef de gare au moment où ce dernier fermait le guichet avant de repartir souper à la maison. Il s'informa pour savoir si le train de cinq heures et demie n'allait pas bientôt arriver.

« Le train de cinq heures et demie est arrivé et reparti voilà une demi-heure », rétorqua sèchement le fonctionnaire. « Mais on a déposé un passager pour vous, une petite fille. Elle est là-bas, sur le tas de bardeaux. Je lui ai bien demandé de s'asseoir dans la salle d'attente des dames, mais elle m'a affirmé, d'un ton très sérieux, qu'elle préférait rester dehors. "Mon imagination a besoin d'espace", qu'elle m'a dit. À mon avis, c'est tout un numéro. »

« Mais je n'attends pas de fille », dit Matthew, déconcerté. « C'est un gars que je suis venu chercher. Il devrait être ici. Mme Alexander Spencer devait me l'amener de Nouvelle-Écosse. »

Le chef de gare émit un sifflement impatient.

« J'imagine qu'il y a une erreur quelque part », trancha-t-il. « Mme Spencer est descendue du train avec cette fillette et me l'a confiée. Elle a dit que votre sœur et vous alliez l'adopter, qu'elle venait d'un orphelinat, et que vous n'alliez pas tarder à venir la chercher. *Moi*, c'est tout ce que j'en sais, et je n'ai pas d'autres orphelins dissimulés ailleurs. »

« Mais je ne comprends pas », dit Matthew, ne sachant que faire, souhaitant que Marilla eût pu être là, prête à prendre la situation en main.

« Eh bien, vous feriez mieux de demander à la petite fille », ajouta le chef de gare avec indifférence. « Je jurerais qu'elle pourra tout vous expliquer ! Elle a la langue bien pendue, ça ne fait aucun doute. Peut-être que là-bas ils étaient à court du genre de garçon que vous vouliez. »

Sur ces mots, il s'éloigna ; ce n'était plus son problème, et il avait faim. Il ne restait donc au pauvre Matthew qu'une seule chose à faire, plus terrifiante encore que de débusquer un lion dans sa tanière : aller au-devant d'une fille, d'une fille inconnue, d'une petite orpheline, et obtenir d'elle ce renseignement – pourquoi n'était-elle pas un garçon ? Matthew se mit à grogner dans sa tête, tout en revenant sur ses pas, traînant les pieds le long du quai, en direction de la fillette.

Celle-ci l'avait observé depuis qu'il était passé près d'elle, et maintenant elle le suivait des yeux. Matthew, lui, ne la regardait pas, et de toute manière, l'eût-il fait qu'il n'aurait pas vu à quoi elle ressemblait vraiment. Mais voilà comment elle serait apparue aux yeux d'un observateur ordinaire : une enfant d'environ onze ans, affublée d'une robe très courte, très serrée, très laide, d'une tiretaine d'un gris jaunâtre. Elle portait un chapeau de marin d'un brun passé, et sous ce chapeau, dégringolant jusqu'au milieu de son dos, émergeaient deux tresses très épaisses, d'un roux éblouissant. Son petit visage, pâle, émacié, était constellé de taches de rousseur ; elle avait une grande bouche et de grands yeux qui oscillaient du vert au gris selon la lumière et son humeur.

Voilà donc ce qu'aurait noté un observateur ordinaire. Mais un spectateur extraordinaire, plus perspicace, aurait pu voir que le menton était très pointu, très volontaire ; que les grands yeux pétillaient d'esprit et de vivacité ; que la bouche, aux lèvres pulpeuses, était à la fois douce et très expressive ; que le front était grand et bien dégagé ; bref, notre observateur extraordinaire, doué de sagacité, aurait pu conclure que, dans le corps de cette femme-enfant égarée, qui terrifiait si fort le pauvre et timide Matthew Cuthbert, devait palpiter une âme hors du commun.

Matthew, cependant, réussit à éviter l'épreuve quasi insurmontable de devoir parler en premier, car, dès que la fillette fut convaincue qu'il se dirigeait vers elle, elle se leva, saisissant de sa petite main la poignée d'un sac de voyage démodé et passablement élimé, puis aborda Matthew en lui tendant l'autre main.

« Je présume que vous êtes M. Matthew Cuthbert, de Green Gables ? » dit-elle d'une voix remarquablement claire, et pourtant douce. « Je suis très heureuse de vous voir. Je commençais à avoir peur que vous ne puissiez pas venir me chercher et j'essayais de m'imaginer toutes les raisons qui auraient pu vous en empêcher. Je m'étais bien décidée, si vous n'étiez pas venu me chercher ce soir, à me rendre jusqu'à ce grand cerisier qu'on voit, là-bas, là où la voie du chemin de fer bifurque, et j'aurais grimpé dedans pour y passer la nuit. Je n'aurais pas eu peur du tout : ç'aurait été charmant de passer la nuit dans un cerisier sauvage, tout blanc de fleurs sous la lueur de la lune, vous ne pensez pas ? J'aurais pu m'imaginer en train de dormir dans des salles de marbre. De toute façon, vous seriez venu me chercher demain matin, si vous en aviez été empêché ce soir, n'est-ce pas ? »

Matthew avait pris, maladroitement, cette petite main toute maigre et l'avait serrée dans la sienne ; d'un seul coup, il se décida. Il ne pouvait pas dire à cette enfant aux yeux brillants qu'il y avait eu erreur : Marilla s'en chargerait. Lui, il allait la ramener à la maison. De toute manière, elle ne pouvait rester à Bright River, malentendu ou pas, et, par conséquent, toutes les questions et explications pouvaient attendre qu'il eût retrouvé L'univers rassurant de Green Gables.

« Je suis désolé d'être en retard », émit-il timidement. « Venez ! Le cheval est là-bas, dans la cour. Donnez-moi votre sac ! »

« Oh, non, je peux le porter » répondit l'enfant toute guillerette. « Il n'est pas lourd. Il contient la totalité de mes biens terrestres, mais il ne pèse rien. Et si on ne le porte pas d'une façon très précise, la poignée se détache. Je ferais donc mieux de le porter moi-même, parce que je sais exactement comment. C'est un très vieux sac de voyage. Oh, je suis si contente que vous soyez venu. Bien sûr, ç'aurait été agréable de dormir dans un cerisier sauvage. Nous avons un long chemin à parcourir, n'est-ce pas ? Huit miles, m'a dit Mme Spencer. Je suis heureuse, parce que j'aime me promener en voiture. Oh, c'est merveilleux pour moi de penser que je vais vivre avec vous et être à vous. Je n'ai jamais appartenu à personne – pas vraiment. Mais le pire, c'était l'orphelinat. Je n'y suis restée que quatre mois, mais c'était bien assez. Je suppose que vous n'avez jamais été orphelin dans une institution. Vous ne pouvez donc pas tout à fait comprendre ce que c'est. C'est pire que tout ce que vous pouvez imaginer. Mme Spencer m'a déjà dit que ce n'était pas gentil de ma part de parler ainsi, mais je ne veux pas être méchante. Il est si facile d'être méchant sans le savoir, n'est-ce pas ? Ils étaient bons, vous savez, les gens de l'orphelinat. Mais il y a tellement peu de place pour l'imagination dans un orphelinat. Ce qui était très intéressant, c'était d'imaginer des choses au sujet des autres orphelins, de croire que, peut-être, la fille qui était assise à côté de vous était en réalité la fille d'un seigneur haut et puissant, et qu'elle avait été enlevée toute petite à ses parents, par une nourrice cruelle qui était morte avant de pouvoir confesser son crime. Je restais éveillée des nuits entières pour me représenter des choses comme celle-là, parce que je n'avais pas le temps dans la journée. Je pense que c'est pour cela que je suis si maigre, car vous me trouvez bien maigre, n'est-ce pas ? Je n'ai que la peau sur les os. Mais j'aime bien croire que je suis ronde, avec de belles formes, et des petits bras bien potelés. »

Sur ce, la compagne de Matthew cessa de parler, en partie parce qu'elle était tout essoufflée, mais aussi parce qu'ils venaient d'atteindre le boghei. Elle n'ajouta pas un mot avant qu'ils ne fussent sortis du village et qu'ils n'eussent amorcé la descente d'une petite butte assez raide, dont la partie carrossable avait été creusée si profondément dans le sol mou que les bords, harnachés de cerisiers sauvages en fleurs et de minces bouleaux blancs, formaient une frondaison au-dessus de leur tête.

L'enfant tendit la main et cassa une branche de prunier sauvage qui éraflait la paroi du boghei.

« N'est-ce pas que c'est beau ? À quoi vous fait penser cet arbre, penché sur le côté, tout blanc comme une dentelle ? » demanda-t-elle.

« Eh bien, disons, euh, j'sais pas », dit Matthew.

« Mais voyons, une mariée, bien sûr, une mariée en blanc, avec un beau voile vaporeux. Je n'en ai jamais vu, mais je peux m'imaginer à quoi ça ressemble. Moi, je ne me vois pas en mariée, un jour. Pas moi. Je suis si ordinaire que personne ne voudra jamais m'épouser, sauf, peut-être, un missionnaire. Je pense qu'un missionnaire ne ferait pas trop le difficile. Mais j'espère qu'un jour, j'aurai une robe blanche. C'est ce que je souhaite le plus sur cette terre. Vous savez, j'aime les beaux vêtements. Et je ne me souviens pas d'avoir jamais eu une seule jolie robe de ma vie. Ce qui ne veut pas dire que je n'en aurai jamais, n'est-ce pas ? Je m'imagine drapée dans des toilettes somptueuses. Ce matin, en quittant l'orphelinat, j'avais tellement honte de porter cette horrible robe de tiretaine. Tous les orphelins doivent porter la même, vous savez. Un marchand de Hopetown, l'hiver dernier, a donné trois cents verges[1] de tiretaine à l'orphelinat. Certains ont dit que c'était parce qu'il ne trouvait plus à les vendre, mais il vaut mieux penser que c'est parce qu'il était généreux, vous ne croyez pas ? Quand nous sommes montées dans le train, j'ai eu l'impression que tout le monde me regardait et me plaignait. Mais je me suis mise à imaginer que je portais la plus belle robe de soie bleu pâle qui soit, un grand chapeau, un vrai panache de fleurs et de plumes, et une montre en or, des gants et des bottes d'agneau. Il vaut mieux imaginer quelque chose qui en vaille la peine, non ? Je me suis sentie mieux tout de suite et j'ai apprécié au plus haut point mon voyage vers l'Île. Je n'ai pas été malade du tout pendant la traversée, ni Mme Spencer, d'ailleurs, qui a en général le mal de mer. Elle a dit qu'elle n'avait pas eu le temps de se sentir mal, parce qu'elle était occupée à me surveiller pour que je ne tombe pas à la mer. Elle a dit aussi qu'elle n'avait jamais vu quelqu'un fouiner partout autant que moi. Mais si, grâce à moi, elle n'a pas eu le mal de mer, je me dis que j'avais bien

1. Unité de mesure équivalant à 0,9144 mètre.

raison de fouiner partout, non ? Je voulais tout voir sur ce bateau, parce que je ne savais pas si j'aurais une autre chance d'y monter. Oh, il y a encore plein d'autres cerisiers, et tous en fleurs ! Cette île est un jardin de fleurs. Je l'aime déjà et je suis si heureuse à l'idée de vivre ici. J'ai toujours entendu dire que l'Île-du-Prince-Édouard était le plus bel endroit du monde et j'avais pris l'habitude d'imaginer que j'y vivais, mais je ne m'attendais guère à ce que ça arrive pour de bon. C'est merveilleux, vous ne pensez pas, quand ce qu'on a imaginé devient réalité ? Ces routes rouges sont vraiment amusantes. Quand nous sommes montées dans le train à Charlottetown et que j'ai vu défiler tous ces chemins rouges, j'ai demandé à Mme Spencer pourquoi ils étaient de cette couleur, et elle m'a dit qu'elle ne savait pas, et d'arrêter, de grâce, de poser des questions. Elle m'a dit que je lui en avais déjà posé au moins mille. Je pense que c'est vrai, du reste, mais comment est-ce qu'on peut comprendre les choses sans poser de questions ? Et pourquoi donc est-ce que les chemins sont rouges ? »

« Eh, bien, disons, euh, j'sais pas », dit Matthew.

« Très bien, voilà donc une chose que j'aurai à découvrir. N'est-ce pas magnifique de penser à toutes ces choses qui existent, à tout ce qu'on peut découvrir ? Ça me rend si heureuse d'être en vie dans un monde aussi intéressant ! Il ne serait pas aussi intéressant si nous avions la réponse à tout, pas vrai ? Il n'y aurait plus de place pour l'imagination, dans ce cas-là, n'est-ce pas… Mais peut-être que je parle trop ? Les gens me disent toujours ça. Vous aimeriez mieux que je ne parle pas ? Si vous me le dites, je vais m'arrêter. Je *peux* m'arrêter, si je m'y décide vraiment, bien que ce soit difficile. »

Matthew, à sa grande surprise, était plutôt content. Comme la plupart des personnes peu loquaces, il appréciait les bavards, pourvu que ceux-ci fussent prêts à assumer toute la conversation, sans attendre de réplique en retour. Mais il n'aurait jamais cru qu'il puisse prendre plaisir à la compagnie d'une petite fille. À dire vrai, les femmes, en toute lucidité, étaient déjà particulièrement pénibles, mais les petites filles semblaient pires. Il détestait la manière dont elles se glissaient furtivement à côté de lui, gauches et empruntées, avec des regards en biais, comme si elles s'attendaient à ce qu'il les dévorât toutes crues au premier mot qu'elles auraient le malheur de prononcer. Telles étaient les petites filles bien élevées d'Avonlea. Mais cette diablesse pleine de taches de rousseur semblait bien différente, et bien qu'il lui fût ardu, à lui qui était doté d'un esprit plutôt lent, de la suivre dans ses débordements, il se disait qu'au fond il ne détestait pas l'entendre jacasser. Il énonça donc, aussi timidement qu'à son habitude :

« Oh, vous pouvez parler autant que vous voulez. Ça ne me dérange pas. »

« Oh, merci, merci beaucoup. Je sens déjà que vous et moi, nous allons nous entendre merveilleusement. C'est un tel plaisir que de pouvoir parler quand on veut, sans se faire dire que les enfants sont faits pour être sages et pour se taire ! On m'a répété ça des millions de fois. Et les gens rient de moi, en plus, parce que j'utilise de grands mots. Mais si on a de grandes idées, il faut bien se servir de grands mots pour les exprimer, pas vrai ? »

« Eh bien, ma foi, ça me semble raisonnable », dit Matthew.

« Mme Spencer a dit que je devais avoir la langue pendue par le milieu. Mais ce n'est pas vrai : elle est solidement arrimée à un bout. Mme Spencer a dit que votre domaine s'appelle Green Gables à cause de ses pignons verts. Je lui ai arraché tout ce qu'elle savait sur le sujet. Elle m'a dit qu'il y avait plein d'arbres tout autour. J'étais aux anges ! J'adore les arbres. Il n'y en avait pas autour de l'orphelinat, à peine quelques pauvres choses chétives et rabougries, devant la bâtisse, étouffées dans des cages en forme de grilles et peintes en blanc. On aurait dit des orphelins, eux aussi, ces pauvres arbres. J'aurais presque pleuré, rien qu'à les regarder. Je leur disais : "Oh, pauvres, pauvres petites choses ! Si vous étiez dans un beau grand bois, avec d'autres arbres tout autour de vous, et de petites mousses et des narcisses poussant sur vos racines, et un ruisseau à côté, et des oiseaux chantant dans vos branches, vous pourriez grandir, non ? Mais vous ne pouvez pas, là où vous êtes. Je sais parfaitement comment vous vous sentez, mes pauvres petits arbres." Ce matin, j'ai eu du chagrin de les abandonner là-bas. On s'attache à des choses comme ça, vous ne croyez pas ? Est-ce qu'il y a un ruisseau, près de Green Gables ? J'ai oublié de le demander à Mme Spencer. »

« Eh bien, oui, il y en a un, juste en dessous de la maison. »

« Quelle merveille ! J'ai toujours rêvé de vivre tout près d'un ruisseau. Mais je ne pensais pas que cela se réaliserait. Les rêves ne se réalisent pas souvent, n'est-ce pas ? Ne serait-ce pas merveilleux s'ils se réalisaient toujours ? Mais, pour le moment, je me sens presque parfaitement heureuse. Je ne peux pas me sentir tout à fait parfaitement heureuse, parce que… Dites-moi, comment est-ce que vous appelleriez cette couleur-ci ? »

Elle agrippa une des longues tresses brillantes qui lui pendaient dans le dos, la fit passer par-dessus son épaule, et la flanqua sous le nez de Matthew. Matthew n'avait guère l'habitude de se prononcer sur la couleur des tresses des jeunes filles, mais, cette fois-ci, il n'y avait pas moyen de se tromper.

« C'est roux, non ? » risqua-t-il.

La fillette laissa retomber la tresse tout en poussant un soupir si profond qu'il semblait provenir du bout de ses orteils et exhaler toute la détresse de l'histoire humaine.

« Oui, c'est roux », dit-elle, résignée. « Et vous comprenez, à présent, pourquoi je ne peux pas être parfaitement heureuse, personne ne peut l'être, avec des cheveux roux. Le reste – mes taches de rousseur, mes yeux verts, ma maigreur extrême –, ça ne me dérange pas autant. Je peux les faire disparaître si je veux. Je peux imaginer que j'ai un teint superbe, pâle comme des pétales de rose, et de beaux yeux violets, scintillants comme des étoiles. Mais je n'arrive pas à m'imaginer sans ces cheveux-là. J'essaie. Je me dis, “Voilà ! Mes cheveux sont d'un noir de jais, d'un beau noir corbeau”. Mais j'ai beau essayer, je *sais* qu'ils sont toujours aussi fatalement roux, et cela me fend le cœur. J'en serai malheureuse toute ma pauvre existence. J'ai lu, un jour, dans un roman, l'histoire d'une fille qui avait été malheureuse toute sa vie, mais ce n'était pas la faute de ses cheveux roux. Au contraire, sa chevelure à elle était d'or pur et ruisselait autour de son front d'albâtre. Qu'est-ce que c'est, un front d'albâtre ? Je n'ai jamais trouvé l'explication. Vous pouvez me le dire, vous ? »

« Eh bien, disons… j'ai bien peur que non », dit Matthew, dont la tête commençait à tourner. Il éprouvait une sensation semblable à celle qu'il avait eue, dans sa jeunesse folle, lorsqu'un autre garçon l'avait entraîné sur un manège de chevaux de bois, au cours d'un pique-nique.

« Bon, de toute façon, peu importe ce que c'était, ce devait être fort plaisant, puisqu'elle était divinement belle. Vous êtes-vous jamais imaginé comment on doit se sentir, quand on est d'une beauté divine ? »

« Eh bien, disons, non, jamais », avoua candidement Matthew.

« Moi oui, souvent. Comment préféreriez-vous être, si vous aviez le choix : divinement beau, incroyablement intelligent ou angéliquement bon ? »

« Eh bien, disons, disons… que je ne sais pas. Pas vraiment. »

« Moi non plus. Je n'arrive jamais à me décider. Mais cela n'est pas si important, de toute manière, vu que je n'ai guère de chances d'être un jour dotée d'une de ces qualités. Il est certain que je ne serai jamais angéliquement bonne. D'ailleurs, combien de fois Mme Spencer a-t-elle dit… Oh, monsieur Cuthbert ! Oh, monsieur Cuthbert ! Oh, monsieur Cuthbert !!! »

Ce n'était certes pas ce que Mme Spencer avait dit, l'enfant n'était pas non plus tombée du boghei, et Matthew n'avait rien fait qui sorte de l'ordinaire. Ils sortaient tout simplement d'un virage et cahotaient maintenant sur ce qu'on nommait l'« Avenue ».

L'« Avenue », ainsi baptisée par les gens de Newbridge, était un segment de route long de quatre à cinq cents verges, couvert par une arche faite des branches immenses de plantureux pommiers plantés bien des années auparavant par un vieux fermier excentrique. Au-dessus de la tête des voyageurs, un long dais de fleurs exhalait de délicieux parfums. Sous les branchages, le crépuscule pourpre faisait vibrer l'air, tandis qu'au loin, telle une grande rosace s'étoilant au fond de la nef d'une cathédrale, on discernait un pan de ciel illuminé par le soleil couchant.

Toute cette beauté acheva de faire taire l'enfant. Elle s'abandonna au siège du boghei, ses mains fines jointes devant elle, son visage levé comme en extase vers la splendeur blanche au-dessus d'elle. Même une fois qu'ils se furent éloignés en direction de Newbridge, elle resta silencieuse. Encore sous le charme du paysage, son regard continuait de se perdre au loin, à l'ouest où le soleil disparaissait, et des visions splendides n'arrêtaient pas de danser dans ses yeux, sur ce fond rougeoyant. Ils poursuivirent leur chemin, silencieux, à travers Newbridge, petit village animé qui les reçut par des glapissements de chiens, des huées de petits garçons hostiles et des regards inquisiteurs filtrant à travers les fenêtres. Ils parcoururent encore trois miles et l'enfant n'avait toujours pas ouvert à nouveau la bouche. Elle pouvait, de toute évidence, mettre autant de conviction à se taire qu'à parler.

« Je pense que vous devez avoir bien faim et vous sentir bien fatiguée », hasarda enfin Matthew, fournissant à sa longue crise de mutisme la seule raison qu'il jugeait probable. « Mais nous n'avons plus beaucoup de chemin à parcourir, plus rien qu'un mile. »

Elle émergea de sa rêverie, avec un soupir profond, et le toisa du regard embué des rêves qu'ont ces âmes aspirées, très loin du monde, par les étoiles.

« Oh, monsieur Cuthbert », murmura-t-elle, « cet endroit par lequel nous sommes passés, cet endroit tout blanc, qu'est-ce que c'était ? »

« Eh bien, voyons, c'est sans doute l'Avenue », dit Matthew après quelques moments d'intense réflexion. « C'est comme qui dirait un fort joli endroit. »

« Joli ? Oh, mais *joli* ne me semble pas être le mot pour le décrire. Beau non plus, d'ailleurs. Aucun n'est suffisamment fort. Oh, mais c'était merveilleux, *merveilleux* ! C'est la première chose que je vois que l'imagination ne pourrait embellir. J'en ai éprouvé un tel plaisir, juste ici » – elle mit une main sur sa poitrine – « que cela m'a fait tout drôle, un peu mal, et pourtant, un mal bien agréable. Avez-vous déjà ressenti cela, vous, monsieur Cuthbert ? »

« Eh bien, disons, non, je ne peux pas me rappeler un mal comme celui-là. »

« Moi, cela m'arrive souvent, chaque fois que je vois quelque chose d'une beauté si souveraine. Mais ils ne devraient pas appeler « l'Avenue » cet endroit si adorable. Ça n'a aucun sens, ce nom-là. Ils devraient l'appeler, voyons voir, le Chemin blanc des Délices. N'est-ce pas là un beau nom imaginatif? Quand je n'aime pas le nom d'un endroit ou d'une personne, j'en imagine un nouveau, et c'est toujours sous ce nom-là que je me les représente. Il y avait à l'orphelinat une fillette appelée Hepzibah Jenkins, mais je l'ai toujours appelée, dans mon imagination, Rosalie DeVere. D'autres gens peuvent bien nommer cet endroit « l'Avenue », mais moi, je l'appellerai toujours le Chemin blanc des Délices. Est-ce vrai qu'il reste à peine un mile jusqu'à la maison ? Je suis contente, mais triste aussi, toute triste, parce que ce petit voyage a été tellement agréable, et je suis toujours malheureuse quand les choses agréables prennent fin. Il peut se passer quelque chose de plus agréable après, peut-être, mais on ne peut pas en être sûr. Et la plupart du temps, ce n'est pas plus agréable. C'est mon expérience jusqu'ici, en tout cas. Mais je suis contente de penser qu'on arrive à la maison. Voyez-vous, je n'ai jamais eu de vraie maison, aussi loin que je me souvienne. Cela me fait un petit mal bien agréable, comme tout à l'heure, rien que de penser que je vais arriver dans une vraie maison, un vrai foyer, pour de vrai. Oh, que c'est joli ! »

Ils venaient de passer au sommet d'une butte. En contrebas, il y avait une mare, si longue et si pleine de méandres qu'elle ressemblait à une rivière. Un pont la franchissait en son milieu, et, de là jusqu'à son extrémité la plus éloignée, où une ceinture de dunes de sable ambré venait la couper du golfe, d'un bleu profond, l'eau miroitait d'une féerie de couleurs aux nuances les plus subtiles. Elles oscillaient entre le jaune crocus, le rose, le vert opalescent et une myriade de teintes plus délicates, auxquelles on n'a jamais trouvé de nom. En amont du petit pont, la mare se perdait dans de pimpants bouquets de sapins et d'érables, leurs silhouettes sombres vibrant à peine dans les reflets d'une eau noire. Çà et là, une prune sauvage s'inclinait sur l'eau, depuis la rive, telle une fille vêtue de blanc affrontant timidement son propre reflet. De l'étang où la mare venait mourir montait le chant clair, langoureux et triste des grenouilles. Une petite maison grise, tapie dans une pommeraie toute blanche, semblait lorgner à la dérobée vers la pente en contrebas ; et, bien que la nuit ne fût pas encore tout à fait installée, une lumière brillait à l'une des fenêtres.

« C'est la mare des Barry », dit Matthew.

« Oh, je n'aime pas trop ce nom-là, non plus. Je l'appellerai, voyons, le Lac-aux-Miroirs. Oui, c'est bien le nom qui convient. J'en suis sûre, à cause de ce petit frisson. Quand je déniche un nom qui convient parfaitement, j'en ressens toujours un petit frisson de plaisir. Est-ce que certaines choses vous donnent des frissons ? »

Matthew réfléchit un instant.

« Oui, disons que oui. Cela me cause toujours un petit frisson de voir ces gros vers blancs, écœurants, qu'on retourne avec sa bêche dans les plants de concombres. Je déteste les regarder. »

« Oh, mais je ne pense pas que ça puisse être exactement la même sorte de frisson. Qu'en pensez-vous ? Il ne me semble pas qu'il y ait un rapport entre les vers blancs et les lacs aux eaux miroitantes… Mais pourquoi est-ce que les autres appellent cet endroit la mare des Barry ? »

« Je pense que c'est parce que M. Barry habite dans cette maison. L'endroit, cette pente couverte de vergers, s'appelle Orchard Slope. S'il n'y avait pas toute cette végétation touffue derrière elle, nous pourrions apercevoir d'ici les pignons verts de Green

Gables. Mais il nous faut passer le pont et faire le tour par la route, ce qui nous oblige encore à parcourir un demi-mile. »

« Est-ce que M. Barry a des petites filles ? Disons, peut-être pas si jeunes que ça, comme moi, quoi. »

« Il en a une, elle doit avoir onze ans. Elle s'appelle Diana. »

« Oh ! » aspira profondément Anne. « Quel nom absolument ravissant ! »

« Eh bien là, disons, je ne sais pas trop. Il y a dans ce nom-là quelque chose qui n'est pas tout à fait chrétien, il me semble. J'aimerais bien mieux Jane, ou Mary, ou un nom sensé comme ceux-là. Quand Diana est née, un maître d'école logeait chez eux, et ils l'ont laissé choisir le nom ; c'est lui qui l'a appelée Diana. »

« Si seulement il y avait eu un maître d'école comme lui dans les parages quand je suis née, moi. Oh, mais nous voilà au pont. Je vais fermer les yeux, très fort. J'ai toujours peur de passer sur les ponts. Je ne peux pas m'empêcher d'imaginer que peut-être, au moment précis où nous allons rouler au milieu, le pont va se refermer comme un couteau de poche et nous écrabouiller. C'est pour ça que je ferme les yeux. Mais je dois toujours les ouvrir, c'est plus fort que moi, quand je sens qu'on arrive au milieu. Parce que, voyez-vous, si le pont se refermait *vraiment*, j'aimerais bien voir cela. Comme c'est amusant d'entendre la voiture qui roule, comme ça résonne ! J'adore quand ça roule et quand ça résonne, comme maintenant. N'est-ce pas extraordinaire qu'il y ait tant de choses à aimer dans ce monde ? Et voilà, c'est terminé. À présent je peux me retourner pour regarder. Bonne nuit, cher Lac-aux-Miroirs. Je dis toujours bonne nuit aux choses que j'aime, comme je le ferais pour les gens. Je pense qu'elles l'apprécient. On dirait que cette eau me regarde en souriant. »

Lorsqu'ils eurent parcouru la distance qui les séparait de la butte suivante et amorcé un virage, Matthew annonça :

« Nous sommes presque arrivés, à présent. Voilà Green Gables, là… »

« Oh, ne me le montrez pas », souffla-t-elle, les yeux fermés, tout en lui saisissant précipitamment le bras pour arrêter son geste. « Laissez-moi deviner. Je suis sûre que je saurai deviner juste. »

Elle ouvrit les yeux et regarda autour d'elle. Ils étaient au sommet d'un vallon Le soleil s'était couché quelques instants plus tôt, mais le paysage était encore clair, baigné de cette lumière diffuse qui suit la disparition du soleil. Vers l'ouest, sur un fond de ciel doré, se dressait, tout noir, le clocher d'une église. Plus bas, il y avait une petite vallée, et, plus loin encore, une longue pente douce sur laquelle s'étageaient gaiement quelques domaines. Les yeux de l'enfant, extrêmement mobiles, curieux, vibrants, couraient de l'un à l'autre. Finalement, son regard s'arrêta plus longuement sur une propriété à gauche, éloignée de la route, et ployant sous le blanc des arbres en fleurs délicatement sertis dans le fond sombre des bois environnants, noyés dans le crépuscule. Au-dessus, dans le ciel immaculé du sud-ouest, une grande étoile, d'un blanc cristallin, brillait comme un phare, comme une promesse.

« C'est là, c'est bien là, n'est-ce pas ? » fit-elle, d'un doigt impérieux. Matthew, de joie, fit claquer les rênes sur le dos de sa jument alezane.

« Eh bien, disons-le, c'est bien ça, vous avez deviné ! Mais je pense que Mme Spencer vous en avait fait la description, c'est comme ça que vous l'avez reconnu ! »

« Non, elle ne m'a rien dit – honnêtement, elle ne m'en a pas parlé. Tout ce qu'elle a dit aurait pu s'appliquer à n'importe quel endroit. Je n'avais aucune idée de ce à quoi Green Gables ressemblait. J'ai su, rien qu'à la voir, que c'était elle, ma maison. Oh, il me semble encore que je suis en train de rêver. Savez-vous que je me suis pincée tant de fois aujourd'hui, que mon bras, en haut du coude, doit être couvert de bleus ? À tout moment, j'éprouvais un sentiment horrible qui me rendait malade. J'avais si peur que tout ne soit qu'un rêve. C'est alors que je me pinçais pour être sûre que c'était vrai – jusqu'à ce que je me rappelle soudain que, même si ce n'était qu'un rêve, il valait mieux que je continue à rêver aussi longtemps que je le pouvais ; c'est pourquoi j'ai cessé de me pincer. Mais c'est bien la réalité, et nous arrivons presque à la maison. »

Après un soupir de profonde satisfaction, elle retomba dans le silence. Matthew, lui, se sentait mal à l'aise. Il était content que ce fût Marilla, et pas lui, qui dût se charger de dire à cette petite abandonnée qu'elle ne pourrait pas, finalement, demeurer dans cette maison qu'elle croyait déjà sienne. Ils passèrent par Lynde's Hollow, où il faisait fort sombre, mais pas assez cependant pour que Mme Rachel ne pût les découvrir de la vigie de sa fenêtre ; ils montèrent la butte et arrivèrent dans la grande allée de Green Gables. Lorsqu'ils atteignirent la maison, Matthew se rendit compte qu'il appréhendait fortement la scène qui allait suivre avec une incompréhensible angoisse. Ce n'était pas à Marilla ou à lui-même qu'il pensait, ou aux vagues problèmes que cette erreur pourrait leur causer à eux deux, mais au désespoir de la petite. Il entrevoyait déjà le moment où cette lumière qui vibrait dans les yeux de l'enfant allait s'éteindre d'un coup, et il se sentait horriblement mal, complice d'un meurtre en quelque sorte ; il éprouvait un malaise semblable lorsqu'il devait tuer un agneau, un veau, ou une autre petite créature innocente.

La cour était déjà plongée dans l'obscurité lorsqu'ils y entrèrent ; autour d'eux, on entendait bruire comme de la soie les feuilles des peupliers.

« Écoutez les arbres, ils parlent en dormant », murmura-t-elle, alors qu'il la déposait sur le sol. « Quels beaux rêves ils doivent faire ! »

Et puis, tenant fermement le sac de voyage qui contenait « la totalité de ses biens », elle le suivit dans la maison.

3

L'énorme surprise de Marilla Cuthbert

Marilla s'était précipitée au-devant de Matthew lorsque celui-ci avait ouvert la porte. Mais, lorsque son regard se posa sur cette étrange petite silhouette aux longues tresses rousses, attifée d'une robe informe, et qu'elle rencontra les yeux lumineux, passionnés de l'enfant, elle s'arrêta d'un seul coup, stupéfaite.

« Qu'est-ce que c'est que ça, Matthew Cuthbert ? » s'écria-t-elle. « Où est le petit garçon ? »

« Il n'y avait pas de petit garçon », confessa Matthew, d'un air misérable. « Il n'y avait qu'*elle*. »

Il montra l'enfant d'un signe de tête, se rappelant qu'il ne lui avait jamais demandé son nom.

« Pas de garçon ! Mais il doit y avoir eu un garçon », insistait Marilla. « Nous avons fait demander à Mme Spencer de nous ramener un garçon. »

« Eh bien, elle ne l'a pas fait. C'est *elle* que Mme Spencer a amenée. J'ai demandé au chef de gare. Et j'ai dû la ramener ici. Je ne pouvais pas l'abandonner là-bas, peu importe d'où vient l'erreur. »

« Eh bien, en voilà une drôle d'affaire ! » s'écria Marilla. Durant tout ce dialogue, l'enfant était restée silencieuse, les yeux papillotant de Matthew

« Qu'est-ce que c'est que ça, Matthew Cuthbert ? s'écria-t-elle. Où est le petit garçon ? »

à Marilla, les traits de plus en plus figés. Soudain, elle sembla saisir la signification profonde de ce qui venait d'être dit. Laissant tomber son précieux sac de voyage, elle bondit en avant, les mains jointes.

« Vous ne voulez pas de moi ! se lamenta-t-elle. Vous ne me voulez pas, parce que je ne suis pas un garçon ! J'aurais dû m'y attendre. Personne n'a jamais voulu de moi. J'aurais dû savoir que c'était trop beau pour durer. J'aurais dû deviner que personne ne me voudrait jamais. Oh, qu'est-ce que je vais faire ? Je vais éclater en sanglots ! »

Elle éclata bien en sanglots, s'écrasa sur une chaise devant la table, s'enfouit le visage dans les bras et se mit à pleurer à chaudes larmes. Marilla et Matthew, debout, échangèrent un regard désarçonné par-dessus le poêle. Ni l'un ni l'autre ne savait que faire. Enfin, Marilla, gauchement, essaya d'endiguer ce gros chagrin.

« Allons, allons, il n'y a pas de quoi pleurer comme ça ! »

« Si, il y a de quoi ! » L'enfant leva prestement la tête, exhibant un visage ruisselant de larmes, et des lèvres qui tremblaient. « *Vous* aussi, vous pleureriez, si vous étiez orpheline et que vous arriviez à un endroit que vous prenez déjà pour votre maison, pour apprendre qu'on ne vous veut pas parce que vous n'êtes pas un garçon. Oh, c'est bien la chose la plus *tragique* qui me soit jamais arrivée ! »

Les traits sévères de Marilla se détendirent quelque peu, esquissant comme un sourire hésitant, plutôt rouillé par le manque d'habitude.

« Bon, bon, ne pleurons plus. Nous n'allons pas vous mettre à la porte ce soir. Vous resterez ici le temps qu'il faudra pour tirer cette histoire au clair. Comment vous appelez-vous ? »

L'enfant eut un instant d'hésitation.

« Pourriez-vous m'appeler Cordélia, s'il vous plaît ? » dit-elle vivement.

« Vous appeler Cordélia ? C'est votre prénom ? »

« No-oo-oonn, pas exactement, mais j'aimerais bien m'appeler Cordélia. C'est un nom d'une si grande élégance. »

« Je ne comprends rien à ce que vous me dites. Si vous ne vous appelez pas Cordélia, vous vous appelez comment ? »

« Anne Shirley », balbutia, à contrecœur, celle dont c'était le nom, « mais, oh, de grâce, appelez-moi plutôt Cordélia. Mon nom n'a pas beaucoup d'importance pour vous, surtout si je ne reste que quelque temps… Et puis, Anne est un prénom si dépourvu de romantisme. »

« Romantisme, fadaises que tout cela ! » répondit Marilla, que ce genre de discours n'émouvait guère. « Anne est un bon prénom, solide, raisonnable, ordinaire. Il n'y a aucune raison d'en avoir honte. »

« Oh, je n'en ai pas honte », expliqua Anne, « seulement je préfère Cordélia. J'ai toujours imaginé que mon nom était Cordélia, du moins depuis quelques années. Quand j'étais jeune, je m'imaginais que c'était Géraldine, mais maintenant je préfère Cordélia. Mais si vous m'appelez Anne, de grâce, appelez-moi Anne avec un *e* à la fin. »

« Quelle différence cela fait-il, la façon dont on l'écrit ? » s'enquit Marilla, qui avait de nouveau son sourire un peu rouillé, tout en préparant le thé.

« Oh, mais ça fait *toute* la différence. Ça a tellement meilleure apparence. Quand vous entendez prononcer un nom, est-ce que vous ne pouvez pas vous l'imaginer dans votre tête, tout comme s'il était imprimé ? Je peux, moi ; et A-n-n me semble horrible, alors que A-n-n-e a une allure autrement plus distinguée ! Pourvu que vous m'appeliez Anne avec un *e*, je ferai un effort pour ne pas exiger qu'on m'appelle Cordélia. »

« Très bien, d'accord ; et maintenant, Anne-avec-un-e, est-ce que vous pouvez nous dire comment on a commis cette erreur ? Nous avons demandé à Mme Spencer de nous ramener un garçon. Il n'y avait pas de garçons, à l'orphelinat ? »

« Oh si, il y en avait même énormément. Mais Mme Spencer a mentionné *très clairement* que vous vouliez une fille d'environ onze ans. Et la directrice a dit qu'à son avis je ferais l'affaire. Vous ne savez pas à quel point j'étais enchantée. J'étais tellement joyeuse que je n'en ai pas dormi de la nuit. Oh, » ajouta-t-elle, d'un ton de reproche, en se tournant vers Matthew, « pourquoi ne m'avez-vous pas dit à la gare que vous ne me vouliez pas, et pourquoi ne m'avez-vous pas laissée là ? Si je n'avais pas vu le Chemin blanc des Délices, et le Lac-aux-Miroirs, ce ne serait pas aussi difficile. »

« Juste ciel, de quoi parle-t-elle ? » demanda Marilla, fixant Matthew droit dans les yeux.

« Elle – elle parle simplement d'une conversation que nous avons eue en cours de route », fit Matthew, à toute vitesse. « Je vais rentrer la jument, Marilla. Que le thé soit prêt quand je serai de retour. »

« Est-ce que Mme Spencer a amené quelqu'un d'autre, à part vous ? » poursuivit Marilla une fois que Matthew fut sorti.

« Elle a pris Lily Jones, pour elle-même. Lily n'a que cinq ans et elle est très belle. Elle a des cheveux brun noisette. Si j'étais très belle, et si j'avais des cheveux brun noisette, vous me garderiez ? »

« Non. Nous voulons un garçon pour aider Matthew aux travaux de la ferme. Une fille ne nous serait d'aucune utilité. Enlevez votre chapeau. Je vais le poser, avec votre sac, sur la table du couloir. »

Anne, docile, enleva son chapeau. Matthew rentrait juste à ce moment-là, et ils s'installèrent à table pour le souper. Cependant Anne n'arrivait pas à manger. Elle picorait distraitement le pain beurré, la confiture de pommes sauvages qu'on avait déposée dans une petite coupe de verre dentelé près de son assiette. C'était peine perdue.

« Mais vous ne mangez rien », reprocha Marilla, d'un ton qui coupait court à toute réplique.

Anne soupira.

« Je ne peux pas, je ne peux pas, je suis en proie au désespoir le plus total. Est-ce que vous pouvez manger, vous, quand vous êtes plongée dans les abîmes du désespoir ? »

« Je n'ai jamais été plongée dans les abîmes du désespoir, donc je ne peux rien dire », rétorqua Marilla.

« Vous n'avez jamais… ? Mais est-ce que vous avez, au moins, *imaginé* ce que ça pouvait être ? »

« Non, jamais, Dieu merci ! »

« Dans ce cas-là, je ne pense pas que vous puissiez comprendre de quoi il s'agit. C'est un sentiment fort désagréable, vous savez. Quand vous essayez de manger, il se forme une boule dans votre gorge, et vous n'arrivez plus à avaler, même s'il s'agit de caramel au chocolat. J'ai mangé un caramel au chocolat une fois, il y a deux ans, et c'était tout simplement délicieux. J'ai souvent rêvé, depuis lors, que je disparaissais sous une tonne de caramels au chocolat, mais je me réveille toujours à l'instant précis où je vais les manger. J'espère que vous ne vous sentirez pas offensée parce que je ne mange pas. Tout est extrêmement bon, mais je n'arrive pas à manger. »

« Je pense qu'elle est fatiguée », suggéra Matthew, qui n'avait rien dit depuis son retour de la grange. « Il vaut mieux la mettre au lit, Marilla. »

Marilla s'était demandé où elle pourrait bien faire dormir Anne. Elle avait préparé un divan-lit dans la pièce attenant à la cuisine, pour le garçon qu'on s'attendait à accueillir. Mais, bien que ce lit fût propre et parfaitement convenable, il ne semblait pas tout à fait indiqué pour une fille. Il était pourtant hors de question d'utiliser la chambre d'amis pour une misérable créature délaissée comme celle-là ; il ne restait donc que la chambre du pignon est. Marilla alluma une bougie et dit à l'enfant de la suivre, ce qu'Anne fit sans entrain, agrippant au passage son chapeau et son sac de voyage et traversant le vestibule d'une redoutable propreté, la petite chambre de pignon dans laquelle elle se trouvait à présent lui sembla plus propre encore.

Marilla posa la bougie sur une table triangulaire à trois pieds et ouvrit le lit.

« Je suppose que vous avez une chemise de nuit ? » s'enquit-elle.

Anne fit signe que oui.

« Oui, j'en ai deux. La directrice de l'orphelinat me les a faites. Elles sont terriblement étriquées. Il n'y en a jamais suffisamment dans un orphelinat, donc tout est toujours étriqué, du moins dans un orphelinat pauvre comme le nôtre. Je déteste les chemises de nuit étriquées. Mais on arrive à rêver aussi bien dans celles-ci que dans de belles chemises longues, au col garni de frous-frous. Au moins cela me console. »

« Bon, déshabillez-vous aussi vite que possible, et couchez-vous. Je reviendrai éteindre la bougie dans quelques minutes. Je ne me risquerais pas à vous la laisser éteindre seule. Vous pourriez aussi bien mettre le feu à la pièce. »

Lorsque Marilla fut sortie, Anne avisa, d'un œil songeur, ce qu'il y avait autour d'elle. Les murs, blanchis à la chaux, étaient d'une nudité si pénible et si désolante qu'il lui sembla les entendre geindre de douleur. Le plancher était nu, lui aussi, à l'exception d'une natte ronde en paille tressée ; elle n'en avait jamais vu de semblable. Dans un coin se trouvait le lit, un lit haut à l'ancienne, avec quatre colonnes noires ; dans l'autre coin, la table triangulaire sur laquelle était posée une grosse pelote à épingles en velours rouge, suffisamment coriace pour ébrécher la moindre aiguille qui se serait aventurée à s'y piquer. Au-dessus était accroché un petit miroir de six pouces sur huit. À égale distance entre le lit et la table se trouvait la fenêtre, ornementée d'une dentelle de mousseline d'un blanc glacial ; en face, il y avait le nécessaire de toilette. La petite pièce tout entière exsudait une froideur si indescriptible qu'Anne en fut glacée jusqu'à la moelle des os. Réprimant un petit sanglot, elle se débarrassa prestement de ses vêtements, enfila la chemise de nuit étriquée, et sauta dans le lit où elle se pelotonna le visage contre l'oreiller, ramenant les couvertures par-dessus sa tête. Lorsque Marilla revint éteindre, elle trouva, seuls indices d'une présence autre que la sienne, quelques petits vêtements en désordre sur le plancher, un lit passablement défait, et rien d'autre.

Elle cueillit ostensiblement, sur le sol, les vêtements d'Anne, les plia avec soin sur une chaise jaune d'allure guindée, puis, empoignant la bougie, s'avança vers le lit.

« Bonne nuit », dit-elle, hésitante, maladroite, mais non sans douceur.

Le visage blanc et les grands yeux d'Anne jaillirent d'un seul coup du fond des draps.

« Comment pouvez-vous parler de *bonne* nuit, alors que vous savez fort bien que ce sera sans doute la pire nuit que j'aurai jamais passée ? » demanda-t-elle, d'un ton plein de reproches.

Et elle plongea à nouveau sous les draps.

Marilla redescendit, lentement, à la cuisine. Elle entreprit de faire la vaisselle. Matthew, lui, fumait, indice évident qu'il était troublé. Il fumait rarement, car Marilla était absolument convaincue qu'il s'agissait d'une mauvaise habitude ; mais, à certains moments, à certaines occasions, il ne pouvait s'empêcher de le faire, et Marilla fermait les yeux, comprenant qu'un humble mortel doit pouvoir, de temps à autre, laisser jaillir son trop-plein d'émotion.

« Eh bien, en voilà encore une affaire ! » grommela-t-elle, furieuse. « Voilà ce qui arrive quand on utilise un entremetteur au lieu de se déplacer soi-même. La famille de Robert Spencer a falsifié notre message, d'une façon quelconque. L'un de nous deux devra prendre la voiture et aller trouver Mme Spencer demain, cela ne fait pas de doute. Il faudra expédier de nouveau cette fille à l'orphelinat. »

« Oui, je suppose », émit Matthew un peu à contrecœur.

« Tu supposes ! Tu n'en es pas sûr ? »

« Eh bien, disons, Marilla, que cette gamine est une petite chose charmante. Cela me fait de la peine de la renvoyer, alors qu'elle a tellement envie de rester ici. »

« Matthew Cuthbert, ne me dis pas que tu prétends qu'on devrait la garder ! »

La stupéfaction de Marilla n'aurait pu être plus grande si Matthew lui avait fait part d'une soudaine et irrépressible envie de se tenir debout sur la tête.

« Eh bien, voyons, non, je suppose que non, pas exactement », balbutia Matthew, se débattant comme un beau diable pour trouver les mots exacts. « Je suppose qu'il serait difficile d'envisager de la garder. »

« Il n'en est pas question ! À quoi pourrait-elle bien nous servir ? »

« Nous pourrions peut-être, nous, lui servir à quelque chose », lança Matthew, abruptement.

« Matthew Cuthbert, je constate que cette enfant t'a ensorcelé ! Il est visible, et aussi clair que le jour, que tu veux la garder. »

« Eh bien, disons que c'est une petite qui a du piquant », insista Matthew. « Tu aurais dû entendre tout ce qu'elle m'a raconté en revenant de la gare. »

« Oh, ça, pour parler, elle a la langue bien pendue. Ça se voit tout de suite. Ce n'est pas un bon point pour elle, d'ailleurs. Je n'aime pas les enfants qui parlent à tort et à travers. Je ne veux pas d'une orpheline, et si j'en avais voulu une, ce n'est pas ce genre-là que j'aurais choisi. Il y a chez elle quelque chose que je n'arrive pas à saisir. Non, vraiment, il faut la renvoyer au plus vite là d'où elle vient.»

«Je pourrais engager un petit Acadien pour m'aider», dit Matthew, «et elle pourrait te tenir compagnie.»

«Je n'ai pas besoin de compagnie», répliqua sèchement Marilla. «Et je ne veux pas la garder.»

«Eh bien, bon, on fera comme tu dis, bien entendu, Marilla», dit Matthew, en se levant et en rangeant sa pipe.

«Je vais me coucher.»

Matthew alla se coucher. Et Marilla, une fois la vaisselle rangée, fit de même, les traits tendus. En haut, dans le pignon est, une enfant seule, affamée d'affection, dépourvue de tout, pleura jusqu'à ce que le sommeil l'emporte.

4

Un matin à Green Gables

Il faisait grand jour quand Anne se réveilla, se dressa dans son lit, et tourna un regard vague vers la fenêtre. Un flot de soleil joyeux ruisselait au travers et on pouvait apercevoir des nuages blancs et duveteux osciller sur des coins de ciel bleu.

Il lui fallut un moment pour se rappeler où elle était. Tout d'abord, elle ressentit un plaisir fulgurant, comme à l'évocation de quelque chose de très agréable ; puis, aussitôt après, la mémoire lui revint, brutalement. Elle était à Green Gables, et Matthew et Marilla Cuthbert ne voulaient pas d'elle parce qu'elle n'était pas un garçon !

Mais c'était le matin, et, oui, c'était bien un cerisier tout en fleurs qui s'agitait devant sa fenêtre. D'un bond, elle sauta du lit, traversa la pièce, et souleva le bas de la fenêtre ; ça grinçait horriblement, c'était dur, ça craquait, comme si on ne l'avait pas touchée depuis longtemps, et c'était bien le cas ; une fois montée, la fenêtre était tellement coincée qu'il n'était pas nécessaire de la retenir.

Anne se mit à genoux et embrassa d'un regard enthousiaste ce matin de juin. N'était-ce pas magnifique ? N'était-ce pas un merveilleux endroit ? À supposer qu'elle ne restât pas ici, en réalité, elle pourrait toujours s'imaginer qu'elle y était. Il y avait ici plein d'espace pour l'imagination.

Un gigantesque cerisier poussait dehors, si près de la maison que ses rameaux venaient l'effleurer doucement, et il était recouvert de fleurs tellement serrées que les feuilles en devenaient invisibles. De part et d'autre de la maison, il y avait un grand verger : d'un côté, des pommiers, de l'autre, des cerisiers, croulant tous sous les fleurs ; sur l'herbe, on distinguait des pissenlits. Du jardin, juste en dessous, le vent du matin portait jusqu'à la fenêtre le parfum de lilas verts surchargés de fleurs dont la douceur vous faisait tourner la tête.

Plus bas que le jardin, un grand champ vert émaillé de trèfle descendait jusqu'au creux où serpentait le ruisseau, bordé de dizaines de bouleaux blancs qui prenaient leur élan aérien dans un sous-bois où l'on imaginait avec délices fougères, mousses et autres merveilles des forêts. Au-delà se profilait une butte verte, tout emplumée d'épinettes et de sapins ; par une petite ouverture entre les arbres, on pouvait apercevoir le coin gris d'un pignon de la maisonnette déjà entrevue du Lac-aux-Miroirs.

Vers la gauche, il y avait les grandes granges, et, au-delà, plus bas que les pentes douces des champs verts, on voyait scintiller un éclat bleu de mer.

Les yeux d'Anne, épris de beauté, s'attardaient sur le moindre détail, dévorant tout avec une immense gourmandise ; elle avait vu, dans sa vie, tant de lieux parfaitement laids, la pauvre enfant, que cet endroit était aussi beau que ses rêves les plus fous.

Elle restait là, à genoux, écrasée par cette omniprésente beauté ; une main se posa sur son épaule. Surprise par Marilla, qu'elle n'avait pas entendue venir, la petite rêveuse sursauta.

« Il est temps de vous habiller », dit Marilla sèchement. Marilla n'avait vraiment aucune idée de la façon dont on parle aux enfants et son ignorance et sa gêne la rendaient plus cassante qu'elle ne l'aurait voulu.

Anne se releva et aspira à pleins poumons.

« Oh, n'est-ce pas magnifique ? » dit-elle, balayant d'un geste toute cette splendeur étalée.

« C'est un grand arbre », dit Marilla, « et il fleurit bien, mais les fruits sont toujours décevants, petits et pleins de vers. »

« Oh, mais je ne pensais pas seulement à l'arbre ; bien sûr qu'il est beau – oui, il est même d'une beauté *radieuse*, il fleurit parce qu'il le veut bien – mais je parlais de tout, du jardin, du verger, du ruisseau et des bois, de tout ce monde, si vaste, si beau. N'êtes-vous pas éblouie par le monde, un matin comme celui-ci ? Et le ruisseau rit si fort que je peux l'entendre d'ici. Avez-vous jamais remarqué à quel point les ruisseaux sont joyeux ? Ils rient tout le temps. Même en hiver, je les ai entendus sous la glace. Je suis si heureuse qu'il y en ait un près de Green Gables. Vous pensez peut-être que cela ne fait aucune différence pour moi, puisque vous n'allez pas me garder, mais cela en fait une. J'aurai toujours du plaisir à me rappeler qu'il y avait un ruisseau près de Green Gables même si je n'y reviens jamais. S'il n'y avait pas de ruisseau, je resterais comme hantée par la sensation déchirante qu'il aurait dû y en avoir un. Je ne suis pas plongée dans les abîmes du désespoir, ce matin, je ne le suis jamais le matin. N'est-ce pas une chose magnifique, qu'il y ait des matins ? Mais je me sens très triste. Je venais justement d'imaginer que finalement c'était moi que vous aviez choisie et que je pouvais rester ici pour toujours. Cette pensée m'a fait du bien le temps qu'elle a duré. Mais le pire, lorsqu'on imagine des choses, c'est qu'il arrive un temps où l'on doit s'arrêter, et ça fait mal. »

« Vous feriez mieux de vous habiller, de descendre, et de ne pas vous laisser tourmenter par votre imagination », dit Marilla dès qu'elle put placer un mot. « Le petit déjeuner vous attend. Lavez-vous le visage et peignez-vous. Laissez la fenêtre ouverte et défaites complètement le lit, en retournant les draps sur le pied. Faites du mieux que vous pouvez. »

Anne pouvait évidemment faire de son mieux, quand il le fallait. La preuve : dix minutes plus tard, elle surgissait en bas, vêtements correctement mis, cheveux brossés, nattés, visage débarbouillé, l'âme débordant de la douce certitude d'avoir obéi à tous les commandements de Marilla. Il faut dire, cependant, qu'elle avait oublié de défaire son lit.

« J'ai très faim ce matin », claironna-t-elle, tout en se glissant sur la chaise que Marilla avait installée pour elle. « Le monde n'a plus la tête sauvage et grimaçante qu'il avait hier. Je suis si contente qu'il y ait du soleil ce matin. Mais j'aime aussi vraiment beaucoup les matins pluvieux. Tous les matins sont intéressants, vous ne pensez pas ? On ne sait pas encore ce qui va se passer durant la journée, et on peut imaginer tant de choses. Mais je suis contente qu'il ne pleuve pas aujourd'hui, parce qu'il est plus facile d'être joyeux et de supporter les malheurs qui vous arrivent quand il y a du soleil. J'ai l'impression que j'ai beaucoup de malheurs à supporter. C'est très bien de lire des histoires où le malheur vous frappe, et de vous imaginer en train d'y faire face héroïquement, mais ce n'est pas aussi agréable d'avoir à les affronter pour de vrai, ne croyez-vous pas ? »

« De grâce, arrêtez de jacasser comme ça ! » dit Marilla. « Vous parlez beaucoup trop pour une petite fille. »

À partir de ce moment, Anne garda le silence de façon si disciplinée que son mutisme inaltérable commença à inquiéter Marilla. Ce phénomène manquait de naturel. Matthew, lui aussi, garda le silence ; mais dans son cas au moins, il s'agissait d'un phénomène tout à fait naturel. Le repas fut donc extrêmement silencieux.

Anne affichait un air de plus en plus absent, mastiquait mécaniquement, ses grands yeux immobiles posés sur le ciel, sans aucune expression. Ceci ajouta encore à l'anxiété de Marilla ; elle eut le sentiment déplaisant qu'ils étaient attablés avec le corps de cette étrange fillette mais que son esprit était en train de parcourir des régions éthérées, sautant à cloche-pied sur les nuages les plus lointains grâce aux ailes de son imagination. Qui aurait souhaité la présence d'une telle enfant dans sa maison ?

Et pourtant, allez savoir pourquoi, Matthew tenait à la garder ! Marilla sentait bien qu'il y tenait encore tout autant ce matin que la veille au soir, et qu'il ne changerait pas d'avis. Elle reconnaissait bien là la manière de Matthew : il s'entichait de quelque chose et s'y accrochait avec toute la détermination de son silence, détermination dix fois plus efficace et plus traîtresse que s'il l'avait exprimée en paroles.

Lorsque le repas eut pris fin, Anne sortit de sa rêverie et offrit de laver la vaisselle.

« Savez-vous faire la vaisselle convenablement ? » demanda Marilla, méfiante.

« Assez convenablement. Je suis plus douée pour m'occuper des enfants, cependant. J'ai eu beaucoup d'expérience dans ce domaine-là. C'est dommage que vous n'ayez personne ici dont je puisse m'occuper. »

« Je n'ai aucune envie de m'occuper d'autres enfants ! En ce moment, j'ai bien assez de vous. Vous êtes, vous-même, bien sincèrement, une source de problèmes suffisante. Ce qu'on va faire de vous, je n'en sais rien. Matthew est un homme tout à fait inconscient. »

« Je le trouve adorable, moi », fit Anne, d'une voix pleine de reproches. « Il essaie tellement de se mettre à la place des autres. Il ne m'en a pas voulu de trop parler ? Il avait même l'air de m'apprécier. J'ai su qu'il s'agissait d'une âme sœur dès l'instant où je l'ai vu. »

« Vous êtes de drôles d'oiseaux, tous les deux, si c'est cela que vous voulez dire en parlant d'âmes sœurs », lâcha Marilla en reniflant. « Oui, vous pouvez faire la vaisselle. Mettez-y beaucoup d'eau bien chaude, et faites attention de bien essuyer les assiettes. J'ai un tas de choses à faire ce matin, car cet après-midi je dois me rendre en voiture jusqu'à White Sands pour voir Mme Spencer. Vous viendrez avec moi, et nous déciderons une bonne fois pour toutes de ce que nous allons faire de vous. Après avoir fini la vaisselle, vous monterez faire votre lit. »

Anne lava la vaisselle avec une certaine dextérité, ainsi que Marilla, qui la surveillait du coin de l'œil, put le constater. Cependant, elle eut moins de succès, par la suite, avec son lit, car on ne lui avait jamais enseigné l'art de maîtriser un matelas de plume. Mais elle s'en sortit quand même, presque honorablement. Ensuite Marilla, pour s'en débarrasser, lui ordonna d'aller s'amuser jusqu'à l'heure du déjeuner.

Anne courut vers la porte, la mine épanouie, les yeux brillants. Arrivée sur le seuil, elle s'arrêta tout net, pivota, fit demi-tour et revint s'asseoir à table, toute lumière évanouie de son visage et de ses yeux, comme une flamme que l'on aurait glissée sous un éteignoir.

« Qu'est-ce qui se passe encore ? » s'enquit Marilla.

« Je n'ose pas sortir », fit Anne, sur le ton d'une martyre qui a renoncé à tous les plaisirs terrestres. « Si je ne puis rester ici, il ne m'est d'aucun secours de commencer à aimer Green Gables. Et si je sors, et que je fais connaissance avec tous ces arbres, et ces fleurs, et ce verger, et ce ruisseau, je ne pourrai m'empêcher de les aimer. C'est déjà assez pénible maintenant ; je ne veux pas empirer les choses. Pourtant, j'ai tant envie de sortir ; j'ai l'impression que tout le monde m'appelle : "Anne, Anne, viens nous rejoindre. Anne, Anne, viens jouer avec nous." Mais il vaut mieux que je n'y aille pas. Il ne sert à rien d'aimer les choses si l'on sait qu'on va être arraché à elles, n'est-ce pas ? Et il est tellement difficile de s'empêcher d'aimer les choses, pas vrai ? C'est pour ça que j'étais si contente lorsque j'ai cru que j'allais vivre ici. J'ai pensé que j'aurais tant de choses à aimer, et rien pour m'en empêcher. Mais ce rêve trop bref est déjà terminé. Je me suis maintenant résignée à mon sort ; je pense donc que je ne sortirai pas, de peur que je ne puisse m'y résigner, une fois de plus. Quel est le nom de ce géranium sur le rebord de la fenêtre, s'il vous plaît ? »

« C'est le géranium-à-odeur-de-pomme. »

« Oh, non, je ne veux pas utiliser un nom comme celui-là, mais plutôt un vrai nom, donné par vous-même. Vous ne l'avez pas baptisé encore ? Je peux le faire, alors ? Je peux l'appeler – voyons – Bonny, peut-être, je peux l'appeler Bonny pendant que je serai ici ? Oh, s'il vous plaît ! »

« Bonté divine, ça m'est tout à fait égal. Mais à quoi cela rime-t-il de donner un nom à un géranium, voulez-vous bien me dire ? »

« Oh, j'aime que les choses aient des noms nobles, même si ce ne sont que des géraniums. Ça les rapproche davantage des personnes. Ne savez-vous pas que cela vexe profondément un géranium d'être appelé géranium, rien que ça, tout le temps ? Vous n'aimeriez pas qu'on vous traite de "femme" sans arrêt. Oui, je l'appellerai Bonny. J'ai donné un nom, ce matin, à ce cerisier devant la fenêtre de ma chambre. Je l'ai appelé Reine des Neiges, parce qu'il était tout blanc. Bien sûr, il ne sera pas toujours en fleurs, mais on peut se l'imaginer, non ? »

« Je n'ai jamais, de toute ma sainte vie, vu ou entendu une chose pareille », marmonna Marilla, battant en retraite vers la cave pour aller chercher des pommes de terre. « C'est vrai qu'elle a un je-ne-sais-quoi de piquant, comme dit Matthew. Voilà que je suis déjà à me demander ce qu'elle va bien pouvoir inventer encore. Elle est en train de m'ensorceler, moi aussi. Elle a déjà réussi avec Matthew. Ce regard qu'il m'a jeté lorsqu'il est sorti reflétait carrément l'essentiel de ses insinuations d'hier soir. J'aimerais tellement qu'il soit comme les autres hommes, capable de s'exprimer en paroles. Il serait possible de lui répondre, à ce moment-là, et de lui faire entendre raison. Mais qu'est-ce qu'on peut faire d'un homme qui vous *regarde*, un point c'est tout ? »

Anne était retombée dans sa rêverie, le menton dans les mains et les yeux levés vers le ciel, lorsque Marilla revint de son expédition à la cave. Marilla ne la dérangea point, jusqu'à ce que le déjeuner, que l'on devait prendre plus tôt, fût sur la table.

« Je suppose que je peux prendre la jument et le boghei cet après-midi, Matthew ? » dit Marilla.

Matthew fit signe que oui et considéra Anne avec une tristesse un peu douloureuse. Marilla intercepta ce regard et lança, sombrement :

« Je vais me rendre jusqu'à White Sands et régler cette histoire. J'emmènerai Anne, et Mme Spencer va probablement prendre les dispositions nécessaires pour qu'elle soit renvoyée en Nouvelle-Écosse sur-le-champ. Je te prépare ton thé, et je serai de retour à temps pour traire les vaches. »

Matthew ne disait toujours rien, et Marilla eut l'impression d'avoir gaspillé inutilement ses mots et son souffle. Il n'y a rien de plus insupportable qu'un homme qui refuse de répondre, si ce n'est une femme qui fait la même chose, évidemment.

Matthew attela la jument alezane au boghei, et Marilla et Anne se mirent en route. Il leur ouvrit la barrière de la cour, et tandis qu'elles passaient lentement près de lui, il marmonna, feignant de ne parler à personne :

« Le petit Jerry Buote de la Creek était ici ce matin, et je lui ai dit que je pensais l'engager cet été. »

Marilla ne répondit pas, mais elle lança à la pauvre jument alezane un coup de fouet qui lui pinça le cuir si cruellement que la grosse bête, peu habituée à être traitée de la sorte, fila, furieuse, à un train d'enfer. Marilla trouva le temps de se retourner une fois alors que le boghei tressautait en tous sens et aperçut cet insupportable Matthew qui les suivait du regard, s'appuyant mélancoliquement sur la barrière.

5

L'histoire d'Anne

« Savez-vous », murmura Anne, sur le ton de la confidence, « j'ai décidé de profiter de cette promenade en voiture. J'ai appris que l'on pouvait presque toujours voir le bon côté des choses, pourvu que l'on prenne la décision de le faire. Bien sûr, il faut que ce soit une décision très ferme. Je ne vais pas penser à mon retour à l'orphelinat pendant toute notre promenade. Oh, regardez, il y a une petite églantine éclose ! Déjà ! N'est-elle pas ravissante ? Ne pensez-vous pas qu'elle doit être heureuse d'être une églantine ? Ne serait-ce pas délicieux si les roses pouvaient parler ? Je suis sûre qu'elles pourraient nous dire de très jolies choses. Et le rose n'est-il pas la couleur la plus ensorcelante du monde ? J'aime le rose, mais je ne pourrais pas en porter. Les roux ne peuvent pas porter de rose, pas même dans leur imagination. Avez-vous déjà rencontré quelqu'un, roux dans son enfance, dont les cheveux aient changé de couleur en grandissant ? »

« Non, je ne crois pas en avoir jamais rencontré », fit Marilla, impitoyable, « et je ne pense pas que vous ayez beaucoup de chances que cela vous arrive. »

Anne poussa un soupir.

« Eh bien, voilà un autre espoir envolé. Ma vie est un véritable cimetière d'espoirs ensevelis. C'est une expression que j'ai lue dans un livre, autrefois, et je me la répète pour me consoler chaque fois que je suis déçue de quelque chose. »

« Je ne vois pas grand-chose de réconfortant là-dedans », dit Marilla.

« Eh bien, c'est parce que ça semble si beau, si romantique. C'est comme si j'étais l'héroïne d'un livre, vous comprenez ? J'aime tellement les choses romantiques, et un cimetière plein d'espoirs ensevelis est à peu près la chose la plus romantique qu'on puisse imaginer, non ? Je suis contente d'avoir le mien. Est-ce que nous allons traverser le Lac-aux-Miroirs, cette fois-ci ? »

« Nous n'allons pas vers la mare des Barry, si c'est ce dont vous parlez. Nous prenons la route de la côte. »

« La route de la côte, quelle jolie expression ! » dit Anne, déjà rêveuse. « Est-ce aussi joli que le nom le suggère ? Au moment même où vous avez prononcé les mots route de la côte, je l'ai vue en image dans ma tête, d'un seul coup, comme ça ! Et White Sands, c'est un joli nom aussi ; mais je ne l'aime pas autant qu'Avonlea. Avonlea, voilà une charmante appellation. De la véritable musique ! Est-ce que c'est loin, White Sands ? »

« À cinq miles, et, puisque vous avez de toute évidence l'intention de bavarder, vous pourriez peut-être vous rendre utile en me parlant un peu de vous-même. »

« Oh, vous savez, ce que je *sais* à propos de moi-même ne vaut pas vraiment la peine d'être raconté », dit Anne avec empressement. « Mais si vous me laissiez vous dire ce que *j'imagine*, vous trouveriez cela infiniment plus intéressant. »

« Non, je ne veux pas écouter vos histoires imaginaires. Tenez-vous-en aux faits, et rien qu'aux faits. Commencez par le commencement. Où êtes-vous née, et quel âge avez-vous ? »

« J'ai eu onze ans au mois de mars dernier », dit Anne, se résignant, avec un soupir, à s'en tenir aux faits, et rien qu'aux faits. « Et je suis née à Bolingbroke, en Nouvelle-Écosse. Le nom de mon père était Walter Shirley, et il était professeur à l'école secondaire de Bolingbroke. Le nom de ma mère était Bertha Shirley. Walter et Bertha ne sont-ils pas des noms charmants ? Je suis très heureuse que mes parents aient porté de beaux noms. Ce serait une telle disgrâce d'avoir un père qui s'appellerait… voyons !… disons Jedediah, ne pensez-vous pas ? »

« Je suppose que le nom d'une personne n'a guère d'importance, pourvu qu'elle sache se conduire comme il faut », dit Marilla, qui se sentait obligée d'inculquer à cette fillette des notions morales saines et utiles.

« Eh bien, voyons, je ne sais pas trop. » Anne arborait un air pensif. « J'ai lu dans un livre, il y a longtemps, qu'une rose qui porterait un autre nom continuerait d'exhaler un parfum aussi doux, mais je n'ai jamais pu m'en convaincre. Je ne pense pas qu'une rose serait aussi belle si on l'appelait chardon ou pied-de-veau. Je suppose que mon père aurait pu être quelqu'un de très bien même s'il s'était appelé Jedediah ; mais je suis sûre que ça lui aurait rendu la vie très difficile. Bon, pour continuer, ma mère enseignait elle aussi à l'école secondaire, mais quand elle a épousé mon père, elle a bien entendu abandonné son poste. Un mari, c'était comme une responsabilité suffisante. Mme Thomas racontait qu'ils formaient un couple d'enfants, aussi pauvres que des rats d'église.

« Ils s'en allèrent vivre dans une toute petite maison jaune, à Bolingbroke. Je ne l'ai jamais vue, cette maison, mais je me la suis imaginée des milliers de fois. Je pense qu'il devait y avoir du chèvrefeuille au-dessus de la fenêtre du salon, et des lilas dans la cour d'en avant, et du muguet dès qu'on franchissait la barrière. Oui, tout ça, et des rideaux de mousseline à chacune des fenêtres. Les rideaux de mousseline, quelle allure distinguée cela donne à une maison ! Je suis née dans cette maison. Mme Thomas disait que j'étais le plus quelconque des bébés qu'elle avait jamais vus, tellement j'étais chétive, et toute petite, avec des yeux immenses ; pour ma mère, pourtant, j'étais le plus beau des bébés. Je croirais volontiers qu'une mère est meilleur juge qu'une pauvre femme qui vient frotter vos planchers, ne croyez-vous pas ? Je suis contente, de toute manière, qu'elle ait été satisfaite de moi ; je me sentirais si triste de ne pas avoir correspondu à ses désirs, parce que, voyez-vous, elle n'a pas vécu bien longtemps après ma naissance. Elle est morte d'une fièvre quand je n'avais que trois mois. J'aurais souhaité qu'elle vive assez longtemps pour que je puisse l'appeler “maman”. Je pense que ce doit être très doux d'appeler quelqu'un “maman”, pas vous ? Et mon père est mort quatre jours plus tard, de la fièvre, lui aussi. J'étais orpheline, et les gens ne savaient pas quoi faire de moi, mais Mme Thomas, elle, a su quoi faire. Voyez-vous, même à ce moment-là personne ne voulait de moi : on dirait bien que c'est mon destin. Mon père et ma mère étaient venus de loin, et on savait bien qu'ils n'avaient plus de famille vivante. Finalement, Mme Thomas a dit qu'elle me prendrait, même si elle était pauvre et que son mari buvait. Elle m'a nourrie au biberon. Croyez-vous que le fait d'avoir été nourrie au biberon rend les gens meilleurs ? Je vous pose la question parce que, chaque fois que j'étais méchante, Mme Thomas me demandait, sur un terrible ton de reproche, comment c'était possible, puisque j'avais été nourrie au biberon.

« M. et Mme Thomas ont déménagé de Bolingbroke à Marysville, et j'ai vécu avec eux jusqu'à l'âge de huit ans. Je les aidais à s'occuper de leurs enfants. Il y en avait quatre, tous plus jeunes que moi, et je peux vous dire qu'ils m'ont donné bien du fil à retordre ! Et puis, M. Thomas s'est tué en passant sous un train, et la mère de Mme Thomas lui a offert de la recueillir avec ses enfants, mais elle ne voulait pas de moi. Mme Thomas ne savait vraiment plus quoi faire, à mon propos, à ce qu'elle disait. C'est alors que Mme Hammond, du haut de la rivière, est descendue, disant qu'elle me prendrait ; elle avait vu que je savais m'occuper des enfants, et, par conséquent, je suis partie vers le haut de la rivière, vivre avec elle, dans une petite clairière au milieu des souches. C'était un endroit bien solitaire. Je suis persuadée que je n'aurais jamais pu vivre là si je n'avais pas eu d'imagination. M. Hammond avait une petite scierie dans ce coin-là, et Mme Hammond, elle, avait huit enfants. Elle a eu des jumeaux trois fois. J'aime bien les bébés, s'il n'y en a pas trop, mais des jumeaux trois fois de suite, c'est vraiment *trop*. Je l'ai dit avec fermeté à Mme Hammond, quand elle a eu les deux derniers. J'étais terriblement fatiguée de les porter partout. J'ai vécu dans le haut de la rivière avec Mme Hammond pendant deux ans, et puis M. Hammond est mort, et Mme Hammond a décidé d'en finir avec sa maisonnée. Elle a envoyé ses enfants chez divers membres de sa famille, puis elle est partie aux États-Unis. J'ai dû aller à l'orphelinat de Hopetown, puisque personne ne voulait de moi. À l'orphelinat, ils ne me voulaient pas vraiment non plus ; ils disaient qu'ils avaient déjà trop de monde comme ça. Mais ils ont bien dû m'accepter, et je suis restée là quatre mois, jusqu'à la venue de Mme Spencer. »

Anne finit son histoire sur un autre gros soupir, de soulagement, celui-ci. De toute évidence, elle n'aimait guère raconter ses démêlés avec un monde qui n'avait pas voulu d'elle.

« Êtes-vous jamais allée à l'école ? » demanda Marilla, pilotant la jument alezane en direction de la route de la côte.

« Pas beaucoup. J'y suis allée un peu la dernière année que j'étais avec Mme Thomas. Quand je suis allée vivre dans le haut de la rivière, nous étions si éloignés de l'école que je ne pouvais y aller à pied en hiver, et en été il y avait les vacances, ce qui fait que je ne pouvais m'y rendre qu'au printemps et en automne. Mais, bien sûr, j'y suis allée pendant mon séjour à l'orphelinat. Je peux lire assez bien, et je connais par cœur un bon nombre de textes en vers : "La bataille de Hohenlinden", et "Édimbourg après

Flodden", et "Bingen-sur-le-Rhin", et beaucoup de passages de *La Dame du lac* et la plus grande partie des *Saisons*, de James Thompson. N'aimez-vous pas la poésie, qui vous parcourt d'un frisson de la tête aux pieds ? Il y a un texte dans le livre de lecture de cinquième année – *La Chute de la Pologne* – qui envoûte et fait trembler de joie. Bien sûr, je n'étais pas censée accéder à la lecture de la cinquième année – j'étais seulement en quatrième – mais les grandes filles me passaient leurs livres. »

« Est-ce que ces femmes – Mme Thomas et Mme Hammond – étaient gentilles avec vous ? » questionna Marilla, observant Anne à la dérobée.

« O-o-oh », fit Anne, troublée. Son petit visage, qui trahissait facilement ses émotions, devint soudain écarlate, et l'embarras lui fit froncer les sourcils. « Oh, elles *voulaient* sans doute être gentilles, je suis sûre qu'elles voulaient être aussi bonnes et aussi aimantes que possible. Et quand les gens ont l'intention d'être bons pour vous, cela ne vous dérange pas trop s'ils ne le sont pas toujours. Elles avaient bien des chats à fouetter, vous savez. C'est très pénible d'avoir un mari qui boit ; et ça doit être très éprouvant d'avoir des jumeaux trois fois de suite, vous ne pensez pas ? Mais je suis sûre qu'elles voulaient être bonnes pour moi. »

Marilla ne posa plus de questions. Anne se laissa bercer en silence par la route de la côte et Marilla, plongée dans ses réflexions, guidait distraitement la jument. Soudain, un mouvement de pitié se fit dans son cœur. Quelle existence sans amour et sans consolations cette enfant avait connue ! Une petite vie de misérable esclave, solitaire et négligée ; Marilla était assez fine pour lire entre les lignes de l'histoire d'Anne, et pour deviner la vérité. Il n'était guère surprenant qu'elle eût été si enchantée à l'idée d'avoir enfin un chez-soi. C'était malheureux qu'on eût à la renvoyer. Et si jamais elle, Marilla, succombait à cette inexplicable fantaisie de Matthew ? Si elle acceptait que cette fillette reste ? Matthew en avait incontestablement très envie ; et l'enfant semblait être une brave petite, agréable de caractère, disposée à apprendre.

« Elle jacasse bien trop », pensait Marilla, « mais on arrivera bien à la guérir de ça. Et, après tout, elle ne dit rien de grossier ni de vulgaire. Elle a des manières de vraie dame. Ses parents étaient probablement des gens comme il faut. »

La route de la côte était boisée, sauvage, solitaire. À droite, des sapins rabougris, dont l'âme avait résisté aux longues années de lutte contre les vents du golfe, continuaient de croître, en groupes denses. À gauche se dressaient des falaises de grès rouge, très abruptes. Parfois, elles longeaient la route de si près qu'un animal plus nerveux que la jument alezane leur aurait certainement causé de l'angoisse. En bas, au pied des falaises, s'entassaient des rochers érodés par le ressac qui alternaient avec de minuscules criques, dont le sable était serti de cailloux aussi polis que des bijoux. Au-delà s'étendait la mer, scintillante et bleue, et au-dessus, mouettes et goélands se livraient à des acrobaties aériennes, de l'argent fondu au bout des ailes.

« Est-ce que la mer n'est pas une vraie merveille ? » remarqua Anne, émergeant de ce long silence au cours duquel ses yeux écarquillés n'avaient rien perdu du paysage.

« Un jour, quand je vivais à Marysville, M. Thomas a loué une voiture rapide et nous a tous emmenés passer la journée à dix miles de là, au bord de la mer. J'ai aimé chaque instant de cette journée-là, bien que j'aie dû surveiller les enfants sans arrêt. J'ai revécu ces instants, pendant des années, dans mes rêves. Mais cette côte est bien plus belle que celle de Marysville. Ces mouettes ne sont-elles pas splendides ? Est-ce que vous n'aimeriez pas être une mouette ? Moi, je pense que j'aimerais bien, si, évidemment, je ne pouvais pas être une petite fille. Ne pensez-vous pas que ce serait particulièrement agréable de se réveiller au lever du soleil, de descendre d'un coup d'aile au ras de l'eau, de voler toute la journée dans cette délicieuse étendue toute bleue, et puis, la nuit, de retourner d'un dernier coup d'aile jusqu'à son nid ? Oh, je m'imagine déjà en train de le faire. Quelle est cette grande maison, juste devant nous, s'il vous plaît ? »

« C'est l'hôtel de White Sands. M. Kirke le gère, mais la saison n'est pas encore commencée. Il y a des tas d'Américains qui viennent ici l'été. Ils considèrent que cette côte est exactement ce qui leur convient. »

« J'avais peur que ce soit le domicile de Mme Spencer », dit Anne avec tristesse. « Je n'ai pas du tout envie d'y arriver. Cela signifierait, en quelque sorte, la fin de tout. »

6

Marilla se décide

Elles finirent cependant par arriver. Mme Spencer, qui vivait dans une vaste maison jaune de l'anse de White Sands, s'avança sur le seuil pour les accueillir, son visage bienveillant empreint à la fois de plaisir et d'étonnement.

« Mon Dieu, mon Dieu », s'exclama-t-elle, « vous étiez bien les dernières personnes que je comptais recevoir aujourd'hui ! Je suis quand même très contente de vous voir. Voulez-vous qu'on rentre votre cheval ? Et comment allez-vous, Anne ? »

« Aussi bien que faire se peut, merci » fit Anne, sans le moindre sourire. On aurait cru, tout d'un coup, que quelqu'un lui avait jeté un sort.

« Je pense que nous allons rester un petit moment, pour reposer la jument », dit Marilla, « mais j'ai promis à Matthew de rentrer tôt. Il faut bien avouer, Mme Spencer, qu'une étrange erreur s'est produite quelque part, et je suis venue vous voir pour comprendre. Nous vous avons fait dire, Matthew et moi, de nous ramener un petit garçon de l'orphelinat. Nous avons demandé à votre frère Robert de vous aviser que nous voulions un garçon d'environ onze ou douze ans. »

« Mon Dieu, Marilla Cuthbert, ce n'est pas vrai ! » s'écria Mme Spencer, toute désemparée. « Mais Robert, par l'intermédiaire de sa fille Nancy, m'a fait parvenir un message disant que vous vouliez une fille, n'est-ce pas, Flora Jane ? » dit-elle en faisant appel à sa fille, qui venait de descendre l'escalier.

« Oui, c'est bien ce que Nancy nous a dit, mademoiselle Cuthbert », confirma Flora Jane avec le plus grand sérieux.

« Je suis terriblement désolée », dit Mme Spencer, « C'est vraiment épouvantable ; mais ce n'était certainement pas de ma faute, vous en conviendrez, mademoiselle Cuthbert. J'ai fait de mon mieux, et je pensais vraiment suivre vos instructions. Nancy a une cervelle d'oiseau. J'ai souvent dû la réprimander à cause de son étourderie. »

« C'était notre faute, après tout », fit Marilla, résignée. « Nous aurions dû venir vous voir en personne, au lieu de vous faire transmettre un message d'une telle importance, de bouche-à-oreille, comme nous l'avons fait. Enfin, l'erreur a été commise, et tout ce que nous pouvons faire, à présent, c'est d'essayer de la corriger. Pouvons-nous renvoyer cette enfant à l'orphelinat ? Je présume qu'ils vont la reprendre, n'est-ce pas ? »

« Je le suppose », dit Mme Spencer, songeuse. « Mais je ne pense pas qu'il sera nécessaire de la renvoyer. Mme Peter Blewett était ici, hier, et elle me disait à quel point elle aimerait que je lui envoie une petite fille pour l'aider. Mme Peter a une grande famille, vous savez, et elle a bien de la peine à trouver de l'aide. Anne fera parfaitement l'affaire. Je pense que c'est un don de la providence. »

Marilla n'avait pas l'air d'en penser autant. Elle tenait pourtant là une chance exceptionnelle de se débarrasser de l'orpheline dont elle ne voulait pas, et voilà qu'elle n'en éprouvait aucun plaisir.

Elle ne connaissait Mme Peter Blewett que de vue ; c'était une chipie, qui n'avait que la peau sur les os. Mais elle en avait entendu parler. « Elle travaille terriblement fort et elle épuise les autres », voilà ce qu'on disait d'elle ; les anciennes servantes qui avaient quitté son service racontaient des histoires horribles au sujet de ses humeurs et de son avarice, sans parler de sa smala de mioches effrontés et batailleurs. Marilla sentit sa conscience se réveiller à l'idée qu'Anne allait être confiée aux bons soins d'une telle femme.

« Bon, je vais y aller et nous en discuterons », dit-elle.

« Mais n'est-ce pas Mme Peter qui débouche justement dans l'allée ? » s'exclama Mme Spencer, poussant ses invitées de l'entrée vers le salon, où un froid de loup les saisit ; on aurait pu croire que l'air y avait été filtré pendant si longtemps à travers le vert sombre des persiennes closes, qu'il en avait perdu la moindre particule de chaleur qu'il avait jamais pu contenir.

« C'est vraiment un coup de chance, nous allons pouvoir régler cette affaire tout de suite. Vous, mademoiselle Cuthbert, prenez le fauteuil. Anne, asseyez-vous ici sur le divan et cessez de vous tortiller ainsi. Donnez-moi vos chapeaux. Flora Jane, veux-tu aller faire chauffer la bouilloire ? Bonjour, madame Blewett. Nous constations justement à quel point vous arrivez au bon moment. Permettez-moi de vous présenter, mesdames. Mme Blewett, Mlle Cuthbert. Excusez-moi un moment. J'ai oublié de dire à Flora Jane de sortir les petits pains du four. »

Mme Spencer fila discrètement, après avoir levé les persiennes. Anne, assise sur le divan, muette, les mains jointes serrées sur ses genoux, dévisageait Mme Blewett avec une sorte de fascination. Allait-on la remettre à cette femme au visage en lame de couteau, au regard d'épervier ? Elle sentit une boule lui monter dans la gorge et ses yeux se mirent à brûler. Elle commençait à avoir peur de ne pouvoir retenir ses larmes lorsque Mme Spencer revint, rouge et rayonnante, débordant d'une énergie susceptible d'aplanir toutes les difficultés existantes, de quelque nature qu'elles fussent.

« Il semble qu'une erreur se soit glissée à propos de cette petite fille, madame Blewett », dit-elle. « J'avais eu l'impression que M. et Mlle Cuthbert voulaient adopter une petite fille. C'est du moins ce qu'on m'avait dit. Mais c'est apparemment un garçon qu'ils voulaient. Par conséquent, si vous n'avez pas changé d'idée depuis hier, je pense qu'elle vous conviendra parfaitement. »

Mme Blewett enveloppa Anne, de la tête aux pieds, d'un regard féroce.

« Quel âge avez-vous et quel est votre nom ? » s'enquit-elle.

« Anne Shirley », répondit la pauvre petite, toute troublée, n'osant pas se lancer dans des stipulations supplémentaires quant à l'orthographe de son nom, « et j'ai onze ans. »

« Humm ! Vous ne m'avez pas l'air de valoir grand-chose. Mais vous me semblez nerveuse. Je ne sais pas si les filles sèches et nerveuses sont les meilleures. Peut-être, en définitive. Enfin, si je vous accepte, il faudra être une brave fille, compris ? – brave, gentille et docile. Vous devrez travailler pour subvenir à vos besoins, c'est l'évidence même. Oui, je pense que je peux bien vous en débarrasser, mademoiselle Cuthbert. Le bébé est terriblement pleurnicheur, et je suis épuisée à force de m'occuper de lui. Si vous voulez, je peux l'emmener chez moi tout de suite. »

Marilla observait Anne et se sentit fondre à la vue du visage de cette enfant, si pâle, si remplie de muet désespoir, celui d'une pauvre créature qui se retrouve, encore une fois, prise dans un filet dont elle croyait s'être évadée. Marilla sut, avec une certitude troublante, que si elle ne cédait pas à ce regard qui l'appelait à l'aide, elle le regretterait jusqu'à la fin de ses jours. Plus encore, elle ne se sentait aucune sympathie pour Mme Blewett. Remettre une fillette sensible, enthousiaste et ardente à une telle femme ! Non, elle ne pouvait vraiment pas se rendre responsable d'une chose pareille !

« Eh bien, je ne sais trop », dit-elle, lentement. « Je n'ai pas dit que Matthew et moi avions décidé pour de bon que nous n'en voulions pas. De fait, je dirais presque que Matthew est prêt à la garder. Je suis simplement venue voir comment l'erreur avait pu se produire. Je pense que je ferais mieux de la ramener avec moi et d'en discuter avec Matthew. Je crois que je ne devrais prendre aucune décision sans le consulter d'abord. Si nous décidons de ne pas la garder, nous l'amènerons demain soir, ou nous vous la ferons envoyer. Si nous ne le faisons pas, vous saurez qu'elle reste avec nous. Est-ce que cet arrangement vous convient, madame Blewett ? »

« Il le faudra bien », répliqua effrontément Mme Blewett. Pendant que Marilla parlait, une lueur avait vu le jour sur le visage d'Anne. Elle semblait moins désespérée ; dans ses grands yeux, où s'allumèrent des étoiles, un espoir naissait. L'enfant s'en trouva presque transfigurée ; quelques instants plus tard, lorsque Mme Spencer et Mme Blewett sortirent pour aller chercher une recette que Mme Blewett était venue emprunter, Anne traversa la pièce, d'un seul bond, pour rejoindre Marilla.

« Oh, mademoiselle Cuthbert, avez-vous vraiment dit que vous alliez peut-être me permettre de rester à Green Gables ? » fit-elle, d'une toute petite voix, hors d'haleine, comme si parler fort eût risqué de briser cette radieuse hypothèse. « L'avez-vous vraiment dit ? Ou est-ce que je l'ai simplement imaginé ? »

« Je crois que vous feriez mieux de contrôler votre imagination, Anne, si vous n'arrivez pas à faire la distinction entre ce qui est vrai et ce qui ne l'est pas », dit Marilla, brusquement. « Oui, vous m'avez bien entendu dire cela, et rien de plus. Rien n'est encore décidé, et peut-être que nous parviendrons à la conclusion qu'il est mieux de vous remettre à Mme Blewett, après tout. Vous lui êtes certainement plus nécessaire qu'à moi. »

« J'aimerais mieux retourner à l'orphelinat que d'aller vivre avec elle », lança Anne, d'une voix passionnée. « Elle ressemble… elle ressemble à une queue-de-cochon pour percer des trous. »

Marilla réprima un sourire ; elle savait bien qu'Anne aurait dû être réprimandée pour oser tenir un tel langage.

« Une petite fille comme vous devrait avoir honte de parler de la sorte d'une dame, et d'une étrangère de surcroît », dit-elle d'un ton sévère.

« Retournez vous asseoir tranquillement, sachez maîtriser votre langue, et tenez-vous convenablement, comme une petite fille bien élevée. »

« Je tâcherai de faire et d'être tout ce que vous me demanderez, pourvu que vous me gardiez », dit Anne, réintégrant docilement son divan.

Lorsqu'elles furent de retour à Green Gables ce soir-là, Matthew vint à leur rencontre. Marilla, de loin, l'avait aperçu en train de rôder le long de l'allée, et elle avait deviné pourquoi. Elle s'attendait à lire, sur son visage, une expression de soulagement : elle avait, finalement, ramené Anne. Toutefois, elle ne lui dit rien de ce qui s'était passé, avant qu'ils ne fussent tous deux dans la cour derrière la grange, en train de traire les vaches. C'est alors qu'elle lui raconta, brièvement, l'histoire d'Anne et le résultat de leur entretien avec Mme Spencer.

« Je ne donnerais pas un chien que j'aime à cette dame Blewett », s'écria Matthew, avec une vigueur peu coutumière.

« Je n'apprécie guère sa manière d'être, je l'avoue », admit Marilla, « mais c'est la seule solution, si nous ne gardons pas Anne, Matthew. Et, puisque tu sembles tenir à ce qu'elle reste, je crois que je le veux aussi. En tout cas, je n'ai pas le choix. J'ai tellement réfléchi à cette possibilité que je pense maintenant m'y être habituée. C'est presque un devoir. Je n'ai jamais élevé d'enfant, et encore moins de fille, et je m'attends à très mal m'en sortir. Mais je ferai de mon mieux. En ce qui me concerne, Matthew, elle peut rester. »

Le visage de Matthew se mit à rayonner de joie.

« Eh bien, j'aurais parié que tu en viendrais à voir les choses ainsi, Marilla », dit-il. « C'est une petite si intéressante. »

« Je préférerais qu'on puisse dire que c'est une petite fort utile », rétorqua Marilla, « mais je veillerai à ce qu'elle le devienne. Et garde-toi bien, Matthew, d'intervenir dans mes façons de l'élever. Une vieille fille ne connaît peut-être pas grand-chose à l'éducation des enfants, mais je parie qu'elle en sait davantage qu'un vieux célibataire. Tu me laisseras donc m'occuper d'elle. Si j'échoue, il sera alors grand temps d'y mettre ton grain de sel. »

« Voyons, voyons, Marilla, tu sais bien que tu peux faire comme tu l'entends », dit Matthew, en la rassurant. « Sois simplement avec elle aussi bonne et aussi douce qu'il est possible de l'être. J'ai comme l'impression qu'elle est de celles dont on peut tout obtenir, à condition de s'en faire aimer. »

Marilla renifla, exprimant ainsi son mépris pour les opinions de Matthew sur des sujets féminins, et s'en fut avec les seaux vers la laiterie.

« Je ne lui dirai pas ce soir qu'elle peut rester », réfléchit-elle, tout en passant le lait dans les écrémeuses. « Elle serait si agitée qu'elle n'en dormirait pas de la nuit. Marilla Cuthbert, te voilà plongée jusqu'au cou dans cette histoire. As-tu jamais pensé, ma fille, qu'un jour tu adopterais une petite orpheline ? C'est fort surprenant, d'autant plus que c'est Matthew qui est à l'origine de tout cela, lui qui a toujours été terrorisé par les petites filles. Enfin, de toute manière, on a décidé de tenter l'expérience, et, mon doux, on verra bien le résultat. »

7

Anne apprend à prier

Lorsque Marilla emmena Anne au lit ce soir-là, elle lui dit, d'un ton qui n'admettait pas de réplique :

« Écoutez, Anne. J'ai remarqué hier soir que vous éparpillez vos vêtements partout sur le plancher quand vous les enlevez. C'est une habitude fort déplaisante, et je ne la permettrai pas. Dès que vous aurez enlevé un de vos vêtements, pliez-le convenablement et déposez-le sur la chaise. Je n'ai que faire des petites filles qui ne savent pas ranger leurs affaires. »

« J'étais si bouleversée hier soir que je n'ai même pas songé à mes vêtements », dit Anne. « Par contre, ce soir, je les plierai correctement. Nous devions toujours le faire à l'orphelinat. Une fois sur deux, cependant, j'oubliais : j'avais si hâte de me glisser dans mon lit, dans le calme et la tranquillité, pour pouvoir imaginer toutes sortes de choses. »

« Il faudra faire un effort si vous voulez rester ici », sermonna Marilla. « Bon, voilà, c'est mieux. Maintenant, faites votre prière, et mettez-vous au lit. »

« Je ne fais jamais de prière », déclara Anne.

Marilla prit un air de stupéfaction horrifiée.

« Comment, Anne ? Qu'est-ce que vous dites ? On ne vous a jamais appris à faire votre prière ? Mais Dieu tient à ce que toutes les petites filles fassent leur prière, toujours. Vous ne savez pas qui est Dieu, Anne ? »

« Dieu est un esprit infini, éternel, immuable dans son être, sa sagesse, sa puissance, sa sainteté, sa justice, sa bonté et sa vérité », répondit Anne, très vite, et sans hésitation.

Marilla parut quelque peu soulagée.

« Bon, il semble que vous connaissiez au moins quelque chose, Dieu merci ! Vous n'êtes pas une petite païenne, au moins. Où avez-vous appris cela ? »

« Oh, à l'école du dimanche, à l'orphelinat. Ils nous faisaient apprendre tout le catéchisme. J'aimais beaucoup ça. Il y a quelque chose de magnifique dans certains de ces mots. "Infini, éternel, et immuable". N'est-ce pas sublime ? Ça roule et ça gronde, comme la musique d'un grand orgue. On ne pourrait pas dire que c'est de la poésie, je présume, mais ça y ressemble beaucoup, non ? »

« Nous ne parlons pas de poésie, Anne, nous parlons de vos prières. Savez-vous que c'est très mal de ne pas faire sa prière tous les soirs ? J'ai bien peur que vous ne soyez une très vilaine petite fille. »

« Vous trouveriez plus facile d'être vilaine quc gentille, si vous aviez vous aussi les cheveux roux », dit Anne, d'un ton agressif. « Les gens qui n'ont pas les cheveux roux ne savent pas quels problèmes ça vous cause. Mme Thomas m'a dit que Dieu a fait exprès de me donner des cheveux roux, et depuis, il ne m'intéresse plus. De toute manière, j'ai toujours été trop fatiguée le soir pour me préoccuper de ma prière. On ne peut pas demander aux gens qui prennent soin de jumeaux de faire leur prière. Pensez-vous honnêtement qu'on puisse exiger cela d'eux ? »

Marilla décida que l'éducation religieuse d'Anne allait devoir commencer sans attendre. De toute évidence, il n'y avait pas de temps à perdre.

« Tant que vous vivrez sous mon toit, Anne, vous ferez votre prière ! »

« Oui, bien sûr, si vous le voulez », s'empressa d'acquiescer Anne. « Je ferai n'importe quoi pour vous faire plaisir. Mais, pour cette fois-ci, il faudra que vous me guidiez. Une fois que je serai dans mon lit, j'imaginerai une très belle prière que je dirai tous les soirs. Je pense que ce sera même extrêmement intéressant, maintenant que j'y pense. »

« Vous devez vous mettre à genoux », dit Marilla, embarrassée.

Anne s'agenouilla aux pieds de Marilla et leva les yeux, le regard pensif.

« Pourquoi les gens doivent-ils s'agenouiller pour prier ? Si je voulais vraiment prier, je vais vous dire ce que je ferais. J'irais dehors, toute seule dans un très grand champ, ou tout au fond des bois, et je lèverais les yeux au ciel – plus haut, plus haut, encore plus haut – vers ce beau ciel bleu dont on a l'impression qu'il restera éternellement bleu. Et là, je *sentirais* ma prière, tout simplement. Bon, je suis prête. Que dois-je dire ? »

Marilla était plus embarrassée que jamais. Elle avait eu l'intention d'apprendre à Anne la prière classique des enfants, « Maintenant, je remets mon sommeil entre vos mains. » Mais elle avait, comme je vous l'ai déjà dit, un certain sens de l'humour, ou plutôt l'instinct de juger de l'à-propos des situations. Elle se rendait soudain compte que cette prière toute simple, sacrée peut-être pour les enfants en robe blanche qui la gazouillaient à genoux près de leur mère, n'aurait pas grand sens pour cette petite sorcière tavelée de taches de rousseur, qui ne savait rien de l'amour de Dieu. Comment connaître l'amour de Dieu sans avoir connu l'amour des hommes ?

« Vous êtes assez grande pour prier toute seule, Anne », dit-elle finalement. « Contentez-vous de remercier Dieu pour ses bienfaits et demandez-lui humblement ce que vous avez à lui demander. »

« Bien, je ferai de mon mieux », promit Anne, cachant son visage dans le giron de Marilla. « Père éternel, vous qui êtes bon et généreux… c'est comme cela que les pasteurs s'adressent à lui au temple, c'est donc normal de faire la même chose dans une prière personnelle, n'est-ce pas ? » s'interrompit-elle, levant un instant la tête.

« Père éternel, vous qui êtes bon et généreux, je vous rends grâce pour le Chemin blanc des Délices et pour le Lac-aux-Miroirs et pour Bonny et pour la Reine des Neiges. Je vous rends grâce de tout cœur parce qu'ils existent. Et ce sont là tous les remerciements que je peux vous adresser en ce moment pour vos bienfaits. Quant aux choses que je désire, il y en a tellement que cela me prendrait beaucoup trop de temps pour que j'en dresse toute la liste, et je ne mentionnerai donc que les deux plus importantes. S'il vous plaît, je vous en prie, permettez-moi de rester à Green Gables ; et s'il vous plaît, je vous en prie, faites que je sois jolie quand je serai grande. Veuillez agréer, cher Père éternel, l'expression de mes sentiments distingués.

Anne Shirley »

« Et alors, est-ce que j'ai bien fait cela ? » s'enquit-elle, anxieuse, pendant qu'elle se relevait. « J'aurais pu, bien sûr, enjoliver davantage ma prière, si j'avais eu un peu plus de temps pour y réfléchir ! »

La pauvre Marilla était sur le point de se sentir mal ; la seule chose qui l'en empêchait, c'était de savoir que le caractère assez peu conventionnel de cette prière ne relevait pas de l'effronterie, mais tout simplement de l'ignorance des choses spirituelles. Elle borda l'enfant, se promettant qu'elle lui apprendrait une prière le lendemain même, sans faute. Au moment où elle se préparait à quitter la pièce, la bougie à la main, Anne la rappela.

« Je viens juste d'y penser. J'aurais dû dire comme les pasteurs, "Amen", au lieu de "Veuillez agréer, cher Père éternel, l'expression de mes salutations distinguées", n'est-ce pas ? J'avais oublié, mais je savais qu'il fallait bien terminer une prière d'une manière ou d'une autre, et j'ai fait comme j'ai pu. Est-ce que vous pensez que cela va faire une différence ? »

« Je – je ne pense pas – non, je ne crois pas », dit Marilla. « Maintenant, dormez comme une sage enfant. Bonne nuit. »

« Je peux vous dire bonne nuit, ce soir, j'ai l'âme en paix », dit Anne, se pelotonnant confortablement dans ses oreillers.

Marilla se retira dans la cuisine, posa la bougie sur la table, d'un geste décidé, et darda sur Matthew un regard furibond.

« Matthew Cuthbert, il était grand temps que quelqu'un adopte cette enfant pour lui apprendre quelque chose. Elle ressemble presque à une véritable païenne. Croirais-tu qu'elle n'avait jamais fait de prière, de toute sa vie, avant ce soir ? Dès demain, nous irons emprunter au presbytère les livrets *La Naissance du jour*, la série entière. Je vais commencer par là. Ensuite, elle ira à l'école du dimanche dès que je lui aurai fait confectionner des vêtements décents. J'ai l'impression que je ne manquerai pas de pain sur la planche. Bon, tant pis, de toute façon, nous ne pouvons pas traverser ce monde sans écoper de notre lot de misères. J'ai eu jusqu'ici une vie plutôt facile, mais voici venue l'heure des épreuves, et je suppose qu'il me faudra m'en accommoder. »

8

L'éducation d'Anne commence

Pour des raisons connues d'elle seule, Marilla ne voulut pas révéler à Anne, avant l'après-midi du jour suivant, qu'elle pourrait rester à Green Gables. Elle occupa l'enfant à diverses tâches durant la matinée, la surveillant d'un regard attentif. Lorsque midi arriva, elle avait conclu qu'Anne était aussi intelligente qu'obéissante, qu'elle aimait travailler et apprenait rapidement. Son défaut le plus sérieux semblait être une tendance à rêvasser pendant qu'elle était en train d'accomplir une tâche, et d'oublier ce qu'elle devait faire jusqu'à ce qu'un désastre ou une réprimande l'eussent ramenée brutalement à la réalité.

Quand Anne eut fini de laver la vaisselle du repas de midi, elle décida soudain d'affronter Marilla, avec la mine désespérée de quelqu'un qui s'attend au pire. Son petit corps frêle tremblait de la tête aux pieds ; elle rougissait, ses grands yeux dilatés en viraient presque au noir ; elle serrait les mains très fort ; elle supplia, d'une voix misérable :

« Oh, par pitié, mademoiselle Cuthbert, ne pourriez-vous pas me dire si vous allez me garder ou me renvoyer ? J'ai bien essayé d'être patiente toute la matinée, mais je ne peux vraiment plus supporter de ne pas savoir. C'est trop difficile. Dites-le-moi, je vous en prie. »

« Vous n'avez pas rincé l'éponge dans de l'eau bouillante propre, comme je vous l'avais demandé », rétorqua Marilla, imperturbable. « Allez le faire avant de poser des questions, Anne. »

Anne s'exécuta, puis elle revint vers Marilla, ses grands yeux implorants fixés sur elle.

« Bon », se décida Marilla, incapable de trouver une excuse qui lui eût permis de retarder encore le moment de s'expliquer, « je pense que je ferais mieux de vous le dire. Matthew et moi, nous avons résolu de vous garder ici, à condition, bien sûr, que vous fassiez un effort pour être une brave petite fille et que vous sachiez vous montrer reconnaissante. Eh bien, mon enfant, qu'est-ce qui se passe ? »

« Je pleure », dit Anne, d'un air ahuri. « Je n'arrive pas à comprendre pourquoi. Je suis aussi contente qu'on peut l'être. Oh, et d'ailleurs, *contente* ne me semble pas du tout être le mot approprié. J'étais contente de voir le Chemin blanc et les fleurs de cerisier, mais maintenant, oh ! c'est bien plus fort. Je suis épouvantablement heureuse. J'essaierai d'être la meilleure des filles. Ce sera difficile, j'en suis sûre, car Mme Thomas m'a souvent dit que j'étais foncièrement méchante. Mais, malgré tout, je ferai tout mon possible. Mais pourriez-vous me dire pourquoi je pleure ? »

« Je suppose que c'est parce que vous êtes toute retournée, toute bouleversée », dit Marilla, d'un ton désapprobateur. « Asseyez-vous sur cette chaise et essayez de vous calmer. J'ai bien peur que vous n'ayez les larmes aussi faciles que le rire. Oui, bon, vous pouvez rester ici, et nous essaierons de faire tout ce que nous pouvons pour vous. Vous devez aller à l'école; mais comme il ne reste que quinze jours avant les vacances, vous commencerez à la rentrée des classes, en septembre.»

«Comment devrai-je vous appeler?» demanda Anne. «Devrai-je toujours dire mademoiselle Cuthbert? Ou est-ce que je peux vous appeler tante Marilla?»

«Non. Vous m'appellerez Marilla, tout simplement. Je n'ai pas l'habitude que l'on m'appelle Mlle Cuthbert, et cela m'agacerait.»

«Mais ça me semble un tel manque de respect, de vous appeler simplement Marilla», protesta la fillette.

«Moi, je n'y vois rien d'irrespectueux, à condition que vous veilliez à me parler avec respect. Tous, jeunes ou vieux, m'appellent Marilla ici à Avonlea, sauf le pasteur. Lui, il m'appelle Mlle Cuthbert... quand il y pense.»

«J'aimerais vous appeler tante Marilla», dit Anne, rêveuse. «Je n'ai jamais eu de tante ou de parent quelconque, même pas une grand-mère. J'aurais l'impression de vous appartenir davantage. Je ne peux pas vous appeler tante Marilla?»

«Non. Je ne suis pas votre tante. Pourquoi donner aux gens des noms qui ne correspondent à rien?»

«Mais nous pourrions imaginer que vous êtes ma tante.»

«Je ne pourrais pas, moi», fit Marilla, mécontente.

«Vous ne vous imaginez jamais que les choses sont différentes de la réalité?», demanda Anne, les yeux écarquillés.

« Non. »

« Oh ! » Anne poussa un profond soupir. « Oh, mademoiselle… oh Marilla, si vous saviez ce que vous perdez ! »

« Je ne crois pas qu'il soit bien d'imaginer des choses fausses », répliqua Marilla. « Le Seigneur a choisi de nous placer dans certaines circonstances et il ne s'attend sûrement pas à ce que nous les transformions par notre imagination. D'ailleurs, cela me fait penser à quelque chose. Allez dans le salon, Anne, assurez-vous que vos pieds sont propres, ne laissez pas rentrer de mouches, et ramenez-moi la carte illustrée qu'il y a sur le manteau de la cheminée, avec le "Notre Père" dessus. Vous consacrerez votre temps libre, cet après-midi, à l'apprendre par cœur. Il n'y aura plus de prières dans le genre de ce que j'ai entendu hier soir. »

« J'ai été bien maladroite, je suppose », dit Anne pour s'excuser, « mais il faut dire, voyez-vous, que je n'ai jamais appris. Croyez-vous qu'on puisse vraiment prier comme il faut la première fois qu'on essaie ? J'avais préparé une fort belle prière aussitôt couchée, tout comme je vous l'avais promis. Elle était presque aussi longue que celle du pasteur et tellement poétique ! Mais savez-vous quoi ? Ce matin, quand je me suis réveillée, je ne me souvenais plus d'un traître mot. Et j'ai bien peur de ne jamais pouvoir en réussir une autre de cette qualité-là. Je ne sais pas pourquoi, mais les choses ne sont jamais aussi réussies lorsqu'on y pense une seconde fois. Avez-vous déjà remarqué cela ? »

« J'ai autre chose à vous dire, Anne. Quand je vous demande quelque chose, je veux que vous m'obéissiez immédiatement et que vous ne restiez pas sur place à faire de grands discours. Allez, et faites ce que je vous ai ordonné.»

Anne partit en vitesse vers le salon, de l'autre côté du couloir. Elle ne revint pas. Dix minutes plus tard, Marilla, en colère, posa son tricot et partit à sa recherche. Elle trouva Anne assise, immobile, devant une illustration accrochée au mur, entre les deux fenêtres, les mains jointes dans le dos, les yeux levés au ciel, le regard plein de rêves étoilés. La lumière blanche et verte, qui filtrait à travers l'enchevêtrement de vigne et de pommiers au-dehors, nimbait cette petite silhouette en extase d'un halo presque céleste.

«Anne, mais à quoi pensez-vous?» lui demanda Marilla, sèchement.

Anne tressaillit. Elle redescendit sur terre.

«À cela», dit-elle, montrant du doigt l'illustration colorée, qui s'intitulait "Le Christ bénissant les petits enfants".

«Je m'imaginais simplement que j'étais cette petite fille en robe bleue, debout toute seule dans un coin comme si elle n'appartenait à personne, tout comme moi. Vous ne trouvez pas qu'elle a l'air triste et solitaire? Je suis sûre qu'elle n'avait ni père ni mère. Mais elle voulait être bénie, elle aussi, et voilà qu'elle s'est glissée, toute timide, derrière les autres, espérant que personne ne la remarquerait, sauf Lui. Je sais bien comment elle devait se sentir. Son cœur devait battre la chamade, ses mains devenir toutes froides, comme les miennes quand je vous ai demandé si je pouvais rester. Elle avait peur qu'il ne la remarque point. Mais il est probable qu'il l'a vue, ne croyez-vous pas ? J'ai essayé de tout imaginer : comment elle s'est avancée, tout doucement, un peu plus près, encore un peu, jusqu'à ce qu'elle soit tout près de Lui ; et alors, il la regarde, il met Sa main sur ses cheveux, et alors, oh ! quel frisson de joie la parcourt tout entière ! Mais j'aurais aimé que l'artiste Lui donne un air moins triste. Tous les tableaux où on le voit sont comme ça, je ne sais pas si vous avez remarqué. Mais je ne crois pas, moi, qu'il ait vraiment eu cet air si triste, sinon les enfants auraient eu peur de Lui. »

« Anne », dit Marilla, qui s'étonnait de ne pas avoir interrompu ce flot de paroles bien avant, « vous ne devriez pas vous exprimer de la sorte. C'est irrespectueux, tout à fait irrespectueux. »

Anne ouvrit de grands yeux étonnés.

« Mais je pensais faire preuve du plus grand respect possible. Je suis bien certaine que je ne voulais pas être irrespectueuse. »

« Bon, peut-être bien, en effet, mais il y a quelque chose de gênant dans le fait de se montrer aussi familier envers de tels sujets. D'ailleurs, Anne, faut-il vous le répéter, quand je vous envoie chercher quelque chose, je veux que vous me l'apportiez sur-le-champ, au lieu de vous mettre à rêvasser et à imaginer des choses en regardant une image. Prenez cette carte et venez à la cuisine ! Bon, maintenant, asseyez-vous là, dans un coin, et apprenez cette prière par cœur ! »

Anne appuya la carte contre la brassée de fleurs de pommier qu'elle avait apportée pour décorer la table de la cuisine – Marilla avait lorgné cet effort de décoration, d'un œil réticent, mais n'avait rien dit –, se prit le visage dans les mains, les coudes appuyés sur la table, et se concentra sur son étude pendant quelques minutes silencieuses.

« J'aime ça », déclara-t-elle finalement. « C'est magnifique. Je l'ai déjà entendu réciter par le responsable de l'école du dimanche, à l'orphelinat, un jour. Mais, cette fois-là, je ne l'avais guère aimé. Il avait une voix cassée, et il priait d'une façon si lugubre ! Je suis tout à fait certaine que, pour lui, prier était un devoir désagréable. Ce n'est pas de la poésie, mais cela me fait le même effet que si c'était de la poésie. "Notre Père qui êtes aux cieux, que Votre Nom soit sanctifié". C'est comme un air de musique. Oh, mademoiselle… Marilla, je suis si contente que vous ayez songé à me le faire apprendre. »

« Eh bien, apprenez-le, et essayez de vous taire », dit Marilla, pour couper court à la discussion.

Anne inclina le vase où elle avait mis ses fleurs de pommier, l'approcha d'elle suffisamment pour déposer un baiser délicat sur l'un des boutons roses, puis se remit à étudier, avec zèle, pendant quelques instants.

« Marilla », s'enquit-elle soudain, « pensez-vous que j'aurai un jour une vraie amie de cœur, ici à Avonlea ? »

« Une… quelle sorte d'amie ? »

« Une amie de cœur, une amie intime, vous savez, une véritable âme sœur, à laquelle je puisse confier ce qui m'est le plus cher. Je rêve depuis toujours d'en avoir une. Je n'avais jamais pensé que ce fût vraiment possible, mais, ces derniers temps, beaucoup de mes rêves les plus doux se sont réalisés, d'un seul coup, et peut-être que celui-ci, lui aussi, se réalisera. Pensez-vous que ce soit possible ? »

« Diana Barry vit là-bas, à Orchard Slope, et elle a à peu près votre âge. C'est une petite fille tout à fait charmante ; quand elle sera rentrée chez elle, elle fera peut-être une bonne compagne de jeux pour vous. Pour le moment, elle est en visite chez sa tante, à Carmody. Mais il faudra que vous fassiez attention à la manière dont vous vous comportez. Mme Barry est quelqu'un de très exigeant. Elle ne laissera jamais Diana jouer avec une petite fille qui ne soit pas à la fois bonne et gentille. »

Anne observa Marilla à travers les fleurs de pommier, les yeux luisants d'intérêt. « À quoi ressemble Diana ? Elle n'a pas les cheveux roux, n'est-ce pas ? Oh, j'espère que non ! C'est déjà bien malheureux d'avoir soi-même les cheveux roux, sans devoir le supporter de son amie de cœur. »

« Diana est une fort jolie petite fille. Elle a les cheveux noirs, les yeux noirs, les joues roses. Elle est, de plus, bonne et intelligente, ce qui est encore mieux que d'être jolie. »

Marilla, aussi obsédée par les maximes moralisatrices que la duchesse du Pays des Merveilles, était fermement convaincue qu'il fallait en ajouter une à chacune des remarques que l'on adressait à un enfant. Anne, cependant, s'intéressait moins à la morale qu'aux possibilités d'émerveillement que les maximes lui offraient.

« Oh, je suis si contente que Diana soit jolie. Si l'on n'est pas jolie, comme c'est malheureusement mon cas, le mieux que l'on puisse espérer, c'est d'avoir une belle amie de cœur. Quand j'habitais chez Mme Thomas, il y avait dans son salon une bibliothèque aux portes vitrées. Il n'y avait pas de livres dedans ; Mme Thomas y rangeait sa plus belle vaisselle de porcelaine, et ses conserves, quand elle en faisait. Une des portes était cassée. M. Thomas l'avait brisée en mille morceaux, un soir où il était légèrement ivre. Mais l'autre était toujours intacte, et je faisais semblant de croire que mon reflet dans la vitre était en réalité celui d'une autre petite fille qui habitait là. Je l'appelais Katie Maurice, et nous étions des amies très intimes. Je lui parlais durant des heures, surtout le dimanche, et je lui racontais tout. Katie était ma consolatrice, la grande joie de ma vie. Nous nous faisions croire que la bibliothèque était enchantée. J'étais convaincue que si j'avais connu le mot de passe, j'aurais pu ouvrir la porte et entrer dans la pièce où vivait Katie Maurice, au lieu de me retrouver dans les étagères de conserves et de porcelaine de Mme Thomas. Et alors, Katie Maurice m'aurait prise par la main et m'aurait emmenée dans un endroit merveilleux, plein de fleurs, de soleil et de fées, où nous aurions vécu heureuses tout le reste de nos jours. Quand je suis partie habiter chez Mme Hammond, cela m'a brisé le cœur de quitter Katie Maurice. Elle en a beaucoup souffert, elle aussi, je le sais, car elle pleurait quand je lui ai dit au revoir à travers la porte de la bibliothèque. Il n'y avait pas de bibliothèque chez Mme Hammond. Mais, en remontant la rivière, un peu plus haut que la maison, il y avait une petite vallée verte et longue, et c'est là qu'habitait le plus charmant des échos. Il vous répétait chacune de vos paroles, même si vous ne parliez pas fort. Je me suis donc imaginé que c'était une petite fille appelée Violetta, nous étions de grandes amies, et je l'aimais presque autant que j'avais aimé

Katie Maurice… enfin, pas tout à fait, mais presque, vous comprenez ? Le soir avant d'aller à l'orphelinat, j'ai dit au revoir à Violetta, et son au revoir m'est revenu sur un ton triste, si triste… Je m'étais tant attachée à elle que je n'ai pas eu le courage de m'imaginer une autre amie de cœur à l'orphelinat, à supposer qu'il y ait eu là moyen de s'imaginer quoi que ce soit. »

« Je pense que c'était aussi bien ainsi », dit Marilla, sèchement. « Je n'approuve nullement ce genre d'histoires. On croirait que vous êtes à demi persuadée de la réalité de vos rêveries. Cela vous fera le plus grand bien d'avoir une amie réelle, en chair et en os, pour vous extirper toutes ces sottises de la tête. Mais ne parlez pas à Mme Barry de votre Katie Maurice et de votre Violetta, parce qu'elle va penser que vous racontez des bêtises. »

« Oh, soyez sûre que je n'en ferai rien. Je ne pourrais en parler à personne, leur souvenir est infiniment trop sacré pour ça. Mais j'ai pensé qu'à vous, je pourrais en parler. Oh, regardez, une abeille énorme vient de tomber d'une des fleurs de pommier ! Quel bel endroit pour vivre, une fleur de pommier, ne pensez-vous pas ? Imaginez-vous en train de dormir dedans, pendant que le vent la berce. Si je n'étais pas une petite fille, je pense que j'aimerais être une abeille et vivre parmi les fleurs. »

« Hier, vous vouliez être une mouette », fit Marilla en reniflant. « Je pense que vous manquez de constance. Je vous ai dit d'apprendre cette prière et de ne pas parler. Mais il semble que ce soit impossible pour vous de vous taire aussi longtemps qu'il y a quelqu'un dans les parages pour vous écouter. Vous allez donc monter dans votre chambre et apprendre cette prière. »

« Oh, mais je la sais déjà presque complètement ; il ne me reste que la dernière ligne à apprendre. »

« Tant pis, faites ce que je vous dis. Montez dans votre chambre, finissez de l'apprendre par cœur et restez là-haut jusqu'à ce que je vous appelle pour m'aider à préparer le thé. »

« Est-ce que je peux emmener les fleurs de pommier avec moi, pour qu'elles me tiennent compagnie ? » demanda Anne, suppliante.

« Non. Vous ne voudriez pas que votre chambre soit tout encombrée de fleurs. En fait, vous auriez dû les laisser sur l'arbre, tout simplement. »

« J'avais cette impression, moi aussi », dit Anne. « J'avais un peu le sentiment que je ne devrais pas raccourcir leur si belle vie en les cueillant. Je n'aimerais pas qu'on me cueille, si j'étais une fleur de pommier. Mais la tentation était *irrésistible*. Que faites-vous quand vous êtes en présence d'une tentation irrésistible ? »

« Anne, m'avez-vous entendue ? Je vous ai dit de monter dans votre chambre. »

Anne, avec un soupir, se retira dans le pignon est, où elle s'assit sur une chaise, près de la fenêtre.

« Et voilà ! Je la sais, cette prière. J'ai appris la dernière ligne en montant. À présent, je vais m'imaginer des choses dans cette pièce, afin qu'elles y restent pour toujours. Le plancher est recouvert d'un tapis de velours blanc, décoré de roses incarnates aux fenêtres ; il y a des rideaux de soie assortis. Les murs sont tendus d'une tapisserie de brocart argent et or. Les meubles sont en acajou. Je n'ai jamais vu d'acajou, mais rien que d'entendre ce mot, j'imagine un tel luxe ! Le sofa sur lequel je suis allongée avec tant de grâce est entièrement couvert de superbes coussins de soie rose, bleue, rouge et dorée. Dans ce grand miroir magnifique, qui est accroché au mur, je vois mon image. Je suis grande, j'ai une allure royale, je suis drapée dans une robe à traîne de dentelle blanche, une croix de perles sur la poitrine, des perles dans les cheveux. Mes cheveux ont la noirceur de la nuit, alors que ma peau a la pâleur d'un ivoire très clair. Je m'appelle Lady Cordélia Fitzgerald. Non, c'est inutile. Je n'arrive pas à rendre cela réel. »

Elle esquissa un pas de danse jusqu'au petit miroir et observa, dans la glace, le reflet de sa petite figure anguleuse, couverte de taches de rousseur, et celui de ses yeux gris démesurément graves.

« Tu n'es que la petite Anne de la maison aux pignons verts », énonça-t-elle avec le plus grand sérieux, « et ce n'est que toi que j'aperçois, exactement comme en ce moment, chaque fois que je tente d'imaginer que je suis Lady Cordélia. Mais il est infiniment plus merveilleux d'être Anne de Green Gables qu'Anne de nulle part, n'est-ce pas ? »

Elle se pencha, embrassa affectueusement son reflet, et se dirigea vers la fenêtre ouverte.

« Chère Reine des Neiges, bon après-midi. Et bon après-midi aussi, à vous, chers bouleaux du fond du creux. Bon après-midi à toi, chère maison grise du haut de la colline. Je me demande si Diana sera mon amie de cœur. J'espère qu'elle le sera et que je l'aimerai énormément. Mais je ne devrai jamais oublier complètement Katie Maurice et Violetta. Elles seraient très malheureuses que je les oublie, et je m'en voudrais énormément de faire du mal à quelqu'un, même à une petite fille de bibliothèque ou à un écho de la vallée verte. Il faudra que je pense à elles, en leur envoyant un baiser tous les jours. »

Du bout des doigts, Anne expédia quelques baisers ailés au-delà des fleurs de cerisier ; puis, la tête dans les mains, elle se laissa mollement glisser sur un océan de rêves éveillés.

9

Mme Rachel Lynde est tout à fait scandalisée

Anne habitait Green Gables depuis quinze jours lorsque Mme Rachel Lynde entreprit une visite d'inspection. Mme Rachel, soyons honnêtes, n'était pas à blâmer pour ce retard. Une grippe particulièrement violente et inattendue s'était abattue sur elle, confinant cette bonne créature entre ses quatre murs depuis la dernière fois où elle s'était rendue à Green Gables. Mme Rachel n'était pas souvent malade, et son mépris pour les gens qui l'étaient se manifestait sans ambiguïté, mais la grippe, déclara-t-elle, ne ressemblait à aucune autre maladie terrestre ; on ne pouvait qu'y entrevoir l'une de ces rares interventions de la Providence. Dès que son médecin lui eut permis de mettre le pied dehors, elle se précipita à Green Gables, dévorée par la curiosité, pour mieux reluquer cette orpheline qu'avaient adoptée Matthew et Marilla, et à propos de laquelle couraient à Avonlea tant de bruits et de rumeurs diverses.

Anne, pour sa part, avait bien profité des journées de ces deux semaines. Elle connaissait déjà tous les arbres et les buissons de l'endroit. Elle avait découvert qu'en bas de la pommeraie un sentier s'ouvrait, se frayant un chemin dans la ceinture boisée environnante ; elle en avait déjà exploré l'extrémité la plus lointaine, avait zigzagué dans tous les coins et recoins : ruisseau, pont, sapinières touffues et arceaux de cerisiers sauvages, sous-bois débordant de fougères, croisements d'érables et de sorbiers.

Elle s'était liée d'amitié avec la source qui prenait naissance dans le vallon ; merveilleusement profonde, la source, sertie de grès d'un rouge très doux, était bordée de grandes touffes de fougères qui retombaient en larges palmes ; un peu plus loin, un pont fait de billes de bois enjambait le ruisseau.

Les pas de danse qu'esquissait Anne sur le pont la menaient encore un peu plus loin, jusqu'à une colline boisée, où régnait, sous les conifères touffus et droits, un clair-obscur perpétuel ; les seules fleurs qu'on y trouvât étaient ces délicates « cloches de juin », mignonnes parures des bois timides et douces : elles y croissaient à foison, accompagnées de quelques « dames-d'onze-heures », d'une pâleur aérienne, réminiscences fantomatiques des fleurs de l'année précédente. Des « fils de la Vierge » luisaient comme des traînées d'argent entre les arbres, et les branches de sapin et les glands donnaient l'impression de vous parler une langue amicale.

Toutes ces expéditions enchanteresses avaient lieu durant les quelques demi-heures qu'on accordait à Anne pour jouer, et celle-ci, au retour, assourdissait Matthew et Marilla du récit éclatant de ses découvertes. Matthew, il faut bien le dire, ne s'en plaignait pas ; il écoutait tout, un sourire de plaisir illuminant son visage muet ; Marilla, quant à elle, autorisait ce « babillage » jusqu'au moment où elle s'apercevait qu'elle y prenait elle-même trop d'intérêt ; alors, elle interrompait rapidement Anne en lui donnant sèchement l'ordre de tenir sa langue.

Anne était dans le verger lorsque Mme Rachel arriva ; elle se promenait, flânant à sa guise dans l'herbe épaisse et luxuriante illuminée par les rayons rougeoyants du soleil couchant. Notre brave dame eut donc le loisir de décrire à Marilla par le menu chacun des symptômes de sa maladie, mettant un entrain si évident dans le récit de ses douleurs et de ses battements de pouls que son interlocutrice fut persuadée que même la grippe devait avoir ses bons côtés. Lorsqu'elle eut épuisé le sujet, Mme Rachel en vint à la véritable raison de sa visite.

« J'ai entendu raconter d'étranges choses à propos de vous et de Matthew. »

« Je présume que vous n'êtes guère plus surprise que moi », dit Marilla. « J'en reviens à peine moi-même. »

« Quel dommage que cette erreur se soit produite », compatit Mme Rachel. « Et vous n'auriez pas pu la renvoyer ? »

« Je pense que nous aurions pu, mais nous avons décidé de ne pas le faire. Matthew avait pris la petite en amitié. Et je dois dire que je l'aime bien, quoique je lui reconnaisse des défauts. La maison a déjà une allure différente. C'est une petite créature fort intelligente. »

Marilla, lisant sur le visage de Mme Rachel une désapprobation évidente, avait spontanément surenchéri, se risquant même à dépasser sa pensée.

« C'est là une lourde responsabilité dont vous vous êtes chargés », fit Mme Rachel d'une voix morose, « étant donné que vous n'avez pas la moindre expérience des enfants. Vous ne savez rien d'elle, ni des tendances qu'elle peut avoir, je présume, et on ne peut guère prévoir comment une telle enfant va tourner. Mais je ne veux pas vous décourager, soyez-en persuadée, Marilla. »

« Je ne suis pas du tout découragée », fut la réponse fort sèche de Marilla. « Quand je prends une décision, c'est pour de bon. Je suppose que vous aimeriez faire la connaissance d'Anne. Je vais l'appeler. »

Anne arriva aussitôt en courant, les yeux brillants de tout le plaisir glané au fil de sa promenade dans le verger ; mais, décontenancée de se trouver abruptement en présence d'une étrangère, elle s'arrêta, hésitante, près de la porte. C'était, sans nul doute, une petite à l'allure curieuse, dans sa robe de tiretaine, courte et trop étroite, rescapée de l'orphelinat, qui conférait à ses jambes maigres et nues une longueur démesurée. Ses taches de rousseur étaient encore plus nombreuses et évidentes ; elle ne portait pas de chapeau et le vent avait décoiffé ses cheveux, les laissant dans un stupéfiant désordre où ils apparaissaient plus roux que jamais.

« Eh bien, ce n'est sûrement pas pour votre apparence qu'on vous a choisie, c'est sûr et certain », commenta pesamment Mme Rachel, qui, personne charmante et populaire au demeurant, se faisait un devoir de toujours dire ce qu'elle pensait sans crainte ni subtilité. « Elle est très maigre et très ordinaire, Marilla. Venez donc ici, mon enfant, laissez-moi vous regarder. Doux Jésus, a-t-on jamais vu pareilles taches de rousseur ? Et elle a des cheveux couleur carotte ! Venez ici, mon enfant, allons, venez ! »

Anne s'approcha, mais pas tout à fait comme s'y attendait Mme Rachel. D'un seul bond, elle avait traversé la cuisine, et la voilà qui se dressait devant Mme Rachel, le visage cramoisi, les lèvres tremblant de colère, toute sa petite silhouette grêle emportée par un courroux dévastateur.

« Je vous déteste », s'écria-t-elle, d'une voix coupée par l'émotion, trépignant sur place. « Je vous déteste, je vous déteste, je vous déteste », chaque déclaration de rage haineuse s'accompagnant d'un coup de talon supplémentaire sur le plancher. « De quel droit dites-vous que je suis maigre et laide ? De quel droit parlez-vous de mes cheveux roux et de mes taches de rousseur ? Vous êtes une bonne femme mal élevée, grossière, insensible ! »

« Anne ! » s'écria Marilla, consternée.

Mais Anne, sans sourciller, continuait de faire face à Mme Rachel, la tête bien droite, les yeux étincelants, les poings serrés, tendue par une indignation passionnée qui roulait autour d'elle comme les éclats d'un orage.

« De quel droit pouvez-vous dire des choses pareilles sur moi ? » répéta-t-elle avec véhémence. « Vous aimeriez, vous, que l'on dise des choses pareilles sur vous ? Vous aimeriez qu'on vous lance que vous êtes une grosse bonne femme maladroite, sans doute dépourvue de la moindre lueur d'imagination ? Je me moque bien de vous vexer en disant cela ! Je veux que vous soyez vexée. Vous m'avez bien vexée, moi, beaucoup plus que personne ne l'a fait auparavant. Même l'ivrogne de mari de Mme Thomas ne s'en est jamais pris à moi de cette façon. Et je ne vous pardonnerai *jamais*, vous m'entendez, jamais, jamais ! »

Et paf ! et vlan ! Coups de talon…

« A-t-on jamais vu pareil caractère ? » s'exclama, horrifiée, Mme Rachel.

« Anne, montez dans votre chambre, et n'en bougez pas jusqu'à ce que je vienne », émit Marilla, recouvrant péniblement l'usage de la parole.

Anne, fondant en larmes, se précipita jusqu'à la porte du couloir, la claqua derrière elle avec une force telle que les pots d'étain accrochés au mur de la véranda se mirent à s'entrechoquer bruyamment par solidarité ; comme un tourbillon, elle traversa le couloir et grimpa l'escalier. Au-dessus, le claquement atténué d'une porte fit comprendre que la porte du pignon avait été refermée avec la même violence.

« Eh bien, Marilla, je ne vous envie guère d'avoir à élever *cela* », laissa tomber, d'un ton très hautain, Mme Rachel.

Marilla ouvrit la bouche pour signifier qu'elle ne savait trop comment s'excuser ou rattraper ce qui avait été dit, mais les paroles qu'elle lâcha alors ne cessèrent plus de l'étonner par la suite.

« Vous n'auriez pas dû faire des remarques sur son apparence, Rachel. »

« Marilla Cuthbert, est-ce que vous voulez dire que vous prenez sa défense, après la scène outrée, exécrable, à laquelle nous venons d'assister ? » s'enquit, indignée, Mme Rachel.

« Non », fit lentement Marilla, « je n'essaie nullement d'excuser son comportement. Elle a été particulièrement déplaisante, et je ne mâcherai pas mes mots envers elle. Mais il faut quand même tenir compte des circonstances en sa faveur. On ne lui a jamais appris les bonnes manières. Et vous avez été réellement fort dure avec elle, Rachel. »

avait entendu l'une de ses tantes confier à une autre : « Quel dommage que cette petite soit si brune et si quelconque. » Il avait fallu cinquante bonnes années pour que Marilla pût évoquer ce souvenir sans en éprouver une douleur cuisante.

« Je ne veux pas dire que je donne raison à Mme Lynde de vous avoir dit ce qu'elle vous a dit, Anne », admit-elle d'une voix plus douce. « Rachel dit trop facilement ce qu'elle pense. Mais cela n'excuse pas votre conduite. C'était une étrangère, une personne plus âgée, et mon invitée, de surcroît, trois bonnes raisons pour lesquelles vous auriez dû lui témoigner un certain respect. Vous avez été grossière et effrontée et... » Marilla eut soudain l'idée lumineuse d'une punition... « Vous irez la voir pour lui dire à quel point vous regrettez votre accès de mauvaise humeur et vous lui demanderez de bien vouloir vous pardonner. »

« Je ne pourrai jamais faire cela », dit Anne, maussade et déterminée. « Vous pouvez m'enfermer dans un cachot sombre et humide, rempli de serpents et de crapauds, et ne me nourrir que de pain sec et d'eau : je ne me plaindrai pas. Mais je ne pourrais pas demander à Mme Lynde de bien vouloir me pardonner. »

« Nous n'avons pas coutume d'enfermer les gens dans des cachots sombres et humides », dit Marilla, sèchement, « surtout que ceux-ci se font passablement rares à Avonlea. Mais vous devez présenter des excuses à Mme Lynde, et vous resterez enfermée dans votre chambre jusqu'à ce que vous ayez consenti à le faire. »

« Dans ce cas, je devrai rester ici éternellement », dit Anne, d'un air lugubre, « car il me sera impossible de dire à Mme Lynde que je regrette mes paroles. Comment le pourrais-je ? Je ne les regrette pas. Je regrette seulement de vous avoir humiliée, vous ; mais elle, je suis *fière* de lui avoir parlé comme je l'ai fait. Ç'a été, pour moi, une profonde satisfaction. Je ne peux pas dire que je regrette si ce n'est pas la vérité, n'est-ce pas ? Je ne peux même pas *imaginer* que je pourrais regretter. »

« Peut-être que votre imagination fonctionnera mieux demain matin », dit Marilla, se levant pour prendre congé. « Vous avez toute la nuit pour vous porter conseil, vous permettre de réfléchir à votre conduite, et vous mettre dans un meilleur état d'esprit. Vous avez dit que vous tâcheriez d'être une brave petite fille si nous vous gardions à Green Gables ; mais je dois dire que, ce soir, cela n'a guère semblé le cas. »

Ayant décoché cette flèche empoisonnée dans le cœur d'Anne, Marilla descendit à la cuisine, l'esprit profondément troublé, l'âme meurtrie. Elle était fâchée contre elle-même tout autant que contre Anne, car, chaque fois qu'elle se remémorait l'ahurissement évident de Mme Rachel, ses lèvres se plissaient furtivement de plaisir, et elle éprouvait une très répréhensible envie de rire.

10

Anne fait des excuses

Le soir venu, Marilla ne souffla mot à Matthew de toute cette histoire. Cependant, lorsque, le lendemain matin, Anne persista dans son refus, il fallut bien fournir l'explication de son absence à table durant le petit déjeuner. Marilla raconta donc toute l'histoire à Matthew, en s'efforçant de rendre évident le comportement inacceptable d'Anne.

« C'est une bonne chose qu'Anne ait remis à sa place cette insupportable commère », répliqua Matthew en guise de solidarité.

« Matthew Cuthbert, tu me stupéfies. Tu sais parfaitement qu'Anne s'est très mal comportée, et pourtant tu prends parti pour elle ! Je présume que tu vas finir par me dire qu'après tout elle ne devrait faire l'objet d'aucune punition. »

« Eh bien, non, non, pas exactement », fit Matthew, mal à l'aise. « J'estime qu'on devrait bien la punir un peu. Mais ne sois pas trop dure avec elle, Marilla. Rappelle-toi que personne ne lui a jamais appris comment se comporter. Tu… tu vas bien lui donner quelque chose à manger, n'est-ce pas ? »

« Est-ce que tu m'as déjà vue laisser mourir les gens de faim pour leur apprendre les bonnes manières ? » se récria Marilla avec indignation. « Elle prendra ses repas, comme d'habitude, et je les lui porterai moi-même. Mais elle va rester là-haut jusqu'à ce qu'elle ait accepté de faire des excuses à Mme Lynde. Pas question de discuter de cela, Matthew ! »

Le petit déjeuner, le dîner, le souper furent tous pris dans le plus parfait silence, car Anne s'entêtait. Après chaque repas, Marilla portait au pignon est un plateau bien garni, et le redescendait à peine plus tard, sans qu'on y eût beaucoup touché. Matthew ressentit un fort désarroi lorsqu'il vit le plateau redescendre pour la troisième fois. Anne avait-elle mangé quelque chose ?

Quand Marilla sortit ce soir-là pour ramener les vaches du pré d'en arrière, Matthew, qui était resté à l'observer, faisant semblant de s'occuper près des granges, se glissa dans la maison comme un voleur et monta l'escalier sans faire de bruit. Généralement, Matthew se contentait d'occuper l'espace gravitant entre la cuisine et la petite chambre à coucher où il dormait, de l'autre côté du couloir. De temps en temps, il s'aventurait, non sans gêne, dans le salon ou la salle commune, lorsque le pasteur venait prendre le thé. Mais il n'était jamais monté à l'étage de sa propre demeure depuis le printemps où il avait aidé Marilla à recouvrir de papier peint les murs de la chambre d'amis. Il y avait quatre ans de cela.

Il s'avança dans le couloir, à pas furtifs, et resta immobile quelques instants devant la porte de la pièce du pignon est, avant de puiser en lui-même le courage nécessaire pour tapoter la porte du bout des doigts, et l'ouvrir enfin pour jeter un coup d'œil.

Anne était assise sur la chaise jaune près de la fenêtre, regardant le jardin d'un air maussade. Elle semblait si petite et malheureuse que Matthew en fut profondément remué. Il referma la porte, très doucement, derrière lui, et s'avança, sur la pointe des pieds, vers Anne.

« Anne », murmura-t-il, comme si quelqu'un eût pu l'entendre, « comment ça va ? »

Anne eut un sourire triste.

« Assez bien. Mon imagination est fertile, et cela m'aide à tuer le temps. Bien sûr, je me sens un peu seule. Mais il vaut mieux que je m'y habitue. »

Anne sourit à nouveau, faisant bravement face aux nombreuses années de régime cellulaire qui la menaçaient, à coup sûr.

Matthew se rappela qu'il ne devait pas perdre de temps et vite livrer à Anne ce qu'il voulait lui dire, car Marilla risquait de revenir à tout moment.

« Dites-moi, Anne, est-ce que vous ne pensez pas qu'il vaudrait mieux faire ce que Marilla vous demande ? » murmura-t-il. « Il faudra vous y plier tôt ou tard, vous savez, car il n'y a pas de femme plus déterminée que Marilla, pas de femme plus déterminée, Anne. Allez-y tout de suite, je vous dis, et vous en aurez fini. »

« Vous voulez dire faire des excuses à Mme Lynde ? »

« Eh bien oui, des excuses, c'est le mot », dit Matthew avec empressement. « Il faut arrondir les angles, pour ainsi dire. C'est cela que je voulais vous faire comprendre. »

« Je suppose que je pourrais le faire pour vous », rumina Anne, perplexe. « Cela correspondrait d'ailleurs à la vérité de dire que je suis désolée, parce que, maintenant, je le suis vraiment, désolée. Hier soir, je n'étais pas désolée du tout. J'étais tout bonnement furieuse, et ma colère n'est pas tombée de toute la nuit. Je le sais parce que je me suis réveillée trois fois, et à chaque fois, je me sentais toujours aussi furieuse. Mais ce matin, c'était fini. Je n'étais plus en colère et je me sentais toute bizarre, toute vide. J'avais tellement honte de moi. Mais je ne pouvais me résoudre à le dire à Mme Lynde. Ce serait une telle humiliation ! J'ai donc décidé de rester toujours cloîtrée ici plutôt que de m'excuser. Mais, à dire vrai, je ferais n'importe quoi pour vous, si vous le souhaitez vraiment. »

« Voyons, bien entendu que je le veux ! On se sent si seuls en bas, sans vous. Allez, faites ce qu'il faut pour que tout le monde se calme. Vous serez une bien gentille fille. »

« Très bien, donc », fit Anne, d'un air résigné. « Je dirai à Marilla, dès son retour, que je me repens. »

« C'est bien, c'est très bien, Anne. Mais ne dites pas à Marilla que je vous en ai parlé. Elle penserait que j'ai tenu à mettre mon grain de sel dans cette histoire, alors que j'avais promis de ne pas m'en mêler. »

« On me couperait en morceaux que je ne parlerais pas. De toute façon, personne ne coupe les gens en morceaux de nos jours, n'est-ce pas ? »

Mais Matthew était déjà parti, effrayé de son propre succès. Il s'enfuit, à toute vitesse, jusqu'à l'extrémité la plus éloignée de l'enclos des chevaux, de peur que Marilla ne se doutât de son intervention. Marilla, lorsqu'elle revint à la maison, fut agréablement surprise d'entendre une voix fluette l'appeler, du haut de la rampe, « Marilla… Marilla ».

« Et alors ? » dit-elle, en arrivant dans le couloir.

« Je regrette de m'être laissée aller, d'avoir employé des mots grossiers, et je suis prête à aller le dire à Mme Lynde. »

« Très bien. » La sécheresse de Marilla ne traduisait nullement le soulagement qu'elle éprouvait. Elle s'était demandé ce qu'elle eût bien pu faire, pour l'amour du ciel, si Anne s'était refusée à céder. « Je vous y conduirai après la traite. »

Et c'est ainsi qu'une fois les vaches traites, Anne et Marilla descendirent l'allée à grandes enjambées, l'une toute droite, le pas triomphant, l'autre le dos voûté, l'air accablé. Mais, à mi-chemin, le profond découragement qui se lisait dans le port d'Anne s'évanouit, comme par enchantement. Elle releva la tête, se mit à marcher d'un pas dégagé, les yeux fixés sur le couchant, trottinant avec une joie réelle, quoique discrète. Marilla, qui avait remarqué ce changement, ne l'apprécia guère. Ce n'était plus là cette pécheresse repentante qu'elle s'était chargée d'amener devant Mme Lynde, l'offensée.

« À quoi pensez-vous, Anne ? » fit-elle, d'une voix acerbe.

« Je suis en train d'imaginer ce que je dirai à Mme Lynde », répondit Anne, rêveuse.

C'était là, certes, une réponse satisfaisante, du moins cela aurait dû l'être. Mais Marilla ne pouvait se défaire de l'idée que dans l'engrenage de cette punition qu'elle avait pourtant mise au point, quelque chose ne tournait plus rond. Anne n'avait aucune raison, en tout cas, de paraître radieuse et enjouée.

Radieuse et enjouée, certes, Anne continua de le paraître jusqu'à ce qu'elle et Marilla se trouvent en présence de Mme Lynde, assise près de la fenêtre de sa cuisine, un tricot à la main. Alors la gaieté s'évanouit tout net. Chacun de ses traits se mit à transpirer le désespoir de la pénitence. Avant que la moindre parole n'eût été prononcée, Anne était déjà à genoux, devant Mme Rachel stupéfaite, et lui tendait les mains, d'un air misérable.

« Oh, Mme Lynde, vous ne pouvez savoir à quel point je suis désolée », s'écria-t-elle, des trémolos dans la voix. « Je ne saurai jamais exprimer toute l'étendue de ma désolation, c'est impossible. J'en serais incapable même si j'utilisais tous les mots contenus dans un dictionnaire. Je me suis terriblement mal comportée envers vous et j'ai porté préjudice à mes chers amis, Matthew et Marilla, qui m'ont permis de rester à Green Gables bien que je ne fusse point un garçon. Je ne suis qu'une fille, une fille méchante et ingrate, et les gens respectables se doivent de me punir et de me rejeter pour toujours. C'était horriblement méchant de ma part que de me mettre en colère parce que vous m'aviez dit la vérité. C'*était* la vérité ; chacun de vos mots était vrai. Mes cheveux sont roux, je suis couverte de taches de rousseur, je suis maigre, je suis horrible. Ce que je vous ai dit était vrai, bien sûr, mais je n'aurais pas dû le dire. Oh, Mme Lynde, Mme Lynde, par pitié, pardonnez-moi ! Si vous refusez, j'en éprouverai un chagrin fatal qui me harcèlera le reste de mes jours. Vous ne voudriez pas qu'une pauvre petite orpheline, même douée d'un fort mauvais caractère, éprouvât un tel chagrin, n'est-ce pas ? Oh, mais je suis sûre que non. Mme Lynde, par pitié, dites que vous me pardonnez. »

Anne joignit les mains, baissa la tête et attendit que le jugement fût rendu.

On ne pouvait douter de sa sincérité ; elle palpitait dans chacune des inflexions de sa voix. De cela, autant Marilla que Mme Lynde pouvaient en être sûres, sans le moindre doute. Mais la première avait compris, à sa grande consternation, qu'en réalité Anne jouissait de se trouver dans cette position humiliante, qu'elle en tirait un grand plaisir. Où était donc passée l'idée d'une saine punition qu'elle-même, Marilla, s'était targuée de mettre au point ? Anne était parvenue à la transformer en un jeu capricieux et bizarre.

La brave Mme Lynde, qui ne possédait pas de dons intuitifs particuliers, ne se rendit compte de rien. Elle reconnut simplement qu'Anne avait présenté de fort complètes excuses, et tout ressentiment s'effaça de son cœur emporté mais généreux.

« Allons, allons, levez-vous, chère enfant », dit-elle avec entrain. « Bien sûr que je vous pardonne. Je pense que j'ai, de toute manière, été un pcu trop dure avec vous. Mais j'ai tellement l'habitude de dire tout ce que je pense. Ne m'en veuillez pas, voilà tout. On ne peut pas le nier, vos cheveux sont d'un roux très violent ; mais j'ai connu une fille, autrefois – j'allais même à l'école avec elle, en fait –, dont les cheveux étaient aussi désastreusement roux que les vôtres à votre âge, et qui, en grandissant, a vu ses cheveux se changer en un superbe châtain clair. Je ne serais nullement surprise si les vôtres connaissaient le même sort, croyez-moi. »

« Oh, madame Lynde ! » fit Anne, inspirant profondément tout en se relevant. « Vous m'insufflez de l'espoir. Je vous considérerai toujours comme ma bienfaitrice. Oh, mais je pourrais tout endurer, si seulement je pouvais me persuader que mes cheveux auront une belle couleur châtain quand je serai grande ! Ce serait tellement plus facile d'être gentille, avec des cheveux d'un beau châtain, vous ne croyez pas ? Et maintenant, est-ce que je pourrais aller dans votre jardin et m'asseoir sur ce banc, sous les pommiers, pendant que vous discutez avec Marilla ? On peut imaginer tant de choses quand on est dehors. »

« Mon doux Seigneur, mais bien sûr, mon enfant, allez-y ! Et vous pouvez cueillir un bouquet de ces lis de juin, les blancs là-bas, si vous voulez. »

Une fois que la porte se fut refermée sur Anne, Mme Lynde se leva brusquement pour allumer une lampe.

« C'est une bien curieuse gamine. Prenez cette chaise, Marilla ; elle est plus agréable que la vôtre, que je réserve habituellement au petit garçon qu'on engage. Oui, c'est certainement une étrange gamine, mais, après tout, il y a chez elle quelque chose de touchant. Je ne suis plus aussi étonnée que vous et Matthew ayez décidé de la garder, et n'en suis plus trop désolée pour vous, après tout. Elle pourrait bien tourner comme il faut, qui sait ? Bien entendu, il faut avouer qu'elle a une bien étrange façon de s'exprimer, une façon un peu trop… disons, un peu trop vigoureuse, si vous voyez ce que je veux dire ; mais elle va sûrement corriger ce défaut maintenant qu'elle vit parmi des gens civilisés. Et puis, son caractère est un peu vif, à mon avis, mais il y a un bon côté à cela : un enfant vif de tempérament, qui s'emporte et puis se calme, ne sera jamais fourbe ni trompeur. Dieu me préserve d'un enfant fourbe ! Pour tout dire, Marilla, je crois qu'elle ne me déplaît pas. »

Quand Marilla décida de reprendre la route, Anne émergea du verger rempli des parfums du crépuscule, une gerbe de narcisses blancs dans les bras.

« Ne me suis-je pas bien excusée ? » demanda-t-elle fièrement pendant qu'elles descendaient l'allée. « J'ai pensé que, puisque je devais le faire de toute façon, mieux valait le faire parfaitement. »

« Pour être parfait, ça l'était, en effet », commenta Marilla. Déconcertée, Marilla s'aperçut que l'évocation de cette scène lui donnait envie de rire. Elle éprouvait également le sentiment curieux qu'il eût fallu réprimander Anne de s'être si bien excusée ; mais n'était-ce pas le comble du ridicule ? Elle se mit en paix avec sa conscience en déclarant d'un air sévère :

« J'espère que vous n'aurez plus besoin de présenter des excuses de cette sorte et qu'à présent vous saurez modérer vos mouvements d'humeur. »

« Ce ne serait pas si difficile si les gens ne se moquaient pas de mon apparence », fit Anne, en soupirant. « Je ne me fâche pas pour le reste, mais je suis tellement exaspérée d'entendre les gens se moquer de mes cheveux que, lorsque cela se produit, mon sang ne fait qu'un tour. Est-ce que vous pensez que j'aurai vraiment de beaux cheveux châtains, quand je serai grande ? »

« Vous devriez vous préoccuper un peu moins de votre apparence, Anne. J'ai bien peur que vous ne soyez une petite fille très vaniteuse. »

« Comment pourrais-je être vaniteuse alors que je suis consciente de mon apparence médiocre ? » protesta Anne.

« J'aime les jolies choses et je déteste regarder dans un miroir ce qui n'est pas beau. Cela me rend mélancolique, c'est ainsi que je me sens lorsque je regarde une chose laide. Je plains tout ce qui n'a pas la chance d'être beau. »

« La naissance ne fait pas la noblesse, et ce n'est pas sur l'extérieur qu'il faut juger les gens », pontifia Marilla, paraphrasant un proverbe connu.

« On m'a déjà dit cela auparavant, mais permettez-moi d'émettre des doutes », déclara Anne, sceptique, en s'enfouissant le nez dans les narcisses. « Oh, que ces fleurs sentent bon ! C'était très gentil de la part de Mme Lynde de me les donner. Je n'en veux plus à Mme Lynde, à présent. Cela procure une délicieuse sensation que de s'excuser et d'être pardonnée, ne trouvez-vous pas ? Les étoiles ne brillent-elles pas de tout leur éclat, ce soir ? Si vous pouviez demeurer dans une étoile, laquelle choisiriez-vous ? Moi, j'aimerais bien cette belle grande étoile claire, là-bas, au-dessus de cette colline toute noire. »

« Anne, cessez de dire n'importe quoi », s'emporta Marilla, épuisée à force d'essayer de suivre les acrobatiques pensées de la petite fille.

Anne garda le silence jusqu'à ce qu'elles eussent rejoint leur propre allée. Un petit vent fripon, chargé du parfum épicé des jeunes fougères humides de rosée, les surprit. À une certaine distance, dans l'obscurité, on voyait scintiller une lumière réconfortante à travers les arbres : c'était celle de la cuisine de Green Gables. Anne, soudain, se rapprocha de

Marilla, glissant sa main dans la paume rêche de la vieille fille.

« C'est tellement beau de rentrer à la maison, lorsque l'on sait qu'on est chez soi », murmura Anne. « J'aime déjà Green Gables et je n'ai jamais aimé d'autre endroit auparavant. Nulle part ailleurs, je ne me sentais chez moi. Oh, Marilla, je suis si heureuse. Je pourrais me mettre à prier, ici, tout de suite, cela irait tout seul. »

À cause de cette main, si petite, qui touchait la sienne, Marilla sentit monter dans son cœur quelque chose de chaud et d'agréable, un élan, peut-être, de cette maternité qu'elle n'avait jamais connue. C'était si inhabituel, si doux, qu'elle en fut profondément troublée. Elle s'empressa donc de retrouver ses esprits en énonçant quelque morale sentencieuse.

« Si vous êtes une bonne petite fille, vous serez toujours heureuse, Anne. Et vous ne devriez jamais trouver cela difficile de faire votre prière. »

« Faire sa prière n'est pas tout à fait la même chose que prier », observa Anne, absorbée dans ses réflexions. « Mais je vais m'imaginer que je suis le vent qui souffle, là-haut, dans le faîte de ces arbres. Lorsque j'en aurai assez des arbres, je m'imaginerai que je descends, doucement, parmi ces fougères, et puis je m'envolerai jusqu'au jardin de Mme Lynde, et j'y ferai danser les fleurs, et là, d'un seul coup, je balaierai le champ de trèfle. Puis je soufflerai sur le Lac-aux-Miroirs et je le ferai onduler pour qu'il forme de petites vagues brillantes. Oh, comme le vent permet à l'imagination de vagabonder ! Eh bien, c'est fini, je ne dirai plus rien, Marilla. »

« Dieu soit loué ! » soupira Marilla, prise d'un pieux soulagement.

11

Anne, à l'école du dimanche, fait l'apprentissage du catéchisme

« Eh bien, est-ce qu'elles vous plaisent ? » demanda Marilla.

Anne, debout dans la chambre du pignon est, regardait sans broncher les trois robes neuves étalées sur le lit. Marilla les avait confectionnées elle-même : des jupes droites, étroites, des fronces serrées à la taille, des corsages droits, étroits, tout simples, des manches aussi étroites que possible. Marilla avait acheté le tissu de la première robe, un vichy couleur tabac, à un colporteur, l'été précédent ; la toile paraissait solide, et elle ferait un long usage. Le tissu de la seconde, une satinette à carreaux noirs et blancs, avait été acquis lors des soldes d'hiver. Quant à celui de la dernière, une cotonnade imprimée, raide et d'un bleu horrible, elle l'avait acheté, la semaine même, dans une boutique de Carmody.

« J'arriverai bien à me persuader que je les aime », dit Anne, calmement.

« Je ne veux pas que vous vous en persuadiez », fit Marilla, vexée. « Oh, allez, je vois bien que vous n'aimez pas ces robes ! Mais qu'est-ce qu'elles ont ?

Est-ce qu'elles ne sont pas bien faites, propres, et neuves ? »

« En effet. »

« Alors, pourquoi est-ce que vous ne les aimez pas ? »

« Elles… elles ne sont pas jolies », fit Anne, hésitante.

« Jolies ! » s'écria Marilla en faisant une grimace. « Je ne me suis pas cassé la tête à essayer de vous faire de jolies robes. Je ne crois pas qu'il faille encourager la vanité, Anne, aussi bien vous le dire tout de suite. Ces robes sont de bonne qualité, commodes, solides, sans fanfreluches ni falbalas. Vous n'en aurez pas d'autres cet été. Le vichy brun et le coton imprimé bleu feront l'affaire pour aller à l'école. La satinette est pour l'église et l'école du dimanche. J'espère d'ailleurs que vous veillerez à ce qu'elles restent propres et impeccables et que vous n'y ferez pas d'accrocs. Après avoir porté des nippes aussi étriquées et affreuses que celles que vous aviez en arrivant, vous devriez être reconnaissante qu'on vous donne autre chose. »

« Oh, mais je *suis* reconnaissante », protesta Anne. « Mais je serais encore bien plus reconnaissante si… si une seule de ces robes avait des manches bouffantes. Les manches bouffantes sont tout à fait à la mode, en ce moment. Cela me ferait un tel plaisir, Marilla, de pouvoir porter une robe à manches bouffantes. »

« Eh bien, malheureusement, il faudra vous passer de ce plaisir-là. Je n'avais pas de tissu à gaspiller en manches bouffantes. Je trouve, de toute manière, que ce sont des fanfreluches tout à fait ridicules. Moi, je préfère ce qui est simple et raisonnable. »

« Mais moi, je préférerais avoir l'air ridicule avec tout le monde, plutôt que d'être la seule à avoir l'air simple et raisonnable », reprit Anne, mélancolique.

« Je n'ai aucune difficulté à le croire ! Bon, allez, accrochez soigneusement ces robes dans votre placard, puis asseyez-vous et apprenez votre leçon pour l'école du dimanche. M. Bell m'a remis un livret pour vous, et pas plus tard que demain, vous irez à l'école du dimanche », conclut Marilla tout en disparaissant dans l'escalier, furieuse.

Anne se tordit les mains tout en considérant les robes.

« J'espérais vraiment qu'il y en aurait une blanche, avec des manches bouffantes », soupira-t-elle, inconsolable. « J'ai prié pour en avoir une, mais je n'y croyais pas trop. Je ne m'attendais pas à ce que Dieu ait le temps de s'occuper des robes d'une petite orpheline. Je savais que cela dépendait plutôt de Marilla. Enfin, je peux toujours imaginer qu'une de ces robes est faite de mousseline blanche comme neige, qu'elle est ornée de beaux volants en dentelle, et qu'elle a des manches triplement bouffantes. »

Le lendemain matin, un mal de tête chronique empêcha Marilla d'accompagner Anne à l'école du dimanche.

« Il faudra descendre chercher Mme Lynde, Anne », fit Marilla. « C'est elle qui veillera à ce que vous soyez dans la bonne classe. Et faites bien attention à vous conduire comme il faut, vous m'entendez ? Restez pour écouter le sermon après l'école et demandez à Mme Lynde de vous indiquer votre banc. Voici un sou pour la quête. Ne fixez pas les gens dans les yeux et tenez-vous tranquille ! Je vous demanderai de résumer ce que vous aurez appris quand vous reviendrez à la maison. »

Anne, irréprochable, se mit en route, engoncée dans sa robe raide en satinette noire et blanche, de longueur très convenable et de largeur non moins décente, mais qui mettait terriblement en évidence sa silhouette anguleuse. Anne portait en guise de chapeau un petit canotier neuf, plat et brillant, dont l'aspect tout à fait conventionnel avait contribué à ajouter à ses déceptions, car elle s'était permis maintes visions secrètes de chapeaux à rubans et à fleurs. Ces dernières, d'ailleurs, lui tombèrent providentiellement du ciel avant qu'elle eût atteint la route principale : elle trouva, à mi-chemin de l'allée, des boutons d'or, agités avec frénésie par le vent, et de splendides églantines, dont elle s'empressa, sans lésiner sur la quantité, de garnir son chapeau. Quoi que les autres eussent pu en penser, Anne, elle, était satisfaite du résultat, et elle se mit à descendre la route d'un air joyeux, sa tête rousse ornée de jaune et de rose.

Lorsqu'elle arriva chez Mme Lynde, elle se rendit compte que celle-ci était déjà partie. Sans se laisser décontenancer, Anne se dirigea, seule, vers l'église. Sous le porche, elle se trouva face à une bande de petites filles, toutes vêtues, à quelques nuances près, de toilettes vives, blanches, bleues ou roses, qui la dévisagèrent avec étonnement, elle et son extraordinaire coiffure. Les petites filles d'Avonlea avaient déjà entendu des histoires étranges sur Anne ; Mme Lynde avait raconté qu'elle avait un caractère exécrable ; Jerry Buote, le garçon engagé à Green Gables, prétendait qu'elle se parlait toute seule sans arrêt, ou alors qu'elle conversait avec les arbres et les fleurs, comme une demeurée. Elles la dévorèrent des yeux, donc, et se mirent à bavarder à voix basse, derrière leurs livrets de catéchèse. Aucune d'entre elles n'esquissa de geste amical, même plus tard, lorsque, les premiers exercices terminés, Anne se retrouva dans la classe de Mlle Rogerson.

Mlle Rogerson était une femme d'âge mûr, qui enseignait à l'école du dimanche depuis vingt ans. Elle utilisait une méthode très personnelle : poser les questions telles qu'elles apparaissaient dans le livret et foudroyer du regard, par-dessus son livret, la petite fille qu'elle avait choisie comme victime. Elle regarda fort souvent Anne, qui, grâce à l'entraînement que Marilla lui avait fait subir, répondit sans aucune hésitation aux questions, avec une promptitude qui pouvait laisser supposer qu'elle n'y comprenait pas grand-chose.

Anne se disait qu'elle n'aimait guère Mlle Rogerson, et elle se sentit très malheureuse, car toutes les autres petites filles de la classe portaient des robes à manches bouffantes. Anne trouvait que la vie ne valait vraiment pas la peine d'être vécue si l'on n'avait pas de manches bouffantes à sa robe.

« Et alors, l'école du dimanche, vous avez aimé cela ? » s'enquit Marilla lorsque Anne revint à la maison. Son bouquet de fleurs s'étant fané, Anne l'avait jeté dans l'allée ; Marilla n'en entendit donc pas parler tout de suite.

« Non, pas du tout. C'était horrible. »

« Anne Shirley ! » protesta Marilla, réprobatrice.

Anne s'écrasa dans la chaise berçante, tout en poussant un profond soupir, embrassa l'une des

Elles la dévorèrent des yeux
et se mirent à bavarder à voix basse
derrière leurs livrets de catéchèse.

feuilles de Bonny, et salua de la main un fuchsia en fleurs.

« Ils se sont peut-être sentis seuls pendant que j'étais partie », expliqua-t-elle. « Et maintenant, parlons-en, de l'école du dimanche. Je me suis bien tenue, exactement comme vous me l'aviez recommandé. Mme Lynde était partie, mais je n'ai pas eu de peine à me rendre toute seule là-bas. Je suis entrée dans l'église, avec beaucoup d'autres petites filles, et je me suis assise au bout du banc, près de la fenêtre, pendant que l'on faisait les premiers exercices. M. Bell a récité une prière incroyablement longue. Je me serais ennuyée à mourir avant qu'il n'ait eu fini, si je n'avais pas été installée près de cette fenêtre-là. Mais elle donnait en plein sur mon Lac-aux-Miroirs, et j'ai donc pu le regarder tranquillement, et imaginer toutes sortes de choses magnifiques. »

« Vous n'auriez pas dû faire une chose semblable. Vous auriez dû écouter M. Bell. »

« Mais il ne me parlait pas, pas à moi », protesta Anne. « Il parlait à Dieu et je dois dire que cela n'avait pas l'air de l'intéresser beaucoup non plus. Je pense qu'il devait croire que Dieu est bien trop éloigné pour que ça en vaille la peine. J'ai inventé une petite prière de mon cru, cependant. Je pouvais apercevoir une longue rangée de bouleaux blancs penchés au-dessus du lac ; le soleil les éclairait, ses rayons coulaient de plus en plus bas… plus bas… plus bas, jusque dans l'eau. Oh, Marilla, c'était aussi beau qu'un rêve ! Cela m'a tellement remplie de joie que j'ai dit, tout simplement : "Merci pour cela, mon Dieu", deux ou trois fois. »

« Pas à voix haute, j'espère », fit Marilla, inquiète.

« Oh, non, pour moi, tout bas. Ensuite, M. Bell a enfin terminé, et on m'a demandé d'aller dans une classe avec les élèves de Mlle Rogerson. Il y avait neuf autres filles avec moi. Elles avaient toutes des robes à manches bouffantes. J'ai bien essayé de m'imaginer que j'en avais aussi, mais je n'ai pas pu. Pourquoi est-ce que je n'ai pas pu ? C'était facile comme tout quand j'étais seule dans le pignon est, mais c'était horriblement difficile à cet endroit-là, parmi d'autres petites filles qui avaient de vraies manches bouffantes à leur robe. »

« Vous n'auriez pas dû songer à vos manches pendant l'école du dimanche. Vous auriez dû faire attention à la leçon. J'espère que vous la saviez. »

« Oh, ça oui, et j'ai su répondre à une quantité de questions. Mlle Rogerson en a posé un nombre incroyable. Ce n'était pas juste que ce soit elle qui pose toutes les questions. J'aurais aimé lui en poser, mais je n'en avais pas envie, parce que je n'ai pas eu l'impression que c'était une âme sœur. Et puis toutes les autres petites filles se sont mises à réciter des traductions en vers de textes sacrés. Elle m'a demandé si j'en connaissais. Je lui ai dit que je n'en savais aucune, mais que je pouvais réciter, si elle le voulait, *Le Chien près de la tombe de son maître*. C'est dans le troisième livre de lecture. Bien sûr, ce n'est pas vraiment un poème religieux, mais c'est si triste, si plein de mélancolie, que cela pourrait presque en être un. Elle m'a dit que ça n'irait pas, et elle m'a demandé d'apprendre la traduction du psaume dix-neuf pour dimanche prochain. Je l'ai lue dans l'église, par la suite, et c'est tout à fait superbe. Il y a deux vers qui me touchent particulièrement :

Aussi vite que tombèrent les escadrons massacrés
Au jour de malheur de Midian

J'ignore ce que ces escadrons signifient et je n'ai pas davantage d'idées quant au sens de ce "Midian", d'ailleurs, mais le tout m'apparaît tellement tragique ! J'ai déjà hâte d'être à dimanche prochain, pour pouvoir le réciter. Je vais le répéter toute la semaine. Après l'école du dimanche, j'ai demandé à Mlle Rogerson – parce que Mme Lynde était beaucoup trop loin – de me montrer votre banc. Je me suis tenue aussi tranquille que j'ai pu ; le texte était tiré de l'Apocalypse, chapitre trois, second et troisième versets. Il était très long. Si j'étais pasteur, je choisirais des textes plus courts, plus percutants. Le sermon, lui aussi, était horriblement long, probablement pour faire la contrepartie du texte. Le pasteur, à mon avis, n'était pas du tout intéressant. Son défaut, c'est apparemment son manque d'imagination. Je n'ai guère écouté ce qu'il disait. Je me suis contentée de laisser vagabonder mes idées et j'ai pensé à des choses extraordinairement surprenantes. »

Marilla sentait confusément, sans rien y pouvoir changer, que tout cela méritait les plus sérieux reproches, mais elle était incapable d'en faire, car, incontestablement, certaines choses qu'Anne venait de dire, en particulier à propos des sermons du pasteur et des prières de M. Bell, correspondaient exactement à ce qu'elle avait toujours pensé, en son for intérieur, depuis des années, sans jamais oser le dire. Il lui sembla même que ces pensées critiques intimes qu'elle n'avait jamais exprimées venaient de prendre une forme concrète et accusatrice, en la personne de ce petit bout d'humanité abandonnée qui ne manquait pas d'audace.

12

Un serment et une promesse

Marilla n'entendit parler du chapeau et de sa guirlande de fleurs que le vendredi suivant. Elle revint de chez Mme Lynde et fit venir Anne afin qu'elle s'expliquât.

« Anne, Mme Rachel raconte que vous êtes allée à l'église dimanche dernier avec, sur votre chapeau, des roses et des boutons d'or, arrangés d'une manière ridicule. Qu'est-ce qui a bien pu vous passer par la tête ? Vous deviez être belle à voir, vraiment ! »

« Oh, je sais, le rose et le jaune ne me vont pas », commença par répondre Anne.

« Fadaises ! Ce n'est pas de couleur qu'il s'agit. Le fait d'avoir mis ces fleurs sur votre chapeau est du plus haut ridicule ! Vous êtes l'enfant la plus exaspérante que je connaisse. »

« Je ne vois pas pourquoi il est plus ridicule de porter des fleurs sur son chapeau que d'en porter sur son corsage », protesta Anne. « Il y a bien des petites filles qui ont des bouquets accrochés à leur robe. Où est la différence ? »

Il ne servait à rien de tenter d'écarter Marilla de ses préoccupations concrètes pour l'amener vers des terrains abstraits et hasardeux.

« Ne me répondez pas de cette façon, Anne. C'était très vilain de votre part d'agir ainsi. Que je ne vous reprenne plus à me jouer un tour pareil. Mme Rachel m'a dit qu'elle aurait bien voulu être six pieds sous terre quand elle vous a vue entrer dans l'église attifée de la sorte. Elle n'a pas pu s'approcher de vous à temps pour vous demander d'enlever vos fleurs. Elle dit que les gens ont largement commenté votre tenue. Et, bien sûr, on pense de moi que je suis stupide de vous avoir laissée sortir ainsi. »

« Oh, comme je suis désolée ! » déplora Anne, les larmes aux yeux. « Je pensais que cela vous était égal. Ces roses et ces boutons d'or étaient si gracieux, si jolis, que j'ai pensé qu'ils conviendraient très bien à mon chapeau. De nombreuses petites filles, parmi celles que j'ai vues, avaient des fleurs artificielles sur leur chapeau. J'ai bien peur de devenir un poids insupportable pour vous. Peut-être feriez-vous mieux de me renvoyer à l'orphelinat. Ce serait affreux ; je ne pense pas que je pourrais le supporter, je deviendrais probablement poitrinaire. Je suis déjà si maigre, regardez-moi donc ! Mais cela vaudrait mieux que de me savoir un fardeau pour vous. »

« Bêtises que tout cela », fit Marilla, qui s'en voulait d'avoir fait pleurer l'enfant. « Je ne veux nullement vous renvoyer à l'orphelinat, de cela je suis sûre. Tout ce que je veux, c'est que vous vous comportiez comme les autres petites filles et que vous ne vous couvriez pas de ridicule. Ne pleurez plus. J'ai quelque chose à vous dire. Diana Barry est revenue chez elle cet après-midi. Je vais y aller pour emprunter à Mme Barry le patron d'une jupe, et, si vous en avez envie, vous pouvez m'accompagner et faire la connaissance de Diana. »

Anne fut debout en un rien de temps, les mains serrées, des traces de larmes encore sur les joues ; le torchon à vaisselle qu'elle était en train d'ourler glissa sur le sol, sans qu'elle s'en aperçût.

« Oh, Marilla, j'ai peur ! Maintenant que cela va arriver, j'ai terriblement peur ! Et si elle ne m'aimait pas ? Ce serait la plus tragique déception de toute mon existence. »

« Allons, ne vous mettez pas dans un état pareil. Et j'aimerais bien que vous cessiez d'utiliser des mots aussi compliqués. Ils paraissent tout à fait inappropriés dans la bouche d'une petite fille. Je suis convaincue que Diana vous aimera bien. C'est avec sa mère que vous aurez peut-être des problèmes. Si vous ne lui plaisez pas, Diana, elle, aura beau vous aimer, cela ne changera rien. Si elle a entendu parler de votre scène devant Mme Lynde, ou de votre équipée à l'église avec des boutons d'or autour de votre chapeau, je me demande ce qu'elle doit penser de vous. Il vous faut rester polie, bien vous tenir, et ne pas vous lancer dans un de ces grands discours que vous affectionnez. Mais, mon Dieu, ma pauvre enfant, ne voilà-t-il pas que vous tremblez ? »

Anne, en effet, tremblait fortement. Elle était toute pâle et tendue.

« Oh, Marilla, mais vous seriez infiniment nerveuse, vous aussi, si vous étiez sur le point de rencontrer une petite fille qui pourrait peut-être devenir votre amie de cœur, mais dont la mère risque de vous rejeter », dit-elle tout en s'empressant d'aller quérir son chapeau.

Elles se rendirent à Orchard Slope par le raccourci qui traversait le ruisseau et montait la colline à travers les sapins. Mme Barry arriva à la porte de la cuisine lorsque Marilla frappa. C'était une grande femme, aux yeux et aux cheveux noirs, dont la bouche dénotait une indéfectible fermeté. On racontait qu'elle traitait ses enfants avec une sévérité particulière.

« Comment allez-vous, Marilla ? » salua-t-elle d'un ton cordial. « Entrez donc ! Et voici la petite fille que vous avez adoptée, je suppose ? »

« Oui, voici Anne Shirley », dit Marilla.

« Anne avec un *e* », glissa l'orpheline qui, tremblante et énervée, n'en était pas moins décidée à ce qu'il n'y eût aucune méprise au sujet d'une chose aussi importante.

Mme Barry, soit qu'elle n'eût pas entendu, soit qu'elle n'eût pas saisi, se contenta de lui serrer la main, en lui disant gentiment :

« Comment allez-vous ? »

« Mon corps se porte bien, mais mon esprit, lui, est particulièrement perturbé, chère madame, merci », répondit Anne, sérieuse. Elle se tourna vers Marilla et lui glissa à l'oreille : « Il n'y a rien de choquant dans un discours comme celui-là, n'est-ce pas, Marilla ? »

Diana était assise sur le canapé, parcourant un livre qu'elle laissa tomber lorsque les visiteuses entrèrent. C'était une fort jolie petite fille aux joues roses, qui avait hérité de sa mère ses grands yeux et ses cheveux noirs, et de son père ses traits enjoués.

« Voici Diana, ma petite fille », dit Mme Barry. « Diana, tu peux emmener Anne dans le jardin et lui montrer tes fleurs. Cela vaudra mieux pour toi que de t'user les yeux sur ce livre. Elle lit vraiment beaucoup trop », confia-t-elle à Marilla tandis que les petites filles sortaient, « et je ne peux l'en empêcher, car son père l'encourage et se fait son complice. Elle est toujours plongée dans la lecture. Je suis contente qu'elle ait peut-être trouvé une compagne de jeux, cela l'incitera à sortir davantage. »

Dehors, dans le jardin noyé par la lumière douce du soleil couchant qui filtrait à travers les vieux sapins noirs à l'orée ouest de la propriété, Anne et Diana s'échangeaient des regards timides au-dessus d'un massif de superbes lys tigrés.

Le jardin des Barry foisonnait de fleurs dont le charme sauvage eût certainement ravi le cœur d'Anne en tout autre temps moins alourdi par l'anxiété. Il était ceint d'énormes vieux saules et de très hauts sapins, au pied desquels croissaient des fleurs amoureuses d'ombre. De petites allées perpendiculaires, bien tracées, aux contours ornementés de coquillages, le traversaient tels d'humides rubans rouges ; les plates-bandes étaient envahies d'une profusion de fleurs inusitées. Il y avait là des cœurs-de-Marie roses, de grandes et magnifiques pivoines pourpres, des narcisses blancs odoriférants, des roses d'Écosse, délicates mais hérissées d'épines, des ancolies roses, bleues et blanches, des herbes à foulon, couleur lilas. Il y avait aussi des massifs d'aurores, de phalaris et de menthe, des « Adam-et-Ève » violets, des jonquilles, et toute une multitude de mélilots blancs aux étamines délicates, parfumées et légères comme des plumes. Une lumière écarlate embrasait les fleurs de musc, sages et immaculées. C'était un jardin où le soleil aimait à s'attarder, où les abeilles se plaisaient à bourdonner, et où les vents flânaient à leur aise, en ronronnant et en bruissant.

« Oh, Diana », dit Anne au bout d'un moment, les mains crispées et la voix presque inaudible, « penses-tu… oh, crois-tu que tu pourras m'aimer un peu, assez pour devenir mon amie de cœur ? »

Diana éclata de rire. Elle riait toujours avant de se mettre à parler.

« Bien sûr, voyons, pourquoi pas ! » fit-elle, d'un ton direct. « Je suis vraiment enchantée que tu sois venue vivre à Green Gables. Ce sera très agréable de pouvoir jouer avec quelqu'un. Il n'y a pas d'autres petites filles qui habitent suffisamment près pour que je puisse jouer avec elles, et mes sœurs ne sont pas assez grandes. »

« Est-ce que tu veux bien jurer d'être toujours mon amie ? » demanda Anne, anxieuse.

Diana eut un mouvement de recul.

« Mais c'est très mal de jurer » protesta-t-elle, mécontente.

« Oh non, pas lorsqu'on jure à ma manière. Il y a deux manières, tu sais. »

« Je n'en connais qu'une seule », fit Diana, qui hésitait encore.

« Il en existe vraiment une autre, qui n'a rien de méchant. Il faut seulement faire un vœu et une promesse solennelle. »

« Eh bien, si ce n'est que cela, je n'y vois pas d'inconvénient », acquiesça Diana, soulagée. « Et comment fais-tu ? »

« Il faut que nous nous donnions la main… comme ça », fit Anne, très grave tout à coup. « Cela devrait se faire au-dessus d'une eau vive. Nous nous contenterons d'imaginer que cette allée, c'est de l'eau vive. Je vais prononcer le serment la première. Je jure solennellement fidélité à mon amie de cœur, Diana Barry, aussi longtemps que soleil et lune existeront. À ton tour, à présent ; tu dois dire mon nom. »

Diana répéta ce « serment », tout en pouffant de rire. Une fois qu'elle eut fini, elle remarqua :

« Tu es une fille bien curieuse, Anne, c'est ce qu'on m'avait d'ailleurs dit de toi. J'ai quand même l'impression que nous allons tout à fait bien nous entendre. »

Lorsque Anne et Marilla se mirent en route pour rentrer chez elles, Diana les accompagna jusqu'au pont de bois. Les deux petites filles se tenaient par la taille. Arrivées au ruisseau, elles se séparèrent, se promettant de passer ensemble l'après-midi du lendemain.

« Eh bien, avez-vous trouvé une âme sœur en Diana ? » s'enquit Marilla tandis qu'elles traversaient, en remontant la pente, le jardin de Green Gables.

« Oh, oui », soupira béatement Anne, inconsciente du sarcasme. « Oh, Marilla, je suis la petite fille la plus heureuse de l'Île-du-Prince-Édouard, en ce moment précis. Je vous assure que, ce soir, je vais faire ma prière avec une extrême bonne volonté. Demain, nous allons, Diana et moi, construire une cabane dans le petit bois de bouleaux appartenant à M. William Bell. Est-ce que je pourrai utiliser ces morceaux de faïence cassée qui traînent dans le bûcher ? L'anniversaire de Diana est en février, le mien en mars. Ne trouvez-vous pas qu'il s'agit là d'une incroyable coïncidence ? Diana va me prêter un livre. Elle m'a dit qu'il était absolument magnifique et fabuleusement passionnant. Elle va me montrer, dans les bois, un endroit où poussent des nénuphars. Ne trouvez-vous pas que les yeux de Diana sont très expressifs ? J'aimerais avoir des yeux expressifs. Diana va m'apprendre à chanter une chanson qui s'appelle *Nelly au vallon des noisetiers*. Elle va me faire cadeau d'une gravure pour ma chambre ; c'est une très belle gravure, à ce qu'elle dit : une dame altière vêtue d'une robe de soie bleu pâle. Un vendeur de machines à coudre la lui a donnée. J'aimerais avoir, moi aussi, un cadeau pour Diana. Je mesure un pouce de plus, mais elle est un peu plus ronde que moi : elle prétend qu'elle aimerait être mince et que c'est plus gracieux, mais j'ai bien peur que ce ne soit que pour ne pas me vexer. Nous irons au bord de la mer, un de ces jours, ramasser des coquillages. Nous nous sommes mises d'accord pour baptiser le ruisseau près du pont de bois du nom de "la Source des Fées". N'est-ce pas un nom très esthétique ? J'ai lu une histoire, un jour, sur une source qui s'appelait comme ça. »

« Eh bien, moi, mon seul espoir, c'est que vous n'assommiez pas trop Diana à force de lui parler », dit Marilla. « Rappelez-vous ceci, au fait. Vous n'allez pas consacrer la plus grande partie de votre temps à jouer. Vous aurez votre travail à faire, et il faudra lui donner la priorité. »

Anne nageait déjà en pleine félicité lorsque Matthew vint ajouter encore à son euphorie. Il revenait du magasin de Carmody et, discrètement, il sortit un petit paquet de sa poche, et le tendit à Anne, tout en lançant à Marilla un regard qui devait prévenir tout reproche.

« Je vous ai entendue dire que vous aimiez les friandises au chocolat, en voilà donc quelques-unes pour vous », dit-il.

« Hmmm », fit Marilla. « C'est très mauvais pour les dents et pour l'estomac. Allons, allons, mon enfant, ne prenez pas cet air piteux ! Vous pouvez les manger puisque Matthew vous les a achetées. Il aurait mieux fait de vous apporter des pastilles de menthe. Elles sont bien meilleures pour la santé. Ne vous rendez pas malade à les manger toutes d'un seul coup. »

« Oh, non, non, certainement pas », fit Anne, anxieuse.

« Je n'en mangerai qu'une ce soir, Marilla. Et je peux en donner la moitié à Diana, n'est-ce pas ? L'autre moitié sera d'autant plus délicieuse pour moi que je les aurai partagées avec elle. C'est merveilleux de penser que j'ai quelque chose à lui offrir. »

« Je dois dire », fit Marilla, une fois qu'Anne fut remontée dans son pignon, « que cette enfant n'est pas avare. J'en suis fort aise, car c'est le défaut que je déteste le plus chez un enfant. Mon Dieu, il n'y a que trois semaines qu'elle est arrivée, et on croirait qu'elle a toujours été là. Je n'arrive pas à imaginer cette maison sans elle. Eh bien, Matthew, ne prends pas cet air de je-te-l'avais-bien-dit ! C'est déjà assez désagréable venant d'une femme ; venant d'un homme, c'est absolument insupportable. Je sais bien que tu me l'avais dit. Je suis disposée à admettre que je suis contente d'avoir gardé cette enfant, et que je commence à m'attacher à elle, mais ce n'est pas la peine d'insister davantage, Matthew Cuthbert. »

13

Les délices de l'impatience

« Il serait grand temps qu'Anne rentre faire sa couture », remarqua Marilla, jetant un coup d'œil à l'horloge puis épiant l'extérieur, doré par cet après-midi d'août qui faisait tout somnoler sous sa chaleur. « Elle est restée à jouer avec Diana et elle a dépassé de plus d'une demi-heure le temps que je lui avais alloué ; et la voilà maintenant, perchée sur le tas de bois, en train de parler à Matthew, jacassant comme une pie, alors qu'elle sait parfaitement qu'elle devrait être en train de travailler. Et lui, bien sûr, le grand niais, il reste là à l'écouter parler. Je n'ai jamais vu un homme s'enticher ainsi de quelqu'un. Plus elle parle et émet des choses bizarres, plus il est évident qu'il s'en délecte. Anne Shirley, venez ici, et tout de suite, m'entendez-vous ! »

Une série de tapotements secs provenant de la fenêtre de l'ouest firent accourir Anne à toute vitesse. Elle traversait la cour, les yeux brillants, les joues rosies par l'émotion, ses cheveux dénoués flottant derrière elle comme une bannière lumineuse.

« Oh, Marilla », s'écria-t-elle, sans reprendre son souffle, « il y aura la semaine prochaine un pique-nique pour l'école du dimanche, dans le champ de

M. Harmon Andrews, tout près de mon Lac-aux-Miroirs. Mme Bell, la directrice, et Mme Rachel Lynde, vont faire de la crème glacée. Pensez-y, Marilla, de *la crème glacée* ! Marilla, ô Marilla, est-ce que je pourrai y aller ? »

« Regardez donc l'horloge, Anne, s'il vous plaît. À quelle heure vous avais-je demandé de rentrer ? »

« À deux heures… mais ce pique-nique, Marilla, n'est-ce pas extraordinaire ? Je vous en prie, laissez-moi y aller ! Vous savez, je ne suis jamais allée à un pique-nique de ma vie. J'en ai rêvé abondamment de pique-niques, mais je n'ai jamais… »

« Oui, je vous avais dit de rentrer à deux heures. Et il est trois heures moins le quart. J'aimerais savoir, Anne, pourquoi vous ne m'avez pas obéi. »

« Eh bien, Marilla, c'est que je le voulais, de tout mon cœur. Mais vous ne pouvez imaginer à quel point le terrain d'Idlewild est fascinant. Et puis, bien sûr, il fallait que je parle de ce pique-nique à Matthew. Il m'écoute si volontiers, Matthew. Je vous en prie, pourrai-je y aller ? »

« Il faudra apprendre à ne plus céder à la fascination de cet Idle-quelque chose, comme vous dites. Quand je vous dis de rentrer à une heure précise, c'est à cette heure-là que je vous veux à la maison, pas une demi-heure plus tard. Et vous n'avez aucune raison de vous arrêter en chemin pour faire vos grands discours, même si on vous prête une oreille attentive. Quant au pique-nique, bien sûr que vous pouvez y aller. Vous assistez à l'école du dimanche, et je n'aurais aucune raison de vous empêcher d'y aller, puisque toutes les autres petites filles y participeront. »

« Mais, mais », balbutia Anne, comme déchirée par un doute. « Diana m'a dit que tout le monde devait amener un panier de nourriture. Je ne sais pas faire la cuisine, Marilla, vous en êtes consciente. Cela m'est presque égal de devoir aller à un pique-nique sans manches bouffantes à ma robe, mais je me sentirais humiliée au plus haut point si je devais y aller sans panier. Cette idée me tourmente depuis que Diana m'en a parlé. »

« Bon, eh bien, cessez de vous tourmenter. Je vous préparerai un panier. »

« Oh, chère, chère, merveilleuse Marilla ! Vous êtes si bonne pour moi ! Je vous dois tant et tant, oh ! »

Une fois qu'elle eut terminé avec ses « Oh ! » et ses déclamations emphatiques, Anne se jeta dans les bras de Marilla, et, dans un subit élan d'affection, l'embrassa sur les joues. C'était bien la première fois, dans toute la vie de Marilla, que des lèvres enfantines lui frôlaient intentionnellement le visage, et, à nouveau, elle se sentit assaillie par cette émotion soudaine, étrangement douce. Secrètement ravie de ce geste d'affection spontané, elle s'empressa d'y couper court brutalement :

« Allons, allons, arrêtez-moi un peu ces balivernes ! J'aimerais mieux que vous vous en teniez à ce que l'on vous dit de faire. J'ai bien l'intention de vous apprendre à cuisiner un de ces jours. Cependant, j'attendais de voir si vous arriverez jamais à vous calmer un peu et à travailler de façon plus ordonnée, car avec votre tête de linotte… Pour faire la cuisine, il faut se montrer attentif. Il ne faut pas abandonner le travail avant de l'avoir fini, il ne faut pas laisser nos rêvasseries nous emporter Dieu sait où. Et maintenant, allez chercher votre travail d'aiguille et finissez votre carré avant l'heure du thé. »

« Mais je n'aime *pas* les travaux d'aiguille », fit Anne, d'un ton morose, tout en apportant son nécessaire à ouvrage. Elle s'assit, en soupirant, devant un petit tas de losanges rouges et blancs. « Il y a, je pense, certains travaux de couture qui pourraient être agréables, mais on dirait que le travail d'aiguille ne laisse aucune place à l'imagination. Cette mosaïque d'étoffes qu'on fabrique là, c'est tout simplement une couture, et puis une autre, sans qu'on ait l'impression d'aller quelque part. Mais, bien sûr, je préfère de beaucoup être Anne de Green Gables à ses travaux d'aiguille qu'Anne de nulle part occupée à ne rien faire. J'aimerais que le temps que je passe à coudre de petits carrés de couleur coure aussi vite que les moments où je joue avec Diana, j'avoue. Oh, mais que de bons moments nous passons ensemble, Marilla ! Je dois fournir la plupart des efforts d'imagination, certes, mais cela ne me pose guère de problèmes. Diana, elle, est tout bonnement parfaite pour tout le reste. Vous connaissez ce petit terrain, de l'autre côté du ruisseau qui serpente entre notre ferme et celle de M. Barry. Il appartient à M. William Bell, et il y a, à l'extrémité de ce terrain, une rangée circulaire de bouleaux blancs. C'est le plus romantique des endroits, ma chère Marilla. Nous avons érigé là notre cabane de jeux, Diana et moi. Nous l'appelons Idlewild, le paradis de la nature sauvage. N'est-ce pas poétique ? Je peux vous dire qu'il m'a fallu réfléchir un bon moment avant de dénicher ce nom-là. J'ai fait de l'insomnie une nuit durant pour réussir à l'inventer. Et, tout d'un coup, au moment où j'allais m'endormir, ça m'est venu, comme une inspiration soudaine. Diana était *en extase* quand elle l'a entendu. Nous avons arrangé notre maison avec fort bon goût. Il faudra que vous veniez la visiter, Marilla. Vous viendrez, n'est-ce pas ? Comme sièges, nous avons de grosses pierres couvertes de mousse ; comme étagères, des planches qui courent d'un arbre à l'autre. Nous y avons rangé toute notre vaisselle. Bien sûr, elle est un peu abîmée, mais c'est facile comme tout de se persuader qu'elle est entière. Il y a en particulier un morceau d'assiette, décoré de lierre rouge et jaune, qui est extrêmement beau. Nous l'avons mis au salon avec le cristal des fées. La beauté du cristal des fées est indescriptible. Diana a trouvé le cristal dans les bois, derrière le poulailler de sa maison. Le cristal est plein d'arcs-en-ciel – de petits arcs-en-ciel tout jeunes, qui n'ont pas encore grandi – et la mère de Diana lui a dit que le cristal provenait d'une lampe suspendue qu'ils avaient eue autrefois. Mais c'est bien plus beau de penser que les fées l'ont perdu, une nuit qu'elles dansaient. C'est pourquoi nous l'appelons le cristal des fées. Matthew va nous construire une table. Oh, à propos, nous avons nommé la petite mare ronde du champ de M. Barry "Willowmere", le petit lac aux saules pleureurs. J'ai trouvé ce nom dans un livre que Diana m'a prêté. Quel livre fascinant, Marilla ! L'héroïne avait cinq amants. Moi, je serais contente de n'en avoir qu'un, pas vous ? Elle était très belle, et il lui arrivait des tas d'aventures. Elle s'évanouissait avec une facilité incroyable. J'aimerais être capable de m'évanouir comme ça. Et vous, Marilla ? C'est tellement romantique. Mais je suis, hélas, en fort bonne santé, même si je suis archi-maigre. Je pense que je prends quand même un peu de poids, vous ne pensez pas ? J'observe mes coudes tous les matins, quand je me lève, pour voir s'ils ne sont pas plus potelés. Diana se fait confectionner une nouvelle robe, avec des demi-manches. Elle va la porter pour le pique-nique. Oh, comme je souhaite qu'il fasse beau mercredi prochain. Ce serait une déception mortelle pour moi si quelque chose m'empêchait de me rendre à ce pique-nique. J'y survivrais, j'imagine, mais je suis certaine que je serais accablée de tristesse le restant de mes jours. Je pourrais me rendre à des centaines de pique-niques au cours des années suivantes que cela ne compenserait pas la perte de celui-ci. Il y aura des bateaux sur le Lac-aux-Miroirs. Il y aura de la crème glacée, comme je vous l'ai dit. Je n'ai jamais goûté à la crème glacée. Diana a bien essayé de m'expliquer à quoi cela pouvait ressembler, mais je pense que la crème glacée est l'une de ces choses qui dépassent l'imagination. »

« Anne, il y a déjà dix bonnes minutes que vous parlez sans arrêt », fit Marilla. « À présent, juste pour voir, je vous demanderais d'essayer de tenir votre langue aussi longtemps. »

Anne sut tenir sa langue, comme Marilla le désirait. Mais, pendant le reste de la semaine, elle ne cessa de parler pique-nique, penser pique-nique, rêver pique-nique. Le samedi, il pleuvait ; elle était dans tous ses états, craignant qu'il continuât de pleuvoir jusqu'au mercredi suivant, peut-être plus longtemps encore. Marilla, pour lui calmer les nerfs, lui donna un autre carré de tissu à coudre.

Le dimanche, Anne confia à Marilla, tandis qu'elles revenaient à la maison après s'être rendues à l'église, qu'elle avait été parcourue de frissons dramatiques tant l'annonce du pique-nique, faite officiellement par le pasteur lors de son sermon, l'avait saisie.

« J'avais de tels frissons que j'en avais froid dans le dos, Marilla ! Je pense que je ne croyais pas, jusqu'à ce que ce soit annoncé en chaire, qu'il y aurait vraiment un pique-nique. Je ne pouvais m'empêcher de redouter un simple tour de mon imagination. Mais quand un pasteur annonce quelque chose en chaire, on doit bien le croire. »

« Vous prenez les choses trop à cœur, Anne », soupira Marilla. « J'ai bien peur que vous n'alliez au-devant de bien des déceptions, dans votre vie future. »

« Oh, Marilla, espérer quelque chose, c'est déjà ressentir la moitié du plaisir que cette chose vous procurera », s'exclama Anne. « Il se peut qu'elle ne se produise pas, mais il vous restera toujours le plaisir de l'avoir espérée. Mme Lynde dit : "Bienheureux ceux qui ne s'attendent à rien, car ils ne seront pas déçus." Mais je pense, moi, qu'il est pire de ne s'attendre à rien que d'être déçu. »

Marilla portait sa broche en améthystes, ce matin-là, comme toujours lorsqu'elle allait à l'église. Elle aurait presque considéré comme un sacrilège de ne pas la porter, un oubli aussi impardonnable que celui de sa bible ou des dix sous pour la quête. Cette broche en améthystes était son bien le plus sacré. Un oncle marin l'avait donnée à sa mère qui, à son tour, en avait fait don à Marilla. C'était une broche ovale de forme ancienne, dans laquelle il y avait une mèche des cheveux de sa mère, encadrée d'améthystes extrêmement fines. Marilla s'y connaissait trop peu en pierres précieuses pour évaluer parfaitement la pureté de ces améthystes, mais elle les trouvait fort belles ; même sans les voir, elle sentait avec une grande satisfaction leurs reflets violets ondoyer sur sa robe de satin brun.

Anne avait été frappée d'admiration la première fois qu'elle avait aperçu la broche en améthystes :

« Oh, Marilla, mais cette broche est d'une parfaite élégance ! Je me demande comment vous pouvez prêter l'oreille au sermon ou aux prières lorsque vous la portez. Moi, je ne pourrais pas, je le sais bien. Je trouve que les améthystes ont une douceur exquise. Il y a longtemps de cela, avant de voir un vrai diamant, j'essayais de m'imaginer à quoi cette pierre pouvait bien ressembler, j'avais lu des tas de choses à ce sujet et je m'imaginais une jolie pierre mauve et brillante. Mais quand j'ai aperçu sur la bague d'une dame un véritable diamant, j'ai été si déçue que j'en ai pleuré. Bien sûr, c'était assez joli, mais ce n'était pas mon idée d'un diamant. Est-ce que je pourrais tenir cette broche dans ma main, Marilla ? Pensez-vous que les améthystes sont l'âme des violettes disparues ? »

14

Anne passe aux aveux

Le lundi soir, avant-veille du pique-nique, Marilla descendit de sa chambre, l'air ennuyé. « Anne », dit-elle en s'adressant à la petite qui écossait des pois sur la table toute propre, en chantant *Nelly au vallon des noisetiers*, d'une voix vigoureuse et enflammée qui prouvait que Diana avait bien fait son travail, « avez-vous vu ma broche en améthystes ? Je pensais l'avoir épinglée sur ma pelote à aiguilles, hier soir après mon retour de l'église, mais je n'arrive plus à mettre la main dessus. »

« Je… l'ai vue cet après-midi même, pendant que vous étiez partie à la société de bienfaisance », fit Anne, d'une voix un peu trop lente. « Je passais devant votre porte quand je l'ai aperçue sur la pelote, et je suis allée la regarder. »

« Vous y avez touché ? » fit Marilla, sévère.

« Ouuuuii », admit Anne. « Je l'ai enlevée de la pelote et je l'ai agrafée sur ma poitrine, juste pour voir de quoi cela aurait l'air. »

« Vous n'aviez pas le droit de faire une chose pareille. C'est un défaut grave que de tripoter les choses d'autrui, lorsqu'on est une petite fille. Premièrement, vous n'auriez pas dû entrer dans ma chambre, et deuxièmement, vous n'auriez pas dû toucher à une broche qui ne vous appartenait pas. Où l'avez-vous mise ? »

« Oh, je l'ai remise sur la commode. Je ne l'ai pas portée plus d'une minute. Je vous assure, Marilla, je ne voulais pas tripoter vos affaires. Je n'ai pas vu de mal à entrer dans votre chambre et essayer la broche, mais je comprends, à présent, que c'était mal et je ne le ferai plus jamais. C'est une de mes qualités. Je ne fais jamais deux fois de suite ce qu'il ne faut pas. »

« Vous ne l'avez pas remise en place », rétorqua Marilla. « Cette broche n'est pas sur la commode. J'ai cherché partout. Vous l'avez apportée ailleurs, ou quelque chose du genre. »

« Je vous assure, je *l'ai* remise en place », répondit précipitamment Anne. Petite effrontée, pensa Marilla. « Je ne me souviens pas au juste si je l'ai repiquée dans la pelote à aiguilles ou si je l'ai déposée dans le plat de faïence. Mais je suis tout à fait certaine de l'avoir remise en place. »

« Bon, je vais aller vérifier une autre fois », répondit Marilla, décidée à lui accorder le bénéfice du doute. « Si vous l'avez remise en place, cette broche y sera. Si, par malheur, elle n'y était pas, je saurais que vous ne l'avez pas remise, voilà tout. »

Marilla remonta à sa chambre et fouilla la commode et tous les recoins où la broche aurait pu se trouver. Peine perdue. Elle revint à la cuisine.

« Anne, la broche a disparu. Vous avez admis vous-même avoir été la dernière personne à la tenir entre vos mains. Maintenant, vous allez me dire ce que vous en avez fait. Dites-moi la vérité, je vous prie. L'avez-vous emportée ailleurs ? L'avez-vous perdue ? »

« Non, absolument pas », fit Anne d'un ton solennel, regardant droit dans les yeux une Marilla extrêmement en colère. « Je n'ai pas sorti cette broche de votre chambre. Qu'on me conduise à l'échafaud si je mens – mais qu'est-ce, au juste, qu'un échafaud ? C'est ainsi, Marilla. »

« C'est ainsi », dans l'esprit d'Anne, devait renforcer ce qu'elle venait de dire. Marilla, cependant, y vit plutôt une nuance de défi.

« Je pense, moi, que vous me racontez un mensonge, Anne », répliqua-t-elle sèchement. « Je sais que vous mentez. Et maintenant, vous allez vous taire, à moins que vous ne soyez décidée à me révéler toute la vérité. Montez dans votre chambre, et restez-y jusqu'à ce que vous vous soyez décidée à passer aux aveux. »

« Dois-je prendre les pois avec moi ? » fit Anne, timidement.

« Non, je finirai de les écosser moi-même. Faites ce que je vous ai dit. »

Une fois Anne partie, Marilla vaqua à ses occupations habituelles, l'esprit toutefois perturbé. La disparition de sa broche si précieuse l'inquiétait beaucoup. Et si Anne l'avait perdue ? Quelle méchanceté, de la part de cette petite fille, que de s'obstiner à nier un geste par ailleurs si flagrant. Et oser arborer un tel visage angélique, en outre !

« Je n'arrive pas à imaginer quelque chose de plus grave », se dit Marilla, énervée, en écossant ses pois. « Bien sûr, je ne pense pas qu'elle ait voulu la voler, ou faire quelque autre chose répréhensible du même genre. Elle l'a prise, tout simplement, pour jouer avec, pour stimuler cette imagination forcenée qui la caractérise. Mais c'est bien elle qui l'a prise, c'est évident, puisqu'il n'y a pas eu dans cette pièce âme qui vive, depuis le moment où elle y est allée, comme elle l'a admis, jusqu'au moment où je m'y suis rendue moi-même, ce soir. Et la broche a disparu, cela ne fait aucun doute. Je présume qu'elle l'a perdue et qu'elle a peur de l'admettre, de crainte d'être punie. Mais c'est horrible de penser qu'elle puisse mentir. C'est infiniment plus grave que ses sautes d'humeur. Quelle difficile responsabilité que celle de garder chez soi un enfant auquel on ne peut faire confiance ! Elle s'est montrée sournoise et menteuse. Et voilà ce qui me chagrine encore plus que d'avoir perdu ma broche. Si seulement elle avait dit la vérité, ce ne serait qu'un moindre mal. »

À plusieurs reprises, au cours de cette même soirée, Marilla monta à sa chambre. Elle cherchait toujours la broche ; elle ne la trouvait pas. Elle se rendit jusqu'au pignon est, à l'heure du coucher, mais sans résultats. Anne continuait d'affirmer qu'elle ne savait pas où était la broche, et Marilla n'en était que plus convaincue du contraire.

Le lendemain matin, elle raconta toute l'histoire à Matthew. Il en fut stupéfait et très préoccupé ; il lui était difficile de perdre aussi vite la confiance entière qu'il vouait à Anne, et pourtant il devait admettre que tout accablait la petite.

« Tu es bien sûre qu'elle n'est pas tombée derrière la commode ? » risqua-t-il à court de suggestions.

« J'ai déplacé la commode, j'ai vidé les tiroirs, j'ai regardé dans tous les coins et recoins », affirma

Marilla, sûre d'elle-même. « Cette broche a disparu, cette petite fille l'a prise, et elle a menti. Voilà la vérité telle quelle, une bien triste vérité, Matthew Cuthbert, et ce n'est pas la peine d'essayer de se la cacher. »

« Eh bien, qu'est-ce que tu vas faire ? » s'enquit Matthew, tout désemparé, remerciant le ciel, en son for intérieur, que ce fût Marilla, et non point lui, qui eût à prendre en main une situation pareille. Il n'avait, cette fois-ci, aucune envie de s'en mêler.

« Elle restera dans sa chambre jusqu'à ce qu'elle ait tout avoué », fit Marilla, sombre, se rappelant les bons résultats que cette méthode avait donnés, la fois précédente. « Après quoi nous verrons. Peut-être que nous retrouverons la broche, si elle veut bien nous avouer où elle l'a mise, mais, de toute manière, il faut qu'elle soit sévèrement punie. Tu entends, Matthew ? »

« Bon, eh bien, c'est toi qui devras le faire », dit Matthew tout en prenant son chapeau. « Moi, je n'ai rien à voir là-dedans, rappelle-toi ! Tu m'as conseillé toi-même de ne pas m'en mêler. »

Marilla se sentit abandonnée de tous. Elle ne pouvait même pas demander conseil à Mme Lynde. Elle monta solennellement vers le pignon est, et c'est d'un air encore plus gourmé qu'elle redescendit. Anne, entêtée, refusait toujours d'avouer. Elle persistait à dire qu'elle n'avait pas pris la broche. De toute évidence, l'enfant avait pleuré, et Marilla ressentit un élan de pitié qu'elle réprima aussitôt. Le soir venu, elle était, comme elle avait coutume de dire, « au bout du rouleau ».

« Vous resterez dans cette chambre jusqu'à ce que vous ayez avoué, Anne. Inutile de vous imaginer qu'il en sera autrement », dit-elle d'un ton ferme.

« Mais le pique-nique a lieu demain, Marilla », s'écria Anne d'une voix entrecoupée de sanglots. « Vous ne m'empêcherez pas d'y aller, quand même ? Vous me laisserez sortir au moins pour l'après-midi, n'est-ce pas ? Après cela, je resterai enfermée ici aussi longtemps que vous le voudrez, et de gaieté de cœur, même. Mais il faut que j'aille à ce pique-nique. »

« Vous n'irez à aucun pique-nique, et nulle part ailleurs, tant et aussi longtemps que vous n'aurez pas tout avoué. »

« Oh, Marilla », fit Anne, d'une voix mourante.

Mais Marilla était déjà sortie et avait fermé la porte derrière elle. Le mercredi matin fut ensoleillé et doux, comme dessiné sur mesure pour le pique-nique. Autour de Green Gables, des oiseaux chantaient ; des bouffées embaumées, émanant des lis blancs du jardin, montaient vers toutes les portes et les fenêtres. Balayé par d'invisibles vents, le parfum des lis inondait les couloirs et les chambres comme autant d'esprits aériens. Les bouleaux du vallon saluaient joyeusement de la cime, comme s'ils attendaient qu'Anne leur envoyât, du pignon est, son bonjour matinal coutumier. Mais Anne n'était pas à sa fenêtre. Lorsque Marilla lui monta son petit déjeuner, elle trouva l'enfant assise toute droite sur son lit, les lèvres pincées, les yeux brillants, pâle et résolue.

« Marilla, je suis prête à tout avouer. »

« Bon ! » s'exclama Marilla, posant son plateau. Une fois de plus, sa méthode avait fonctionné, même si son triomphe se teintait d'amertume. « Je vous écoute, Anne. Parlez ! »

« J'ai pris la broche en améthystes », récita mécaniquement Anne, à la façon d'une automate. « Je l'ai empruntée exactement comme vous l'avez pensé. Je ne voulais pas, au début, quand je suis entrée dans la pièce. Mais elle était si belle, Marilla, lorsque je l'ai agrafée sur ma poitrine, qu'une tentation irrésistible m'a saisie. Je me suis imaginé à quel point ce serait merveilleux de l'apporter à Idlewild, et de jouer le rôle de Lady Cordélia Fitzgerald. J'ai pensé que le fait de porter une vraie broche en améthystes m'aiderait à imaginer que j'étais Lady Cordélia pour de vrai. Diana et moi, nous nous faisions des colliers de baies rouges, des baies d'églantiers, mais des baies rouges ne valent pas des améthystes, n'est-ce pas ? C'est pour cette raison que j'ai pris la broche. Je pensais que j'aurais le temps de la remettre en place avant que vous ne reveniez. Pour la porter plus longtemps, j'ai fait le grand tour par la route. Tandis que je traversais le pont sur le Lac-aux-Miroirs, j'ai enlevé la broche, pour l'admirer encore une fois. Oh, comme elle brillait au soleil ! Et là, au moment où je me penchais sur le bord du pont, elle a glissé d'entre mes doigts – comme ça – et elle est tombée… tombée encore plus bas, toute luisante de reflets violets, et elle s'est enfoncée pour toujours dans le Lac-aux-Miroirs. Et voilà les aveux les plus complets que je puisse vous faire, Marilla. »

Marilla sentit à nouveau monter en elle une colère blanche. Cette enfant avait pris sa broche en améthystes, son trésor chéri, elle l'avait perdue, et voilà qu'elle se tenait là à réciter calmement tous les détails de son forfait, sans laisser paraître la moindre lueur de remords ou de repentir.

« Anne, c'est très grave », dit-elle, en essayant de garder son calme. « Vous êtes la plus méchante fille dont j'ai jamais entendu parler. »

« Oui, je pense que c'est vrai », fit Anne, toujours aussi calme. « Et je sais que je dois être punie. Ce sera votre devoir de le faire, Marilla. Est-ce que vous ne pourriez pas commencer tout de suite, parce que j'aimerais me rendre au pique-nique avec la conscience en paix. »

« Le pique-nique, hein ? Vous n'irez à aucun pique-nique aujourd'hui, Anne Shirley. Ce sera votre punition. Et c'est encore bien peu pour ce que vous avez fait ! »

« Pas de pique-nique ! » Anne, d'un bond, fut debout et agrippa la main de Marilla. « Mais vous m'avez *promis* que je pourrais y aller ! Oh, Marilla, je dois m'y rendre ! C'est pour ça que je vous ai tout confessé. Punissez-moi comme vous le voulez, mais pas de cette manière-là. Oh Marilla, Marilla, je vous en prie, par pitié, laissez-moi y aller ! Pensez à la crème glacée ! Vous ne pouvez pas savoir ! Je n'aurai peut-être jamais plus d'occasion de goûter à de la crème glacée ! »

Marilla, imperturbable, dégagea sa main de celle d'Anne.

« Inutile de me supplier de la sorte, Anne. Vous n'allez pas au pique-nique, je ne reviendrai pas là-dessus. Non, ne protestez pas, surtout. »

Anne comprit que rien ne ferait changer Marilla d'idée. Elle se tordit les mains, poussa un hurlement perçant et se jeta, la tête la première, sur le lit, secouée de larmes hystériques, s'abandonnant sans pudeur à son immense désespoir.

« Ça n'a aucun sens ! », s'exclama Marilla, stupéfaite, en s'empressant de quitter la pièce. « Je crois bien que cette enfant est folle. Personne avec les pieds sur terre ne se comporterait de cette façon. Si ce n'est pas de la folie, c'est de la pure méchanceté. Oh, pauvre de moi, j'ai bien peur que Rachel n'ait eu raison dès le début. Mais maintenant que le mal est fait, je ne reviendrai pas là-dessus. »

Ce fut une matinée pénible. Marilla travailla avec acharnement. Quand elle ne trouva rien d'autre à faire, elle frotta le plancher de la véranda et les tablettes de la laiterie, ce qui ne répondait à aucun besoin, si ce n'est celui de l'occuper. Puis elle sortit et ratissa la cour.

Lorsque le déjeuner fut prêt, elle appela Anne du bas de l'escalier. Un petit visage sillonné de larmes fit son apparition, risquant un regard tragique par-dessus la rampe.

« Venez déjeuner, Anne. »

« Je ne veux pas déjeuner, Marilla », répondit Anne en sanglotant. « Je ne pourrais pas avaler une bouchée. J'ai le cœur brisé. Vous en éprouverez des remords un jour, j'en suis sûre, Marilla. Mais je vous pardonne de me faire tant de peine. Souvenez-vous-en, quand l'heure du remords sera venue : je vous pardonne. Mais de grâce, ne me demandez pas de manger quoi que ce soit, surtout pas du porc bouilli et des légumes verts. Quand on a beaucoup de peine, ce n'est pas romantique du tout, le porc bouilli et les légumes verts. »

Exaspérée, Marilla repartit à la cuisine et déversa toutes ses misères sur le pauvre Matthew, d'autant plus malheureux qu'il était pris entre son sens de la justice et sa sympathie tout à fait illégitime pour Anne.

« Bon, eh bien, disons qu'elle n'aurait pas dû prendre cette broche, Marilla, ni raconter des histoires », admit-il, tout en laissant errer un regard triste sur le porc et les légumes verts si peu romantiques de son assiette, comme si, à la manière d'Anne, il eût trouvé que ce n'était guère une nourriture adaptée à des moments d'émotion intense. « Elle est si petite, si vivante. Ne trouves-tu pas cela trop dur de lui refuser ce pique-nique dont elle a tant envie ? »

« Matthew Cuthbert, tu me stupéfies. Je pense, moi, que je lui permets de s'en tirer beaucoup trop facilement. Et, en plus, elle ne semble pas comprendre la portée de son geste. C'est ce qui me préoccupe le plus, d'ailleurs. Si elle avait vraiment regretté sa faute, ce ne serait pas si grave. Mais toi, tu n'as pas l'air de comprendre non plus ; tu ne fais que l'excuser, je m'en rends bien compte. »

« Eh bien, disons qu'elle est tellement jeune », répéta plus faiblement Matthew. « Et on devrait pouvoir lui accorder une chance. Tu sais bien qu'elle n'a jamais reçu la moindre éducation. »

« Eh bien, dans ce cas, elle la reçoit maintenant », rétorqua Marilla.

Cette ultime repartie réduisit Matthew au silence, à défaut de le convaincre. Le déjeuner fut particulièrement morose. La seule chose réjouissante fut l'arrivée de Jerry Buote, le garçon engagé, et Marilla ressentit la bonne humeur de ce dernier comme une insulte personnelle.

Lorsqu'elle eut lavé la vaisselle, confectionné un gâteau-éponge et nourri ses poules, Marilla se rappela la légère déchirure déparant son plus beau châle de dentelle noire qu'elle portait les lundis après-midi pour se rendre au Cercle des dames. Elle décida de le repriser.

Le châle se trouvait dans une boîte, dans le coffre de Marilla. Tandis que Marilla le soulevait, la lumière du soleil, qui filtrait à travers l'entrelacs de vignes devant la fenêtre, fit étinceler quelque chose qui était pris dans le châle, quelque chose qui lançait de petits éclats de lumière violette. Marilla, bouche bée, s'en empara. C'était bien sa broche en améthystes accrochée à la dentelle par le fermoir !

« Sainte Mère de Dieu », se dit Marilla, toute retournée, « qu'est-ce que cela signifie ? Voici ma broche, saine et sauve, alors que je l'imaginais au fond de la mare des Barry. Qu'est-ce que cette gamine a bien voulu dire en affirmant qu'elle l'avait prise et qu'elle l'avait perdue ? C'est à croire qu'un sort a très certainement été jeté sur Green Gables ! Je me rappelle maintenant que, lorsque j'ai enlevé mon châle lundi après-midi, je l'ai posé quelques instants sur la commode. Je présume que la broche se sera prise dans la dentelle. Eh bien ! »

Marilla fila d'une traite vers le pignon est, broche en main. Anne s'était épuisée à pleurer et, l'air abattu, elle était assise près de la fenêtre.

« Anne Shirley », fit Marilla d'un ton solennel, « je viens de retrouver ma broche, accrochée à mon châle de dentelle noire. À présent, j'aimerais bien comprendre cette histoire à dormir debout que vous m'avez racontée ce matin. Qu'est-ce que ça signifie ? »

« Eh bien, vous m'aviez dit que vous m'enfermeriez ici jusqu'à ce que j'aie avoué », répondit

Anne avec lassitude, « et c'est pourquoi j'ai décidé d'avouer, puisque, ainsi, je croyais pouvoir aller au pique-nique. J'ai inventé des aveux hier soir, après être allée me coucher, et j'ai essayé de les rendre aussi intéressants que possible. Je me les suis répétés, et répétés, jusqu'à ce que je ne puisse plus les oublier. Mais cela n'a servi à rien, puisque vous n'avez pas voulu me laisser aller au pique-nique, finalement. »

Marilla ne put s'empêcher de rire. Mais sa conscience la tourmentait.

« Anne, vous êtes incroyable ! Mais c'est moi qui avais tort, je m'en rends bien compte maintenant. Je n'aurais pas dû mettre votre parole en doute ; après tout, je ne vous avais jamais entendue raconter des mensonges. Bien sûr, ce n'était pas bien de votre part de confesser une faute que vous n'aviez pas commise, c'était même très mal. Mais c'est moi qui vous y ai forcée. Alors, si vous me pardonnez, Anne, je vous pardonnerai moi aussi, et nous allons faire table rase de tout cela. À présent, préparez-vous pour vous rendre au pique-nique. »

Anne bondit, comme une fusée.

« Oh, Marilla, mais n'est-il pas trop tard ? »

« Non, il est seulement deux heures. Les gens viennent à peine de se rassembler et il faudra encore une bonne heure avant qu'ils ne prennent le thé. Lavez-vous le visage, coiffez-vous et mettez votre robe de guingan. Je vais vous remplir un panier. Il y a bien suffisamment de choses déjà cuites dans la maison. Et je vais aller chercher Jerry, pour qu'il attelle la jument alezane et qu'il vous conduise jusqu'au terrain de pique-nique. »

« Oh, Marilla ! » s'exclama Anne, se précipitant au lavabo. « Il y a cinq minutes je me sentais si triste que j'aurais souhaité ne jamais être née, et voilà que maintenant je n'échangerais pas ma vie contre celle d'un ange ! »

Ce soir-là, une Anne pleinement heureuse, complètement épuisée, revint à Green Gables dans un état de béatitude indescriptible.

« Oh, Marilla, j'ai passé des moments absolument épatants ! J'ai appris ce mot-là, "épatant", aujourd'hui ! J'ai entendu Mary Alice Bell le dire. Vous ne le trouvez pas expressif ? Tout était adorable. Nous avons siroté un thé délicieux, et puis M. Harmon Andrews nous a emmenés en barque sur le Lac-aux-Miroirs, six personnes à la fois. Et Jane Andrews est presque tombée par-dessus bord. Elle s'était penchée pour cueillir des nénuphars, et si M. Andrews ne l'avait pas rattrapée par la ceinture, juste à temps, elle aurait glissé dans l'eau et se serait probablement noyée. J'aurais aimé être à la place de Jane. Ç'aurait été une expérience pleinement romantique, que de manquer de se noyer, sans compter l'histoire palpitante que j'aurais eu à raconter. Et nous avons mangé de la crème glacée. Marilla, je peux vous certifier que c'était sublime. »

Ce soir-là, tout en reprisant des bas, Marilla raconta toute l'histoire à Matthew.

« Je suis prête à admettre mon erreur », fit-elle ingénument, « mais j'ai appris une leçon. Je ne peux que rire en pensant aux "aveux" d'Anne, mais je ne devrais pas, puisqu'il s'agissait de mensonges. Cela aurait été beaucoup plus grave si Anne avait vraiment perdu ma broche, et, de toute façon, dans cette histoire, j'ai moi-même une large part de responsabilité. Cette enfant n'est pas facile à comprendre, je dois avouer, mais je suis persuadée qu'elle deviendra quelqu'un de bien. Et, en tout cas, chose certaine, il n'est pas possible de s'ennuyer en sa compagnie. »

15

L'école est en révolution

« Quelle journée splendide ! » s'exclama Anne, inspirant à pleins poumons. « Ne fait-il pas bon être en vie, une journée comme celle-ci ? Je plains les gens qui ne sont pas encore nés pour en jouir. Ils connaîtront peut-être de belles journées, bien sûr, mais jamais tout à fait pareilles à celle-ci. Et c'est encore plus splendide de pouvoir aller à l'école par un aussi joli chemin, n'est-ce pas ? »

« C'est bien plus agréable que de faire le tour par la route ; il y fait si chaud, et il y a tellement de poussière », dit Diana, l'esprit toujours plus pratique. Elle jeta un coup d'œil au fond de son panier, calculant mentalement le nombre de bouchées auxquelles chacune des filles avait droit si l'on divisait par dix les trois tartes aux framboises, juteuses et appétissantes, qu'elle apportait.

Les petites filles de l'école d'Avonlea mettaient toujours leur repas de midi en commun ; celle qui aurait avalé seule ses trois tartes aux framboises, ou qui même ne les aurait partagées qu'avec sa meilleure amie, aurait été taxée définitivement de mesquinerie. Pourtant, une fois les tartes divisées en dix, il en restait juste assez à chacune pour lui mettre l'eau à la bouche.

Le chemin par lequel Diana et Anne se rendaient à l'école était effectivement fort beau. Pour Anne, rien d'autre, même en activant son imagination, ne valait l'aller et retour de l'école en compagnie de Diana. Faire le détour par la grand-route aurait tellement manqué de romantisme ! Mais emprunter le Chemin des amoureux, puis le lac aux saules pleureurs, le Vallon des violettes, et enfin le sentier des bouleaux, voilà qui était incontestablement romantique.

Le Chemin des amoureux s'ouvrait un peu plus bas que le verger de Green Gables et se prolongeait loin dans les bois, jusqu'aux limites de la ferme Cuthbert. C'était par ce chemin que l'on conduisait les vaches vers le pré d'en arrière et que l'on ramenait le bois à la maison pour l'hiver. Anne l'avait baptisé « Chemin des amoureux », avant même la fin de son premier mois à Green Gables.

« Ce n'est pas que des amoureux viennent s'y promener pour de vrai », avait-elle expliqué à Marilla, « mais nous sommes en train de lire, Diana et moi, un livre absolument magnifique, dans lequel il est question d'un chemin des amoureux. Nous aussi, nous en voulons un. Et le nom sonne joliment bien ! Vous ne trouvez pas ? "Chemin des amoureux", comme c'est romantique ! Il nous est facile d'imaginer, voyez-vous, de vrais amoureux qui s'y promènent. J'aime ce chemin parce qu'on peut y réfléchir à voix haute sans que personne vous traite de folle. »

Anne, partant seule le matin, descendait donc le Chemin des amoureux jusqu'au ruisseau. Là, Diana la rejoignait, et les deux petites filles montaient l'allée sous les branches des érables, qui formaient comme une voûte – « Les érables », disait Anne, « sont des arbres fort sociables ! Ils frissonnent toujours à votre passage et ils vous murmurent des choses » – jusqu'à ce qu'elles atteignent un pont rustique. À cet endroit-là, elles quittaient l'allée, traversaient le pré derrière chez Barry, et s'en allaient plus loin que Willowmere. Après Willowmere venait le Vallon des violettes, une simple petite fossette de verdure à l'ombre des grands bois de M. Andrew Bell. « Bien sûr, il n'y a plus de violettes en cette saison », avait précisé Anne, à l'intention de Marilla, « mais Diana m'assure qu'il y en a des millions au printemps. Oh, Marilla, pouvez-vous seulement imaginer ça ? C'est à vous couper le souffle. J'ai donc décidé de baptiser cet endroit le Vallon des violettes. Diana dit qu'elle n'a jamais vu personne qui sache, comme moi, dénicher le nom qu'il faut pour tous ces endroits. C'est agréable d'être bonne à quelque chose, ne pensez-vous pas ? Diana, elle, a donné simplement son nom au sentier des bouleaux. Ça n'est guère original. Mais il n'empêche que ce sentier demeure l'un des plus beaux endroits du monde, Marilla. »

Et en effet, bien d'autres personnes étaient de cet avis. Il s'agissait d'un petit sentier étroit, tout en tours et en contours, serpentant le long d'une assez longue pente, coupant au plus court à travers les bois de M. Bell, dans lesquels la lumière, tamisée par tant d'écrans émeraude, devenait aussi pure que le cœur d'un diamant. Le sentier était bordé, sur toute sa longueur, de jeunes bouleaux élancés, au tronc blanc et aux rameaux souples, de fougères, de dames-d'onze-heures, de muguet sauvage et de touffes écarlates de baies à pigeons, épaisses et denses ; un délicieux parfum d'épices flottait dans l'air, et, de toutes parts, montaient des musiques d'oiseaux et de vents rieurs zigzaguant dans les hautes branches. De temps à autre, et à condition de rester silencieux – ce qui n'arrivait à Anne et Diana que tous les trente-six du mois –, on pouvait voir un lapin traverser la route en bondissant. En bas, dans la vallée, le sentier rejoignait la grand-route, et, de là, il n'y avait plus que la butte aux épinettes à gravir pour atteindre l'école.

L'école d'Avonlea était un bâtiment blanchi à la chaux, aux avant-toits bas et aux fenêtres larges, dont l'intérieur était meublé de pupitres à l'ancienne, solides et confortables, sur lesquels trois générations d'écoliers avaient gravé initiales et autres hiéroglyphes. L'école était située en retrait de la route ; derrière, il y avait un sombre bois de sapins et un ruisseau dans lequel tous les enfants déposaient leurs bouteilles de lait chaque matin, afin qu'il restât frais et doux jusqu'au repas de midi.

Le premier jour de septembre, Marilla avait vu partir Anne pour l'école avec une secrète appréhension. C'était une petite fille si étrange ! Comment s'entendrait-elle avec les autres enfants ? Et comment diable réussirait-elle à tenir sa langue pendant les heures de classe ?

Les choses se passèrent mieux, cependant, que Marilla ne le croyait. Ce soir-là, Anne revint à la maison d'excellente humeur.

« Je crois que je vais aimer cette école », déclara-t-elle, « même si je ne pense pas trop de bien du maître. Il se tripote la moustache sans arrêt et il fait les yeux doux à Prissy Andrews. Prissy est déjà grande, vous savez. Elle a seize ans et elle étudie pour passer l'examen d'entrée à l'école supérieure, la Queen's Academy de Charlottetown. Elle veut y aller l'an prochain. Tillie Boulter m'a confié que le maître était *absolument entiché* d'elle. Elle a un beau teint, des cheveux bruns bouclés, et elle sait se tenir avec élégance. Elle est installée sur le banc le plus long, en arrière, et c'est là qu'il s'assoit, lui aussi, la plupart du temps, pour lui expliquer ses leçons, à ce qu'il prétend. Mais Ruby Gillis dit qu'elle a vu le maître écrire quelque chose sur l'ardoise de Prissy, et que, lorsque cette dernière a lu le mot, elle est devenue aussi rouge qu'une betterave et a pouffé de rire. Ruby Gillis dit qu'à son avis cela n'avait rien à voir avec la leçon. »

« Anne Shirley, que je ne vous entende plus parler de votre maître d'école de la sorte », fit Marilla sèchement. « Vous n'allez pas à l'école pour le critiquer. Je parie qu'il peut vous enseigner quelque chose, *à vous*, et c'est votre travail que d'apprendre. Je voudrais que vous compreniez tout de suite que vous n'avez pas à nous raconter à la maison tous les commérages qui circulent sur le compte de votre maître. C'est une attitude que je n'encouragerai jamais. J'espère que vous vous êtes bien comportée. »

« Pour ça, oui », répondit Anne sans hésiter. « Ce n'était d'ailleurs pas aussi difficile que l'on pouvait se l'imaginer. Je suis assise à côté de Diana. Notre banc est tout près de la fenêtre et nous pouvons voir, en bas, le Lac-aux-Miroirs. Il y a beaucoup de filles sympathiques à l'école, et nous avons eu des moments épatants lors des jeux du dîner. C'est si agréable de jouer avec beaucoup de petites filles. Mais, bien sûr, je préfère Diana, et ce sera toujours ainsi. J'*adore* Diana. Mais je suis terriblement en retard par rapport aux autres. Ils travaillent tous sur le cinquième livre, et je n'en suis qu'au quatrième. J'en éprouve une certaine humiliation. Mais il n'y a personne qui ait une imagination comme la mienne ; cela, je m'en suis vite rendu compte. Aujourd'hui, nous avons eu des leçons de lecture, de géographie, d'histoire du Canada, et une dictée. M. Phillips a clamé que mon orthographe était une honte et il a montré mon ardoise à tous les autres, toute couverte de corrections. Je me sentais si mortifiée, Marilla ! Il aurait pu se montrer plus poli envers une nouvelle élève, je trouve. Ruby Gillis m'a donné une pomme, et Sophia Sloane m'a prêté une jolie carte rose, sur laquelle il était écrit : "Puis-je t'inviter chez moi ?" Je dois la lui rendre demain. Et Tillie Boulter m'a laissée porter sa bague avec une perle tout l'après-midi. Est-ce que je pourrais avoir quelques-unes de ces perles de la vieille pelote à épingles, celle qui moisit dans le grenier, pour m'en faire une bague ? Et, oh, Marilla, Jane Andrews m'a répété que Minnie MacPherson lui avait raconté qu'elle avait entendu Prissy Andrews dire à Sara Gillis que j'avais un nez fort mignon. Marilla, c'est là le premier compliment que l'on m'ait fait de toute ma vie, et vous ne pourriez imaginer l'effet curieux que cela m'a fait. Marilla, est-ce que j'ai vraiment un nez mignon ? Je sais que vous me direz la vérité. »

« Votre nez est tout à fait comme il faut », se contenta de dire Marilla, qui, en son for intérieur, trouvait le nez d'Anne remarquablement mignon, mais n'avait nulle intention de l'avouer.

Cela se passait trois semaines auparavant, et, jusqu'à maintenant, tout s'était fort bien déroulé. Ce jour-là, donc, ce matin de septembre à l'air vif, Anne et Diana descendaient d'un pas allègre le sentier des bouleaux et semblaient les deux petites filles les plus heureuses d'Avonlea.

« Je parie que Gilbert Blythe sera à l'école aujourd'hui » dit Diana. « Il a passé l'été chez ses cousins au Nouveau-Brunswick et il n'est revenu à la maison que samedi soir. Il est *terriblement* beau, Anne. Et il taquine les filles comme ce n'est pas permis. Il nous rend la vie impossible. »

Au ton de Diana, on sentait qu'elle ne détestait pas qu'on lui rende ainsi la vie impossible.

« Gilbert Blythe ? » demanda Anne. « Est-ce que ce n'est pas lui qui a son nom inscrit sur le mur du porche, avec celui de Julia Bell à côté, et un énorme "Prenez note" juste au-dessus ? »

« Oui », répondit Diana en hochant la tête, « mais je suis persuadée qu'il n'aime pas Julia Bell autant que ça. Je l'ai entendu dire qu'il étudiait les tables de multiplication en lui regardant les taches de rousseur. »

« Oh, ne me parle pas de taches de rousseur », supplia Anne. « Ce n'est pas très délicat, alors que j'en ai autant. Je pense qu'il n'y a rien de plus stupide que d'écrire des remarques de la sorte sur les murs, à propos des filles et des garçons. J'aimerais bien voir ça, que quelqu'un ose afficher mon nom à côté de celui d'un garçon. Bien sûr, il faut dire », s'empressa-t-elle d'ajouter, « qu'il y a peu de chances que ça se produise. »

« Tu es bête », dit Diana, dont les yeux noirs et les tresses brillantes troublaient à tel point les cœurs des écoliers d'Avonlea que son nom figurait sur plusieurs porches, dans une demi-douzaine d'annonces publiques. « Et ne sois pas trop sûre que ton nom ne sera jamais inscrit nulle part. Charlie Sloane *est follement épris* de toi. Il a dit à sa mère – sa *mère*, te rends-tu compte – que tu étais la fille la plus intelligente de l'école. C'est encore mieux que d'être belle à regarder. »

« Non, je ne suis pas de cet avis », fit Anne, féminine jusque dans l'âme. « J'aimerais mieux être belle qu'intelligente. Et je déteste Charlie Sloane. Je ne peux pas supporter un garçon qui roule de gros yeux. Si jamais quiconque inscrivait mon nom quelque part à côté du sien, je ne m'en remettrais *jamais*, Diana Barry. Mais, oui, il faut avouer que c'est agréable d'être la première de la classe. »

« À partir de maintenant, tu auras Gilbert dans ta classe », dit Diana, « et il a l'habitude d'être le premier de sa classe, cela, je peux te l'affirmer. Il travaille encore sur le quatrième livre, bien qu'il ait presque quatorze ans. Il y a quatre ans son père était malade et a dû se rendre en Alberta pour des raisons de santé ; Gilbert l'a accompagné. Ils sont restés là-bas trois ans, et Gil a à peine fréquenté l'école pendant ces années-là. Tu verras, désormais, qu'il te sera difficile de demeurer toujours la première, ma pauvre Anne. »

« Cela ne me dérange pas », répondit Anne aussitôt. « Au fond, je ne me sentirais guère fière d'être la première d'une classe de garçons et de filles de neuf ou dix ans à peine. J'ai eu à me lever, hier, pour épeler "ébullition". Josie Pye était la première, et devine quoi ? Elle a regardé dans son livre. M. Phillips ne l'a pas vue – il contemplait Prissy Andrews – mais je l'ai bien vue, moi. Je me suis contentée de lui lancer un regard méprisant et glacial ; elle en est devenue rouge comme une pivoine, et, après cela, elle a épelé le mot de travers. »

« Ces filles Pye n'arrêtent pas de tricher », fit Diana, indignée, alors qu'elle et Anne escaladaient la barrière à la limite de la grand-route. « Gertie Pye, hier, a glissé sa bouteille de lait à la place de la mienne, dans le ruisseau. As-tu déjà vu ça ? Depuis, moi, je ne lui parle plus. »

Lorsque M. Phillips se retrouva au fond de la classe à écouter religieusement le latin de Prissy Andrews, Diana murmura à l'intention d'Anne :

« C'est Gilbert Blythe qui est assis de l'autre côté de l'allée, en face de toi, Anne. Jette-lui un coup d'œil, et dis-moi si tu ne le trouves pas beau. »

Anne obéit et le regarda. Elle en avait justement l'occasion, car ledit Gilbert Blythe, avec force concentration, était occupé à épingler sur le dossier du banc la longue tresse dorée de Ruby Gillis, assise immédiatement devant lui. C'était un grand gars aux cheveux bruns bouclés, aux yeux coquins couleur noisette et à la bouche relevée par un rictus espiègle.

À ce moment précis, Ruby Gillis décidait d'apporter au maître d'école le résultat d'une addition ; elle retomba sur son siège avec un petit cri, croyant qu'on lui avait arraché les cheveux. Tout le monde se tourna vers elle et M. Phillips lui lança un regard si sévère que la pauvre Ruby se mit à pleurer. Gilbert, lui, avait fait disparaître l'épingle et, le plus naturellement du monde, feignait d'étudier son histoire. Pourtant, lorsque les choses se furent calmées, il adressa à Anne un clin d'œil d'une irrésistible drôlerie.

« Je pense que ton Gilbert Blythe est beau, en effet », confia Anne à Diana, « mais je le trouve aussi très effronté. Ce ne sont pas de bonnes manières que de faire un clin d'œil à une fille qu'on ne connaît pas. »

Rien de particulier ne se passa avant l'après-midi. M. Phillips était retourné dans le coin pour expliquer à Prissy Andrews un problème d'algèbre, et les écoliers s'en trouvaient livrés à eux-mêmes : ils mangeaient des pommes vertes, échangeaient des murmures, dessinaient sur leur ardoise et faisaient courir le long de l'allée des attelages de grillons, attachés à des fils. Gilbert Blythe, lui, tentait d'attirer l'attention d'Anne et n'y réussissait guère, car Anne, à ce moment-là, avait complètement oublié non seulement l'existence de Gilbert Blythe et des autres, mais aussi celle de l'école d'Avonlea tout entière. Le menton posé sur les mains, les yeux amarrés à l'extrémité bleue du Lac-aux-Miroirs que l'on pouvait apercevoir par la fenêtre de l'ouest, elle avait gagné un merveilleux pays de rêve, désormais attentive aux merveilles oniriques de ses seules visions.

Gilbert Blythe, lui, n'avait pas l'habitude d'échouer lorsqu'il s'efforçait d'attirer l'attention d'une fille. Elle devait le regarder, cette Shirley aux cheveux roux, au petit menton pointu et aux grands yeux qui n'avaient rien de commun avec ceux des autres filles de l'école d'Avonlea.

Gilbert tendit son bras de l'autre côté de l'allée, empoigna l'une des longues tresses rousses d'Anne et la leva à la hauteur de son épaule en lançant d'une voix stridente :

« Poil de carotte ! Poil de carotte ! »

Alors, oui, Anne daigna le regarder, mais de quelle façon ! Elle fit plus que le regarder, d'ailleurs. Elle fut debout en un instant, toute rêverie évanouie. Elle foudroya Gilbert d'un regard brillant de colère et de larmes.

« Détestable, méchant garçon ! » s'exclama-t-elle, d'une voix passionnée. « Comment osez-vous ? »

Et puis, paf ! Anne assena un grand coup d'ardoise sur la tête de Gilbert, la brisant tout net – l'ardoise, non la tête – en deux morceaux.

À l'école d'Avonlea, on appréciait fort les scènes. Celle-ci était particulièrement réjouissante. Tout le monde poussa un « oh » où se mêlaient l'horreur et la délectation. Diana en resta bouche bée. Ruby Gillis, qui avait des tendances hystériques, se mit à pleurer. Tommy Sloane laissa échapper son équipage de grillons et demeura bouche bée, les yeux rivés sur la scène.

M. Phillips descendit l'allée à grands pas et posa une main lourde sur l'épaule d'Anne.

« Anne Shirley, qu'est-ce que cela signifie ? » fit-il, en colère.

Anne n'avait rien à répondre. C'était trop lui demander, à elle, une petite fille distinguée, que de condescendre à raconter à toute l'école qu'on l'avait appelée « poil de carotte ». Ce fut Gilbert qui, courageusement, expliqua.

« C'est ma faute, monsieur Phillips. C'est moi qui l'ai provoquée. »

Mais M. Phillips ne prêtait aucune attention à Gilbert.

« Je n'aime pas voir une de mes élèves s'abandonner ainsi à ses humeurs et faire montre d'un esprit

Et puis, paf!
Anne assena un grand coup d'ardoise sur la tête de Gilbert.

aussi vindicatif », émit-il d'un ton solennel, comme si le simple fait d'appartenir à sa classe eût dû suffire à extirper les mauvaises passions du cœur de tous ces petits mortels imparfaits. « Anne, vous irez vous mettre debout sur l'estrade en avant, devant le tableau noir, et vous y resterez tout l'après-midi. »

Anne eût infiniment préféré une fessée à une telle punition, qui écorchait sa sensibilité déjà passablement éprouvée. Le visage blême, le regard fixe, elle obéit. M. Phillips prit une craie et écrivit sur le tableau, au-dessus de sa tête :

« Ann Shirley a très mauvais caractère. Ann Shirley doit apprendre à maîtriser son mauvais caractère », et puis il lut ces phrases à voix haute, afin que même les petits, en première année, qui ne savaient pas encore lire, fussent en mesure de les comprendre.

Anne demeura debout, l'inscription au-dessus de sa tête, tout le reste de l'après-midi. Elle ne pleura pas, elle ne baissa pas la tête. Le feu que la colère avait allumé en elle la soutint dans son humiliation. Les yeux débordant de ressentiment, les joues rouges du feu de la passion, elle affronta aussi bien le regard sympathique de Diana que les hochements de tête indignés de Charlie Sloane et les sourires malicieux de Josie Pye. Quant à Gilbert Blythe, elle n'eut pas un regard pour lui ! Elle ne jetterait *jamais* plus les yeux sur lui ! Elle ne lui adresserait plus jamais la parole !

Puis ce fut la fin de la classe, et Anne quitta la salle, sa tête rousse bien droite. Gilbert Blythe tenta de l'intercepter sur le porche.

« Je suis vraiment désolé de m'être moqué de vos cheveux, Anne », murmura-t-il, repentant. « Vraiment. Ne m'en veuillez plus, allons ! »

Anne passa, dédaigneuse, sans un regard, sans même laisser paraître qu'elle eût entendu. « Oh, Anne, comment peux-tu ? » fit Diana, essoufflée, d'une voix où l'admiration le disputait aux reproches, tandis qu'elles descendaient la route. Diana savait bien qu'*elle* n'aurait jamais pu résister aux supplications de Gilbert.

« Je ne pardonnerai jamais à Gilbert Blythe », dit Anne, d'un ton ferme. « Et M. Phillips, lui aussi, a orthographié mon nom sans *e*. Je ferai désormais preuve d'une dureté implacable, Diana. »

Diana n'avait aucune idée de ce qu'Anne entendait par là, mais elle comprit que ce devait être quelque chose d'horrible.

« Tu ne dois pas t'en faire si Gilbert se moque de tes cheveux », dit-elle en guise de consolation. « Écoute, il se moque de toutes les filles. Il rit de mes cheveux parce qu'ils sont noirs. Il m'a surnommée "le corbeau" bien des fois, et, d'ailleurs, je ne l'ai jamais entendu présenter d'excuses à qui que ce soit. »

« Il y a tout un monde entre le fait d'être surnommée "le corbeau" et celui de se faire traiter de "poil de carotte", répliqua Anne, très digne. Gilbert Blythe m'a *atrocement* offensée, Diana. »

Toute cette histoire aurait pu connaître une fin pas trop malencontreuse, si rien d'autre n'était advenu. Mais quand les catastrophes, parfois, commencent à déferler, elles n'arrêtent pas de sitôt.

Les écoliers d'Avonlea passaient souvent l'heure du midi à cueillir de la gomme de résine dans le petit bois d'épinettes de M. Bell sur la colline, de l'autre côté de son grand pré. De là, ils pouvaient surveiller la maison d'Eben Wright, où logeait le maître d'école. Lorsqu'ils voyaient M. Phillips en sortir, ils se hâtaient de regagner l'école, mais la distance à parcourir étant environ trois fois plus longue que le chemin de M. Wright, ils ne réussissaient à arriver, fourbus et hors d'haleine, que trois minutes trop tard.

Le lendemain de l'incident, M. Phillips, obsédé par un de ces besoins de réformes qui lui venaient par crises, déclara, avant de repartir manger chez lui, qu'il s'attendait à trouver tous les écoliers à leur place à son retour. Tout retardataire serait puni.

Tous les garçons, et quelques-unes des filles, se rendirent comme d'habitude dans le bois d'épinettes de M. Bell, bien décidés à n'y rester que le temps nécessaire à « enfourner une chiquée ». Mais les bois d'épinettes sont séduisants, et les noix de gomme jaune attirantes ; les enfants en firent amplement provision, puis ils s'attardèrent, enfin ils se perdirent, et, comme toujours, la première chose qui les rappela à l'ordre fut la voix de Jimmy Glover, hurlant, du faîte d'une épinette plus vieille que Mathusalem : « Le maître arrive ! »

Les filles, qui étaient en bas, partirent les premières et réussirent à atteindre l'école à temps, mais à peine ! Les garçons, eux, qui durent dégringoler des arbres avec force contorsions, furent en retard ; et Anne, qui n'avait pas ramassé de résine mais qui s'était promenée, tout heureuse, à l'extrémité du petit bois, plongée jusqu'à la taille dans les fougères arborescentes et fredonnant une chanson pour elle seule, un diadème de lis blancs dans les cheveux telle une sorte de divinité sauvage, fut la plus en retard de

Marilla lut une détermination farouche sur le petit visage d'Anne et comprit qu'il lui serait difficile d'en venir à bout, mais, sagement, elle se résolut à ne rien ajouter pour l'instant.

« Je descendrai voir Rachel ce soir même, à ce propos », réfléchit-elle. « Il ne servirait à rien de raisonner Anne en ce moment. Elle est encore dans tous ses états, et j'ai le sentiment qu'elle peut être particulièrement obstinée si elle le décide. Pour autant que je puisse me retrouver dans cette histoire, je dirais que M. Phillips est allé un peu trop loin. Mais à quoi bon le dire à Anne ? Je vais aller en discuter avec Rachel. Dix de ses enfants sont allés à l'école, elle en connaît plus que moi sur le sujet. De toute façon, elle aura sûrement appris toute l'histoire, entre-temps. »

Lorsque Marilla arriva chez Mme Rachel, elle la trouva, comme à l'accoutumée, en train de tricoter ses courtepointes, toujours aussi joviale et affairée.

« Je présume que vous savez pourquoi je viens vous voir », dit Marilla, qui se sentait un peu embarrassée.

Mme Rachel fit signe que oui.

« C'est à propos de toute l'histoire qu'Anne a provoquée à l'école, je suppose », dit-elle. « Tillie Boulter, en rentrant à la maison, m'en a glissé un mot. »

« Je ne sais trop que faire d'elle », dit Marilla. « Elle m'affirme qu'elle ne retournera pas à l'école. Je n'ai jamais vu une enfant aussi secouée. J'appréhendais bien des problèmes, dès l'instant où elle a commencé l'école. Les choses allaient trop bien pour que ça dure. Elle est si nerveuse ! Que me conseillez-vous, Rachel ? »

« Eh bien, puisque vous me demandez mon avis, Marilla », dit Mme Lynde, fort aimable – Mme Lynde adorait qu'on lui demandât conseil – « je commencerais par me plier un peu à ses caprices, voilà ce que je ferais. Je crois vraiment que M. Phillips a eu tort. Bien sûr, cela ne servirait à rien de le dire aux enfants, vous le savez bien. Et, bien entendu, il a eu raison de la punir pour l'accès de colère dont elle a fait preuve. Mais aujourd'hui, c'était différent. Les autres qui étaient en retard auraient dû être punis eux aussi, cela ne fait pas de doute. Et je ne crois pas que ce soit une bonne punition, pour ma part, que de faire asseoir les filles avec les garçons – il y a là-dedans un total manque de pudeur. Tillie Boulter en était tout à fait indignée. Elle a pris le parti d'Anne, d'un bout à l'autre, affirmant que les autres écoliers étaient de son avis. Il semble qu'Anne soit assez populaire parmi eux. Je ne m'attendais guère à ce qu'elle s'entendît si bien avec les autres. »

« Donc vous pensez que je devrais lui permettre de rester à la maison », fit Marilla, stupéfaite.

« Oui. C'est-à-dire que je ne lui parlerais plus d'école avant qu'elle ne le fasse elle-même. Croyez-moi, Marilla, dans une semaine, ou moins, elle aura retrouvé son calme et elle sera disposée à retourner à l'école de son propre chef, c'est certain ; tandis que, si vous essayez de la contraindre maintenant, on ne sait pas quelle crise ou quelle folie s'emparera d'elle, et ce sera pire que jamais. Moins de problèmes il y aura, mieux ça vaudra, à mon avis. Elle ne manquera pas grand-chose en ne retournant pas à l'école, de toute manière, pour *ça* non. M. Phillips est fort mauvais maître. Ses méthodes de discipline sont scandaleuses, tout bonnement ; il néglige les plus jeunes et consacre tout son temps aux grands qu'il prépare pour l'école supérieure de Queen's. Il n'aurait jamais eu ce poste à l'école une année de plus si son oncle n'avait pas été un des membres du conseil scolaire. En fait, son oncle en est le membre unique, car il mène les deux autres collègues par le bout du nez, voilà tout. Je vous le dis comme je le pense : je me demande où s'en va le système d'éducation sur notre bonne île. » Mme Rachel ponctua cette déclaration d'un hochement de tête, comme pour signifier que, si elle était responsable du système d'éducation de la province, les choses y gagneraient en organisation.

Marilla suivit le conseil de Mme Rachel et ne toucha pas un mot à Anne quant à un éventuel retour à l'école. Anne apprit ses leçons à la maison, fit ses travaux et joua avec Diana dans la fraîcheur violette des crépuscules d'automne ; mais quand elle rencontrait Gilbert Blythe sur la route, ou le croisait à l'école du dimanche, elle passait sans le voir, affichant un mépris glacial que n'atténuaient en rien les intentions manifestement pacificatrices de Gilbert. Même les efforts de Diana, qui servait de négociatrice, n'aboutirent à rien. Anne avait, de toute évidence, décidé de détester Gilbert Blythe jusqu'à la fin de ses jours.

Autant elle pouvait détester Gilbert, autant elle aimait Diana, de tout l'amour que pouvait contenir son petit cœur passionné. Un soir, Marilla, qui revenait du verger avec un panier de pommes, trouva Anne assise toute seule, dans le crépuscule, près de la fenêtre de l'est, pleurant à chaudes larmes.

« Mais qu'est-ce qui se passe encore, Anne ? » demanda-t-elle.

« C’est Diana », fit Anne en sanglotant de plus belle. « J’aime tellement Diana, Marilla. Je ne peux pas vivre sans elle. Mais je sais très bien que, lorsque nous serons grandes, Diana va se marier, elle va partir, elle va m’abandonner. Et alors, oh, que ferai-je ? Je déteste son mari, je le déteste de tout mon cœur. J’ai déjà tout imaginé, le mariage et tout le reste : Diana dans des vêtements blancs comme neige, avec un voile, aussi belle et aussi majestueuse qu’une vraie reine ; et moi, la demoiselle d’honneur, vêtue aussi d’une jolie robe avec des manches bouffantes, mais le cœur brisé malgré mon visage souriant. Et puis, je me vois faisant mes adieux à Dianaaaa… » Anne ne put continuer son récit, tant ses sanglots devenaient douloureux.

Marilla se tourna, vite, pour cacher les convulsions nerveuses qui agitaient ses traits, mais cela ne servit à rien ; elle s’effondra sur la chaise la plus proche et éclata d’un fou rire, si joyeux, si inhabituel, que Matthew, qui traversait la cour, s’arrêta, ébahi. Avait-il jamais entendu Marilla rire de si bon cœur ?

« Eh bien, Anne Shirley », dit Marilla lorsqu’elle eut retrouvé l’usage de la parole. « Si vous tenez tant à vous inventer des ennuis, inventez-vous-en donc, au moins, de plus actuels ! Il n’y a pas à dire, ce n’est pas l’imagination qui vous manque ! »

16

Une invitation à prendre le thé qui tourne au tragique

Octobre, à Green Gables, était un fort beau mois. Les bouleaux du vallon prenaient une teinte aussi dorée que le soleil, les érables en arrière du verger se drapaient d'un pourpre royal, et les merisiers le long de l'allée arboraient leurs plus jolies couleurs, rouge profond et vert bronze, tandis que, dans les champs, le regain s'abandonnait au soleil.

Anne était ravie de baigner dans un monde si coloré.

« Oh, Marilla », s'écria-t-elle un samedi matin, en esquissant des entrechats, les bras remplis de superbes rameaux. « Je suis si heureuse de vivre dans un monde où il y a des mois d'octobre. Ce serait affreux de passer sans transition de septembre à novembre, n'est-ce pas ? Contemplez ces branches d'érable. Est-ce qu'elles ne vous donnent pas de petits, et même d'énormes frissons ? Je vais m'en servir pour décorer ma chambre. »

« Cela fait bien du désordre », dit Marilla, dont le sens esthétique n'était guère développé. « Vous encombrez trop votre chambre avec ces objets que vous ramenez de partout, Anne. Les chambres à coucher sont faites pour dormir. »

« Oh, bien sûr, et pour rêver aussi, Marilla. Et, savez-vous, on rêve tellement mieux dans une chambre où il y a de jolies choses. Je vais mettre ces rameaux dans la vieille cruche bleue que je poserai sur ma table. »

« Bon, mais prenez garde de ne pas semer des feuilles dans tout l'escalier. Moi, je me rends à Carmody pour une réunion de la société de bienfaisance cet après-midi. Je ne serai probablement pas de retour avant la nuit. Vous devrez préparer le souper de Matthew et de Jerry, et surtout, n'oubliez pas de mettre le thé à infuser avant de passer à table comme vous l'avez fait la dernière fois. »

« C'était impardonnable », s'excusa Anne, « mais cet après-midi-là, j'essayais de trouver un nom au Vallon des violettes et je ne pensais qu'à ça. Matthew a été très gentil. Il ne m'a même pas grondée. Il a préparé le thé lui-même et il a dit que nous pouvions bien attendre un moment. Et moi, je lui ai raconté un beau conte de fées pour le faire patienter. Il n'a pas trouvé le temps long. C'était un très beau conte de fées, Marilla. J'en avais oublié la fin, mais j'ai inventé un autre dénouement. Matthew m'a affirmé qu'il n'avait même pas remarqué à quel moment j'avais commencé à inventer. »

« Vous savez, Anne, Matthew ne protesterait même pas si vous décidiez de vous lever et de souper en plein milieu de la nuit. Mais, aujourd'hui, essayez de garder les pieds sur terre. Et – mais je ne sais pas si je fais bien de vous suggérer ça, car je risque de vous rendre encore plus écervelée que d'habitude – si vous le désirez, vous pouvez inviter Diana à passer l'après-midi avec vous et à prendre le thé ici. »

« Oh, Marilla », fit Anne en se frottant les mains. « Quelle idée merveilleuse ! Cela prouve, en tout cas, que *vous aussi*, vous pouvez imaginer des choses, ou alors vous n'auriez jamais compris combien j'en avais envie ! Cela sera tellement agréable, et on se comportera comme des grandes. Si j'ai de la visite, il n'y a pas de risque que j'oublie de faire infuser le thé. Oh, Marilla, puis-je utiliser le service à thé avec des boutons de roses ? »

« Ah non, par exemple. Le service à thé avec des boutons de roses ! Et quoi encore ? Vous savez bien que je ne l'utilise presque jamais, sinon pour le pasteur et pour la société de bienfaisance. Vous servirez le thé dans le vieux service ocre. Mais je vous permets d'ouvrir le petit pot jaune de confiture de cerises. Il est temps de le faire, de toute manière, je pense que le contenu commence à fermenter. Et vous pouvez couper des tranches de gâteau aux fruits et grignoter quelques biscuits et quelques croquets. »

« Je m'imagine déjà, assise au bout de la table, en train de servir le thé », fit Anne, extatique, les yeux fermés. « Je me vois demander à Diana si elle désire du sucre ! Je sais bien qu'elle n'en prend pas ; mais, bien entendu, je ferai comme si je ne le savais pas. Je m'imagine aussi en train de l'inciter à reprendre une tranche de gâteau aux fruits, et de la confiture. Oh, Marilla, quelle merveilleuse sensation j'éprouve, rien qu'à y penser ! Puis-je l'emmener dans la chambre d'amis pour y déposer son chapeau, quand elle arrivera, et puis la faire asseoir dans le petit salon ? »

« Non. Le grand salon suffira largement pour vous deux. Mais il reste une demi-bouteille de sirop de framboises que l'on n'a pas terminée l'autre soir, lors de la réunion pour l'église. Elle est sur le second rayon dans le placard du grand salon, et, si vous voulez, vous pouvez en boire, vous et Diana, et agrémenter l'après-midi en mangeant un biscuit. Matthew sera probablement en retard pour le thé, puisqu'il apporte les pommes de terre au bateau. »

Anne avait déjà filé, dans le vallon, au-delà de la Source des Fées, et remonté le sentier aux épinettes pour atteindre au plus vite Orchard Slope afin d'inviter Diana à venir prendre le thé. Ainsi, à peine Marilla s'était-elle mise en route pour Carmody que Diana arrivait, parée de sa deuxième plus belle robe, et affichant l'allure qui convient lorsqu'on est invité à prendre le thé. Les autres fois, elle avait coutume d'entrer en courant dans la cuisine sans frapper ; mais, ce jour-là, elle frappa, fort dignement, à la porte de devant. Et quand Anne, vêtue elle aussi de sa deuxième plus belle robe, ouvrit la porte tout aussi dignement, les deux petites filles se serrèrent la main avec autant de sérieux que si elles ne s'étaient jamais rencontrées auparavant. Cette solennité si peu naturelle dura jusqu'au moment où Diana, après qu'on l'eût conduite au pignon est pour y déposer son chapeau, eut été assise dix bonnes minutes dans le grand salon, n'osant remuer un orteil.

« Comment va ta mère ? » s'enquit Anne, par politesse, comme si elle n'avait pas aperçu Mme Barry en train de cueillir des pommes le matin même.

« Elle se porte à merveille, merci. Je présume que M. Cuthbert apporte ses pommes de terre au *Lily Sands* cet après-midi, n'est-ce pas ? » fit à son tour Diana, qui s'était rendue le matin même chez M. Harmon Andrews dans la charrette de Matthew.

« Oui. Notre récolte de pommes de terre est fort bonne, cette année. J'espère que celle de ton père s'avère aussi bonne. »

« Assez bonne, merci. As-tu cueilli beaucoup de pommes, jusqu'à maintenant ? »

« Oh, un nombre incroyable », dit Anne, oubliant sa dignité et se levant d'un bond. « Allons donc dans le verger chercher quelques *Red Sweetings*, Diana. Marilla m'a dit que nous pouvions cueillir tout ce qui reste sur l'arbre. Marilla est une femme fort généreuse. Elle m'a dit que nous pouvions manger du gâteau aux fruits et de la confiture de cerises, pour accompagner le thé. Mais ce ne sont pas de bonnes manières que d'annoncer à ses invités ce qu'on va leur offrir à manger, et, par conséquent, je ne te dirai pas ce qu'elle nous a donné la permission de boire. Disons que ça commence par un s et un f, et que c'est d'un rouge éclatant. J'aime les boissons d'un rouge éclatant, pas toi ? Elles sont deux fois meilleures que celles d'une autre couleur. »

Dans le verger, où de longues branches s'affaissaient jusqu'au sol sous le poids des fruits, il faisait si bon que les petites filles y passèrent la plus grande partie de l'après-midi, assises dans un coin où l'herbe, malgré le gel, était encore verte et douce, et où le soleil d'automne, si chaud et velouté, aimait à s'attarder. Elles croquèrent des pommes et bavardèrent, bavardèrent tant qu'elles purent. Diana voulut raconter à son amie tout ce qui s'était passé à l'école. Elle devait maintenant s'asseoir à côté de Gertie Pye, ce qu'elle détestait ; Gertie faisait crisser sa plume sans arrêt, et cela lui glaçait le sang ; Ruby Gillis avait réussi, comme par enchantement, à se débarrasser de toutes ses verrues, grâce à un galet magique, que la vieille Mary Jo, qui habitait près de la rivière, lui avait donné. On frottait les verrues avec le galet, et puis on le jetait par-dessus son épaule gauche à la nouvelle lune, et toutes les verrues disparaissaient. Le nom de Charlie Sloane était maintenant inscrit sur le mur du porche, avec celui d'Emily White, et cela avait mis Emily hors d'elle ; Sam Boulter avait répondu d'un ton insolent à M. Phillips, devant toute la classe, et M. Phillips l'avait corrigé à coups de règle. Le père de Sam était descendu à l'école et avait menacé M. Phillips de gros ennuis s'il osait encore toucher à un cheveu d'un de ses enfants ; Mattie Andrews avait un nouveau bonnet rouge et un corsage croisé bleu, avec des glands partout : elle se pavanait tellement que tout le monde en était écœuré. Lizzie Wright ne parlait plus à Mamie Wilson, parce que la sœur de cette dernière avait piqué son soupirant à la grande sœur de Wright ; Anne manquait à tout le monde, et tout le monde souhaitait qu'elle revînt à l'école ; et Gilbert Blythe…

Mais Anne ne voulut pas entendre parler de Gilbert Blythe. Elle se leva d'un bond et suggéra qu'elles rentrent prendre un peu de sirop de framboises.

Anne regarda sur le second rayon du garde-manger du grand salon ; il n'y avait aucune bouteille de sirop de framboises. Une recherche plus poussée permit d'en découvrir une sur le rayon du haut. Anne la posa sur un plateau qu'elle mit sur la table, avec un gobelet.

« N'hésite pas, Diana, sers-toi », fit-elle, poliment. « Moi, je ne pense pas que je vais en prendre maintenant. Après avoir mangé toutes ces pommes, je n'en ai pas particulièrement envie. »

Diana se versa un gobelet entier, admira silencieusement la belle couleur rouge, et commença à boire à petites gorgées délicates.

« Ce sirop de framboises est extrêmement délicieux, Anne », affirma-t-elle. « J'ignorais que le sirop de framboises pût être aussi bon. »

« Cela me fait grand plaisir que tu l'aimes. Prends-en autant que tu veux. Moi, je vais vite à côté raviver le feu. Il y a tellement de choses auxquelles il faut penser quand on doit s'occuper d'une maison, tu te rends compte ? »

Quand Anne revint de la cuisine, Diana buvait déjà son deuxième gobelet de sirop, et, encouragée par Anne, elle ne fit aucune objection au troisième. Les gobelets étaient bien remplis, et le sirop incontestablement délicieux.

« C'est le meilleur que j'aie bu de ma vie », dit Diana. « Il est infiniment supérieur à celui de Mme Lynde, et pourtant elle n'arrête pas de vanter celui qu'elle fait. Celui-ci a un goût tout à fait exceptionnel. »

« Cela ne m'étonne pas que le sirop de framboises de Marilla soit bien meilleur que celui de Mme Lynde ; c'était à prévoir », admit Anne loyalement. « Marilla est une excellente cuisinière. Elle s'efforce de m'apprendre à faire la cuisine, mais je peux t'affirmer, Diana, qu'il s'agit là d'une tâche ingrate ! On peut si difficilement s'abandonner à son imagination en cuisine ! Il faut s'en tenir aux règles. La dernière fois que j'ai fait un gâteau, j'ai oublié d'y mettre la farine. C'est que j'étais en train de concocter la plus merveilleuse des histoires, Diana. Je me disais que tu avais attrapé la petite vérole, tu étais très malade, tout le monde t'avait abandonnée, mais moi, je suis allée sans hésiter m'installer près de ton lit, et je t'ai soignée jusqu'à ce que tu reviennes à la vie ; et puis, ce fut à mon tour d'attraper la maladie. J'en suis morte et on m'a enterrée sous les peupliers du cimetière. Tu as planté un rosier près de ma tombe et tu l'as arrosé avec tes larmes ; et tu n'as jamais, jamais oublié l'amie d'enfance qui avait donné sa vie pour toi. Oh, Diana, quelle histoire pathétique ! Les larmes me coulaient sur les joues pendant que je préparais mon gâteau. Mais j'ai oublié la farine, et le gâteau a été complètement raté. Tu sais, la farine, c'est important dans les gâteaux. Marilla était furieuse, tu penses bien ! Je lui occasionne bien des problèmes. Elle a été d'ailleurs particulièrement navrée à propos de la sauce pour le pudding, la semaine passée. Mardi, nous avons mangé un plum-pudding pour le déjeuner, et il en restait la moitié, ainsi que beaucoup de sauce. Marilla m'a dit qu'il y en avait assez pour un autre repas et m'a demandé de ranger le tout sur un des rayons du garde-manger, en le couvrant bien. C'est bien ce que j'avais l'intention de faire, Diana, mais, tandis que je le rangeais, je me suis imaginé que j'étais une bonne sœur – bien sûr, je suis protestante, mais je faisais semblant d'être catholique – et que je prenais le voile pour cacher, dans le refuge du cloître, la souffrance de mon cœur brisé ; voilà que j'ai oublié de couvrir la sauce du pudding. J'y ai pensé le lendemain matin et j'ai couru jusqu'au garde-manger. Diana, imagine-toi l'horreur que j'ai pu ressentir en découvrant une souris noyée dans la saucière. J'ai retiré la souris avec une cuiller, je l'ai jetée dans la cour, et puis j'ai rincé la cuiller au moins trois fois. Marilla était dehors à traire les vaches, et j'avais bien l'intention de lui demander son avis lorsqu'elle rentrerait : devais-je donner la sauce aux cochons ? Mais, à son retour, j'étais en train de m'imaginer en Fée de l'automne, je volais dans le bois, saupoudrant les arbres de teintes rouges et jaunes qui leur faisaient plaisir, et j'ai complètement oublié la sauce. Marilla m'a envoyé cueillir des pommes. Ce matin-là, M. et Mme Chester Ross, de Spencervale, sont arrivés. Tu sais que ce sont des gens très à cheval sur les manières, principalement Mme Chester Ross. Lorsque Marilla m'a appelée pour le déjeuner, il était prêt, et tout le monde était déjà à table. J'ai essayé de me montrer aussi polie et aussi digne que possible, car je voulais que Mme Chester Ross soit convaincue que je sais me tenir comme une dame, même si je ne suis pas très belle. Tout s'est très bien passé, jusqu'au moment où j'ai vu Marilla nous apporter le plum-pudding, d'une main, et la saucière *toute chaude* de l'autre. Diana, ç'a été un instant épouvantable. Je me suis souvenue de tout, et je me suis levée, en criant : "Marilla, ne vous servez pas de cette sauce à pudding. Une souris s'est noyée dedans. J'ai oublié de vous le dire plus tôt." Oh, Diana, je n'oublierai jamais cet horrible moment, de toute ma vie. Mme Chester Ross s'est contentée de me *regarder*, et j'ai eu l'impression de disparaître sous terre tellement j'avais honte. C'est une maîtresse de maison si parfaite, imagine-toi ce qu'elle a dû penser de nous ! Marilla, elle, est devenue toute rouge, mais elle n'a rien dit, sur le moment. Elle s'est contentée de rapporter la sauce et le pudding, et d'apporter quelques confitures de fraises. Elle m'en a même offert, mais je n'avais plus faim. J'avais l'impression de marcher sur des charbons ardents. Après le départ de Mme Chester Ross, Marilla m'a réprimandée vertement. Mais, Diana, qu'est-ce qui se passe ? »

Diana s'était levée, mais elle éprouvait de la difficulté à se tenir debout ; elle se rassit donc et se prit la tête dans les mains.

« Je… je suis terriblement malade », marmonna-t-elle, la voix pâteuse. « Je… je… je dois rentrer. Tout de suite. »

« Mais voyons, tu ne penses pas rentrer avant d'avoir pris le thé », s'écria Anne, inquiète. « Je vais le préparer tout de suite, je vais le mettre à infuser immédiatement. »

« Je dois rentrer », répéta Diana, d'un air stupide mais décidé.

« Écoute, mange au moins quelque chose », supplia Anne. « Je peux te servir un peu de gâteau aux fruits et de la confiture de cerises. Allonge-toi sur le canapé un petit moment, cela ira mieux après. Où as-tu mal ? »

« Je dois rentrer », répéta Diana, encore une fois. Puis, elle n'ajouta plus rien. Anne continua de la supplier, mais en vain.

« Je n'ai jamais vu d'invités qui rentrent chez eux sans avoir pris le thé », fit-elle, désespérée. « Oh, Diana, est-ce qu'il se pourrait vraiment que tu aies la petite vérole ? Si c'est le cas, rassure-toi, j'irai te soigner. Je ne t'abandonnerai jamais. Mais j'aimerais bien que tu restes encore pour le thé. Où as-tu mal ? »

« J'ai la tête qui tourne », dit Diana.

Elle marchait effectivement comme quelqu'un qui a la tête qui tourne. Anne, pleurant de déception, alla chercher le chapeau de Diana et l'accompagna jusqu'à la barrière de la cour des Barry. Elle sanglota tout au long du chemin de retour. Arrivée à Green Gables, elle rangea le reste du sirop de framboises dans le garde-manger et prépara le thé pour Matthew et Jerry, mais sans entrain.

Le lendemain était un dimanche. Il pleuvait à torrents, et, de l'aube au crépuscule, Anne ne bougea pas de Green Gables. Le lundi après-midi, Marilla l'envoya chercher quelque chose chez Mme Lynde. Très peu de temps après, Anne revint, montant l'allée à toute allure, les joues baignées de larmes. Elle entra en coup de vent dans la cuisine et se jeta sur le canapé, la tête la première, en gémissant.

« Qu'est-ce qui se passe, à présent, Anne ? » s'enquit Marilla, inquiète et hésitante. « J'espère que vous ne vous êtes pas encore montrée effrontée avec Mme Lynde. »

Pas de réponse. Anne pleurait de plus belle, hoquetait, gémissait !

« Anne Shirley, quand je vous pose une question, je veux une réponse. Allez, asseyez-vous, tout de suite, et dites-moi pourquoi vous pleurez. »

Anne s'assit. On eût dit l'incarnation même de la tragédie.

« Mme Lynde a rendu visite à Mme Barry aujourd'hui, et Mme Barry était dans tous ses états », fit Anne d'un ton larmoyant. « Elle dit que j'ai *soûlé* Diana samedi et que je l'ai renvoyée chez elle en bien piteux état. Et elle dit que je dois être une vraiment mauvaise, méchante petite fille, et qu'elle ne laissera jamais, mais jamais plus, Diana jouer avec moi. Oh, Marilla, je suis désespérée, mais désespérée ! »

Marilla, stupéfaite, fixait Anne, sans savoir que dire.

« Soûler Diana ! » dit-elle, quand elle réussit à parler. « Anne, est-ce vous qui êtes tombée sur la tête ou Mme Barry ? Pour l'amour de Dieu, qu'avez-vous donné à Diana ? »

« Rien que du sirop de framboises », fit Anne en sanglotant. « Je n'ai jamais pensé que le sirop de framboises pouvait soûler les gens, Marilla, même si on en boit trois gobelets bien pleins, comme l'a fait Diana. Oh, je sais que toute cette histoire fait penser au mari de Mme Thomas ! Mais je ne voulais pas soûler Diana, je le jure. »

« Soûler, sornettes que cela ! » maugréa Marilla, en se dirigeant vers le garde-manger du grand salon. Là, sur l'étagère, elle aperçut une bouteille et reconnut tout de suite l'une de celles qui servaient de récipient à son vin de groseilles maison, celui qui avait trois ans et que tous les habitants d'Avonlea considéraient comme excellent, bien que les plus puritains, entre autres Mme Barry, eussent exprimé bien fort leur désapprobation. Et, au même instant, Marilla se souvint qu'elle avait rangé la bouteille de sirop de framboises dans la cave, et non dans le garde-manger, comme elle l'avait dit à Anne.

Elle revint à la cuisine, la bouteille de vin à la main, et les traits quelque peu crispés, bien malgré elle.

« Anne, vous avez vraiment l'art de vous placer dans des situations impossibles. Vous avez donné à Diana du vin de groseilles, et non du sirop de framboises. Vous n'avez pas perçu la différence au goût ? »

« Je ne l'ai pas goûté », s'écria Anne. « J'ai cru que c'était votre sirop. Je voulais me montrer tellement, tellement hospitalière avec Diana. Elle s'est tout d'un coup sentie horriblement mal, et elle a dû rentrer. Mme Barry a dit à Mme Lynde qu'elle était, tout simplement, ivre morte. Elle s'est contentée de rire comme une idiote quand sa mère lui a demandé ce qui lui arrivait, elle est allée se coucher, et elle a dormi pendant des heures. Sa mère, en reniflant son haleine, a compris qu'elle était soûle. Toute la journée d'hier, Diana a eu un horrible mal de tête. Mme Barry est absolument indignée. Elle ne croira jamais que je ne l'ai pas fait exprès. »

« Je pense, moi, qu'elle ferait mieux de punir Diana d'avoir été assez gourmande pour boire trois verres bien remplis de quoi que ce soit », dit Marilla brusquement. « Allons donc, trois de ces grands verres auraient suffi à la rendre malade même s'ils n'avaient contenu que du sirop de framboises. Eh bien, voilà une histoire qui va donner raison à tous ceux qui me reprochent énergiquement de fabriquer du vin de groseilles, bien que je n'en aie pas fait depuis trois ans, depuis le jour où j'ai su que le pasteur désapprouvait cela. J'ai gardé cette bouteille au cas où quelqu'un serait malade. Allons, allons, mon enfant, ne pleurez pas ! Je ne vois pas en quoi vous seriez à blâmer, bien que je regrette ce qui s'est passé. »

« Il faut que je pleure », dit Anne. « J'ai le cœur brisé. Les astres sont contre moi, Marilla. Diana et moi sommes désormais séparées pour la vie. Oh, Marilla, pourquoi est-ce que c'est arrivé ? Je me souviens encore de nos serments d'amitié. »

« Ne soyez pas stupide, Anne. Mme Barry changera d'idée quand elle aura appris que vous n'y êtes pour rien. Je présume qu'elle croit que vous avez voulu jouer un mauvais tour à sa fille, ou quelque chose du genre. Vous feriez mieux de vous rendre chez les Barry ce soir, et d'expliquer à Mme Barry ce qui s'est vraiment passé. »

« Mes forces m'abandonnent à l'idée d'affronter la mère de Diana, qui doit être tellement indignée », fit Anne en exhalant un soupir. « J'aimerais que vous y alliez, Marilla. Vous connaissez tellement mieux les bonnes manières que moi. Et puis, je pense qu'elle vous écoutera plus volontiers. »

« Bon, eh bien j'irai », dit Marilla, jugeant elle aussi qu'il s'agissait sans doute là de la meilleure solution. « Ne pleurez plus, Anne. Tout va s'arranger. »

Mais Marilla, lorsqu'elle revint d'Orchard Slope, avait changé d'avis. Tout ne s'arrangeait pas. Anne attendait son retour et se précipita à sa rencontre à la porte du porche.

« Oh, Marilla ! je lis sur votre visage que cela n'a servi à rien », fit-elle tristement. « Mme Barry ne veut pas me pardonner ? »

« Mme Barry, parlons-en ! » lâcha Marilla. « De toutes les femmes butées que j'ai pu rencontrer, elle est bien la pire ! Je lui ai assuré que c'était une erreur, que vous n'étiez nullement à blâmer, elle a tout simplement refusé de me croire. Elle en revenait toujours à mon vin de groseilles, et à la position que j'ai toujours soutenue quant à sa nature inoffensive. Je lui ai répondu du tac au tac que mon vin de groseilles n'était pas fait pour être avalé par grands verres, encore moins à raison de trois, et que, si j'avais un enfant si gourmand chez moi, je lui donnerais une bonne fessée pour lui faire retrouver ses esprits. »

Marilla se glissa dans la cuisine, troublée et malheureuse, abandonnant derrière elle, dans le porche, une petite âme particulièrement bouleversée. Anne sortit aussitôt, tête nue, dans la fraîcheur du crépuscule d'automne; d'un pas assuré, avec détermination, elle descendit par le champ de trèfle flétri vers le pont en rondins, traversa, de l'autre côté, le massif d'épinettes, qu'éclairait faiblement un croissant de lune perché au-dessus des bois de l'ouest. Mme Barry, qui vint à la porte pour répondre à un petit coup heurté, trouva devant elle, sur le seuil, une fillette suppliante, aux lèvres blêmes, aux yeux ardents.

Les traits de Mme Barry se durcirent. C'était une femme remplie de préjugés, qui détestait bien des choses, et sa fureur était toujours de celles, froides et obstinées, qui se laissent difficilement apaiser. Pour lui rendre justice, il faut dire qu'elle était réellement persuadée qu'Anne avait soûlé Diana, de façon malicieuse et préméditée, et c'est en toute bonne foi qu'elle tenait à protéger sa petite fille de la perversité contagieuse qui ne pouvait qu'émaner d'une telle « amie ».

« Que voulez-vous ? » demanda-t-elle, sèchement. Anne joignit les mains.

« Oh, Mme Barry, je vous en prie, pardonnez-moi. Je n'avais pas l'intention de… de… de rendre Diana malade. Comment l'aurais-je pu ? Imaginez un instant que vous êtes une pauvre petite orpheline adoptée par de braves gens, et que vous n'avez qu'une seule amie de cœur dans le monde entier. Pensez-vous que vous lui causeriez volontairement du tort ? Je croyais qu'il ne s'agissait que de sirop de framboises. Je vous jure, j'en étais fermement convaincue. Oh, je vous en prie, ne dites pas que vous ne laisserez plus jamais Diana jouer avec moi, parce que, alors, un nuage noir de désespoir planera sur mon existence éternellement. »

Ce discours, qui aurait, en un clin d'œil, attendri le cœur de la bonne Mme Lynde, n'eut pour effet que d'irriter davantage Mme Barry. Elle se méfiait des grands mots et des attitudes théâtrales d'Anne et s'imagina que l'enfant se moquait d'elle. C'est pourquoi, froide et cruelle, elle trancha :

« Je ne pense pas que vous soyez le genre de petite fille qui convienne à Diana. Vous feriez mieux de retourner chez vous et de vous conduire plus convenablement. »

Les lèvres d'Anne tremblèrent.

« Ne me laisserez-vous pas voir Diana, une dernière fois, pour lui dire adieu ? » implora-t-elle.

« Diana est allée avec son père à Carmody », fit Mme Barry, en rentrant dans la maison et en fermant la porte.

Anne retourna à Green Gables. Elle affichait ce calme trompeur qui précède les profonds désespoirs.

« Mon dernier espoir s'est envolé », confia-t-elle à Marilla. « Je suis allée là-bas rencontrer Mme Barry moi-même, et elle m'a traitée avec le plus grand mépris. Marilla, je ne la trouve pas particulièrement bien élevée, *cette femme-là*. Il n'y a rien d'autre à faire, sinon prier, et je n'ai pas tellement espoir que cela donne des résultats ; voyez-vous, Marilla, j'ai le sentiment que Dieu lui-même ne pourrait venir à bout de l'entêtement de quelqu'un comme Mme Barry. »

« Anne, vous ne devriez pas parler ainsi », rétorqua Marilla, essayant de dominer une envie de rire aussi inattendue qu'inappropriée. De fait, lorsqu'elle raconta toute l'histoire à Matthew, ce soir-là, elle se permit de rire à gorge déployée des tribulations d'Anne.

Mais quand elle se glissa dans la chambre du pignon est, avant d'aller se coucher, et qu'elle s'aperçut qu'Anne s'était endormie à force de larmes et de sanglots, une douceur inhabituelle affleura dans ses yeux.

« Pauvre petite âme », murmura-t-elle, en replaçant une boucle qui avait glissé sur le petit visage dévasté par le chagrin. Et, soudain, elle se pencha et embrassa la joue encore rouge qui reposait sur l'oreiller.

17

Une nouvelle raison de vivre

L'après-midi suivant, Anne, penchée sur son travail d'aiguille devant la fenêtre de la cuisine, regarda dehors, par hasard, et aperçut Diana, près de la Source des Fées, en train de lui adresser des signaux mystérieux. L'espace d'une seconde, Anne était hors de la maison et filait à toute allure vers le vallon, ses yeux vifs traversés alternativement par des lueurs d'espoir et d'étonnement. Mais son espoir tomba d'un coup lorsqu'elle vit, à l'attitude de Diana, que celle-ci était profondément abattue.

« Ta mère n'a pas renoncé ? » lâcha-t-elle, hors d'haleine.

Diana, tristement, fit de la tête signe que non.

« Non, elle n'est pas revenue sur sa décision et, oh, Anne, elle dit que je ne dois plus jamais jouer avec toi ! J'ai pleuré, pleuré, je lui ai dit que ce n'était pas ta faute, mais tout cela n'a servi à rien. Tu ne peux savoir ce qu'il m'a fallu d'efforts pour qu'elle me permette de descendre ici te dire adieu. Elle m'a dit qu'elle ne m'accordait que dix minutes, et elle surveille l'heure de près. »

« Il est difficile, en dix minutes, de se faire des adieux pour l'éternité », soupira Anne, les yeux pleins de larmes.

« Oh, Diana, promettras-tu d'être toujours fidèle à mon souvenir, de ne jamais m'oublier, moi, ton amie d'enfance, en dépit des autres qui t'aimeront, te couvriront de caresses et de baisers ? »

« Oui, absolument », répondit Diana en sanglotant, « et je n'aurai jamais d'autre amie de cœur, je ne veux pas en avoir. Je ne pourrais jamais aimer quelqu'un d'autre autant que toi. »

« Oh, Diana », implora Anne, en se tordant les mains.

« Tu *m'aimes* donc ? »

« Oui, bien sûr. Tu ne le savais pas ? »

« Non. » Anne respira profondément. « Je pensais que tu *m'appréciais*, bien sûr, mais je n'allais pas jusqu'à espérer que tu m'aimes. Tu sais, Diana, je ne croyais pas que quiconque puisse m'aimer. Personne ne l'a jamais fait, pour autant que je me souvienne. Oh, que c'est merveilleux ! C'est un rayon de soleil qui éclairera pour toujours le chemin noir que je parcourrai, privée de toi, Diana. Oh, je t'en prie, dis-le-moi encore. »

« Je t'aime, Anne, de tout mon cœur », confirma Diana, résolument, « et je t'aimerai toujours, tu peux en être certaine. »

« Et moi aussi, je t'aimerai toujours, Diana », dit Anne, levant la main solennellement. « Dans les années à venir, ton souvenir brillera comme une étoile sur ma vie solitaire, comme le dit la dernière histoire que nous avons lue ensemble. Diana, m'accorderez-vous une boucle de vos cheveux si noirs, puisque nous nous quittons pour toujours, en guise de souvenir que je pourrai chérir ? »

« As-tu quelque chose avec quoi la couper ? » s'enquit Diana, toujours préoccupée des questions pratiques, en essuyant les larmes que le ton émouvant d'Anne lui avait arrachées à nouveau.

« Oui. J'ai, heureusement, mes ciseaux de couture dans la poche de mon tablier », dit Anne. D'un geste théâtral, elle coupa une boucle de la chevelure de Diana. « Dieu te garde, ô très chère amie. Désormais, tout en vivant si près, nous devrons demeurer des étrangères l'une pour l'autre. Mais mon cœur, ô chère Diana, vous restera toujours fidèle. »

Anne, immobile, regarda Diana s'éloigner, la mine défaite en agitant la main chaque fois que son amie se retournait. Et puis, rassérénée quelque peu par le romantisme de ces adieux, elle revint à la maison.

« C'est fini », annonça-t-elle à Marilla. « Je n'aurai jamais d'autre amie. Je suis en fait dans une situation pire qu'avant, car je n'ai plus ni Katie Maurice ni Violetta, à présent. Et, même si je les avais, ce ne serait pas pareil. D'une certaine manière, les petites filles de rêve ne peuvent pas remplacer une vraie amie. Diana et moi, nous nous sommes fait des adieux si touchants, en bas, près de la source. Ce souvenir-là restera toujours sacré. J'ai utilisé le langage le plus pathétique que je connaisse, avec plein de “vous” et de mots solennels comme ça. C'est tellement plus romantique que les mots ordinaires. Diana m'a donné une boucle de ses cheveux ; je vais la coudre dans un petit sac et je le porterai autour du cou toute ma vie. S'il vous plaît, assurez-vous qu'on l'enterre avec moi, car je ne vivrai plus longtemps. Peut-être que Mme Barry, quand elle me verra ainsi froide et morte, éprouvera du remords et laissera Diana venir à mes funérailles. »

« Anne, je ne crois pas que tu risques de mourir de chagrin aussi longtemps que tu pourras parler », rétorqua Marilla, sans trop s'émouvoir.

Le lundi suivant, Marilla surprit Anne qui descendait de sa chambre, ses livres sous le bras, les lèvres serrées, l'air résolu.

« Je retourne à l'école », déclara-t-elle. « C'est tout ce qui me reste à faire dans la vie, à présent que mon amie a été brutalement séparée de moi. Là-bas, je pourrai la regarder, au moins, et songer aux jours passés. »

« Tu ferais mieux de penser à tes leçons et à tes additions », dit Marilla, s'efforçant de cacher le plaisir que ce changement d'attitude lui procurait. « Si tu retournes à l'école, j'espère que nous n'entendrons plus raconter que tu casses des ardoises sur la tête des gens, et autres inepties du même genre. Tiens-toi correctement et obéis à ton maître d'école. »

« Je tâcherai d'être une élève modèle », soupira Anne. « Cela n'aura rien d'amusant, je suppose. M. Phillips a déjà soutenu que Minnie Andrews était une élève modèle, et pourtant elle n'a pas le moindre gramme d'imagination. Elle est ennuyeuse, étroite d'esprit, et donne l'impression de ne jamais s'amuser. Mais je me sens si déprimée qu'après tout ça me viendra peut-être facilement, d'être une élève modèle. Je vais passer par la route. Je ne pourrais pas descendre le sentier des bouleaux toute seule. Si je le faisais, je sens que je verserais des larmes amères. »

Les élèves accueillirent Anne à bras ouverts. Son imagination leur avait grandement manqué tant dans les jeux que dans les chansons, et privés de ses aptitudes théâtrales, les textes qu'on lisait à haute voix à l'heure du repas restaient fatidiquement ternes. Pendant la lecture de l'écriture sainte, Ruby Gillis lui fit passer en cachette trois belles prunes bleues; Ella May MacPherson lui offrit une gigantesque pensée jaune qu'elle avait découpée sur la couverture d'un catalogue de fleurs, ce qui constituait un ornement à pupitres fort prisé à l'école d'Avonlea. Sophia Sloane proposa de lui montrer un nouveau modèle, tout à fait ravissant, de dentelle crochetée, extrêmement joli sur l'ourlet des tabliers. Katie Boulter lui donna une bouteille de parfum, pour y conserver l'eau qui servait à effacer son ardoise; et Julia Bell recopia, avec grand soin, sur un morceau de papier rose pâle, aux bords dentelés, ces effusions lyriques :

POUR ANNE
Quand le crépuscule baisse son rideau
Et qu'il l'attache d'une étoile
Rappelle-toi que tu as une amie
Bien que loin elle puisse faire voile

« C'est tellement agréable d'être appréciée par les autres », confia ce soir-là, avec un soupir de volupté, Anne à Marilla.

Les filles n'étaient pas les seules de l'école à « apprécier » Anne. Lorsqu'elle revint s'asseoir après le déjeuner – M. Phillips lui avait demandé de s'installer à côté de l'élève modèle, Minnie Andrews –, elle trouva, sur son pupitre, une belle grosse pomme rouge. Anne s'en empara, prête à mordre dedans, mais se rappela soudain que le seul endroit, dans tout Avonlea, où poussaient de telles pommes, c'était le vieux verger des Blythe, de l'autre côté du Lac-aux-Miroirs. Anne laissa tomber la pomme comme s'il se fût agi d'un charbon ardent et, avec ostentation, s'essuya les doigts avec son mouchoir. La pomme resta intacte sur son pupitre jusqu'au lendemain matin ; à ce moment, le petit Timothy Andrews, qui balayait l'école et allumait le feu, s'en empara d'office. Anne accueillit beaucoup mieux le cadeau de Charlie Sloane ; c'était un crayon d'ardoise très particulier, d'au moins deux sous alors que les crayons ordinaires n'en coûtaient qu'un, entièrement chamarré de papier rayé rouge et jaune. Anne fut flattée et charmée de recevoir un tel présent et gratifia le généreux et infatué donateur d'un sourire qui le déboussola si fort que, monté au septième ciel, il fit dans sa dictée des fautes grossières qui lui valurent de rester après les heures de classe pour la récrire.

Mais, à l'exemple de César, dont

...le triomphe, dépouillé du buste de Brutus,
Rappelait encore plus à Rome l'absence de son illustre fils,

Anne ne put que déplorer l'absence notable de cadeau, voire de simple signe de reconnaissance, de la part de Diana. Le manque de délicatesse de Diana Barry, assise aux côtés de Gertie Pye, rendait le triomphe d'Anne bien amer.

« Diana aurait au moins pu me sourire une fois, il me semble », se plaignit Anne à Marilla, ce soir-là. Mais, le lendemain matin, une note, incroyablement chiffonnée et merveilleusement pliée en tous sens, fut passée à Anne, avec un minuscule colis.

Chère Anne, écrivait Diana, Maman dit que je ne dois pas jouer avec toi, ou même te parler à l'école. Ce n'est pas ma faute ; ne m'en veux pas ; je t'aime toujours autant. Tu me manques horriblement, j'aimerais te confier tous mes secrets, et je n'aime pas du tout Gertie Pye. Je t'ai fait un nouveau signet en papier de soie rouge ; c'est très à la mode, ces temps-ci, et il n'y a que trois filles de l'école qui sachent les faire. Lorsque tu le regarderas, tu penseras à
ta très grande amie,

DIANA BARRY

Anne lut la note, embrassa le signet et expédia prestement sa réponse de l'autre côté de la classe.

Diana, ma chérie,

Bien sûr que je ne t'en veux pas d'avoir à obéir à ta mère. Nos esprits peuvent communier, eux. Je conserverai toujours ton joli cadeau. Minnie Andrews est une fort sympathique petite fille, bien qu'elle n'est aucune imagination. Après avoir été l'amie de cœur de Diana, je ne peut pas être celle de Minnie. Ne fait pas attention aux fautes d'orthographe et de grammaire, je ne suis pas encore très bonne, mais je fait des progrès.
À toi jusqu'à la mort,

ANNE ou CORDÉLIA SHIRLEY

P.-S. Je dormirai avec ta lettre sous mon oreiller ce soir.

Marilla, pessimiste, s'attendait à de nouveaux problèmes depuis qu'Anne avait recommencé l'école. Mais rien ne se produisit. Peut-être Anne avait-elle emprunté effectivement quelque chose de l'« élève modèle », Minnie Andrews ; en tout cas, elle s'entendit fort bien, à partir de ce moment-là, avec M. Phillips. Elle se lança dans l'étude corps et âme, bien décidée à ne stagner d'aucune façon derrière Gilbert Blythe. Leur rivalité devint de plus en plus évidente ; Gilbert s'y prêtait sans malice aucune mais il faut bien avouer, hélas, que l'on ne pouvait en dire autant d'Anne, dévorée encore par une rancune tenace, bien peu digne d'éloges. Elle se montrait aussi passionnée dans sa haine qu'elle l'était dans ses amours. Elle n'avait pas condescendu à admettre qu'elle souhaitait rivaliser avec Gilbert en classe ; le faire, en effet, aurait signifié qu'elle reconnaissait l'existence dudit Gilbert, ce qui n'était pas le cas ; mais la rivalité, elle, était bien réelle, et les meilleures notes et les récompenses allaient sans cesse de l'un à l'autre. Tantôt c'était Gilbert qui était premier en orthographe, et tantôt c'était Anne qui remportait la palme, tresses rousses tressautant d'orgueil. Un matin, Gilbert avait toutes ses additions justes et voyait son nom écrit au tableau noir, sur la liste d'excellence ; le lendemain matin, Anne, s'étant démenée comme une diablesse toute la soirée avec ses nombres décimaux, récoltait les honneurs. Un jour abominable, ils se retrouvèrent à égalité, et l'on inscrivit leurs noms l'un à côté de l'autre. Il s'agissait d'une catastrophe presque aussi épouvantable qu'une annonce officielle, et Anne en fut d'autant plus mortifiée que Gilbert s'en montra satisfait. Lorsqu'il y avait des examens écrits, à la fin de chaque mois, l'attente des résultats se faisait dans l'angoisse. Le premier mois, Gilbert l'emporta par trois points ; le second mois, Anne le dépassa de cinq. Mais son triomphe fut gâché par les félicitations que lui adressa publiquement Gilbert, devant l'école rassemblée. Elle aurait tellement préféré qu'il se tordît dans les affres de la défaite !

M. Phillips n'était peut-être pas un très bon instituteur, mais une élève aussi fermement décidée à apprendre qu'Anne ne pouvait que faire des progrès. À la fin du trimestre, Anne et Gilbert passèrent tous deux en cinquième année et furent autorisés à amorcer l'étude des « vraies matières », c'est-à-dire le latin, la géométrie, le français et l'algèbre. En géométrie, Anne fit face à un véritable désastre, sa bataille de Waterloo à elle.

« La géométrie est une matière vraiment épouvantable, Marilla », grognait-elle. « Je suis sûre que je n'arriverai jamais à m'y retrouver. Il n'y a là-dedans pas la moindre place laissée à l'imagination. M. Phillips proclame que je suis la plus nulle de tous les élèves de géométrie qu'il ait jamais vus défiler. Et Gil... je veux dire, certains autres se montrent tellement doués ! C'est terriblement humiliant, Marilla. Même Diana s'en sort mieux que moi. Mais cela m'est égal d'être battue par Diana. Même si, maintenant, nous nous croisons ainsi que des étrangères, je l'aime toujours d'un amour *que rien ne peut éteindre*. Cela me rend fort triste, à certains moments, de penser à elle. Mais, en réalité, Marilla, on ne peut pas être triste bien longtemps dans un monde aussi palpitant, n'est-ce pas ? »

18

Anne porte secours à un enfant malade

Les événements importants sont toujours liés à de petites choses. Au premier abord, on ne voit pas comment la décision d'un Premier ministre du Canada de se rendre à l'Île-du-Prince-Édouard, au cours d'une tournée politique, aurait pu avoir la moindre influence sur le destin de la petite Anne Shirley de la maison aux pignons verts. Et pourtant…

Le Premier ministre vint en janvier, pour s'adresser à ses partisans loyaux, et aux autres, lors d'un énorme ralliement qui eut lieu à Charlottetown. La plupart des habitants d'Avonlea appuyaient le Premier ministre ; aussi, le soir du ralliement, presque tous les hommes et une bonne proportion des femmes s'étaient rendus en ville, à trente kilomètres d'Avonlea. Mme Rachel Lynde était du nombre. Animée d'une incroyable ferveur politique, elle n'aurait jamais accepté qu'un ralliement semblable puisse avoir lieu sans elle, indépendamment de ses faveurs personnelles, qui n'allaient pas au Premier ministre. Elle se rendit donc en ville et emmena son mari – Thomas serait utile pour s'occuper du cheval – et Marilla Cuthbert. Marilla éprouvait pour la politique un penchant inavoué, et, se disant qu'il s'agissait peut-être là de sa seule chance d'apercevoir un Premier ministre en chair et en os, elle n'hésita pas à la saisir, et abandonna la maison aux bons soins d'Anne et de Matthew jusqu'à son retour, prévu pour le lendemain.

Aussi, tandis que Marilla et Mme Rachel s'en donnaient à cœur joie à Charlottetown, Anne et Matthew se partageaient les plaisirs de la cuisine de Green Gables. Un beau feu vif rougeoyait dans le vieux poêle Waterloo, tandis que, sur les vitres, se formaient des cristaux de givre irradiant un éclat bleu et blanc. Matthew, sur le canapé, hochait la tête en lisant le *Farmers' Advocate*, la revue des agriculteurs, tandis qu'Anne, à la table, étudiait ses leçons avec ardeur, tout en lançant à la dérobée des regards nostalgiques vers l'étagère où se trouvait l'horloge et, surtout, le nouveau livre que Jane Andrews lui avait prêté le jour même. Jane lui avait assuré que ce livre était passionnant, stimulant ou autre épithète du même sens, et Anne en avait les doigts qui lui démangeaient, à force d'être tentée de le saisir. Mais cela aurait signifié une victoire de Gilbert Blythe le lendemain. Anne tourna donc le dos à l'étagère et au livre et s'efforça d'oublier leur existence.

« Matthew, quand tu étais à l'école, as-tu jamais étudié la géométrie ? »

« Eh bien, non, non », fit Matthew, se réveillant en sursaut.

« J'aimerais tant que ce soit le cas », soupira Anne, « car tu pourrais me comprendre. On ne peut pas vraiment comprendre ce qu'est la géométrie, tant qu'on ne l'a pas étudiée. C'est une sorte de nuage qui assombrit toute ma vie. Je suis tellement mauvaise en géométrie, Matthew. »

« Eh bien, disons, je ne sais pas », fit Matthew pour la consoler. « Je crois, moi, que tu travailles très bien en tout. M. Phillips m'a dit, la semaine passée, dans le magasin Blair, à Carmody, que tu étais l'écolière la plus intelligente de l'école et que tu faisais des progrès rapides. "Des progrès rapides", c'est exactement ce qu'il a dit. Y a ceux qui critiquent Teddy Phillips en prétendant qu'il ne vaut pas grand-chose, comme maître, mais moi, je pense qu'il est très bien. »

« Je suis sûre que je me débrouillerais mieux en géométrie si seulement il ne changeait pas les lettres », se lamenta Anne. « J'apprends le problème par cœur, et puis il l'écrit sur le tableau noir et y met des lettres différentes de celles qu'il y a dans le livre, et je ne m'y retrouve plus du tout. Je ne pense pas qu'un instituteur ait le droit de se montrer aussi mesquin dans ses méthodes d'enseignement, n'est-ce pas ? Nous sommes en train d'étudier l'agriculture, en ce moment, et j'ai enfin compris pourquoi les routes sont rouges. Cela me rassure. Je me demande si Marilla et Mme Lynde s'amusent bien. Selon Mme Lynde, le Canada est sur une bien mauvaise pente, et cela, à cause de la manière dont on décide des choses à Ottawa, et elle déclare que c'est un sérieux avertissement pour les électeurs. Elle dit que, si les femmes avaient le droit de voter, les choses changeraient vite pour le mieux. Tu votes pour qui, toi, Matthew ? »

« Conservateur », se hâta de répondre Matthew. Voter conservateur, pour Matthew, c'était une sorte de religion.

« Alors, je suis pour les conservateurs, moi aussi », poursuivit Anne d'un ton décidé. « Je suis contente, parce que Gil… parce que certains des gars, à l'école, sont des libéraux, des "rouges", comme ils disent. Je pense que M. Phillips est un rouge, étant donné que le père de Prissy Andrews l'est aussi, et Ruby Gillis prétend que lorsqu'un homme fait la cour à une fille, il faut toujours qu'il soit du bord de sa mère pour la religion, et du bord de son père pour la politique. Est-ce que c'est vrai, Matthew ? »

« Eh bien, disons… que je ne sais pas », fit Matthew.

« As-tu jamais fait la cour à quelqu'un, Matthew ? »

« Eh bien, non, disons que cela ne m'est jamais arrivé », répondit Matthew, que cette pensée n'avait sans doute jamais effleuré.

Anne, le menton appuyé sur les mains, réfléchissait.

« Cela doit être fort intéressant, que de courtiser quelqu'un, tu ne crois pas, Matthew ? Ruby Gillis dit que, quand elle sera grande, elle saura faire tirer la langue au plus grand nombre de soupirants possible, et qu'ils seront tous fous d'elle ; mais je crois que c'est un peu excessif. J'aimerais mieux en avoir juste un, qui soit vraiment épris de moi. Mais c'est vrai que Ruby Gillis, avec toutes ses grandes sœurs, en connaît long sur le sujet, et Mme Lynde déclare que les hommes s'arrachent les filles Gillis comme des petits pains chauds. M. Phillips rejoint Prissy Andrews presque tous les soirs. Il assure que c'est pour l'aider dans ses études, mais Miranda Sloane, elle aussi, étudie pour entrer à Queen's, et je pense vraiment qu'elle aurait plus besoin d'aide que Prissy, stupide comme elle l'est, mais il ne va jamais l'aider le soir. Il y a beaucoup de choses dans ce bas monde que je ne comprends pas très bien, Matthew. »

« Eh bien, disons que moi, je ne les comprends pas trop non plus », reconnut Matthew.

« Bon, je suppose que je dois en finir avec mes leçons, avant de m'autoriser à ouvrir ce nouveau livre que Jane m'a prêté. La tentation est grande, Matthew. Même quand je lui tourne le dos, je le vois encore devant moi. Jane m'a dit qu'elle a tellement pleuré en le lisant qu'elle en était épuisée. J'adore qu'un livre me fasse pleurer. Mais je pense que je vais porter ce livre-là dans le grand salon, l'enfermer dans le placard à confitures et te donner la clé. Et tu ne devras *en aucun cas* me la rendre avant que je n'aie fini mes leçons, même si je t'implore à genoux. C'est très bien de croire qu'on peut résister à la tentation, mais ce sera bien plus facile si je n'ai pas la clé. Tiens ! ne devrais-je pas descendre en vitesse à la cave chercher quelques pommes reinettes ? Tu n'aimerais pas croquer dans une reinette succulente, Matthew ? »

« Eh bien, pour dire vrai, je n'en sais trop rien », dit Matthew, qui ne mangeait jamais de reinettes, mais qui savait bien qu'Anne les adorait.

Au moment précis où Anne émergeait, triomphante, de la cave, avec son plateau de reinettes, on entendit des pas précipités sur le balcon extérieur, aux planches durcies par le gel ; tout de suite après, la porte de la cuisine s'ouvrit d'un coup, et Diana Barry se précipita à l'intérieur. Blême, hors d'haleine, elle avait à peine eu le temps de se couvrir la tête d'un fichu. Anne laissa aussitôt choir sa chandelle et son assiette, tant elle fut surprise. Assiette, chandelle, pommes, tout cela alla s'écraser au pied de l'échelle de la cave, et c'est là que, le lendemain, Marilla les retrouva engoncées dans de la graisse fondue, et elle les ramassa en rendant grâce à Dieu que la maison n'eût pas pris feu par la même occasion.

« Qu'est-ce qui se passe donc, Diana ? » s'écria Anne. « Ta mère est-elle finalement revenue sur sa décision ? »

« Oh, Anne, viens vite », fit Diana, implorante, à bout de nerfs. « Minnie May est gravement malade. Elle a le croup, à ce que prétend la petite Mary Joe. Mon père et ma mère sont partis en ville et il n'y a personne pour aller chercher le docteur. Minnie May va très mal, et la petite Mary Joe ne sait pas quoi faire, et oh ! Anne, j'ai tellement peur ! »

Matthew, sans un mot, alla chercher sa casquette et son manteau, se glissa derrière Diana et disparut dans l'obscurité de la cour.

« Il est allé atteler la jument alezane, pour aller chercher le docteur à Carmody », dit Anne, s'empressant d'enfiler sa veste et son bonnet. « Je le sais aussi bien que s'il l'avait dit. Matthew et moi, nous sommes si proches que je peux lire dans ses pensées comme dans un livre. »

« Je ne pense pas qu'il puisse trouver un docteur à Carmody », dit Diana, sanglotant. « Je sais que le docteur Blair est allé en ville et je pense que le docteur Spencer y sera allé aussi. La petite Mary Joe ne connaît rien au croup, et Mme Lynde n'est pas là. Oh, Anne ! »

« Ne pleure pas, Didi », fit Anne, joyeusement. « Je sais exactement ce qu'il faut faire pour le croup. Tu oublies que Mme Hammond a eu trois fois des jumeaux. Quand on s'occupe de tant de jumeaux à la suite, on en retire une bonne expérience. Ils ont tous eu le croup à tour de rôle. Attends simplement que j'aille chercher la bouteille d'ipéca, il n'y en a peut-être pas chez vous. Allez, maintenant, viens ! »

Les deux petites filles filèrent, main dans la main, descendirent rapidement le Chemin des amoureux, traversèrent par le champ durci qui se trouvait plus bas, car la neige était trop profonde pour pouvoir couper par les bois. Anne, bien que sincèrement désolée de ce qui arrivait à Minnie May, était cependant loin d'être insensible au charme particulier de la situation et à la douceur qu'il y avait de partager ces instants exquis avec une âme sœur.

Ce soir de gel était clair, les ombres noires comme l'ébène, les pentes enneigées étincelantes comme l'argent ; de grosses étoiles brillaient sur les champs silencieux ; çà et là se dressaient des sapins aux branches poudrées de neige, dans lesquelles le vent s'engouffrait en sifflant. Anne trouvait délicieux de filer ainsi à travers tant de mystère et de beauté, en compagnie de l'amie de cœur dont elle avait été éloignée si longtemps.

Minnie May, qui avait trois ans, était vraiment très malade. Elle était couchée sur le canapé de la cuisine, fiévreuse, agitée, et l'on pouvait entendre dans toute la maison sa respiration sifflante. Mary Joe, une Acadienne de l'Anse, adolescente plantureuse au visage rond, avait été engagée par Mme Barry pour s'occuper des enfants pendant son absence ; mais elle était en proie à un tel affolement qu'elle ne parvenait guère à réfléchir, et encore moins à agir.

Anne, elle, se mit au travail, rapide et efficace.

« Minnie May a bien le croup. Elle est mal en point, mais j'ai vu pire. D'abord, il nous faut beaucoup d'eau chaude. Ma parole, Diana, il y en a à peine une tasse dans cette bouilloire ! Voilà, elle est pleine ; toi, Mary Joe, tu peux mettre du bois dans le poêle. Je ne veux pas te vexer, mais il me semble que tu aurais pu y penser avant, avec un peu d'imagination. Bon, et maintenant, je vais déshabiller Minnie May et la mettre au lit. Essaye de trouver des draps de flanelle bien doux, Diana. Mais, tout d'abord, je vais lui faire prendre une dose d'ipéca. »

Minnie May n'apprécia guère l'ipéca, mais Anne n'avait pas réussi à élever trois paires de jumeaux sans en tirer quelque expérience. L'ipéca fut administré plus d'une fois au cours de la longue nuit d'attente qui vit les deux fillettes s'activer sans relâche au chevet de la petite Minnie May malade ; quant à la jeune Mary Joe, elle essayait de se rendre utile en ravivant le feu et en faisant chauffer plus d'eau qu'il n'en aurait fallu pour tout un hôpital de bébés souffrant du croup.

Matthew revint avec le médecin vers les trois heures seulement, car il avait dû se rendre jusqu'à Spencervale. Toutefois, une aide médicale n'était plus aussi urgente. Minnie May se sentait visiblement mieux et respirait paisiblement.

« J'ai bien failli désespérer », expliqua Anne. « Son état empirait, empirait, jusqu'à devenir pire que celui des derniers jumeaux Hammond. J'ai même cru qu'elle allait mourir étouffée. Quand je lui ai donné la dernière goutte d'ipéca, je me suis dit : "C'est vraiment la dernière chance, et j'ai bien peur que cela ne serve à rien." Je ne l'ai pas dit à Diana et à Mary Joe, parce que je ne voulais pas les inquiéter davantage ; mais il fallait que je me l'avoue, au moins, pour me soulager un peu. Et alors, en trois minutes, elle a commencé à tousser et à cracher le flegme, et son état s'est amélioré brusquement. Imaginez, docteur, à quel point je me suis sentie soulagée ! Je ne peux vous le décrire avec des mots. Vous savez bien qu'il y a des choses que les mots n'arrivent pas à exprimer. »

« Oui, je sais », acquiesça le médecin. Il considéra Anne, comme s'il avait effectivement, à son sujet, certaines pensées qui ne pouvaient s'exprimer par des mots. Plus tard, cependant, il se confia à M. et Mme Barry.

« Cette petite rouquine qu'ils ont chez les Cuthbert est aussi futée que possible. Je vous le dis, elle a sauvé la vie de ce bébé ; je serais arrivé trop tard, moi. Elle possède une habileté et une présence d'esprit tout à fait étonnantes chez une fillette de cet âge. Vous auriez dû voir ses yeux, pendant qu'elle m'expliquait ce qu'elle avait eu à faire, je n'ai jamais rien vu d'aussi remarquable. »

Anne, elle, était rentrée, par ce merveilleux matin d'hiver, blanc de gel, les paupières alourdies par le manque de sommeil, ce qui ne l'avait pas empêchée de parler sans arrêt à Matthew, tandis qu'ils traversaient le grand champ illuminé et passaient sous les arceaux fériquement étoilés que formaient les érables du Chemin des amoureux.

« Oh, Matthew, ce matin n'est-il pas merveilleux ? Ne trouves-tu pas que le monde ressemble à un rêve gigantesque que Dieu aurait inventé pour Son seul plaisir ? On dirait que ces arbres vont s'envoler si je souffle fort… pouf ! Je suis si contente de vivre dans un monde où il y a de la gelée, pas toi ? Et je suis tellement heureuse, après tout, que Mme Hammond ait eu trois fois des jumeaux. Si elle n'en avait pas eu, je n'aurais pas su quoi faire pour Minnie May. Je regrette finalement de m'être emportée contre Mme Hammond parce qu'elle avait des jumeaux. Mais, oh Matthew, comme j'ai sommeil ! Je ne pourrai jamais aller à l'école. Je ne saurais pas garder les yeux ouverts et je ne pourrais que m'y montrer complètement idiote. Mais ça m'ennuie de rester à la maison, parce que Gil… enfin, certains autres vont passer en tête de la classe, et il est bien difficile de les rattraper… encore que, bien entendu, plus c'est difficile, plus on a de satisfaction quand on y réussit, n'est-ce pas ? »

« Eh bien, disons que je pense que tu réussiras quand même très bien », dit Matthew, en regardant le petit visage émacié d'Anne, noirci par les cernes. « Monte tout de suite te coucher et dors bien. Je m'occuperai du ménage. » Anne suivit le conseil de Matthew, monta se coucher, et dormit si longtemps et si paisiblement que l'après-midi hivernal, aux lueurs roses et blanches, était déjà largement entamé lorsqu'elle se réveilla et descendit à la cuisine. Marilla, revenue à la maison entre-temps, tricotait.

« Oh, as-tu vu le Premier ministre ? » s'écria Anne en l'apercevant. « Il avait l'air de quoi, Marilla ? »

« Eh bien, ce n'est pas sur sa mine qu'on l'a élu », dit Marilla. « Quel nez a cet homme ! Mais il sait parler. J'étais fière d'être conservatrice. Rachel Lynde, bien sûr, n'était pas impressionnée, libérale comme elle l'est. Ton déjeuner est dans le four, Anne, et tu peux aller te chercher des conserves de prunes bleues dans le garde-manger. Tu dois avoir faim. Matthew m'a raconté ce qui s'est passé la nuit dernière. Je dois dire que tout le monde a eu de la chance que tu aies su quoi faire. Moi, je n'en aurais pas eu la moindre idée. Je n'ai jamais vu personne qui souffre du croup. Allons, maintenant, assez de bavardages, et prends ton déjeuner tranquille. Je sais, rien qu'à te regarder, que tu as la tête pleine de grands discours, mais ils peuvent attendre. »

Marilla, elle, avait quelque chose à dire à Anne, mais elle ne le fit pas tout de suite, car elle savait qu'Anne en serait si enthousiasmée qu'elle s'envolerait vers des espaces éthérés où n'existent plus ni déjeuner ni appétit. Elle attendit qu'Anne eût terminé sa soucoupe de prunes bleues pour lui révéler le mystère :

« Mme Barry était ici, cet après-midi. Elle a demandé à te voir, mais je ne voulais pas qu'on te réveille. Elle dit que tu as sauvé la vie de Minnie May et elle s'excuse beaucoup d'avoir agi comme elle l'a fait à propos de cette histoire de vin de groseilles. Elle dit qu'elle a compris, à présent, que tu n'avais jamais voulu soûler Diana, et elle espère que tu lui pardonneras, et que Diana et toi serez de nouveau bonnes amies. Tu peux te rendre là-bas ce soir, si tu en as envie, car Diana n'a pas la force de bouger, à cause d'un mauvais rhume attrapé la nuit dernière. Anne Shirley, je t'en prie, garde les pieds sur terre ! »

Une telle recommandation ne semblait pas inutile : une exaltation forcenée venait de s'emparer d'Anne ; elle était déjà debout, aussi vive et aérienne qu'une flamme.

« Oh, Marilla, puis-je y aller tout de suite ? Je ferai la vaisselle en revenant ; en un moment palpitant comme celui-ci, je ne pourrai jamais me contraindre à une tâche aussi peu romantique que celle de laver la vaisselle. »

« Mais oui, mais oui, vas-y », fit Marilla, avec indulgence. « Mais Anne Shirley ! Es-tu folle ? Reviens immédiatement te mettre quelque chose sur le dos. Tant pis ! Autant parler à une sourde. Elle est partie comme ça, sans fichu, sans bonnet. Il faut la voir, là-bas, filer à toute allure dans le verger, avec ses longs cheveux qui flottent derrière elle ! Ce sera bien un miracle si elle n'attrape pas la mort ! »

Anne, dans le crépuscule mauve du soir d'hiver, revint en dansant sur la neige. Au loin, au sud-ouest, une grande étoile à l'éclat précieux de perle trouait le ciel subtilement doré et rose au-dessus d'étendues blanches miroitantes que n'assombrissaient, ici et là, que les vallons d'épinettes. Les clochettes des traîneaux qui circulaient entre les collines enneigées lâchaient, dans l'air glacial, leur carillon féerique ; mais leur musique n'était pas plus douce que celle qui montait, évanescente, dans le cœur d'Anne.

« Tu as devant toi quelqu'un de tout à fait heureux, Marilla », déclara-t-elle. « Je suis on ne peut plus heureuse, oui, même en dépit de mes cheveux roux ! C'est qu'en ce moment mon âme flotte bien au-dessus de ce problème. Mme Barry m'a embrassée en pleurant ! Elle m'a dit qu'elle était désolée et qu'elle ne pourrait jamais me rendre tout ce qu'elle me doit. Je me suis sentie très gênée, Marilla, mais je me suis contentée de dire, le plus poliment que j'ai pu : “Je ne vous en veux pas, madame Barry. Je vous donne l'assurance, encore une fois, que je n'ai jamais voulu causer de tort à Diana et dorénavant je couvrirai le passé d'un manteau d'oubli.” N'était-ce pas une façon noble de s'exprimer, Marilla ? J'avais l'impression de rendre à Mme Barry le bien pour le mal. Et nous avons passé, Diana et moi, un après-midi délicieux. Diana m'a montré un nouveau point de crochet fantaisie que sa tante de Carmody lui a appris. Il n'y a personne à Avonlea qui connaisse ce point, à part nous, et nous avons fait le serment solennel de ne le révéler à personne d'autre. Diana m'a offert une fort belle carte, représentant une couronne de roses, sur laquelle il est écrit :

Si tu m'aimes comme je t'aime
Ne nous séparera que la mort elle-même.

Ce qui est vrai, Marilla. Nous allons demander à M. Phillips de nous permettre de nous asseoir de nouveau l'une à côté de l'autre ; Gertie Pye peut fort bien se contenter de Minnie Andrews comme voisine. Le thé était exquis. Mme Barry a sorti son plus beau service de porcelaine, Marilla, comme si j'étais une vraie invitée. Je ne peux pas te dire à quel point cela m'a fait plaisir. Personne, jusqu'ici, n'a sorti pour moi son plus beau service à thé. Et nous avons mangé, Marilla, du gâteau aux fruits, du quatre-quarts, des beignes, et deux sortes de confitures. Mme Barry m'a demandé si je voulais du thé et a dit : "Papa, passerais-tu les biscuits à Anne ?" Ce doit être tellement agréable d'être grande, Marilla ! C'est déjà si délicieux d'être traitée comme si on l'était ! »

« Ça, je n'en suis pas si sûre », fit Marilla, avec un petit soupir.

« Eh bien, de toute façon, quand je serai plus vieille », dit Anne d'un ton décidé, « je parlerai toujours aux petites filles comme si elles étaient grandes, moi, et je ne me moquerai pas d'elles quand elles utiliseront de grands mots. Je sais, pour en avoir fait la douloureuse expérience, à quel point cela blesse. Après le thé, nous avons fait du sucre à la crème, Diana et moi. Le sucre à la crème[1] n'était guère réussi, parce que ni Diana ni moi n'en avions fait auparavant. Diana m'a laissée le tourner pendant qu'elle beurrait les assiettes. Je l'ai oublié et il a brûlé ; et puis, une fois que nous l'avons mis à refroidir sur la tablette, le chat a marché dans une assiette, et nous avons dû le jeter. Mais ç'a été extrêmement amusant quand même. Enfin, quand je suis repartie, Mme Barry m'a dit de revenir aussi souvent que je le désire et Diana, de la fenêtre, m'a envoyé plein de baisers tandis que je descendais le Chemin des amoureux. Je t'assure, Marilla, que je me sens prête à faire ce soir la plus belle des prières, et je vais d'ailleurs en imaginer une toute nouvelle en l'honneur de cette occasion. »

---

1. Confiserie préparée avec de la crème, du beurre et de la cassonade.

19

Un concert, une catastrophe, une confession

« Marilla, puis-je aller voir Diana quelques minutes ? » demanda Anne, un soir de février, hors d'haleine, car elle était descendue du pignon est en courant.

« Je ne vois pas pourquoi tu irais vagabonder dehors maintenant qu'il fait nuit », répondit Marilla, d'un ton qui n'admettait pas de réplique. « Diana et toi, vous êtes revenues ensemble de l'école, à pied ; et après, vous êtes restées encore une bonne heure à jacasser dans la neige. Alors, franchement, je ne pense pas que tu te porteras plus mal si tu ne la revois pas tout de suite. »

« Mais c'est elle qui veut me voir », fit Anne, suppliante. « Elle a quelque chose de très important à me dire. »

« Et comment as-tu appris ça ? »

« Elle vient de m'envoyer un signal depuis sa fenêtre. Nous avons convenu d'un système de signaux, et nous utilisons une chandelle et du carton. Nous posons la chandelle sur le rebord de la fenêtre et nous faisons glisser le carton devant. Un certain nombre de signaux lumineux signifie quelque chose de particulier. C'était mon idée, Marilla. »

« Je l'aurais juré », déclara Marilla avec emphase. « La première chose que l'on va savoir, avec ces sornettes de signaux, c'est que vous aurez mis le feu aux rideaux. »

« Oh non, Marilla, nous sommes très prudentes. Et c'est si palpitant de communiquer par signaux. Deux signaux lumineux veulent dire : "Es-tu là ?" Trois, "oui", quatre, "non". Cinq signifient : "Viens ici le plus vite possible, car j'ai quelque chose d'important à te révéler." Diana vient justement de m'envoyer cinq signaux lumineux, et j'ai très hâte de savoir ce qu'elle veut me dire. »

« Bon, d'accord, je ne te laisserai pas languir trop longtemps », fit Marilla, sarcastique. « Tu peux y aller, mais il faut que tu sois revenue dans dix minutes, et pas plus, n'oublie pas ! »

Anne n'oublia pas et revint à l'heure indiquée, bien qu'il fût difficile à de simples mortels d'évaluer les efforts qu'elle dut fournir pour limiter sa discussion avec Diana à dix minutes seulement. Mais elle avait su, en tout cas, en tirer le meilleur parti.

« Oh, Marilla, sais-tu quoi ? Demain, c'est la fête de Diana. Et sais-tu encore quoi ? Sa mère lui a dit qu'elle pouvait m'amener chez eux après l'école et que je pourrais passer la nuit là-bas. Ses cousins viennent spécialement de Newbridge, dans un grand traîneau, pour se rendre au concert de la Société des débats, à la salle de spectacles, demain soir. Et ils vont nous emmener au concert, Diana et moi, si tu me permets d'y aller, bien entendu. Tu me le permettras, dis, Marilla ? Oh, j'ai hâte, j'ai hâte ! »

« Aussi bien te calmer tout de suite, car tu n'iras pas. Tu es bien mieux à la maison, dans ton lit à toi, et quant à ce concert de la Société, c'est de la foutaise, et les petites filles ne devraient pas être autorisées à se rendre dans des lieux tels que celui-là. »

« Mais je suis certaine que la Société des débats est quelque chose de tout à fait respectable », implora Anne.

« Je n'ai pas dit qu'elle ne l'était pas. Mais il n'est pas question que tu commences à courailler dans des concerts et à traîner dehors à n'importe quelle heure de la nuit. Belle affaire pour des enfants ! Je suis surprise que Mme Barry consente à y laisser aller Diana. »

« Mais c'est une occasion tout à fait exceptionnelle », plaida la petite, au bord des larmes. « L'anniversaire de Diana n'a lieu qu'une fois par année. Ce n'est pas comme s'il s'agissait d'un événement ordinaire, Marilla. Prissy Andrews va réciter le poème de Rose Hartwick Thorpe. *Le couvre-feu ne sonnera pas ce soir*. C'est un beau poème, très édifiant, Marilla. Je suis sûre que cela me ferait le plus grand bien de l'entendre. Et la chorale entonnera quatre chants pathétiques, presque aussi impressionnants que des hymnes. Et, oh oui, Marilla, le pasteur sera là ; il va prononcer un discours. Ce sera presque un sermon. S'il te plaît, Marilla, laisse-moi y aller. »

« Tu as bien entendu ce que je t'ai dit, Anne, n'est-ce pas ? Enlève tes bottes et va te coucher. Il est huit heures passées. »

« Il y a encore autre chose, Marilla », renchérit Anne, comme un argument final qu'elle avait gardé en réserve.

« Mme Barry a mentionné à Diana que nous pourrions dormir dans le lit de la chambre d'amis.

Pense à l'honneur que l'on me fait, en me réservant la chambre d'amis. »

« C'est malheureusement un honneur dont tu devras te passer. Allons, Anne, va te coucher, et que je n'entende plus un mot. »

Une fois qu'Anne, les joues ruisselantes, eut regagné tristement sa chambre, Matthew, qui avait feint de dormir sur sa chaise pendant tout ce dialogue, ouvrit les yeux et lança, d'un ton très sûr de lui :

« Eh bien, Marilla, je crois que tu devrais laisser Anne y aller. »

« Moi, je ne le crois pas », rétorqua Marilla. « Qui est-ce qui élève cette petite, Matthew ? toi, ou moi ? »

« Bon, c'est toi », admit Matthew.

« Dans ce cas-là, ne t'en mêle pas ! »

« Disons que je ne m'en mêle pas. Ce n'est pas se mêler des affaires des autres que d'émettre son avis. Et je pense que tu devrais laisser Anne aller chez Diana. »

« Toi – je n'en doute pas – tu autoriserais Anne à se rendre sur la lune si elle en manifestait le désir », riposta Marilla, sans trop d'aménité. « J'aurais bien accepté de lui laisser passer la nuit chez Diana, s'il ne s'agissait que de cela. Mais je n'approuve pas ce projet de concert. Elle va probablement attraper froid en y allant et elle en reviendra la tête tout échauffée et remplie d'idées idiotes. Elle en aura pour une semaine à s'en remettre. Je comprends mieux que toi, Matthew, le caractère de cette petite, et je sais ce qui est bon pour elle. »

« Je pense que tu devrais laisser Anne y aller », répéta Matthew avec fermeté. La discussion n'était pas son fort, mais la ténacité l'était sûrement. Marilla poussa un soupir d'impuissance et se réfugia dans le silence. Le lendemain matin, pendant qu'Anne, dans le garde-manger, était en train de laver les assiettes du petit déjeuner, Matthew s'immobilisa avant d'aller à la grange et redit à Marilla :

« Je pense que tu devrais laisser Anne y aller, Marilla. »

Pendant quelques instants, les traits de Marilla revêtirent une expression que la décence nous empêche de décrire. Puis elle se résolut à l'inévitable et dit, d'un ton acerbe :

« Bon, d'accord, puisque rien d'autre ne te contentera, elle ira. »

Anne, une éponge dégoulinante à la main, surgit du garde-manger.

« Oh, Marilla, Marilla, répète-moi encore ces paroles bénies. »

« Une fois suffit. C'est la faute de Matthew, et moi, je m'en lave les mains. Si tu attrapes une pneumonie à dormir ailleurs, ou à sortir d'une salle surchauffée en plein milieu de la nuit, ne t'en prends pas à moi, mais à Matthew. Anne Shirley, tu es en train de faire dégouliner de l'eau graisseuse sur le plancher. Je n'ai jamais vu une gamine aussi inattentive. »

« Oh, je sais que je te cause bien des soucis, Marilla », fit Anne, toute repentante. « Je fais tellement de bêtises. Mais réfléchis à celles que je ne fais pas. Je vais aller chercher du sable et je frotterai les taches avant d'aller à l'école. Oh, Marilla, j'avais tellement envie de ce concert ! Je ne suis jamais allée à un concert de ma vie. Quand les autres filles parlent de musique à l'école, je me sens tellement à l'écart. Tu ne te rendais pas compte à quel point j'y tenais mais, tu vois, Matthew lui l'a compris. C'est si agréable d'être comprise, Marilla. »

Anne était bien trop troublée pour travailler sérieusement à ses leçons à l'école, ce matin-là. Gilbert Blythe la devança en orthographe et la sema tout à fait en calcul mental. L'humiliation qu'Anne en ressentit fut minime, cependant, parce que derrière tout cela miroitaient le concert et la chambre d'amis. Elle bavarda sans arrêt avec Diana, toute la journée ; si l'instituteur avait été plus sévère que M. Phillips, elles auraient sans doute été dûment rappelées à l'ordre.

Anne sentit plus que jamais à quel point ce concert lui devenait indispensable car on ne parla de rien d'autre à l'école ce jour-là. La Société des débats d'Avonlea, qui se réunissait toutes les deux semaines pendant l'hiver, avait déjà offert des spectacles gratuits, de moindre importance ; mais ce concert constituait un événement dont les recettes – le prix d'entrée était de dix sous – allaient servir à financer la bibliothèque. Les jeunes d'Avonlea s'entraînaient pour la soirée depuis des semaines, et l'intérêt des enfants était considérable, parce que leurs frères et leurs sœurs plus âgés allaient y prendre part. Tous les écoliers de plus de neuf ans devaient s'y rendre, sauf Carrie Sloane, dont le père partageait, avec Marilla, une réticence décisive quant aux sorties nocturnes des petites filles. Carrie Sloane en pleura tout l'après-midi dans son livre de grammaire, persuadée que la vie ne valait plus la peine d'être vécue.

L'excitation d'Anne connut sa première effervescence dès la sortie des classes et se mua graduellement en parfaite extase lors du concert lui-même. Avant, Diana et elle avaient siroté un « thé tout à fait exquis», et puis s'étaient occupées de l'activité la plus délicieuse, celle de s'habiller dans la petite chambre qu'occupait Diana à l'étage. Diana coiffa les cheveux d'Anne, sur le devant, selon le nouveau style Pompadour; Anne noua les rubans de Diana d'une manière connue d'elle seule; elles essayèrent au moins une demi-douzaine de coiffures différentes: des chignons, des queues-de-cheval, des tresses. Enfin, elles se déclarèrent prêtes, les joues cramoisies, les yeux brillants d'impatience.

Anne, il est vrai, ressentit un soupçon de jalousie à la vue de Diana, coiffée de son élégant bonnet de fourrure et drapée dans sa jolie petite veste; elle n'avait, elle, que son béret noir ordinaire et son manteau de tissu gris, tout droit, aux manches étroites, que Marilla lui avait confectionné. Mais elle se souvint, juste à temps, qu'elle disposait d'une grande imagination dont elle pouvait se servir.

Sur ce, les cousins de Diana, les Murray de Newbridge, arrivèrent; tout le monde s'entassa dans le grand traîneau, entre la paille et les couvertures de fourrure. Anne éprouva un plaisir sans précédent à descendre ainsi jusqu'à la salle des fêtes, attentive au crissement de la neige sous les patins, tandis que le traîneau filait sur les routes lisses comme du satin blanc. Le coucher de soleil était superbe, et les collines enneigées, serties dans l'eau bleue du golfe du Saint-Laurent, évoquaient une énorme coupe de perles et de saphirs que le vin rouge et le feu eussent auréolée. Le tintement des clochettes des traîneaux, les échos des rires lointains fusant de toutes parts répandaient une magie euphorique et légère comme des rumeurs de fées des bois.

« Oh, Diana », dit Anne doucement, tout en étreignant la petite main emmitouflée de son amie, sous la couverture de fourrure. « Ne dirait-on pas un beau rêve ? Ai-je toujours mon allure coutumière ? Je me sens si différente, cela doit se voir à mon visage. »

« Tu es très jolie », dit Diana, à qui un de ses cousins venait de faire un compliment, et qui tenait à le partager. « Tu as un teint ravissant. »

Le programme de ce soir-là constitua un enchaînement de « sensations fortes » pour au moins une des spectatrices, et Anne confia à Diana que chacune de ces sensations se révélait plus intense que la précédente. Prissy Andrews, arborant un nouveau corsage de soie rose, un rang de perles sur sa douce gorge blanche et de vrais œillets dans les cheveux – à propos desquels courait le bruit que le maître d'école les avait spécialement mandés de la ville à son intention –, se mit à réciter : « Il escalada l'échelle glissante, sombre, sans un seul rayon de lumière. » Anne frissonna, pathétiquement en accord avec le texte. Lorsque la chorale entonna *Là-haut, par-delà les gentilles pâquerettes*, Anne leva les yeux au plafond, comme pour y apercevoir des fresques angéliques ; et quand Sam Sloane entreprit de démontrer, illustrations à l'appui, « Comment Sockery fit couver une poule », Anne rit si fort que ses voisins ne purent s'empêcher d'en faire autant, plus par contagion qu'en raison de la drôlerie d'une histoire qui se révélait passablement vétuste, même à Avonlea. Quand Phillips, usant de registres de voix plus déchirants les uns que les autres – et quêtant le regard de Prissy Andrews à la fin de chaque vers –, déclama le monologue de Marc Antoine devant le corps de César assassiné, Anne eut le sentiment qu'elle pourrait se lever et se révolter sur-le-champ, pourvu qu'un seul citoyen romain lui en donnât l'exemple.

Un seul des numéros de la soirée ne présenta aucun intérêt pour elle. Lorsque Gilbert Blythe récita « Bingen-sur-le-Rhin », Anne ouvrit le livre de bibliothèque de Rhoda Murray et le lut jusqu'à ce que Gilbert Blythe eût terminé. Elle demeura inerte et raide, tandis que Diana applaudissait à tout rompre.

Anne et Diana rentrèrent à onze heures, rassasiées et comblées, partageant, de plus, cette joie extrêmement douce de savoir qu'elles auraient encore le temps d'échanger leurs impressions de la soirée. Tout le monde semblait endormi ; la maison était sombre et silencieuse. Anne et Diana pénétrèrent sur la pointe des pieds dans le petit salon, une longue pièce étroite au bout de laquelle s'ouvrait la porte de la chambre d'amis. Il y faisait bien chaud, et les braises du foyer dégageaient une faible lueur.

« Déshabillons-nous ici », dit Diana. « Il y fait si bon, si chaud. »

« N'était-ce pas une soirée merveilleuse ? » soupira Anne, le regard perdu. « Ce doit être magnifique, monter sur scène. Penses-tu qu'on nous le demandera un jour, Diana ? »

« Oui, certainement, un jour. On demande toujours aux grands écoliers de réciter. Gilbert Blythe le fait souvent, et il n'a que deux ans de plus que nous. Oh, Anne, comment as-tu pu faire semblant de ne pas l'écouter lorsqu'il a déclamé ce vers : "En voici une autre, qui n'est pas une sœur." Tu sais, c'est toi qu'il regardait. »

« Diana », rétorqua Anne, très digne, « tu es ma très grande amie, mais je ne puis te permettre, même à toi, de mentionner le nom de cet être-là… Es-tu prête à te coucher ? Faisons la course pour voir qui sera au lit la première. »

Cette proposition plut à Diana. Les deux petites silhouettes, vêtues de robes blanches, traversèrent la pièce à toute allure, franchirent la porte de la chambre d'amis et bondirent en même temps sur le lit. Soudain, quelque chose s'agita sous elles ; on entendit un souffle et un cri, puis la voix étouffée de quelqu'un :

« Mon doux Seigneur ! »

Anne et Diana ne purent jamais se rappeler exactement comment elles réussirent à quitter le lit et à sortir de la chambre. Tout ce dont elles se souvinrent, c'est qu'après une course éperdue elles se retrouvèrent, tremblantes, en train de monter à l'étage sur la pointe des pieds.

« Oh, qui était-ce ? Qu'est-ce que c'était ? » murmura Anne, claquant des dents, autant de peur que de froid.

« C'était tante Joséphine », dit Diana, riant à gorge déployée. « Oh, Anne, je me demande comment elle s'est retrouvée là. Oh, et je sais qu'elle va être furieuse. C'est affreux – c'est vraiment affreux – mais as-tu jamais assisté à quelque chose d'aussi drôle ? »

« Qui est ta tante Joséphine ? »

« C'est la tante de mon père, et elle vit à Charlottetown. Elle est très vieille – soixante-dix ans, environ – et je ne crois pas qu'elle ait *jamais* été petite fille. Nous attendions sa visite, mais pas si tôt.

Elle est très collet monté et elle va certainement me réprimander très fort. Bon, nous allons devoir dormir avec Minnie May. Tu n'imagines pas le nombre de coups de pied qu'elle peut assener en dormant. »

Mlle Joséphine Barry ne fit pas son apparition lors du petit déjeuner, pris très tôt le lendemain matin. Mme Barry adressa aux deux petites filles un sourire aimable.

« Vous êtes-vous bien amusées hier soir ? J'ai essayé de rester éveillée jusqu'à votre retour, car je voulais vous prévenir de l'arrivée de tante Joséphine et vous demander de dormir en haut, mais j'étais si fatiguée que je me suis endormie. J'espère, Diana, que vous n'avez pas dérangé ta tante. »

Diana garda un silence discret, tout en échangeant avec Anne, à la dérobée, des sourires par-dessus la table. Anne se dépêcha de rentrer après le petit déjeuner. Elle était aux anges, ne se doutant en rien des événements dramatiques qui allaient secouer la maison Barry. Cette inconscience heureuse prit fin quelques heures plus tard, lorsqu'elle descendit chez Mme Lynde faire une course pour Marilla.

« Alors, comme ça, avec ton amie Diana, vous avez presque fait mourir de frayeur la pauvre demoiselle Barry ? » s'écria Mme Lynde, d'un ton sévère que venait démentir une lueur coquine dans le regard. « Mme Barry était ici, il y a quelques minutes, en route pour Carmody. Elle se fait beaucoup de souci à cause de cette histoire. La vieille demoiselle Barry était de fort mauvaise humeur en se levant ce matin, et le caractère de Joséphine Barry n'est pas une sinécure, crois-moi ! Elle a refusé d'adresser la parole à Diana. »

« Ce n'est pas la faute de Diana », de s'écrier Anne, toute repentante. « C'est la mienne. J'ai suggéré que nous fassions la course, pour voir qui serait dans le lit la première. »

« Je le savais ! » s'écria Mme Lynde, fière d'avoir gagné son pari. « Je savais qu'une idée pareille ne pouvait sortir que de ta tête. Eh bien, cela a suscité bien des problèmes, laisse-moi te le dire. La vieille demoiselle Barry était venue pour un mois, mais elle affirme qu'elle ne restera pas un jour de plus et qu'elle retournera en ville demain, dimanche ou pas. Elle serait partie aujourd'hui si elle avait trouvé quelqu'un pour l'emmener. Elle avait promis de payer à Diana un trimestre de leçons de musique, mais elle est bien décidée maintenant à ne rien donner à un pareil garçon manqué. Oh, je parie qu'ils ont passé un sacré quart d'heure là-haut ce matin. Les Barry doivent se sentir au désespoir. La vieille demoiselle Barry est riche, et ils préféreraient demeurer avec elle dans les meilleurs termes possible. Bien sûr, ce n'est pas exactement ce que m'a dit Mme Barry, mais je juge assez bien la nature humaine, vois-tu… »

« Je n'ai vraiment pas de chance, pauvre de moi », soupira plaintivement Anne. « Non seulement je me mets toujours dans des situations impossibles mais j'y entraîne, en plus, mes meilleures amies, les personnes pour qui j'irais jusqu'à me saigner les veines. Oh, madame Lynde, pourriez-vous m'expliquer pourquoi cela m'arrive aussi souvent ? »

« C'est que tu es trop impulsive, tu agis trop sur des coups de tête, ma petite, voilà tout. Tu ne prends jamais le temps de réfléchir, avant de poser un geste ou de lâcher une parole… »

« Oh, mais c'est la meilleure façon d'agir », protesta Anne. « Lorsque quelque chose de surprenant vous vient à l'esprit, il faut tout de suite en faire part sans attendre. Si on prend le temps d'y penser, on gâche tout. Vous n'avez jamais agi de la sorte, madame Lynde ? »

Non, une telle pensée ne l'avait jamais effleurée. Mme Lynde secoua négativement la tête, avec toute la lenteur que confère la sagesse.

« Tu devrais apprendre à penser un peu plus, Anne, voilà tout. Le meilleur conseil qu'on pourrait te donner, c'est "Fais bien attention avant de sauter", et surtout avant de sauter… dans un lit de chambre d'amis. »

Cette petite astuce déclencha le rire de Mme Lynde, mais Anne, elle, gardait un air pensif. Elle ne trouvait pas que cette situation présentât quelque drôlerie ; au contraire, le tout lui paraissait fort grave. En quittant Mme Lynde, elle traversa les champs gelés en direction d'Orchard Slope. Diana vint à sa rencontre sur le seuil de la cuisine.

« Ta tante Joséphine était très fâchée, n'est-ce pas ? » fit Anne à voix basse.

« Oui », répondit Diana, étouffant un petit rire tout en lançant un coup d'œil effrayé derrière son épaule, vers la porte fermée du grand salon. « Elle en bondissait de rage, Anne. Oh, qu'est-ce qu'elle m'a grondée ! Elle a dit que j'étais la fille la plus mal élevée qu'elle ait jamais connue et que mes parents devraient avoir honte de m'élever de cette façon. Elle répète qu'elle ne restera pas, et, pour ma part, cela m'est égal. Mais cela préoccupe fort papa et maman. »

« Pourquoi donc ne leur as-tu pas dit que c'était ma faute ? » demanda Anne.

« Cela me ressemble, de faire ça ? » dit Diana. « Je ne suis pas une rapporteuse, Anne Shirley, et, de toute manière, j'étais aussi coupable que toi. »

« Eh bien, dans ce cas, je vais tout lui raconter moi-même », décida Anne, très résolue.

Diana ouvrit de grands yeux.

« Anne Shirley, mais tu n'y penses pas ! Elle te mangera toute crue ! »

« Je suis déjà assez terrifiée comme ça, sans que tu en rajoutes », fit Anne, suppliante. « Pour dire vrai, j'aimerais mieux affronter la bouche d'un canon. Mais il faut que je le fasse, Diana. C'était ma faute, il faut que je l'avoue. Heureusement, j'ai l'habitude de passer aux aveux. »

« D'accord, elle est dans cette pièce », abdiqua Diana. « Tu peux y aller si tu le désires. Moi, je n'oserais pas. Et ça ne risque d'ailleurs pas d'améliorer les choses. »

Encouragée par ces bonnes paroles, Anne partit traquer le monstre dans sa tanière, c'est-à-dire qu'elle s'avança résolument vers la porte du salon et qu'elle frappa un tout petit coup. Un très sec « Entrez » lui répondit.

Mlle Joséphine Barry, mince, bien mise, très raide, tricotait avec énergie près du feu. Sa fureur était toujours évidente, ses yeux hargneux lançaient des flammèches derrière ses lunettes à monture d'or. Elle fit volte-face sans se lever, s'attendant à voir Diana, et aperçut une petite fille, toute blanche, aux grands yeux dans lesquels se disputaient une inexprimable terreur et un courage désespéré.

« Qui êtes-vous ? » s'enquit-elle, brusquement, sans autre forme de présentation.

« Je suis Anne de la maison aux pignons verts », répondit la petite visiteuse, d'une voix tremblante, se tordant les mains selon son habitude, « et je suis venue tout avouer, si vous voulez bien m'écouter. »

« Avouer quoi ? »

« …que c'est ma faute si nous avons sauté sur votre lit, la nuit passée. C'est moi qui l'ai suggéré. Diana n'aurait jamais pris l'initiative d'une pareille chose. J'en suis persuadée. Diana est une petite fille, mais elle sait se comporter comme une grande, mademoiselle Barry. Vous voyez bien que c'est injuste de lui en vouloir. »

« C'est injuste, hein ? Je pense, moi, que Diana a largement participé à cet exercice de tremplin ! Quelle impertinence dans une maison qui se respecte ! »

« Mais nous voulions seulement nous amuser », insista Anne. « Je pense que vous devriez nous pardonner, mademoiselle Barry, maintenant que nous nous sommes excusées. En tout cas, s'il vous plaît, pardonnez à Diana et laissez-la suivre ses leçons de musique. Elle y tient tellement, mademoiselle Barry. Je sais trop bien ce que ça fait, de prendre quelque chose à cœur et de ne pas l'obtenir. Si vous devez vous fâcher contre quelqu'un, fâchez-vous contre moi. Je suis tellement habituée, depuis ma tendre enfance, à ce que les gens s'en prennent à moi, que je le supporterai infiniment mieux que Diana. »

Le regard de la vieille demoiselle, durant ce discours, avait considérablement perdu de son animosité et s'était laissé envahir par une étincelle de curiosité amusée. Mais elle ajouta encore, avec sévérité :

« Je ne pense pas que ce soit une bonne excuse que de prétendre que vous vous amusiez. Quand j'étais jeune, les petites filles ne se laissaient jamais aller à des jeux pareils. Vous ne savez pas ce que c'est, que de se faire réveiller, quand on est paisiblement endormie, après un voyage long et pénible, par deux grandes gamines qui vous bondissent dessus. »

« Je ne *sais* pas, bien sûr, mais je peux l'*imaginer* », dit Anne, anxieuse. « Je suis certaine que cela a dû considérablement vous déranger. Mais il faut dire, aussi, qu'il existe un autre point de vue : le nôtre. Avez-vous de l'imagination, mademoiselle Barry ? Si vous en avez, essayez de vous mettre à notre place. Nous ne savions pas qu'il y avait quelqu'un dans ce lit et nous avons cru mourir de frayeur. C'était horrifiant. De plus, nous n'avons pas pu dormir dans la chambre d'amis, contrairement à ce qu'on nous avait promis. Je présume que vous avez l'habitude de dormir dans des chambres d'amis. Mais imaginez un peu ce que vous ressentiriez si vous étiez une pauvre petite orpheline qui n'a jamais eu droit à un tel honneur. »

Tout le mordant de Mlle Barry avait bien disparu, cette fois. De fait, elle se mit à rire, ce qui permit à Diana, qui attendait, muette, inquiète, dans la cuisine, de lâcher un grand soupir de soulagement.

« J'ai bien peur que mon imagination soit quelque peu rouillée. Il y a si longtemps que je ne m'en suis pas servie », dit Mlle Barry. « Je dois avouer que votre point de vue mérite autant de considération que le mien. Tout dépend de la manière dont on envisage les choses. Allez, asseyez-vous là, et parlez-moi de vous. »

« J'ai bien peur de ne pas pouvoir », dit Anne, très fermement. « J'aimerais bien, parce que vous me semblez être une dame fort intéressante, et, malgré les apparences, vous pourriez même être une âme sœur. Mais il est de mon devoir de rentrer chez Marilla Cuthbert. Mlle Marilla Cuthbert est une dame fort gentille qui m'a prise pour m'élever comme il faut. Elle fait de son mieux, même si c'est là une tâche ingrate. Il ne faut pas la blâmer si j'ai sauté sur ce lit. Mais, avant de m'en aller, j'aimerais que vous m'assuriez que vous pardonnerez à Diana, et que vous resterez aussi longtemps que prévu à Avonlea. »

« Je crois que oui, si vous venez me voir et me parler de temps en temps », fit Mlle Barry.

Ce soir-là, Mlle Barry fit cadeau à Diana d'un bracelet porte-bonheur en argent et précisa aux membres plus âgés de la famille qu'elle avait défait ses valises.

« J'ai décidé de rester simplement pour faire plus ample connaissance avec cette petite Anne », confia-t-elle franchement. « Elle m'amuse, et à mon âge, quelqu'un qui arrive à vous amuser, c'est chose rare. »

La seule réaction de Marilla, quand elle eut entendu toute cette histoire, fut de grommeler à Matthew : « Je te l'avais bien dit. »

Mlle Barry resta comme prévu pendant un mois et encore davantage. Elle se montra même plus agréable que lors de ses visites antérieures, car Anne l'aidait à conserver sa bonne humeur. Toutes deux devinrent amies.

Lorsque Mlle Barry prit finalement congé, elle ne manqua pas de dire :

« Souviens-toi, Anne, ma fille, quand tu viendras en ville, n'oublie pas de me rendre visite ; je t'installerai dans le lit de ma plus belle chambre d'amis. »

« Mlle Barry est une âme sœur, finalement », confia Anne à Marilla. « On ne le penserait pas à la regarder, mais c'est le cas. On ne le découvre pas au premier abord, comme pour Matthew ; c'est seulement après un moment qu'on s'en aperçoit. Les âmes sœurs ne sont pas aussi rares que je le pensais. C'est merveilleux de découvrir qu'il y en a autant dans le vaste monde. »

20

Un excès d'imagination

Le printemps, une fois de plus, était revenu à Green Gables, le beau printemps canadien, capricieux, hésitant, égrenant ses jours parfumés, purs et frisquets, et ses couchers de soleil roses tout au long d'avril et de mai, faisant surgir de la terre mille résurrections miraculeuses. Les érables du Chemin des amoureux se paraient de petits bourgeons rouges, tandis que de minuscules fougères bouclées commençaient à croître autour de la Source des Fées. Dans les terres en friche, derrière chez M. Silas Sloane, les aubépines étaient en fleurs, étoiles roses et blanches d'une douceur exquise sous les feuilles vertes. Les garçons et les filles de l'école passèrent un après-midi charmant à les cueillir et rentrèrent à la maison dans le crépuscule clair, résonnant d'échos, les bras et les paniers alourdis par leur butin de fleurs.

« Je plains énormément ceux qui vivent dans des pays où il n'y a pas de fleurs d'aubépine », dit Anne. « Diana prétend que ces gens disposent peut-être de quelque chose de mieux, mais il ne peut rien y avoir de mieux que des fleurs d'aubépine, n'est-ce pas, Marilla ? Et Diana dit aussi que, s'ils ne savent pas ce que c'est, ils ne souffrent pas de ne pas en avoir. Mais je pense que c'est là la chose la plus triste de toutes. Ce serait *dramatique*, Marilla, de ne pas savoir comment sont les fleurs d'aubépine et de ne pas souffrir de ne pas en avoir. Sais-tu ce que c'est, des fleurs d'aubépine, Marilla ? Je crois que ce sont les âmes des fleurs qui sont mortes l'été passé. Green Gables est leur paradis. Mais nous avons eu une journée extraordinaire, Marilla. Nous avons pris notre déjeuner dans un petit creux moussu près d'un vieux puits, un endroit tellement *romantique* ! Charlie Sloane a fait le pari, avec Arty Gillis, qu'il n'oserait pas sauter par-dessus le puits, et Arty a sauté, parce qu'il n'aurait pas supporté de perdre la face. Personne n'aurait renoncé dans un cas comme celui-là. C'est tout à fait à la mode, que de gager ainsi. M. Phillips a offert les fleurs d'aubépine qu'il a cueillies à Prissy Andrews, et je l'ai entendu lui murmurer : "Voilà des douceurs pour ma toute douce." Il a tiré cela d'un livre, je le sais ; mais cela prouve qu'il a de l'imagination. On m'a offert des fleurs, à moi aussi, mais je les ai refusées, avec dédain. Je ne puis te dire le nom de la personne qui me les a offertes, car je me suis juré de ne jamais prononcer ce nom-là. Nous avons tressé des couronnes de fleurs et nous les avons agrafées à nos chapeaux ; et quand est venue l'heure de rentrer à la maison, nous avons défilé en rangs le long de la route, deux par deux, avec nos bouquets et nos couronnes, en chantant *La Maison sur la colline*. Oh, Marilla, c'était formidable ! Tout le monde, chez M. Silas Sloane, s'est précipité pour nous apercevoir, et tous les gens que nous rencontrions le long du chemin s'arrêtaient pour nous observer. Nous avons fait sensation. »

« Ça ne m'étonne pas, de pareilles niaiseries ! » se contenta de répondre Marilla.

Après les fleurs d'aubépine, ce fut la saison des violettes. Le Vallon des violettes resplendissait de mauve. Anne, en se rendant à l'école, le traversait avec respect, l'arpentait délicatement, les yeux admiratifs, à la manière d'un sol sacré.

« D'une certaine façon », confia-t-elle à Diana, « lorsque je passe par cet endroit, peu m'importe que Gil… que quiconque soit mieux placé que moi à l'école. Mais quand je suis en classe, c'est tout à fait différent, et cela devient fort important. Il y a en moi beaucoup d'Anne différentes. Je pense, parfois, que c'est pour cette raison que je cause tant de problèmes à tout le monde. Si j'étais une seule et unique Anne, ce serait certainement plus pratique pour les autres, mais ce ne serait pas aussi passionnant. »

Un soir de juin, Anne était assise près de la fenêtre de son pignon. Les vergers croulaient à nouveau sous les fleurs roses, le chant des grenouilles faisait vibrer sa douceur argentine dans les étangs au bout du Lac-aux-Miroirs ; il flottait dans l'air les effluves mêlés des champs de trèfle et des bois de sapins. Anne avait appris ses leçons, mais il faisait à présent trop sombre pour qu'elle pût lire ; elle s'abandonna à un rêve éveillé, les yeux grands ouverts, le regard perdu au-delà des branches de la Reine des Neiges, une fois de plus émerveillée par la splendeur poudreuse de ses fleurs.

La chambre, dans l'ensemble, était restée la même : les murs toujours aussi blancs, la pelote d'épingles aussi coriace, les chaises, jaunes et droites, aussi sévères. Et pourtant, toute l'atmosphère de la chambre était transformée. On y sentait battre le cœur d'une nouvelle vie, dans tous les recoins, dans tous les objets, et cette vie n'avait rien à voir avec les manuels scolaires, les robes et les rubans, ni même avec la cruche bleue fêlée, placée sur la table, qui débordait de fleurs de pommier. On aurait dit que tous les rêves, rêves nocturnes, rêves diurnes, que pouvait imaginer l'occupante de cette pièce, avaient pris forme – forme visible, quoique intangible – et que la pièce nue était maintenant entièrement tapissée de merveilleux voiles tissés à même les arcs-en-ciel et les rayons de lune. C'est à ce moment que survint Marilla, sans prévenir, chargée des tabliers d'école d'Anne qu'elle venait de repasser. Elle les plaça sur le dossier d'une chaise, et, poussant un léger soupir, elle s'assit. Elle avait encore eu mal à la tête cet après-midi-là, et, bien que ce fût terminé, elle se sentait faible et « vannée », comme elle disait. Anne, de ses yeux clairs où se lisait une profonde sympathie, la considéra.

« J'aurais préféré avoir mal à la tête à ta place, Marilla. Pour toi, j'aurais supporté cela avec plaisir. »

« Je pense que tu as fait ta part de travail, et que c'était gentil de me laisser me reposer », dit Marilla. « Il me semble même que tu t'en es bien sortie, et que tu as inventé moins de bêtises que d'habitude. Bien sûr, ce n'était pas vraiment nécessaire d'amidonner les mouchoirs de Matthew ! Et la plupart des gens, quand ils mettent une tarte au four, pour la réchauffer avant le déjeuner, la sortent et la mangent dès qu'elle est chaude, au lieu de la laisser quasiment brûler, au point qu'elle en croustille quand on la mange ; mais, de toute évidence, ce n'est pas ton style. »

Après ses migraines, Marilla était toujours quelque peu sarcastique.

« Oh, je m'en veux, tu sais ? » fit Anne d'un air contrit.

« J'ai oublié cette tarte dès que je l'ai mise au four, bien qu'il m'ait semblé, *instinctivement*, qu'il manquait quelque chose sur la table du déjeuner. Je m'étais bien promis, lorsque vous m'avez confié la responsabilité de la maison ce matin, de ne rien imaginer, et de m'en tenir aux faits. Cela a bien fonctionné, jusqu'au moment où j'ai mis la tarte au four, et alors, tout d'un coup, je n'ai pas pu résister à la tentation d'imaginer que j'étais une princesse, dans un monde enchanté, enfermée dans une tour isolée, et qu'un beau chevalier, monté sur un cheval noir comme jais, galopait à mon secours. C'est ainsi que j'ai oublié la tarte. Je ne savais même pas que j'avais amidonné les mouchoirs. Tout en repassant, j'essayais de penser à un nom pour une nouvelle île que nous avons découverte, Diana et moi, au milieu du ruisseau. C'est un endroit absolument charmant, Marilla. Deux érables y poussent, et le ruisseau coule de chaque côté. Finalement, il m'est venu l'idée de l'appeler "l'Île Victoria", parce que nous l'avons découverte le jour de la Fête de la Reine. Diana et moi, nous sommes très royalistes. Mais je m'en veux, vraiment, pour la tarte et pour les mouchoirs. Je voulais faire de mon mieux, aujourd'hui, parce que c'est un anniversaire. Te souviens-tu de ce qui s'est passé à la même époque l'année dernière, Marilla ? »

« Non, je ne me rappelle rien de particulier. »

« Oh, Marilla ! Moi, je ne l'oublierai jamais. C'est ce jour-là que je suis arrivée à Green Gables. C'était un moment crucial pour moi. Bien sûr, pour vous, ça n'a peut-être pas autant d'importance. Cela fait un an que je suis ici, et j'en suis si heureuse ! Bien sûr, j'ai eu mes soucis, mais on y survit. Regrettez-vous de m'avoir gardée, Marilla ? »

« Non, je n'irais pas jusqu'à dire ça » fit Marilla, qui se demandait parfois comment elle avait pu vivre avant l'arrivée d'Anne à Green Gables. « Non, je ne dirais pas que je regrette. Si tu as fini tes leçons, Anne, j'aimerais que tu ailles en courant chez Mme Barry lui demander si elle me prêterait le patron du tablier de Diana. »

« Oh, mais… mais… il fait trop noir », s'écria Anne.

« Trop noir ? Mais enfin, c'est à peine la tombée de la nuit. Et Dieu sait que tu es souvent sortie bien après la tombée de la nuit. »

« J'irai tôt demain matin, plutôt », fit Anne, très inquiète. « Je me lèverai avec le soleil, et j'irai là-bas, je te le jure, Marilla. »

« Mais qu'est-ce qui te prend, Anne Shirley ? Je veux ce patron et je veux tailler ton tablier neuf ce soir même. Allons, sois gentille, vas-y maintenant ! »

« Dans ce cas, j'irai par la route », dit Anne, prenant son chapeau sans entrain.

« Aller par la route ? Perdre une demi-heure ? Jamais de la vie ! »

« Je ne pourrai jamais traverser la Forêt hantée, Marilla », s'écria Anne, désespérée.

Marilla, surprise, la fixa.

« La forêt hantée ? Es-tu folle ? Qu'est-ce que c'est que cette histoire ? »

« Le bois d'épinettes où coule le ruisseau », chuchota Anne.

« Sornettes que cela ! Il n'y a pas la moindre forêt hantée dans les environs. Qui t'a raconté de pareilles histoires ? »

« Personne », avoua la fillette. « Nous avons simplement imaginé, Diana et moi, que le bois était hanté. Tous les endroits environnants sont si… si *ordinaires*. Nous avons donc inventé cela pour le plaisir, en avril dernier. Une forêt hantée, Marilla, c'est extrêmement romantique ! Nous avons choisi le bois d'épinettes, parce qu'il y fait sombre. Oh, comme nous avons imaginé des choses épouvantables ! Une dame blanche marche, le long du ruisseau, à cette heure précise de la nuit, se tordant les mains, poussant des cris déchirants. Elle apparaît lorsqu'il va y avoir une mort dans la famille. Et le fantôme d'un petit enfant assassiné hante le coin près d'Idlewild ; il se cache derrière vous et pose ses doigts glacés sur votre main, comme ceci. Oh, Marilla, j'ai la chair de poule rien que d'en parler. Il y a aussi un homme sans tête qui parcourt le sentier, et des squelettes qui vous fixent, d'un air menaçant, tapis dans les branches. Oh, Marilla, je ne traverserais la Forêt hantée, une fois la nuit tombée, pour rien au monde ! Je suis sûre que des choses blanches, blotties derrière les arbres, essaieraient de s'emparer de moi ! »

« Quelles invraisemblables sornettes ! » s'exclama Marilla, qui avait tout écouté, ahurie. « Anne Shirley, veux-tu vraiment me faire croire que tu es persuadée de l'existence de ces bêtises tirées de ton imagination ? »

« Persuadée, non, pas *exactement* », fit Anne, qui hésitait. « Disons que, dans la journée, je n'y crois pas du tout. Mais la nuit tombée, quand il fait noir, c'est autre chose. C'est à ce moment-là que les fantômes sortent. »

« Mais les fantômes, ça n'existe pas, ma petite Anne. »

« Oh, mais non, mais non, il y en a », s'écria la petite fille, les yeux brillants. « Je connais des gens qui en ont vu. Et ce sont des personnes tout à fait respectables. Charlie Sloane dit que sa grand-mère a vu son grand-père ramener les vaches chez eux, un soir, alors qu'il était enterré depuis un an. Tu sais bien que la grand-mère de Charlie Sloane ne raconterait jamais des histoires. C'est une femme tellement dévote ! Et le père de M. Thomas a été poursuivi jusque chez lui, un soir, par un agneau de feu dont la tête tranchée était encore attachée au corps par un lambeau de peau. Il savait, il l'a dit, que c'était l'esprit de son frère et qu'il s'agissait d'un signe lui révélant qu'il allait mourir dans les neuf jours suivants. Il n'est pas mort à ce moment-là, mais il est bien mort, deux ans après. Tu vois bien que c'est vrai ! Et Ruby Gillis dit… »

« Anne Shirley », fit Marilla, d'un ton ferme, en l'interrompant. « Je ne veux plus t'entendre raconter ce genre d'âneries. Cela fait un bout de temps que j'ai mes doutes quant à l'utilité de ton imagination, et si cela doit produire ce genre de résultats, je ne te laisserai plus imaginer quoi que ce soit. Tu vas filer chez les Barry, tout de suite, et tu vas passer par le bois d'épinettes, pour que cela te serve de leçon. Et que je n'entende plus un seul mot de ces histoires de forêts hantées ! »

Anne eut beau pleurer, supplier, tant qu'elle put, ce dont elle ne se priva pas, en proie à une terreur très réelle. Emportée littéralement par son imagination, elle ne pouvait se résoudre à affronter le petit bois d'épinettes. Mais Marilla demeura inexorable. Elle conduisit la pauvre voyante épouvantée jusqu'à la source et lui enjoignit de traverser le pont séance tenante, et de continuer sa route dans ces régions secrètes où s'étaient réfugiés les dames qui gémissaient et les spectres décapités.

« Oh, Marilla, comment peux-tu être aussi cruelle ? » s'écriait Anne en sanglotant. « Que penserais-tu si une chose blanche s'emparait de moi et me faisait disparaître ? »

« Je veux bien courir ce risque », répondit Marilla, impitoyable. « Tu sais que je n'ai qu'une parole, et je vais te guérir, moi, de cette manie d'imaginer des fantômes partout. Allez, marche ! »

Anne se mit en marche. Ou plutôt, elle traversa le pont en trébuchant à chaque pas, et, transie d'épouvante, elle s'engagea dans l'horrible chemin sombre qui suivait. Elle n'oublia jamais ce parcours-là.

Elle se reprochait amèrement d'avoir ainsi donné libre cours à son imagination. Les lutins de ses visions la reluquaient à chaque coin d'ombre, tendant leurs mains froides, décharnées, pour essayer de saisir la pauvre petite fille terrifiée qui leur avait donné naissance. Le cœur d'Anne cessa de battre à la vue d'un morceau d'écorce de bouleau blanc que le vent avait fait voler du vallon jusque sur le sol brunâtre du bois. Son pauvre front fut couvert de sueurs froides lorsqu'elle entendit l'affreux gémissement de deux vieilles branches frottant l'une contre l'autre. Les chauves-souris qui fondaient sur elle dans la noirceur battaient des ailes comme des créatures d'outre-tombe. Lorsqu'elle parvint au champ de M. William Bell, elle le traversa avec toute la vélocité que lui permettaient ses petites jambes, comme poursuivie par une armée de choses blanches, et elle atteignit la porte de la cuisine des Barry si hors d'haleine qu'elle put à peine, dans un dernier souffle, demander le patron du tablier. Diana étant absente, elle n'avait aucune raison de s'attarder. Il lui fallait affronter l'horrible chemin du retour. Les yeux fermés, elle se mit en route, préférant courir le risque de se fracasser la tête contre les branches plutôt que de voir surgir une chose blanche. Quand elle finit par trébucher contre le pont de rondins, elle poussa un très long, très profond soupir de soulagement.

« Et alors, ils ne t'ont pas attrapée ? » demanda Marilla, sans ménagement.

« Oh, Mar… Marilla ! » balbutia Anne. « Je se… se… serai plein… plein… pleinement sa… sa… satisfaite de tous… tous les en… en… endroits or… or… ordinaires a… a… après ça. »

21

Un nouvel art de parfumer

« Pauvre de moi ! Dans ce monde, comme le dit Mme Lynde, les gens ne se retrouvent que pour se séparer », observa Anne d'un ton plaintif, tout en posant son ardoise et ses livres sur la table de la cuisine. C'était le dernier jour de juin ; elle essuyait ses yeux rouges avec un mouchoir déjà très humide.

« J'ai eu une bonne idée, n'est-ce pas, Marilla, d'emmener un mouchoir de plus à l'école aujourd'hui ? J'avais le pressentiment que j'en aurais besoin. »

« Je ne pensais pas que tu aimais M. Phillips au point d'avoir besoin de deux mouchoirs pour sécher tes larmes, uniquement parce qu'il s'en va ! » dit Marilla.

« Je ne pense pas avoir pleuré en raison de mon attachement pour lui », fit Anne, songeuse. « J'ai pleuré, tout simplement, pour faire comme les autres. C'est Ruby Gillis qui a commencé. Elle a toujours déclaré à tout le monde qu'elle détestait M. Phillips, mais à peine s'était-il levé pour faire son discours d'adieu qu'elle fondait en larmes. Et puis toutes les filles se sont mises à pleurer, l'une après l'autre. J'ai fait tout mon possible pour tenir bon, Marilla.

J'ai essayé de me rappeler le jour où M. Phillips m'a obligée à m'asseoir à côté de Gil… à côté d'un garçon, et celui où il a écrit mon nom au tableau en oubliant le *e*. J'ai essayé de me souvenir de sa façon de clamer partout que j'étais le pire cancre qu'il ait jamais vu au cours de géométrie et de se moquer de mon orthographe. Il a été si souvent horriblement sarcastique. Mais, d'une certaine manière, je n'y suis pas arrivée, Marilla, et il a bien fallu que je pleure moi aussi. Cela fait un bon mois que Jane Andrews soutient qu'elle sera bien contente de voir partir M. Phillips et qu'elle ne versera pas une seule larme en son honneur. Eh bien, elle a fait pire que toutes les autres et elle a dû emprunter un mouchoir à son frère parce qu'elle avait négligé d'en apporter un. Bien entendu, les garçons, eux, ne pleuraient pas. Oh, Marilla, c'était une scène déchirante ! Et M. Phillips a prononcé un beau discours d'adieu qui commençait par “L'heure de nous séparer est venue”. C'était fort touchant. Et lui aussi, Marilla, il avait les larmes aux yeux. Oh, comme je me suis sentie bourrelée de remords d'avoir si souvent bavardé à l'école, d'avoir dessiné sur mon ardoise et de m'être moquée de Prissy et de lui. Tu sais, je peux bien te l'avouer, j'aurais aimé être une élève modèle comme Minnie Andrews. Elle n'avait rien à se reprocher, *elle*. Toutes les filles sanglotaient en revenant de l'école. Carrie Sloane répétait toutes les cinq minutes : “L'heure de nous séparer est venue”, et c'était suffisant pour que les larmes coulent de plus belle au moment précis où nous parvenions à penser à autre chose. Je me sens terriblement triste, Marilla. Mais on ne peut pas vraiment atteindre le fond du désespoir quand on a deux mois de vacances devant soi, n'est-ce pas, Marilla ? De plus, nous avons rencontré le nouveau pasteur et sa femme qui arrivaient de la gare, et, même si je me sentais en piteux état, je n'ai pas pu m'empêcher de m'intéresser, un tant soit peu, à ce nouveau pasteur, ce qui n'est que normal, non ? Sa femme est très jolie. Pas d'une beauté majestueuse, bien sûr, cela ne conviendrait pas à un pasteur, je pense, d'avoir une femme d'une beauté majestueuse, cela risquerait de donner un mauvais exemple. Mme Lynde dit que la femme du pasteur de Newbridge donne un *très* mauvais exemple en s'habillant de façon trop élégante. La femme de notre nouveau pasteur était vêtue de mousseline bleue, avec de jolies manches bouffantes, et son chapeau était décoré de roses. Jane Andrews m'a dit qu'à son avis les manches bouffantes faisaient excessivement mondain pour une femme de pasteur, mais moi, je n'ai pas fait de remarques aussi désobligeantes, Marilla, parce que je sais ce que c'est que d'avoir envie de manches bouffantes. En plus, elle n'est pas femme de pasteur depuis très longtemps, on peut donc lui pardonner, tu ne crois pas ? Elle et son mari vont loger chez Mme Lynde jusqu'à ce que le presbytère soit prêt. »

Si Marilla se rendit ce soir-là chez Mme Lynde, dans l'intention avouée de lui rendre les cadres à courtepointe qu'elle avait empruntés l'hiver précédent, c'était aussi et surtout à cause d'une faiblesse sans méchanceté que partageaient la plupart des autres habitants d'Avonlea. Ce même soir, bien des objets que Mme Lynde avait prêtés, sans espoir de les revoir jamais, lui furent rapportés. Un nouveau pasteur, en effet, et de plus un pasteur marié, constituait un objet de curiosité bien légitime pour une petite communauté campagnarde où les événements intéressants s'avéraient relativement peu fréquents.

Le vieux M. Bentley, ce pasteur dont Anne avait déploré le manque d'imagination, était demeuré à Avonlea pendant dix-huit ans. Veuf à son arrivée, il l'était resté, bien que la rumeur le mariât de temps à autre à telle ou telle autre personne, selon les années. Au mois de février précédent, il avait remis sa démission et il était parti, regretté de toutes ses ouailles qui avaient appris à l'aimer malgré ses limites oratoires. Après son départ, l'église d'Avonlea avait offert à ses fidèles une sorte de divertissement religieux anachronique, en présentant, dimanche après dimanche, les postulants divers venus prêcher dans l'espoir d'obtenir le poste. Leur succès ou leur échec dépendait du jugement des patriarches et des matrones de la foi presbytérienne ; mais une petite fille rousse, assise timidement dans le coin du vieux banc des Cuthbert, ne se gênait pas pour émettre son avis et pour en discuter avec Matthew, car Marilla refusait par principe de porter sur les ministres du culte quelque critique que ce soit.

« Je ne pense pas que M. Smith aurait fait l'affaire, Matthew », disait Anne pour résumer sa pensée. « Mme Lynde soutient qu'il ne parlait pas très bien, mais je pense que son principal défaut était le même que celui de M. Bentley : un manque d'imagination. M. Terry, lui, en avait trop ; il ne savait pas la contrôler, tout comme moi avec l'histoire de la Forêt hantée. De plus, Mme Lynde affirme que ses connaissances théologiques étaient douteuses. M. Gresham était un homme comme il faut, et très croyant, mais il a raconté trop d'histoires drôles qui ont fait s'esclaffer les gens à l'église : cela manquait de dignité, et il faut qu'un pasteur soit digne, n'est-ce pas, Matthew ? Je trouvais M. Marshall vraiment séduisant, mais Mme Lynde affirme qu'il n'est pas marié, ni même fiancé. Elle s'est renseignée à son sujet et dit que cela ne serait pas convenable d'engager un jeune pasteur célibataire, car il risquerait d'épouser l'une des jeunes femmes de la communauté, ce qui poserait des problèmes. Mme Lynde voit loin, non, Matthew ? Cela me fait très plaisir qu'ils aient demandé M. Allan. Je l'aimais bien, parce que son sermon était intéressant, et qu'il priait très visiblement plus par conviction que par habitude. Mme Lynde déclare qu'il n'est pas parfait, mais elle dit aussi qu'à son avis on ne pourrait pas trouver un pasteur parfait en le payant seulement sept cent cinquante dollars par an, et que de toute manière, il s'y connaît en théologie, étant donné qu'elle l'a interrogé sans répit sur tous les points litigieux de la doctrine. Elle connaît aussi la famille de son épouse. Ce sont des gens tout à fait respectables, et toutes les femmes, dans cette famille, sont bonnes ménagères. Mme Lynde dit qu'un homme qui connaît bien sa doctrine, et une femme qui fait bien le ménage, constituent une association idéale pour une famille de pasteur. »

Le nouveau pasteur et sa femme formaient un couple jeune, charmant, encore en lune de miel, et rempli d'un enthousiasme fougueux pour le mode de vie qu'ils avaient choisi. Avonlea, dès le début, leur ouvrit tout grand son cœur. Jeunes et vieux apprécièrent ce jeune homme franc, plein d'entrain et d'idéalisme, et sa jeune dame, intelligente et gentille, devenue maîtresse de maison au presbytère. Anne fut d'emblée séduite par Mme Allan, qu'elle aima sans réserve. Elle s'était découvert une nouvelle âme sœur.

« Mme Allan est tout à fait charmante », déclara-t-elle un dimanche après-midi. « Elle s'occupe de notre classe et elle enseigne merveilleusement bien. Elle a commencé par affirmer qu'il était injuste que les questions ne soient toujours posées que par le professeur, et tu te souviens, Marilla, c'est bien ce que j'ai toujours prétendu. Elle a dit que nous pouvions lui poser toutes les questions que nous voulions, et je ne m'en suis pas privée ! »

« Je te crois », appuya Marilla, avec une certaine insistance.

« Personne d'autre n'en a posé, excepté Ruby Gillis : elle a demandé s'il y avait un pique-nique à l'école du dimanche, cette année. Je n'ai pas trouvé que c'était une très bonne question, parce qu'elle ne présentait aucun rapport avec la leçon – qui portait sur Daniel dans la fosse aux lions – mais Mme Allan s'est contentée de sourire et a répondu qu'elle croyait qu'il y en aurait un. Mme Allan a un fort joli sourire ; ses fossettes sont tout bonnement *exquises*. J'aimerais moi aussi avoir des fossettes, Marilla. Je ne suis plus aussi maigre que lorsque je suis arrivée ici, mais je n'ai pas encore les joues assez rondes pour avoir des fossettes. Si j'en avais, je pourrais peut-être inciter les gens à faire du bien. Mme Allan dit que nous devrions toujours chercher à inciter les autres à faire du bien. Elle parlait si gentiment de tout le monde. Je ne savais pas, jusqu'ici, que la religion pouvait être aussi débordante de joie. J'avais toujours pensé qu'il s'agissait de quelque chose de triste, mais Mme Allan ne l'est absolument pas, et, si c'est pour lui ressembler, j'accepterais volontiers de devenir une bonne chrétienne. Par contre, je n'aimerais pas ressembler à M. le surintendant Bell. »

« C'est très mal de parler ainsi de M. Bell », fit Marilla, d'un ton sévère. « M. Bell est un bien brave homme. »

« Oh, bien sûr, bien sûr que c'est un brave homme », acquiesça Anne. « Mais cela n'a pas l'air de le rendre de bien bonne humeur. Si j'étais bonne et brave, moi, je danserais et je chanterais toute la journée, parce que j'en serais très heureuse ! Je suppose que Mme Allan est trop grande pour danser et pour chanter, et, bien sûr, ce ne serait pas très digne de la part d'une femme de pasteur. Mais ça se voit qu'elle est très fière d'être bonne chrétienne et qu'elle le serait même si elle n'en avait pas besoin pour monter au ciel. »

« Je présume qu'il nous faudra inviter M. et Mme Allan à prendre le thé un de ces jours », fit Marilla, pensive. « Ils ont été invités presque partout, sauf ici. Mercredi prochain serait un jour parfait pour les convier. Mais n'en glisse pas un mot à Matthew pour le moment, car, s'il savait qu'ils viennent, il s'arrangerait pour s'éclipser ce jour-là. Il était tellement habitué à M. Bentley que cela ne le dérangeait pas, mais il va trouver ardu de lier connaissance avec le nouveau pasteur et sa femme. Ça va l'effrayer au plus haut point. »

« Je serai muette comme une tombe », promit Anne. « Mais oh, dis-moi, Marilla, me laisseras-tu faire un gâteau pour cette occasion ? J'aimerais bien offrir quelque chose à Mme Allan, et tu sais, à présent, que je suis capable de faire de très bons gâteaux. »

« Tu peux faire un gâteau à la crème », concéda Marilla.

Le lundi et le mardi à Green Gables furent occupés à d'intenses préparations. Inviter le pasteur et sa femme à prendre le thé n'était pas une mince affaire, et Marilla était bien décidée à ne se laisser surpasser par aucune autre maîtresse de maison d'Avonlea. Anne, elle, débordait de joie et d'enthousiasme. Elle en discuta longuement avec Diana, le mardi soir, au crépuscule, pendant qu'elles étaient assises sur les grosses pierres rouges bordant la Source des Fées et qu'elles dessinaient dans l'eau des arcs-en-ciel à l'aide de petites branches humectées de la résine des sapins baumiers.

« Tout est prêt, Diana, sauf mon gâteau, que je dois faire demain matin, et les biscuits de poudre à lever dont Marilla s'occupera juste avant l'heure du thé. Je peux te garantir, Diana, que nous avons connu, Marilla et moi, deux jours trépidants. C'est une énorme responsabilité que de recevoir la famille d'un pasteur pour le thé. Je n'avais jamais vécu une expérience de cette nature. Tu devrais voir notre garde-manger ! Nous servirons du poulet en gelée et de la langue froide. Nous aurons aussi deux sortes de gelée, de la rouge et de la jaune, de la crème fouettée et de la tarte au citron, de la tarte aux cerises, trois sortes de biscuits, du gâteau aux fruits et les célèbres confitures de reines-claudes que Marilla garde spécialement en réserve pour les visites du pasteur, du quatre-quarts, du gâteau à la crème, les autres biscuits, comme je l'ai mentionné, du pain frais et du pain rassis, les deux au cas où le pasteur serait dyspepsique et digérerait mal le pain frais. Mme Lynde affirme que la plupart des pasteurs sont dyspepsiques, mais je ne pense pas que M. Allan ait été pasteur assez longtemps pour être affecté par cette maladie. J'ai des sueurs froides rien que de penser à mon gâteau à la crème ! Oh, Diana, si jamais il n'était pas réussi ! J'ai rêvé la nuit dernière que j'étais poursuivie par un affreux lutin avec un gâteau à la crème en guise de tête ! »

« Il sera bon, ne t'inquiète donc pas », fit Diana, rassurante. Diana était une amie qui trouvait toujours les mots pour vous réconforter. « Je me souviens que ce morceau du gâteau que tu avais fait pour notre déjeuner à Idlewild il y a deux semaines était tout à fait exquis. »

« C'est vrai, mais les gâteaux ont la très mauvaise habitude de ne pas réussir au moment précis où on voudrait qu'ils soient bons », soupira Anne tout en faisant flotter une brindille particulièrement bien imbibée de résine. « Quoi qu'il en soit, je suppose qu'il faudra se fier à la Providence et faire attention de bien mettre la farine. Oh, regarde, Diana, le bel arc-en-ciel ! Penses-tu que la fée de la source, une fois que nous serons parties, va sortir et s'en servir comme fichu ? »

« Tu sais bien que ce genre de créature n'existe pas », dit Diana. La mère de Diana avait découvert l'existence de la Forêt hantée et cette invention rocambolesque l'avait rendue particulièrement furieuse. Depuis, Diana s'abstenait de tout élan d'imagination de même nature et ne pensait guère qu'il fût prudent d'entretenir la croyance en des fées, même aussi innocentes que celles de sa source.

« Mais il est si facile d'imaginer que ça existe », dit Anne. « Chaque nuit, avant de me coucher, je regarde par la fenêtre et je me demande si la fée des sources est vraiment là, assise, se coiffant et se mirant dans l'eau. Parfois, dans la rosée du matin, je cherche ses empreintes. Oh, Diana, je t'en prie, ne cesse pas de croire aux fées ! »

Mercredi matin arriva. Anne, trop énervée pour dormir, se leva dès l'aurore. En jouant dans la source la veille au soir, elle avait attrapé un bon rhume de cerveau ; mais rien, sauf la plus fatale des pneumonies, n'aurait pu l'empêcher de cuisiner ce matin-là. Après le petit déjeuner, elle entreprit de faire son gâteau. Une fois qu'elle l'eut mis au four et qu'elle eut refermé la porte, elle poussa un profond soupir.

« Je suis sûre de ne rien avoir oublié, cette fois, Marilla. Mais penses-tu qu'il va lever ? Suppose que la poudre à lever ne soit pas bonne. Je me suis servie de la nouvelle boîte. Et Mme Lynde dit qu'on ne peut jamais être sûr de la qualité de la poudre à lever, par les temps qui courent, car tout est tellement trafiqué. Elle dit aussi que le gouvernement devrait s'occuper de ce problème, mais elle pense réellement que le jour où on se préoccupera d'un tel problème n'est pas encore arrivé. Marilla, que faire si le gâteau ne lève pas ? »

« Nous aurons bien assez de nourriture sans cela », répondit Marilla, ne voulant pas se lancer dans une discussion à ce sujet.

Le gâteau, pourtant, leva convenablement et sortit du four aussi léger que de la plume et doré comme une mousse d'or. Anne, toute rouge de plaisir, étendit de la gelée couleur rubis entre les différents étages et se complut à imaginer Mme Allan en train de manger, et même d'en redemander un autre morceau !

« Bien entendu, Marilla, tu vas utiliser le plus beau service à thé », dit-elle. « Puis-je décorer la table de fougères et d'églantines ? »

« Sornettes que cela », renifla Marilla avec dédain. « Ce qui compte, à mon avis, c'est la nourriture qu'il y aura sur la table, et non ces ridicules décorations. »

« Mme Barry, *elle*, avait décoré sa table », dit Anne, qui savait parfois faire sienne la ruse du serpent, « et le pasteur ne lui a pas ménagé les compliments. Il a certifié que sa table réjouissait autant les yeux que le palais. »

« Bon, fais comme tu voudras », dit Marilla, bien décidée à ne pas se laisser supplanter par Mme Barry, ou qui que ce soit d'autre.

« Prends seulement garde de laisser suffisamment d'espace pour le couvert et la nourriture. »

Anne s'appliqua à la décoration avec une méthode et une habileté qui distancèrent sans peine Mme Barry. Disposant d'un grand nombre de roses et de fougères et d'indéniables ressources artistiques, elle fit de la table du thé une telle splendeur que, lorsque le pasteur et sa femme s'y assirent, ils ne tarirent pas d'éloges à son sujet.

« C'est là l'œuvre d'Anne », fit Marilla, rendant justice à l'enfant sans trop d'enthousiasme. Anne reçut le sourire d'approbation de Mme Allan comme une gratification inespérée en ce bas monde.

Matthew était là, ayant été attiré par la réception, Dieu seul – et Anne – savaient comment. Sa nervosité et sa timidité l'avaient mis dans un tel état que Marilla, désespérée, avait abandonné tout espoir de le voir à table, mais Anne était parvenue à le reprendre en main de telle façon qu'il s'y trouvait assis dans ses plus beaux habits ornementés d'un col blanc, et entretenant le pasteur de choses non dépourvues d'intérêt. Il ne dit pas un mot à Mme Allan, mais cela demeurait prévisible.

Tout alla comme sur des roulettes jusqu'à ce que commençât à circuler le gâteau d'Anne. Mme Allan, qui avait déjà goûté à une infinité de choses délicieuses, refusa poliment. Mais Marilla, lisant le dépit sur le visage d'Anne, insista, avec un sourire :

« Oh, Mme Allan, prenez-en quand même un petit morceau. Anne l'a fait spécialement pour vous. »

« Dans ce cas, je vais y goûter », dit Mme Allan en riant, prenant une bonne portion. Le pasteur et Marilla l'imitèrent.

Mme Allan croqua une bouchée. Une certaine surprise se répandit alors sur son visage. Elle ne dit rien, pourtant, mais se hâta d'avaler sa portion. Marilla, s'étant aperçue du changement de son expression, s'empressa de goûter au gâteau.

« Anne Shirley ! » s'écria-t-elle, « qu'est-ce que tu as bien pu mettre dans ce gâteau ? »

« Uniquement les ingrédients de la recette, Marilla », plaida Anne d'une voix anxieuse. « Oh, est-ce que par hasard il ne serait pas bon ? »

« Pas bon ? Mais il est tout simplement infect ! Madame Allan, ne vous forcez pas à en manger. Goûtes-y, Anne. Avec quoi l'as-tu parfumé pour qu'il ait ce goût-là ? »

« Avec de la vanille », dit Anne, rougissant de honte, car elle venait d'y goûter elle aussi. « Rien que de la vanille. Oh, Marilla, ce doit être la poudre à lever. Je n'avais pas confiance en cette poudre à lever. »

« Poudre à lever, sornettes que tout ça ! Va me chercher le flacon de vanille que tu as utilisé. »

Anne fila jusqu'au garde-manger et revint, portant un petit flacon contenant encore un peu de liquide brun, sur lequel il était écrit, en jaune, "Vanille Premier Choix".

Marilla le prit, le déboucha, le renifla.

« Mon doux Seigneur, Anne ! Tu as parfumé ce gâteau au liniment analgésique. J'ai cassé la bouteille de liniment la semaine passée et j'ai mis ce qui restait dans un vieux flacon de vanille qui était vide. C'est en partie ma faute, je suppose – j'aurais dû te prévenir –, mais pourquoi, doux Jésus, n'as-tu pas pensé à le sentir avant de t'en servir ? »

Anne, doublement humiliée, fondit en larmes.

« Je ne pouvais pas, j'ai un tel rhume », dit-elle, se précipitant à toutes jambes jusqu'à sa chambre, dans son pignon, où elle se jeta sur le lit et se mit à pleurer, inconsolable.

C'est alors qu'on entendit monter quelqu'un, d'un pas léger. La porte de la chambre s'ouvrit.

« Oh, Marilla », sanglotait Anne sans lever les yeux, « je suis déshonorée à jamais. Je ne survivrai pas à cette disgrâce. Tout le monde va le savoir, tout le monde sait toujours tout à Avonlea. Diana me demandera comment était mon gâteau, et je devrai bien lui dire la vérité. On me montrera éternellement du doigt comme la fille qui a fait un gâteau au liniment analgésique. Gil… les garçons de l'école n'ont pas fini d'en rire. Oh, Marilla, s'il y a en toi un peu de charité chrétienne, ne me demande pas de descendre laver la vaisselle après une histoire pareille. Je la ferai quand le pasteur et sa femme seront partis, mais je n'ai pas le courage de regarder Mme Allan en face, après ce que je viens de faire. Elle va peut-être croire que j'ai voulu l'empoisonner. Mme Lynde dit qu'elle connaît une orpheline qui a essayé de tuer sa bienfaitrice de cette façon. Mais le liniment, ce n'est heureusement pas du poison. C'est un liquide qu'on peut ingurgiter… mais pas dans les gâteaux, bien sûr. Ne pourrais-tu pas dire cela à Mme Allan, Marilla ? »

« Et si vous vous leviez pour le lui dire vous-même ? » rétorqua une voix joviale.

Anne fut debout en un instant et se trouva nez à nez avec Mme Allan, qui la considérait avec des yeux amusés.

« Allons, ma chère petite, ne vous mettez pas dans des états pareils », dit-elle, troublée par le visage tragique d'Anne. « C'est un de ces accidents ridicules qui arrivent à tout le monde. Mieux vaut en rire qu'en pleurer. »

« Oh, non, ça n'arrive qu'à moi, des bêtises pareilles », fit Anne, éperdue. « Et j'aurais tellement voulu que ce gâteau soit bon, rien que pour vous, madame Allan. »

« Bien sûr, bien sûr, ma chère petite. Je puis vous assurer que je n'aurais pas apprécié davantage votre gentillesse et votre intention si le gâteau avait été réussi. Et maintenant, vous allez cesser de pleurer, vous allez m'accompagner en bas, et vous allez me montrer les fleurs de votre jardin. Mlle Cuthbert m'a dit que vous aviez un bout de jardin à vous toute seule. Je veux absolument le visiter, parce que j'aime beaucoup les fleurs. »

Anne se laissa consoler, tout en se disant que c'était vraiment providentiel que Mme Allan fut une âme sœur. On ne prononça plus un mot au sujet du gâteau au liniment, et quand les invités prirent congé, Anne s'aperçut qu'elle avait passé une bien meilleure soirée que prévu, vu l'incident funeste qui en avait marqué le début. Et pourtant, elle poussa un profond soupir.

« Marilla, n'est-il pas merveilleux de penser que demain commence une journée dépourvue de bêtises ? »

« Je te fais confiance pour remédier à cela », dit Marilla, « tu n'as pas ta pareille pour commettre des bêtises, Anne. »

« Oui, je ne le sais que trop bien », admit Anne, tristement. « Mais, Marilla, n'as-tu pas remarqué quelque chose d'encourageant ? Je ne fais jamais la même bêtise deux fois. »

« Je me demande où est l'avantage, puisque tu en inventes toujours de nouvelles. »

« Mais, oh, Marilla, ne comprends-tu pas ? Il *doit bien* y avoir une limite au nombre de bêtises qu'une personne peut inventer, et, quand j'aurai atteint cette limite, ce sera terminé. Tu ne peux savoir à quel point cela me réconforte. »

« Bon, tu ferais mieux de porter ce gâteau aux cochons », dit Marilla. « Pas un seul être humain n'accepterait de le manger, pas même Jerry Buote. »

22

Anne est invitée à prendre le thé

« Pourquoi donc as-tu les yeux si exorbités, tout à coup ? » demanda Marilla à Anne, au moment où celle-ci revenait du bureau de poste. « As-tu rencontré une nouvelle âme sœur ? »

Il flottait autour d'Anne un halo d'enthousiasme, qui lui collait à la peau comme un vêtement et étincelait dans ses yeux et dans chacun de ses traits. Elle avait remonté l'allée en dansant, tel un farfadet porté par le vent, nimbé par la douceur du soleil et les ombres longues et paresseuses de ce soir d'août.

« Non, Marilla, mais oh ! sais-tu quoi ? Je suis invitée à prendre le thé au presbytère, demain après-midi ! Mme Allan a laissé une lettre pour moi au bureau de poste. Regarde donc, Marilla. "Mademoiselle Anne Shirley, Green Gables". C'est la première fois qu'on m'appelle "mademoiselle". Cela m'a fait un tel plaisir ! Je vais conserver précieusement cette carte parmi mes trésors les plus chers. »

« Mme Allan m'a dit qu'elle avait l'intention d'inviter à tour de rôle tous les élèves de sa classe de l'école du dimanche à prendre le thé ! » lança Marilla, jetant sur cet événement si merveilleux une douche froide. « Ce n'est pas la peine de te mettre dans tous tes états à cause de ça. Apprends donc à rester calme, dans la vie, ma petite. »

Mais, pour Anne, rester calme aurait été contraire à sa nature. « Tout feu tout flamme » comme elle l'était, les plaisirs et les chagrins de l'existence l'atteignaient avec une intensité exacerbée. Marilla le savait et s'en montrait préoccupée, car elle ne percevait que la douloureuse vulnérabilité de cette âme impulsive, sans avoir conscience qu'en contrepartie, Anne était dotée d'une capacité de joie qui compensait largement d'éventuels malheurs. Marilla croyait donc de son devoir d'inculquer à Anne une sorte de résignation tranquille, entreprise tout aussi impossible à mener à bien que celle de harnacher un rayon de soleil gigotant dans un ruisseau. Évidemment, la pauvre Marilla n'y réussissait guère et devait bien l'admettre, hélas ! La faillite de ses projets ou de ses désirs plongeait Anne dans « des abîmes de détresse », mais leur réussite, tout aussi démesurément, la projetait dans un univers de délices. Marilla en était presque venue à désespérer de pouvoir jamais transformer cette enfant abandonnée en petite fille modèle aux manières posées et au comportement distingué. Elle n'aurait pas accepté d'admettre, en fait, qu'elle préférait infiniment qu'Anne demeurât comme elle était.

Ce soir-là, Anne se coucha, misérable et muette de désespoir, car Matthew avait dit que le vent tournait au nord-est et que de la pluie était à prévoir pour le lendemain. Le frémissement des feuilles de peuplier autour de la maison ne laissait pas de l'inquiéter : il ressemblait trop au bruit que font les gouttes de pluie quand elles tombent. Et, venu de plus loin, le grondement sourd des eaux du golfe qu'elle écoutait avec délectation à d'autres moments, car elle aimait son rythme étrange, puissant, envoûtant, ne semblait receler soudain que menaces d'orages et de désastres, prophétie intolérable pour une pauvre jeune fille qui souhaitait tant qu'il fît beau. Anne crut bien que le matin ne viendrait jamais.

Mais toute chose a une fin, même les nuits qui précèdent le jour où vous êtes invitée à prendre le thé au presbytère. Le matin, en fait, en dépit des sombres prédictions de Matthew, fut ensoleillé, et Anne en connut une exultation sans limites.

« Oh, Marilla, il y a aujourd'hui quelque chose en moi qui fait que j'aime tous les gens que je vois », s'exclama-t-elle tout en s'acquittant de la vaisselle du petit déjeuner. « Tu ne peux savoir à quel point je me sens bien ! Ne serait-ce pas merveilleux que cela dure toujours ? Je crois bien que je serais une enfant modèle si on m'invitait à prendre le thé tous les jours. Mais oh, Marilla ! c'est une occasion fort solennelle aussi ! Je me sens très inquiète. Et si je ne me tenais pas correctement ? Tu sais que je n'ai jamais pris le thé au presbytère de ma vie et je ne suis pas certaine de connaître toutes les règles de la bienséance, bien que je n'aie cessé d'étudier celles de la section "Savoir-vivre" de notre journal local, le *Family Herald*, depuis mon arrivée ici. J'ai si peur de mal me conduire, ou d'oublier quelque chose. Est-ce que cela fait partie des bonnes manières, de se servir de nouveau, si on le désire *vraiment* ? »

« Ton problème, Anne, c'est que tu te préoccupes trop de toi. Tu devrais te contenter de songer à Mme Allan et à ce qui lui ferait le plus plaisir », dit Marilla, réussissant pour une fois à émettre un conseil aussi utile que concis. Anne le saisit aussitôt.

« Tu as bien raison, Marilla. J'essaierai de ne pas penser à moi du tout. »

Anne, de toute évidence, réussit à ne pas faire d'entorses aux règles du savoir-vivre au cours de sa visite. Elle revint à la maison, dans le crépuscule, sous le grand ciel décoré de longues traînées de nuages safran et rose, en proie à une totale béatitude. Elle raconta tout à Marilla, sur la grande dalle de grès rouge devant la porte de la cuisine, sa tête bouclée nichée euphoriquement dans le giron de Marilla.

Les collines de l'ouest, couvertes de sapins, formaient comme une couronne d'où descendait un vent frais qui faisait s'agiter les champs prêts pour la moisson et venait siffler dans les peupliers. Une étoile brillait déjà au-dessus du verger, et les lucioles voletaient gracieusement dans le Chemin des amoureux, parmi les fougères et les branches bruissantes. Anne admirait tout cela en parlant et sentait confusément que le vent, les étoiles et les lucioles formaient un tout indéfinissable, merveilleusement doux et enchanteur.

« Oh, Marilla, j'ai passé des moments *palpitants*. J'ai le sentiment de ne pas avoir vécu pour rien et je l'aurai toujours, même si je ne suis plus jamais invitée à prendre le thé dans un presbytère. Quand je suis arrivée, Mme Allan est venue m'accueillir à la porte. Elle portait la plus délicieuse des robes en organdi rose pâle, avec plein de frous-frous et des demi-manches ; on aurait dit une créature céleste. Je crois vraiment que j'aimerais être femme de pasteur quand je serai grande, Marilla. Peut-être qu'un pasteur ne s'inquiéterait pas de mes cheveux roux, parce qu'il aurait l'esprit occupé à des choses moins profanes. Mais, bien sûr, il est vrai qu'il faut être naturellement bonne, et cela, je ne le serai jamais ; il vaut donc mieux que je n'y pense plus. Tu sais, certaines personnes sont bonnes de naissance, et d'autres pas. Moi, je fais partie des autres. Mme Lynde le dit bien : je suis pleine de péché originel. Peu importe à quel point je m'efforcerai d'être bonne, je n'y réussirai jamais aussi bien que les personnes qui sont bonnes de naissance. C'est un peu comme pour la géométrie, je pense. Mais ne crois-tu pas que le fait d'essayer, cela compte un peu aussi ? Mme Allan, elle, de toute évidence, est une personne bonne de naissance. Je l'aime passionnément. Tu sais bien qu'il y a des gens, comme Matthew ou comme Mme Allan, qu'on peut aimer du premier coup, comme ça, sans difficulté. Et il y en a d'autres, comme Mme Lynde, pour qui ça ne vient pas tout seul. On sait qu'on *devrait* les aimer, parce qu'ils savent tellement de choses, parce qu'ils sont si actifs, si dévoués à leur église, mais il faut se le répéter tout le temps, parce qu'autrement on risque d'oublier. Il y avait une autre petite fille au presbytère pour le thé ; elle venait de l'école du dimanche de White Sands. Elle s'appelle Lauretta Bradley et elle était fort sympathique. Pas exactement comme une âme sœur, tu sais, mais très gentille quand même. Le thé était fort agréable, et je pense avoir respecté toutes les règles du savoir-vivre. Après le thé, Mme Allan a chanté en s'accompagnant au piano et elle nous a invitées à nous joindre à elle, Lauretta et moi. Mme Allan dit que j'ai une belle voix, et que je devrais entrer dans la chorale de l'école du dimanche dès maintenant. Tu ne peux savoir à quel point cela m'a fait plaisir, rien que d'y penser. J'ai depuis longtemps extrêmement envie de chanter dans la chorale de l'école du dimanche, comme Diana, mais j'avais peur que ce ne soit là un honneur inaccessible. Lauretta a dû rentrer tôt, car il y a un grand concert à l'hôtel de White Sands ce soir, et sa sœur est censée y réciter quelque chose. Lauretta raconte que les Américains qui sont à l'hôtel organisent un concert tous les quinze jours pour venir en aide à l'hôpital de Charlottetown, et ils demandent à de nombreuses personnes de White Sands de préparer une récitation. Lauretta a dit qu'elle s'attendait à ce qu'on le lui demande à elle aussi, un jour : ça m'a fortement impressionnée. Après qu'elle fut partie, Mme Allan et moi, nous avons parlé à cœur ouvert. Je lui ai tout raconté : l'histoire de Mme Thomas et des jumeaux, celle de Katie Maurice et de Violetta, ma venue à Green Gables, mes problèmes en géométrie. Et le croirais-tu, Marilla ? Mme Allan m'a confié qu'elle aussi était nulle en géométrie. Tu ne peux pas deviner à quel point cela m'encourage. Mme Lynde est arrivée au presbytère juste au moment où je partais, et sais-tu quoi Marilla ? Le conseil scolaire vient d'embaucher un nouvel instituteur, et une femme ! Elle s'appelle Mlle Muriel Stacy. N'est-ce pas là un nom romantique ? Mme Lynde dit qu'il n'y a jamais eu d'institutrice à Avonlea jusqu'à présent, et qu'à son avis il s'agit d'une fort dangereuse innovation. Mais je pense, moi, que ce sera fantastique d'avoir une institutrice et je ne vois pas comment je vais réussir à patienter encore deux semaines jusqu'au début des classes, tellement j'ai hâte de la voir. »

23

Anne est blessée dans une affaire d'honneur

Anne dut cependant patienter bien plus que deux semaines. Il s'était déjà écoulé presque un mois depuis l'histoire du gâteau au liniment et il était plus que temps qu'elle s'engageât dans une autre aventure problématique du genre. Les erreurs quotidiennes – verser par inadvertance une casserole de lait écrémé sur un panier de pelotes dans le garde-manger, au lieu de la vider dans le seau à cochons, ou passer directement, en marchant, du pont de bois au ruisseau, à cause d'une distrayante rêverie – ne valaient pas vraiment la peine d'être comptées.

Une semaine après le thé au presbytère, Diana Barry organisa une réception.

« Une toute petite fête, avec des invitées triées sur le volet », dit Anne à Marilla pour la rassurer. « Seulement les filles de notre classe. »

Tout le monde s'amusa bien, et il ne se passa rien d'inhabituel jusqu'à ce qu'on eût pris le thé et que les petites filles se fussent retrouvées dans le jardin des Barry, un peu lasses des jeux usuels et disposées à saisir toute séduisante forme de mauvais coup qui pût se présenter. C'est ainsi qu'elles conçurent soudain l'idée de jouer aux « défis ».

Lancer des défis était une manière de s'amuser très prisée dans le petit monde d'Avonlea, à cette époque-là. Les garçons avaient lancé la mode, mais bientôt les filles avaient suivi, et toutes les sottises qui furent inventées à Avonlea cet été-là par des enfants qui avaient été « mis au défi » de les faire auraient pu remplir un livre à elles toutes seules.

Tout d'abord, Carrie Sloane mit Ruby Gillis au défi de grimper dans l'énorme vieux saule devant la porte d'entrée, ce que Ruby Gillis, bien que mortellement effrayée par les gros mille-pattes verts dont était infesté le vieil arbre et par la pensée de devoir affronter sa mère avec des accrocs dans sa robe de mousseline neuve, fit avec agilité, au grand dam de ladite Carrie Sloane.

Ensuite, Josie Pye mit Jane Andrews au défi de faire le tour du jardin sur un seul pied, le gauche, sans s'arrêter et sans poser le pied droit par terre, ce que Jane Andrews, vaillamment, entreprit de faire, s'avouant vaincue après le troisième coin.

Le triomphe de Josie franchissant les limites de la décence, Anne Shirley la mit au défi de marcher sur la clôture de bois qui bordait le jardin, du côté est. Disons, avant de continuer, que « marcher » sur une clôture de bois exige bien plus d'agilité et d'équilibre que ne pourrait l'imaginer un novice en la matière. Mais Josie Pye, si elle manquait de certaines qualités nécessaires pour être populaire, avait par contre le don inné, qu'elle entretenait avec soin, de marcher sur les clôtures de bois. Josie parcourut la clôture des Barry avec une aisance insouciante qui semblait clairement démontrer qu'une pareille entreprise ne méritait pas le nom de

« défi ». Une admiration contenue salua son exploit, car la plupart des autres filles avaient elles-mêmes souffert bien des fois en essayant de marcher sur les clôtures. Josie descendit de son perchoir, rouge de la fierté du vainqueur, et lança à Anne un regard provocant.

Anne secoua ses tresses rousses.

« Je ne vois pas d'exploit dans le fait de marcher sur une petite clôture basse », dit-elle. « J'ai connu une fille, à Marysville, qui pouvait marcher sur le faîte d'un toit. »

« Je ne te crois pas », dit Josie sans sourciller. « Personne ne peut marcher sur le faîte d'un toit. *Toi*, en tout cas, tu ne le pourrais pas. »

« Je ne le pourrais pas ? » s'écria Anne, agacée.

« Très bien, je te mets au défi de le faire », nargua Josie, insolemment. « Je te parie que tu ne peux pas monter là-haut et marcher sur le faîte du toit de la cuisine de Mme Barry. »

Anne pâlit, mais elle n'avait plus, de toute évidence, d'autre choix possible. Elle alla jusqu'à la maison ; une échelle était appuyée contre le toit de la cuisine.

Toutes les filles de cinquième année exhalèrent un « oh ! » de panique et d'enthousiasme.

« Ne le fais pas, Anne », supplia Diana. « Tu vas tomber et te tuer. Ne t'occupe pas de Josie Pye. Ce n'est pas juste de demander à quelqu'un de faire quelque chose d'aussi dangereux. »

« Je dois le faire. Mon honneur est en jeu », fit Anne d'un ton solennel. « Je marcherai sur le faîte de ce toit, Diana, même si je dois périr. Si je suis tuée, tu hériteras de mon anneau avec des perles. »

« Mon honneur est en jeu, fit Anne d'un ton solennel.
Je marcherai sur le faîte de ce toit. »

Il se fit un grand silence, chaque fillette retenant son souffle, tandis qu'Anne grimpait l'échelle et atteignait le faîte du toit. Debout, sur ce terrain hasardeux, elle assurait son équilibre et commençait à avancer précautionneusement, consciente de son vertige, de sa position précaire au-dessus du reste de l'univers, et de l'impuissance totale dans laquelle se retrouvait alors son imagination fertile. Et pourtant, elle parvint quand même à amorcer quelques pas avant la catastrophe. Soudain, elle chancela, perdit l'équilibre, se mit à tanguer, et tomba, dérapant sur le toit chauffé par le soleil et allant s'écraser dans les entrelacs de vigne vierge qui rampaient juste au-dessous… tout cela sous les regards horrifiés des spectatrices. Les petites filles poussèrent ensuite, simultanément, un hurlement de terreur.

Si Anne avait chuté du côté du toit par où elle avait grimpé, il ne fait pas de doute que Diana aurait hérité sur-le-champ de l'anneau orné de perles. Heureusement, elle tomba de l'autre côté, là où le toit s'avançait au-dessus de la véranda, si près du sol que la chute ne pouvait que s'en trouver amortie. Cependant, quand Diana et les autres filles se furent précipitées de l'autre côté de la maison – sauf Ruby Gillis, qui resta sur place, comme enracinée dans le sol et secouée hystériquement de sanglots –, elles trouvèrent Anne étendue par terre, toute blanche et molle, parmi les débris de vigne vierge.

« Anne, es-tu morte ? » cria Diana, se jetant à genoux à côté de son amie. « Oh, Anne, ma chère Anne, ne me dis qu'un mot, dis-moi si tu es morte. »

Au plus grand soulagement des filles, et particulièrement de Josie Pye qui, en dépit de son manque d'imagination, s'était vue livrée tout à coup à un avenir infamant, éternellement montrée du doigt comme la fille responsable de la mort tragique et prématurée d'Anne Shirley, Anne s'assit, un peu vaseuse, et répondit sans trop de conviction :

« Non, Diana, je ne suis pas morte, mais je crois bien que je vais perdre connaissance. »

« Où ça ? » fit Carrie Sloane en sanglotant. « Où donc, Anne ? »

Avant qu'Anne ait pu répondre, Mme Barry avait fait son apparition. À sa vue, Anne tenta de se remettre debout, tant bien que mal, mais elle retomba, non sans réprimer un petit cri de douleur.

« Qu'est-ce qui se passe ? Où vous êtes-vous fait mal ? » s'enquit Mme Barry.

« Ma cheville », dit Anne d'une voix entrecoupée. « Oh, Diana, s'il te plaît, va chercher ton père et demande-lui de me ramener à la maison. Je sais que je n'arriverai jamais à marcher jusque-là, même sur un seul pied, puisque Jane n'a pas pu parcourir le jardin de cette façon. »

Marilla était dans le verger, en train de remplir une pleine casserole de pommes d'été lorsqu'elle aperçut M. Barry qui traversait le pont de bois et montait la pente, Mme Barry derrière lui, et un essaim de petites filles à leurs trousses. Il portait Anne dans ses bras ; la tête de cette dernière reposait mollement contre son épaule.

Marilla prit alors conscience de quelque chose qui lui fit l'effet d'une révélation. L'inquiétude qui l'assaillit brusquement, au plus profond d'elle-même, lui révéla tout ce qu'Anne représentait pour elle.

Auparavant, elle aurait, certes, volontiers admis qu'elle aimait bien Anne, voire qu'elle lui était très attachée, mais à ce moment précis, Marilla était tellement éperdue qu'elle dévalait la pente, sachant qu'Anne lui était devenue l'être le plus précieux du monde.

« Monsieur Barry, qu'est-ce qui lui est arrivé ? » dit-elle, hors d'haleine, plus blanche et bouleversée qu'elle ne s'était montrée depuis bien des années.

Ce fut Anne elle-même qui répondit en levant la tête.

« Ne t'inquiète pas trop, Marilla. Je marchais sur le faîte du toit et je suis tombée. Je pense que je me suis foulé la cheville. Mais, Marilla, j'aurais pu me casser le cou ! Voyons le bon côté des choses ! »

« J'aurais bien dû me douter que tu commettrais une bêtise, en te permettant d'aller à cette réception », dit Marilla, suffisamment soulagée pour redevenir tranchante. « Amenez-la par ici, monsieur Barry, et déposez-la sur le canapé. Mon doux Seigneur, voilà qu'elle s'est évanouie ! »

C'était bien vrai. Incapable de supporter l'acuité de la douleur, Anne avait vu un autre de ses souhaits se réaliser : elle était tombée dans les pommes.

Matthew, que l'on s'était empressé de faire revenir du champ où il moissonnait, alla quérir le médecin, qui survint au bon moment, pour s'apercevoir que la blessure était plus grave qu'on ne l'avait supposé. La cheville d'Anne était fracturée.

Ce soir-là, quand Marilla monta dans le pignon est, où reposait une petite fille livide, une voix plaintive émergea du fond du lit.

« N'as-tu pas pitié de moi, Marilla ? »

« Tout cela est de ta faute », dit Marilla, abaissant la persienne et allumant une lampe.

« C'est précisément pour ça que tu devrais avoir pitié de moi », dit Anne, « car la pensée que c'est vraiment de ma faute rend la chose très difficile à supporter. Si je pouvais jeter le blâme sur quelqu'un d'autre, je me sentirais infiniment mieux. Mais qu'aurais-tu fait, toi, Marilla, si quelqu'un t'avait mise au défi de marcher sur le faîte d'un toit ? »

« Je serais restée sur le plancher des vaches, les deux pieds bien enracinés au sol, et j'aurais laissé cette personne mariner dans son défi. Quelles sornettes ! » dit Marilla.

Anne soupira profondément.

« Mais tu as une telle force de caractère, Marilla ! Moi pas. Je ne pouvais tout simplement pas affronter le mépris de Josie Pye. Elle m'aurait narguée toute ma vie, à cause de ça. J'ai déjà été suffisamment punie sans que tu te fâches encore contre moi, Marilla. Ce n'est pas si agréable que ça de s'évanouir, après tout. Et le médecin m'a fait terriblement mal quand il a réduit la fracture. Je ne pourrai pas me déplacer pendant six ou sept semaines et je ne verrai pas la nouvelle institutrice. Elle n'aura plus rien de nouveau quand je retournerai à l'école. Et Gil… tout le monde va me dépasser à l'école. Oh, je suis une pauvre mortelle bien affligée ! Mais je parviendrai à supporter cette épreuve avec courage si tu ne m'en veux pas, Marilla. »

« Mais non, allons donc, je ne t'en veux pas », dit Marilla. « Tu n'as pas de chance, ma pauvre petite, cela ne fait pas de doute, mais, comme tu dis si bien, c'est toi la première victime de cette histoire. Et maintenant, essaie de manger un peu. »

« N'est-ce pas heureux, au moins, que j'aie de l'imagination ? » dit Anne. « Cela va m'aider à merveille, j'en suis certaine. Que font les gens qui n'ont aucune imagination quand ils se cassent quelque chose, à ton avis, Marilla ? »

Durant les sept semaines terriblement ennuyeuses qui suivirent, Anne eut plus d'une fois l'occasion de se féliciter d'avoir de l'imagination. Mais ce n'était pas sa seule source de distractions. Elle recevait de nombreux visiteurs, et il ne se passa pas une journée sans que l'une ou l'autre des fillettes de l'école ne vînt la voir, avec des fleurs et des livres, pour lui raconter tout ce qui se passait dans le petit monde d'Avonlea.

« Tout le monde a été si bon, si gentil, Marilla », dit Anne en poussant un soupir, de bonheur cette fois, le jour où elle put enfin marcher en boitillant. « Ce n'est pas très agréable d'avoir à rester couchée, mais il y a un bon côté à la chose, Marilla. On découvre tous les amis qu'on a. Imagine, même le surintendant Bell est venu me voir, et c'est décidément un homme très bien. Ce n'est pas une âme sœur, cela va de soi ; mais, malgré ça, je l'aime bien et je suis vraiment désolée d'avoir critiqué ses prières. Je crois maintenant qu'il est sincère quand il les récite, il a simplement l'habitude de réciter comme s'il ne l'était pas. Avec un peu de bonne volonté, il perdrait cette habitude-là. Je lui ai donné un bon conseil. Je lui ai dit à quel point j'essayais de rendre intéressantes mes petites prières privées. Il m'a tout raconté de la fois où il s'était cassé la cheville, petit garçon. Cela fait très bizarre de penser que le surintendant Bell a déjà été petit garçon. Même mon imagination connaît des limites, sans doute, car je n'arrive pas à imaginer *cela*… Lorsque j'essaie de l'imaginer petit garçon, je le vois avec ses favoris gris et ses lunettes, tout comme à l'école du dimanche, mais en plus petit. Par contre, il est si facile d'imaginer Mme Allan en petite fille. Mme Allan est venue me voir quatorze fois. Est-ce que je ne devrais pas en être fière, Marilla, alors que la femme d'un pasteur a tant de choses à faire ? C'est quelqu'un de bien agréable à recevoir, d'ailleurs. Elle ne vous dit jamais que c'est votre faute et que vous en deviendrez une petite fille plus agréable après. Mme Lynde m'a répété cela sans arrêt quand elle est venue me rendre visite, et elle l'a susurré de manière à me laisser entendre qu'elle nourrissait peut-être un vague espoir de me voir devenir une petite fille plus agréable, mais qu'elle n'y croyait guère. Même Josie Pye est venue me voir. Je l'ai reçue aussi poliment que possible, parce que je crois qu'elle regrette de m'avoir défiée de marcher sur le faîte du toit. Si j'étais morte, elle en aurait eu de lourds remords à traîner toute sa vie. Diana s'est montrée une amie bien fidèle. Elle est venue tous les jours me réconforter sur mon oreiller solitaire. Mais, oh, que je serai heureuse de retourner à l'école, car j'ai entendu raconter des choses si passionnantes au sujet de la nouvelle maîtresse ! Toutes les filles la trouvent adorable. Diana dit qu'elle a de superbes boucles blondes et des yeux fascinants. Elle est joliment habillée, et ses manches sont les plus bouffantes d'Avonlea. Toutes les deux semaines, le vendredi après-midi, elle organise une séance de récitation, et chacun doit y aller de son texte, ou prendre part à un dialogue. Oh, c'est merveilleux rien que d'y penser ! Josie Pye prétend détester cela, mais c'est probablement parce qu'elle manque d'imagination. Diana, Ruby Gillis et Jane Andrews préparent un dialogue, qui va s'appeler "La visite du matin", pour vendredi prochain. Et le vendredi après-midi, quand il n'y a pas de récitation, Mlle Stacy emmène tout le monde dans les bois, pour une "expédition sur le terrain" où on étudie les fougères, les fleurs et les oiseaux. Tous les matins et tous les soirs, ils font des exercices de culture physique. Mme Lynde affirme n'avoir jamais assisté à quelque chose de semblable, et que la faute en incombe au fait d'avoir engagé une institutrice ! Mais moi, je suis sûre que tout cela est extraordinaire et je crois que je découvrirai une autre âme sœur en Mlle Stacy. »

« Il y a une seule chose qui me semble évidente, Anne », conclut Marilla, « c'est que ta chute du toit des Barry n'a pas endommagé le moins du monde ta langue. »

24

Mlle Stacy et ses étudiants organisent un concert

Lorsque Anne fut prête à retourner à l'école, octobre était revenu, un octobre triomphant, tout rouge et doré, avec de moelleux matins qui voyaient les vallées s'emplir de brumes délicates, magiquement éparpillées par l'esprit de l'automne comme pour mieux y attirer les rayons colorés du soleil : améthystes, perles, argent, rose, bleu fumée. Il y avait tant de rosée sur les champs qu'ils en brillaient comme des draps argentés, et une quantité de feuilles bruissantes gisaient déjà, énormes, dans les vallons boisés, crissant sous le pied lorsqu'on les traversait à la course. Le sentier des bouleaux s'était mué en une voûte jaune le long de laquelle croissaient, toutes brunes, des fougères flétries. Le fond de l'air était vif et faisait vibrer le cœur des petites filles qui s'en allaient en trottinant vers l'école, non à la manière des escargots, mais avec entrain et vélocité. Il était indubitablement très agréable de se retrouver assise à son petit pupitre brun, à côté de Diana, tandis que Ruby Gillis vous saluait de l'autre côté de l'allée centrale, que Carrie Sloane vous envoyait de petites notes, et que Julia Bell, depuis le fond de la salle, vous faisait passer une « gomme » à mâcher. Anne poussa un grand soupir de bonheur, tout en aiguisant son crayon, et rangea méthodiquement ses illustrations dans son pupitre. La vie demeurait, il faut l'avouer, tout à fait palpitante.

Elle trouva en la personne de l'institutrice une nouvelle amie sincère et dévouée. Mlle Stacy était une jeune femme intelligente, sympathique, qui avait le don de conquérir et de conserver l'affection de ses élèves, et de réussir à tirer le meilleur d'eux-mêmes, autant intellectuellement que moralement. Anne s'ouvrait comme une fleur grâce à cette excellente influence et revenait à la maison conter avec émotion ses péripéties scolaires à un Matthew toujours aussi admiratif et à une Marilla toujours aussi critique.

« J'aime Mlle Stacy de tout mon cœur, Marilla. Elle a des manières de vraie dame, et sa voix est tellement mélodieuse ! Quand elle prononce mon nom, je sens *instinctivement* qu'elle l'écrit avec un *e*. Nous avons fait de la récitation cet après-midi. J'aurais aimé que tu sois là pour m'entendre réciter *Mary, Reine d'Écosse*, j'y ai déversé toute mon âme, c'est bien simple. Ruby Gillis m'a dit, en rentrant, que ma façon de réciter “Et maintenant, pour le bras de mon père, dit-elle, de mon cœur de femme un adieu”, lui a tout simplement figé le sang. »

« Eh bien, disons, tu pourrais peut-être me le réciter un de ces jours, dans la grange », suggéra Matthew.

« Bien entendu, je le ferai volontiers », dit Anne toute pensive, « mais je ne pourrai pas le faire aussi bien, tu sais. Ça n'aura pas la même intensité qu'avec toute une école devant soi, qui boit la moindre de vos paroles. Je sais que je ne serai pas capable de te figer le sang. »

« Mme Lynde dit que c'est son sang à elle qui s'est figé, en voyant les garçons grimper en haut de ces grands arbres sur la colline des Bell, pour aller cueillir des nids de corbeaux, vendredi passé », dit Marilla. « Je m'étonne que M Mlle Stacy encourage de pareilles initiatives. »

« Mais nous voulions un nid de corbeau pour notre leçon d'histoire naturelle », expliqua Anne. « C'était notre après-midi de plein air. Ces après-midi de plein air sont merveilleux, Marilla. Et Mlle Stacy explique tout avec tellement d'habileté. Nous avons à rédiger une composition sur chacun de ces après-midi de plein air, et c'est moi qui écris les meilleures. »

« C'est de la vanité alors que de l'affirmer. Tu ferais mieux de laisser ta maîtresse le dire à ta place. »

« Mais c'est ce qu'elle a fait, Marilla. D'ailleurs, je ne crois pas faire montre de vanité. Comment pourrais-je être vaniteuse, tout en me sachant si nulle en géométrie ? Bien que je commence à m'y retrouver un petit peu, là aussi. Mlle Stacy présente les choses si clairement. Pourtant, je ne serai jamais bonne en géométrie, et je te garantis l'humilité de cette remarque-là. Par contre, j'aime rédiger des compositions. La plupart du temps, Mlle Stacy nous laisse choisir notre sujet, mais, la semaine prochaine, nous devons rédiger une composition sur quelqu'un de remarquable. Il est difficile de choisir, tellement de personnes remarquables ont déjà vécu ! Est-ce que ce n'est pas extraordinaire d'être remarquable, de savoir que l'on parlera de vous quand vous serez mort ? Oh, j'aimerais passionnément être remarquable ! Je pense que, lorsque je serai grande, je deviendrai infirmière et je partirai avec la Croix-Rouge sur les champs de bataille, porter des messages de charité. Évidemment, si je ne pars pas plutôt comme missionnaire à l'étranger. Ce serait très romantique, mais il faut être bonne pour devenir missionnaire, et ça me semble là un obstacle infranchissable. Nous faisons aussi des exercices de culture physique tous les jours, qui, apparemment, rendent gracieuse et facilitent la digestion. »

« Faciliter la digestion ! » dit Marilla, qui croyait sincèrement à l'inanité de tout cela.

Les après-midi de plein air, les récitations du vendredi, les contorsions de la culture physique, pourtant, perdirent tous de leur éclat auprès du projet que Mlle Stacy devait dévoiler en novembre. Les écoliers de l'école d'Avonlea devaient organiser un concert qui aurait lieu à la salle des fêtes le soir de Noël, dans le but louable de faciliter l'achat d'un drapeau pour l'école. Les élèves, sans exception, approuvèrent ce projet, et l'on se mit à l'œuvre sur-le-champ pour préparer le programme. De tous les acteurs choisis, le plus enthousiaste était sans aucun doute Anne Shirley, qui se lança dans cette aventure corps et âme, comme fouettée par la désapprobation de Marilla qui ne voyait dans tout cela que pure folie.

« Ça vous met des idées insensées plein la tête et ça gruge vos heures de leçons », grognait-elle. « Je n'approuve pas du tout que les enfants organisent des concerts et passent leur temps à courir répéter. Voilà de quoi les rendre vaniteux, effrontés, traînards. »

« Mais songe un peu à quel point notre but est valable », plaidait Anne. « Un drapeau va stimuler notre esprit patriotique, Marilla. »

« Idioties ! Il n'y a pas trace de patriotisme dans la tête d'un seul d'entre vous. La seule chose qui vous tient à cœur, c'est de vous amuser. »

« Bon, et alors, qu'est-ce qu'il y a de mal à vouloir combiner le patriotisme et le plaisir ? Bien sûr que c'est agréable d'organiser un concert. Nous allons disposer de six chœurs, et Diana va chanter en solo. Moi, je joue dans deux dialogues : *La Société contre les commérages*, et *La Reine des fées*. Les garçons, eux aussi, vont en présenter un. Et je vais réciter deux textes, Marilla. Je frissonne déjà rien que d'y penser, mais à vrai dire, ce sont là des frissons de plaisir. Et nous finirons avec un tableau : *Espoir, Foi et Charité*. Diana, Ruby et moi y figurerons, toutes drapées de blanc, les cheveux dénoués. Je serai l'Espoir, les mains jointes – comme ça – et les yeux levés au ciel. Je vais répéter les textes dans le grenier. Ne t'affole pas si tu m'entends gémir. Dans un des tableaux, je dois gémir à en fendre le cœur, et c'est particulièrement difficile d'émettre des gémissements artistiques, Marilla. Josie Pye boude, parce qu'elle n'a pas eu le rôle qu'elle voulait dans le dialogue. Elle voulait jouer la reine des fées. Ç'aurait été le comble du ridicule, car qui a jamais entendu parler d'une reine des fées aussi énorme que Josie ? Les reines des fées doivent être minces. Jane Andrews sera la reine, et je serai l'une de ses filles d'honneur. Josie dit qu'à son avis une fée rousse est tout aussi ridicule qu'une grosse fée, mais ce qu'elle prétend ne me dérange pas. Je vais avoir une couronne de roses blanches dans les cheveux, et Ruby Gillis me prêtera ses pantoufles, car je n'en ai pas. Il est nécessaire que les fées portent des pantoufles, tu sais. Impensable d'imaginer une fée en bottes, n'est-ce pas ? Et avec des talons de cuivre par-dessus le marché… Nous décorerons la salle avec des branches d'épinette sur les murs, ornées de motifs de sapin et garnies de roses de papier crépon. Et nous allons tous former un cortège et entrer dans la salle, deux par deux, une fois que le public se sera assis, tandis qu'Emma White amorcera une marche sur son harmonium. Oh, Marilla, je sais que tu ne partages pas mon enthousiasme, mais est-ce qu'au moins tu ne souhaites pas que ta petite Anne se fasse remarquer ? »

« Tout ce que je souhaite, c'est que tu te tiennes convenablement. Je serai ravie que ce charivari finisse et que tu retrouves ton calme. Pour le moment, tu n'es vraiment bonne à rien, la tête ainsi débordante de dialogues, de gémissements et de tableaux. Quant à ta langue, c'est un miracle qu'elle ne soit pas complètement usée. »

Anne soupira et se dirigea vers la cour arrière de la maison envahie par l'éclat translucide d'une nouvelle lune toute jeune, se profilant dans le ciel vert pomme de l'ouest à travers les branches de peupliers dénudés. Matthew s'y trouvait en train de fendre du bois. Anne se percha sur une bûche et parla du concert, certaine de disposer, au moins avec lui, d'un auditoire qui saurait l'apprécier et la comprendre.

« Eh bien, disons que je suis convaincu que ce sera un bien beau concert. Et je m'attends à ce que tu tiennes bien ton rôle », dit-il, adressant un sourire à ce petit visage inquiet au regard pétillant. Anne lui rendit son sourire. Ils étaient les deux meilleurs amis du monde, et Matthew remerciait chaque jour la Providence de ne pas avoir à réglementer l'éducation de la petite. C'était là une responsabilité qui incombait à Marilla, et à elle seule ; si elle lui avait été échue, il se serait trouvé sans cesse déchiré entre son affection pour Anne et son sens du devoir. Mais les choses étaient organisées de telle façon qu'il était libre de « gâter » Anne – c'étaient les mots de Marilla – autant qu'il voulait. Et ce n'était pas une si mauvaise organisation, après tout : se sentir quelque peu appréciée, parfois, fait autant de bien que de recevoir l'éducation la plus sérieuse du monde.

25

Matthew exige des manches bouffantes

Matthew passait un mauvais quart d'heure. Au moment où la nuit tombait, par un soir de décembre gris et froid, il était entré dans la cuisine et s'était assis pour enlever ses grosses bottes, sans se rendre compte qu'Anne, flanquée d'une troupe de petites écolières, était en train de répéter *La Reine des fées* dans le grand salon. Tout à coup, elles surgirent en se bousculant dans le corridor et se ruèrent dans la cuisine, riant et jacassant à qui mieux mieux. Elles n'aperçurent pas Matthew qui se recroquevilla timidement dans l'ombre, derrière la boîte à bois, une botte dans une main, un tire-botte dans l'autre ; il les observa avec une égale terreur pendant dix bonnes minutes tandis qu'elles enfilaient leur veste et leur bonnet et discutaient du dialogue et du concert. Anne, aussi fiévreuse que les autres, les yeux aussi brillants, se tenait debout au milieu du groupe ; c'est alors que Matthew comprit que quelque chose dans son allure la différenciait des autres. Et ce qui inquiéta le plus Matthew, ce fut de constater que cette différence n'avait pas de raison d'être. Le visage d'Anne était plus expressif que celui des autres, ses yeux plus grands et plus lumineux, ses traits plus délicats.

Même s'il était timide et peu observateur, Matthew n'avait pu manquer de le remarquer ; ce n'était cependant pas en cela qu'Anne se montrait différente. Mais en quoi consistait donc cette différence ?

Cette question continua de harceler Matthew bien après que les fillettes eurent disparu, bras dessus bras dessous, au détour de l'allée glacée, et qu'Anne se fut replongée dans ses livres. Il ne pouvait en discuter avec Marilla ; il sentait bien qu'elle se contenterait de renifler avec mépris et de déclarer que la seule différence visible entre Anne et les autres filles résidait dans le fait que ces dernières, de temps à autre, savaient, elles, se taire. Et Matthew sentait bien que cette remarque ne lui serait d'aucune utilité.

Il eut recours à sa pipe, ce soir-là, pour mieux étudier la question, au grand déplaisir de Marilla. Après deux heures de fumée et de réflexion profonde, Matthew trouva la solution à son problème. Anne n'était pas vêtue comme les autres filles !

Plus Matthew réfléchissait à la question, plus il était convaincu qu'Anne n'avait jamais été vêtue comme les autres petites filles, jamais, depuis qu'elle était arrivée à Green Gables. Marilla continuait de l'attifer de robes quelconques et sombres, toutes taillées suivant le même inexorable patron. Matthew ne s'y connaissait guère en vêtements féminins ; du moins savait-il qu'il existait quelque chose qu'on appelait la mode. Et cela crevait les yeux que les manches d'Anne ne ressemblaient en rien aux manches que portaient les autres filles. Il se rappela le groupe de petites filles s'affairant autour d'Anne quelques instants plus tôt – toutes pimpantes dans leurs robes froncées à la taille, rouges, bleues, roses et blanches – et il se demanda pourquoi Marilla s'entêtait à affubler Anne de robes si tristement quelconques.

Bien sûr, il existait peut-être une bonne raison. Marilla savait tout ; elle s'occupait de l'éducation d'Anne. Sans doute ses actions correspondaient-elles à un motif secret, à une sagesse profonde. Mais cela ne nuirait guère à l'enfant d'avoir une jolie robe, semblable à celles que portait toujours Diana Barry. Matthew décida de lui en offrir une ; au moins, on ne pourrait ainsi l'accuser d'intervenir dans des choses ne le concernant pas.

Noël n'était plus que dans quinze jours. Une jolie robe neuve constituerait le cadeau idéal. Matthew, poussant un soupir de satisfaction, remisa sa pipe et partit se coucher, tandis que Marilla ouvrait toutes grandes les portes pour aérer la maison.

Pas plus tard que le lendemain soir, Matthew se rendit à Carmody pour acheter la robe, bien décidé à affronter le pire une fois pour toutes. Ce ne serait pas, se persuadait-il, une affaire aisée. Il y avait des choses que Matthew pouvait acheter sans problème, et il se faisait fort de négocier habilement, mais en achetant une robe de fillette, il se trouvait livré à la merci du commerçant.

Après avoir mûrement réfléchi, Matthew résolut de se rendre au magasin de Samuel Lawson plutôt qu'à celui de William Blair. En fait, les Cuthbert faisaient depuis toujours leurs emplettes chez William Blair : c'était presque devenu une question de morale, de la même façon que leur conscience les incitait à fréquenter l'église presbytérienne et à voter conservateur. Mais les deux filles de William Blair servaient souvent les clients du magasin, et Matthew les avait en horreur absolue. Il pouvait se contraindre à négocier avec elles s'il savait exactement ce qu'il voulait et s'il pouvait l'indiquer du doigt ; mais, dans un cas comme celui-ci, qui exigeait que l'on pose des questions et que l'on demande des explications, Matthew ressentait l'urgence d'avoir un homme derrière le comptoir. Il irait donc chez Lawson, où il serait servi par Samuel ou par son fils.

Hélas ! Matthew ne savait pas que Samuel, qui venait d'agrandir son magasin, avait conséquemment engagé une vendeuse ; il s'agissait d'une nièce de sa femme, jeune personne tout à fait déconcertante, avec, sur le front, une grande frange à la Pompadour, de grands yeux brun vif, et un immense sourire ensorcelant. Elle affichait une élégance excessive et portait plusieurs bracelets porte-bonheur qui brillaient, cliquetaient et tintinnabulaient à chaque mouvement de ses mains. Matthew, rien qu'à la trouver là, fut complètement décontenancé. Tous ces grelots balayèrent, d'un seul coup, ce qui lui restait d'assurance.

« Que puis-je faire pour vous ce soir, monsieur Cuthbert ? » s'enquit Mlle Lucilla Harris, engageante et rieuse, tout en tapotant le comptoir des deux mains.

« Auriez-vous des… des… des… des… voyons, disons des râteaux ? » balbutia Matthew.

Mlle Harris eut l'air quelque peu surprise, et avec raison, d'entendre un homme lui demander des râteaux en plein mois de décembre.

« Je crois qu'il doit nous en rester un ou deux », dit-elle, « mais ils sont en haut, avec le bois. Je vais aller voir. »

Pendant son absence, Matthew s'efforça de reprendre ses esprits, afin d'esquisser une nouvelle tentative.

Lorsque Mlle Harris revint avec le râteau et demanda, joviale, « Autre chose, ce soir, monsieur Cuthbert ? », Matthew prit son courage à deux mains et répondit : « Eh bien, disons, puisque vous le suggérez, je voudrais bien prendre, enfin, disons regarder… acheter quelques… quelques semences. »

Mlle Harris avait bien entendu raconter que Matthew Cuthbert était bizarre. Elle en conclut, à ce moment précis, qu'il était complètement dingue.

« Nous ne vendons de semences qu'au printemps », l'informa-t-elle, avec hauteur. « Nous n'en avons pas pour le moment. »

« Oui, bien sûr, c'est évident », bégaya le malheureux Matthew, en empoignant le râteau et en battant en retraite vers la porte. Arrivé sur le seuil, il se rappela qu'il n'avait pas payé, et, plus misérable que jamais, revint sur ses pas. Tandis que Mlle Harris comptait sa monnaie, il se remit en selle pour un assaut final et désespéré.

« Eh bien, bon, disons, si ce n'est pas trop vous demander, que je pourrais aussi bien… c'est-à-dire que j'aimerais regarder… acheter du sucre. »

« Blanc ou brun ? » s'enquit Mlle Harris, patiente.

« Eh bien, brun, disons », murmura Matthew.

« Il y en a un baril dans le coin, là-bas », dit Mlle Harris, tout en secouant ses bracelets. « C'est la seule sorte que nous ayons. »

« Je vais… je vais en prendre vingt livres », dit Matthew, le front trempé de sueur.

Matthew ne redevint lui-même qu'après avoir parcouru la moitié du chemin de retour. L'expérience avait été horrible, mais il était bien puni, se disait-il, d'avoir commis l'hérésie d'entrer dans un autre magasin. Lorsqu'il arriva à la maison, il cacha le râteau dans la cabane à outils, mais apporta le sucre à Marilla.

« Du sucre brun ! » s'écria Marilla. « Mais que diable as-tu pensé pour en acheter autant ? Tu sais que je n'en utilise jamais, sinon pour le gruau du garçon de ferme ou pour le gâteau aux fruits foncé. Jerry est parti, et j'ai fait mon gâteau depuis un bon moment. Ce n'est même pas du bon sucre, en plus, il est mal raffiné et trop noir. Il n'y a habituellement pas de sucre comme ça chez William Blair. »

« Je… je pensais que ça pourrait servir, à l'occasion », dit Matthew, cherchant un moyen de se tirer d'affaire.

Lorsque Matthew eut reconsidéré la question, il décida que l'aide d'une femme lui était absolument indispensable. Il était inutile de songer à Marilla. Matthew était persuadé qu'elle ferait tomber immédiatement le projet à l'eau. Ne restait que Mme Lynde, car Matthew n'aurait jamais eu l'audace de s'adresser à une autre femme d'Avonlea. Il se rendit donc chez Mme Lynde, et la brave dame s'empressa de soulager Matthew du poids de cette affaire.

« Choisir une robe que vous pourrez offrir à Anne ? Mais bien sûr que je vais m'en occuper. Je me rends à Carmody demain. Avez-vous quelque chose de précis en tête ? Non ? Eh bien, dans ce cas, je me fierai à ma jugeote. Je pense qu'une belle robe marron conviendrait parfaitement à la petite, et William Blair a un nouveau tissu de gloria dans son magasin, qui est vraiment joli. Peut-être préféreriez-vous que je la fasse, afin qu'Anne ne se rende compte de rien ? Eh bien d'accord, je la ferai. Mais non, ça ne me dérange pas le moins du monde. J'aime coudre. Je la couperai comme pour ma nièce, Jenny Gillis, puisque Anne et elle sont quasiment identiques, en ce qui a trait à la taille, en tout cas. »

« Eh bien, disons, disons que je vous suis vraiment reconnaissant », dit Matthew, « et… et… je ne sais trop, mais je pense que j'aimerais… je crois qu'aujourd'hui on fait les manches un peu différentes de ce qu'elles étaient autrefois. Si ce n'est pas trop demander, je… j'aimerais qu'on les lui taille à la nouvelle mode. »

« Des manches bouffantes ? Bien sûr. Ne vous en faites plus pour ça, Matthew. Je les lui ferai à la toute dernière mode », dit Mme Lynde. Et, une fois Matthew parti, elle se prit à songer :

« Ce sera un réel plaisir de voir cette pauvre gamine porter enfin quelque chose de décent. La manière dont Marilla l'habille est tout bonnement ridicule, il faut bien l'admettre, et j'ai eu envie de le lui dire nombre de fois. Mais j'ai su tenir ma langue, car il est évident que Marilla ne veut pas recevoir de conseils. Elle est convaincue d'en savoir plus long que moi sur l'éducation des enfants, bien qu'elle soit vieille fille. Mais c'est toujours comme ça. Les gens qui ont élevé des enfants savent qu'il n'y a pas de méthode miracle qui convienne uniformément à tous les enfants. Mais ceux qui n'en ont jamais eu pensent que c'est aussi simple que la règle de trois : il suffit d'assigner la bonne place aux trois données pour que le résultat se trouve tout seul. Les créatures en chair et en os ne fonctionnent pourtant pas comme des règles d'arithmétique, et c'est là que Marilla Cuthbert commet une erreur. Sans doute essaie-t-elle d'inculquer de l'humilité à la petite Anne en l'habillant de cette façon, mais tout ce qu'elle risque de lui inculquer ainsi, c'est de la jalousie et du mécontentement. Je suis sûre que la petite se rend compte de la différence qui existe entre ses vêtements et ceux des autres filles. Matthew lui-même l'a remarqué ! Cet homme-là est en train de se réveiller après une léthargie de soixante ans ! »

Pendant les quinze jours suivants, Marilla s'aperçut bien que quelque chose trottait dans la tête de Matthew, mais elle n'arriva pas à découvrir de quoi il s'agissait avant le soir de Noël, au moment où Mme Lynde apporta la robe neuve. Marilla sut alors garder son calme, dans l'ensemble, bien qu'elle nourrît des doutes quant à l'explication diplomatique avancée par Mme Lynde, à savoir qu'elle n'avait confectionné la robe que pour apaiser les craintes de Matthew qui ne voulait, en aucun cas, qu'Anne évente trop tôt la surprise, ce qui n'aurait pu manquer de survenir si Marilla s'était acquittée de la tâche.

« Voilà donc ce qui rendait Matthew si mystérieux ces deux dernières semaines et qui le faisait rire dans sa barbe », remarqua-t-elle, un peu pincée, mais sans acrimonie. « Je me doutais bien qu'il s'agissait d'une folie. Moi, je dois dire, je ne crois pas qu'Anne ait besoin de robes supplémentaires. Je lui ai confectionné déjà trois bonnes robes chaudes et pratiques, à l'automne, et c'est du gaspillage pur et simple que d'en ajouter encore une. Il y a suffisamment de tissu dans ces deux seules manches pour tailler un corsage, c'est incroyable ! Tout ce que tu vas obtenir, Matthew, c'est un peu plus de vanité de la part d'Anne, qui se pavane déjà assez comme un paon, à mon avis. Enfin, j'espère qu'elle sera contente, au moins, car je sais qu'elle languit après ces damnées manches depuis le jour où elles ont fait leur apparition, bien qu'elle n'en ait pas reparlé. Ces manches bouffantes sont devenues de plus en plus larges et de plus en plus ridicules ; maintenant, on dirait des ballons. L'an prochain, celles qui en porteront devront passer de biais pour franchir une porte ! »

Le matin de Noël se leva sur un univers tout blanc. Décembre avait été fort doux, et les gens s'étaient résignés à passer un Noël sans neige ; mais, durant la nuit, il en était tombé suffisamment pour qu'Avonlea en fût transfiguré. Anne, du haut de son pignon, à travers le givre qui couvrait sa fenêtre, enveloppa l'extérieur d'un regard enchanté. Les sapins de la Forêt hantée semblaient duveteux, de véritables petites merveilles ; les bouleaux et les cerisiers sauvages se sertissaient de perles ; les champs labourés prenaient l'allure de longues fossettes neigeuses. Il flottait dans l'air comme une palpable euphorie. Anne dévala l'escalier en chantant si fort que sa voix dut résonner à travers tout Green Gables.

« Joyeux Noël, Marilla ! Joyeux Noël, Matthew ! N'est-ce pas un beau jour de Noël ? Je suis si heureuse qu'il soit blanc ! Un Noël différent ne serait pas vraiment Noël, n'est-ce pas ? Je n'aime pas les Noëls verts. Ils ne sont d'ailleurs même pas *verts* ; ils sont bruns décolorés et gris. Pourquoi les gens prétendent-ils qu'un Noël sans neige est vert ? Pourquoi ? Pourquoi ?… Matthew, est-ce que c'est pour moi ? Oh, Matthew ! »

Matthew, timidement, venait d'extirper la robe de son emballage de papier et la dépliait maintenant, avec un regard de côté vers Marilla qui voulait prévenir tout reproche ; cette dernière, qui feignait d'être absorbée à remplir la théière, surveillait quand même la scène du coin de l'œil, non sans intérêt.

Anne s'empara de la robe et la contempla, admirative, sans dire un mot. Oh, qu'elle était belle ! un beau tissu d'un brun doux, brillant comme de la soie ; une jupe aux frous-frous et aux fronces tout à fait ravissantes ; un corsage aux nervures finement travaillées, à la dernière mode, et une collerette de dentelle très délicate autour du cou. Mais les manches en constituaient la partie la plus remarquable : longues jusqu'au coude, avec, plus haut, deux beaux bouffants que divisaient des rangées de fronces et des nœuds de ruban de soie brune.

« C'est un cadeau de Noël pour toi, Anne », dit timidement Matthew. « Mais… mais… Anne, tu ne l'aimes pas ? Voyons, voyons ! »

C'est que les yeux d'Anne venaient de se remplir de larmes.

« *L'aimer* ? Oh, Matthew ! » Anne posa la robe sur une chaise et joignit les mains. « Matthew, elle est absolument délicieuse. Oh, comment pourrai-je te remercier ? Regarde ces manches ! Oh, il me semble que tout cela n'est qu'un rêve magnifique ! »

« Bon, bon, commençons le petit déjeuner ! » interrompit Marilla. « Je dois avouer, Anne, que je ne croyais pas à la nécessité de cette robe, mais puisque Matthew l'a fait confectionner pour toi, veille au moins à en prendre bien soin. Voilà un ruban que Mme Lynde a laissé pour tes cheveux. Il est brun, pour aller avec la robe. Et maintenant, viens, assieds-toi ! »

« Je ne vois pas comment je pourrais déjeuner », dit Anne, avec ravissement. « Après un événement aussi passionnant, le petit déjeuner me semblera bien terne. Je préfère me repaître de la beauté de cette robe. Je suis ravie que les manches bouffantes soient encore à la mode. Je crois que je ne m'en serais jamais remise si elles avaient passé de mode avant que je n'en aie eu. Je n'aurais jamais pu être tout à fait satisfaite, après, vois-tu ? C'est bien gentil de la part de Mme Lynde de me donner également ce ruban-là. J'imagine qu'il me faudra devenir une petite fille parfaite, maintenant. C'est dans des moments comme celui-ci que je regrette de ne pas être une fillette modèle et que je me promets de le devenir. Mais, d'une certaine manière, il est difficile de s'en tenir à de bonnes intentions lorsque rôdent les tentations irrésistibles. Et pourtant, je vous jure, je ferai un effort supplémentaire. »

Lorsque le « terne » petit déjeuner fut expédié et que Diana, joyeuse, emmitouflée dans un magnifique ulster[1] pourpre, apparut sur le pont de bois blanc du vallon, Anne se précipita à sa rencontre.

« Joyeux Noël, Diana ! Oh, quel extraordinaire Noël ! J'ai quelque chose de magnifique à te montrer. Matthew m'a offert la plus belle robe qu'on puisse imaginer, avec des manches, des manches comme je voulais ! Impossible d'imaginer rien de plus beau ! »

« J'ai ici quelque chose d'autre pour toi », dit Diana, essoufflée. « Ici, dans cette boîte. Tante Joséphine

1. Manteau à double boutonnage.

nous a envoyé un gros colis rempli à craquer, et ceci, c'est pour toi. Je te l'aurais apporté hier soir, mais ce n'est pas arrivé avant la nuit, et je ne me sens plus guère en sécurité dans la Forêt hantée quand la nuit tombe. »

Anne ouvrit la boîte et jeta un coup d'œil à l'intérieur : tout d'abord, sur le dessus, une carte sur laquelle était inscrit « Pour la petite Anne, joyeux Noël », et dessous, une paire des plus adorables pantoufles de chevreau qui puissent exister, avec des pointes ornées de perles et de rubans de satin et des boucles brillantes.

« Oh », dit Anne, « Diana, c'est vraiment trop beau. Je dois rêver ! »

« Moi, je considère que c'est là un cadeau providentiel », dit Diana. « Grâce à ça, tu n'auras pas à emprunter les pantoufles de Ruby, qui sont deux pointures trop grandes pour toi : avec elles, tu aurais eu l'air d'une fée qui traîne les pieds en marchant. Et Josie Pye en aurait été trop heureuse ! À propos, Rob Wright a raccompagné Gertie Pye chez elle, après la répétition, avant-hier soir. Peux-tu imaginer quelque chose de pareil ? »

Ce jour-là, les écoliers d'Avonlea furent tous en proie à une activité fébrile, car il fallait décorer la salle de spectacles et procéder à la grande répétition finale.

Le concert eut lieu le soir et fut incontestablement un succès. La petite salle des fêtes était pleine ; tous les participants s'acquittèrent fort bien de leur rôle, mais Anne fut la vedette incontestable de la soirée, ce que même la jalouse Josie Pye ne put nier.

« Oh, n'était-ce pas une soirée magnifique ? » soupira Anne, la soirée terminée, tout en s'acheminant vers la maison avec Diana, sous un ciel noir constellé d'étoiles.

« Tout s'est fort bien passé », admit Diana, plus terre à terre. « Je pense que nous avons réussi à amasser au moins dix dollars. Et sais-tu quoi ? M. Allan va envoyer une note aux journaux de Charlottetown, pour rendre compte de la soirée. »

« Oh, Diana, penses-tu que nos noms apparaîtront dans le journal, pour de vrai ? J'en ai des frissons rien que d'y penser. Ton solo était parfaitement exécuté, Diana. Je me sentais plus fière que toi lorsqu'on t'a crié "bis". Je me répétais sans arrêt : "C'est ma chère amie de cœur qui récolte présentement les honneurs." »

« Mais tu sais, Anne, tes récitations ont été le clou de la soirée. Tu as rendu ce texte si triste d'une façon tout simplement splendide. »

« Oh, Diana, j'étais tellement nerveuse ! Quand M. Allan m'a appelée pour monter sur scène, je ne sais vraiment pas comment je suis parvenue à m'y rendre. J'avais l'impression qu'un million d'yeux me regardaient, me disséquaient sur place, et j'ai connu un tel trac que j'ai bien cru ne pas pouvoir ouvrir la bouche. Et puis j'ai pensé à mes belles manches bouffantes, et cela m'a redonné courage. Je savais, Diana, que je devais me montrer digne de ces manches-là. J'ai donc commencé à réciter, et ma voix semblait provenir de loin, de terriblement loin ! J'avais l'impression d'être une sorte de perroquet. C'est une chance que j'aie pu répéter ces textes-là aussi souvent dans le grenier, sinon je n'aurais jamais réussi à les dire en entier. Ai-je gémi comme il le fallait ? »

« Oh oui, pour cela, tu as merveilleusement bien gémi, je peux te l'assurer », dit Diana.

« Quand je me suis assise, j'ai aperçu la vieille Mme Sloane qui essuyait des larmes. C'est extraordinaire de constater qu'on peut ainsi toucher le cœur de quelqu'un. Quelle chose romantique que de participer à un concert, ne trouves-tu pas ? Oh, quelle soirée mémorable ! »

« Le dialogue des garçons n'était-il pas superbe ? » renchérit Diana. « Gilbert Blythe a été tout simplement remarquable. Anne, je trouve que tu traites Gil d'une façon très mesquine. Attends, écoute ce que j'ai à te dire. Quand tu es descendue de la scène, après le dialogue des fées, une rose est tombée de tes cheveux. J'ai vu Gil la ramasser et la glisser dans sa poche. Tu vois, toi qui es d'un tempérament si romantique, ça devrait te plaire. »

« Ce que cette personne peut faire ou dire ne me touche en rien », émit Anne, avec dédain. « C'est pourtant simple, Diana : je n'ai pas de temps à perdre à penser à lui. »

Ce soir-là, Marilla et Matthew, pour qui il s'agissait du premier concert depuis vingt ans, demeurèrent assis quelques instants près du feu de la cuisine, après qu'Anne fut montée se coucher.

« Eh bien, disons que notre Anne s'est débrouillée aussi bien que les autres », dit Matthew, très fier.

« Oui, c'est vrai », concéda Marilla. « C'est une petite fille fort intelligente, Matthew. Et, en plus, elle était très jolie. Je n'approuvais pas tellement cette histoire de concert, mais, après tout, ça ne semble pas avoir causé le mal que j'appréhendais. De toute façon, j'étais très fière d'Anne, ce soir, mais pas question que je le lui dise. »

« Eh bien, moi aussi, j'étais fier, et je le lui ai dit avant qu'elle monte se coucher », fit Matthew. « Nous devrions commencer à envisager des plans d'avenir pour elle, un de ces jours, Marilla. Je pense qu'elle aura, à un moment ou l'autre, besoin de quelque chose de plus que l'école d'Avonlea. »

« On a encore tout le temps d'y penser », dit Marilla. « Elle aura à peine treize ans en mars. Je dois dire, pourtant, que ça m'a frappé ce soir : elle devient une grande fille. Mme Lynde a coupé cette robe un tantinet trop longue, ce qui donne l'impression qu'Anne est plus grande. Elle apprend rapidement, et la meilleure chose que nous pourrons sans doute faire, c'est de l'envoyer bientôt à l'école supérieure de Queen's. Mais il n'est pas nécessaire d'en parler avant un an ou deux. »

« Eh bien, disons quand même que cela ne fait pas de mal de commencer à y réfléchir », dit Matthew. « Bien réfléchir à ces choses-là ne peut que les améliorer. »

26

Le club des conteuses voit le jour

La jeunesse d'Avonlea trouva bien ardu de revenir au train-train quotidien. Aux yeux d'Anne tout particulièrement, les choses apparurent d'une profonde platitude, insipides et ineptes, après les péripéties mouvementées dans lesquelles elle baignait depuis des semaines. Serait-il possible de s'en tenir maintenant aux petits plaisirs des jours anciens qui avaient précédé le concert ? Tout d'abord, elle ne le crut pas et en fit part à Diana.

« Je suis absolument sûre, Diana, que la vie ne pourra plus jamais être la même qu'autrefois », dit-elle tristement, comme si elle évoquait une époque révolue depuis au moins cinquante ans. « Après un moment, je m'y ferai peut-être, mais je crains que les spectacles ne gâtent finalement la vie quotidienne. Je suppose que c'est pour cette raison que Marilla ne les approuve pas. Marilla est une femme de grand bon sens. Ce doit être préférable d'être raisonnable comme elle ; pourtant, malgré tout, je ne tiens pas à devenir une personne raisonnable, parce que les gens raisonnables ne sont guère romantiques. Mme Lynde dit qu'il y a peu de chances que ça se produise, mais on ne sait jamais. J'ai l'impression, en ce moment, que je vais peut-être devenir raisonnable en grandissant. Mais c'est peut-être simplement parce que je suis fatiguée. Je n'ai pas pu dormir durant la plus grande partie de la nuit passée. Je suis restée éveillée à revivre dans ma tête tous les moments du spectacle. La chose la plus merveilleuse de ces événements-là, c'est qu'on se les remémore avec délectation, après. »

L'école d'Avonlea retrouva sa routine et ses habituels centres d'intérêt. Certes, le spectacle laissa des traces. Ruby Gillis et Emma White, qui s'étaient disputées pour avoir la meilleure place sur scène, ne s'asseyaient plus sur le même banc, et une amitié fort prometteuse, vieille de trois ans, s'était ainsi trouvée rompue. Josie Pye et Julia Bell ne se parlèrent plus pendant trois mois, car Josie Pye avait dit à Bessie Wright que le nœud de Julia Bell, lorsqu'elle s'était levée pour se rendre sur la scène, lui avait irrésistiblement fait penser à un poulet en train de tendre le cou, ce que Bessie avait rapporté à Julia. Aucun Sloane ne voulait plus voir les Bell, car ces derniers avaient déclaré que les Sloane avaient pris trop de place dans le programme, et les Sloane avaient répliqué que les Bell se montraient même incapables de faire correctement le peu qu'ils avaient à faire. Finalement, Charlie Sloane se battit contre Moody Spurgeon MacPherson, parce que Moody avait clamé qu'Anne Shirley prenait de grands airs pendant qu'elle récitait ses textes ; Moody ayant écopé d'une raclée, sa sœur, Ella May, battit froid à Anne Shirley durant tout le reste de l'hiver. À l'exception de ces menus accrochages, le travail, dans le royaume de Mlle Stacy, se poursuivit avec une régularité irréprochable.

Les semaines d'hiver passèrent. La saison était remarquablement douce : il était tombé si peu de neige que Diana et Anne pouvaient se rendre à l'école pratiquement tous les jours par le sentier des bouleaux. Le jour de l'anniversaire d'Anne, elles y trottinaient gaiement, les yeux et les oreilles à l'affût, en dépit de leur caquetage, car Mlle Stacy leur avait affirmé qu'elles devaient bientôt écrire une composition sur « Une promenade dans les bois, en hiver », et il était de leur intérêt de se montrer observatrices.

« Tu te rends compte, Diana, j'ai treize ans aujourd'hui », fit remarquer Anne, d'une voix angoissée. « Je parviens difficilement à admettre que je suis maintenant une adolescente. À mon réveil, ce matin, il m'a semblé que tout allait devenir différent. Toi, tu as treize ans depuis un mois, par conséquent, ce n'est plus aussi nouveau pour toi. La vie en a acquis un net regain d'intérêt ! Encore deux ans, et je serai vraiment une grande personne. Ça me rassure de penser qu'à ce moment-là je pourrai utiliser de grands mots sans que personne ne se moque de moi. »

« Ruby Gillis dit qu'elle a l'intention de se prendre un amoureux dès l'âge de quinze ans », dit Diana.

« Ruby Gillis ne pense qu'aux amoureux », rétorqua Anne avec mépris. « Elle est vraiment ravie lorsque quelqu'un inscrit son nom quelque part, en guise d'avis public, bien qu'elle prétende le contraire. Mais j'ai bien peur que ces propos ne soient pas très charitables. Mme Allan dit que nous ne devrions jamais tenir de propos non charitables, mais ils sortent tout seuls, avant qu'on y pense, tu ne trouves pas ? Je ne peux pas parler de Josie Pye sans manquer de charité, par conséquent je ne mentionne plus son nom. Tu l'as peut-être remarqué. J'essaie d'être le plus possible semblable à Mme Allan, car je la trouve parfaite. Son mari pense comme moi. Mme Lynde dit qu'il est en adoration devant le moindre de ses gestes et que c'est incorrect de la part d'un pasteur d'être aussi attaché à une créature mortelle. Mais, pourtant, Diana, même les pasteurs sont humains et souffrent de petits défauts, comme tout le monde. J'ai eu une conversation fort intéressante avec Mme Allan, l'après-midi de dimanche dernier, à propos de ces petits défauts. Il y a certains sujets qu'il convient de débattre le dimanche, et celui-ci en est un. Mon petit défaut à moi, c'est d'avoir trop d'imagination et d'oublier ce que je dois faire. Je m'efforce le plus possible de m'en guérir, et maintenant que j'ai treize ans, j'y parviendrai peut-être. »

« Encore quatre ans, et nous pourrons nous relever les cheveux », dit Diana. « Alice Bell n'a que seize ans, et elle les porte relevés, mais je trouve ça ridicule. Moi, j'attendrai d'avoir dix-sept ans. »

« Si j'avais le nez de travers comme Alice Bell », commença Anne d'un ton ferme, « je ne ferais pas… mais, ho ! Je ne dirai pas ce que je m'apprêtais à dire, car c'était extrêmement peu charitable. De plus, je le comparais à mon propre nez, et il s'agit là très évidemment de vanité. J'ai bien peur de trop penser à mon nez depuis que l'on m'a fait un compliment à ce sujet, il y a longtemps. Oh, Diana, regarde, un lapin ! Il faut nous en souvenir pour notre composition sur la forêt. Les bois sont vraiment aussi jolis l'hiver que l'été… si blancs, si calmes, comme s'ils étaient endormis et faisaient de beaux rêves. »

« Cela ne me dérangera pas de rédiger cette composition, le moment venu », soupira Diana. « J'arriverai bien à écrire sur les bois, mais, par contre, la composition que nous devons rendre lundi est épouvantable ! Quelle idée a eue Mlle Stacy de nous commander une histoire entièrement inventée par nous-mêmes ? »

« Mais voyons, ça se fait tout seul », dit Anne.

« C'est facile pour toi, à cause de ton imagination », répliqua Diana, « mais que ferais-tu si tu en étais tout à fait dépourvue ? Ta composition est déjà toute rédigée, je suppose ? »

Anne fit signe que oui, essayant vigoureusement de ne pas afficher un air trop suffisant, mais n'y réussissant guère.

« Je l'ai écrite lundi soir dernier. Elle s'intitule *Le rival jaloux, ou ceux que la mort ne sépare point*. Je l'ai lue à Marilla, et elle m'a dit que c'était un ramassis de niaiseries. Puis je l'ai lue à Matthew, et il m'a dit que c'était très bien : c'est le genre de critique que j'aime entendre. Mon histoire est romantique et triste. Tout en la rédigeant, je pleurais comme une enfant. C'est l'histoire de deux belles jeunes filles qui s'appellent Cordélia Montmorency et Géraldine Seymour. Elles vivaient dans le même village et éprouvaient l'une pour l'autre un attachement inébranlable. Cordélia était une brune à l'allure royale, au visage surmonté d'une chevelure de jais, et aux yeux d'un noir étincelant. Géraldine était une blonde princière, aux cheveux semblables à de l'or filé, et aux yeux de velours violet. »

« Je n'ai jamais rencontré personne avec les yeux violets », fit remarquer Diana, dubitative.

«Moi non plus. Je les ai simplement imaginés. Je voulais quelque chose qui sorte de l'ordinaire. Géraldine avait aussi un front d'albâtre. J'ai finalement trouvé la signification de "front d'albâtre". Voilà un des avantages d'avoir treize ans: on en sait tellement plus qu'à douze ans.»

«Bon, qu'est-ce qui est arrivé à Cordélia et à Géraldine?» demanda Diana, qui commençait à s'intéresser à leur sort.

«Elles grandirent en beauté, l'une à côté de l'autre, jusqu'à l'âge de seize ans. C'est à ce moment-là que Bertram DeVere arriva dans leur village natal et tomba amoureux de la belle Géraldine. Il lui sauva la vie lorsque le cheval de sa voiture s'emballa; Géraldine s'évanouit dans ses bras. Il la porta jusque chez elle sur une distance de trois miles; la voiture, en effet, était complètement démolie. J'ai trouvé passablement ardu d'imaginer une demande en mariage, parce que je ne pouvais m'inspirer d'aucune expérience personnelle. J'ai demandé à Ruby Gillis si elle savait comment les hommes adressent une demande en mariage, pensant qu'elle était quasiment une spécialiste en la matière, vu que tant de ses sœurs sont mariées. Ruby m'a raconté qu'elle était cachée dans le garde-manger du couloir le jour où Malcolm Andrews a fait sa demande en mariage à sa sœur Susan. Elle dit que Malcolm a dit à Susan que son père lui avait fait cadeau de la ferme, qui était maintenant à son nom, et il a continué en disant: "Et que penses-tu, mon petit chat, si on s'attelait l'automne qui vient?" Ce à quoi Susan a répondu "Oui – non – je ne sais pas – peut-être", et voilà, d'un coup, ils étaient fiancés. Mais je ne trouvais pas cette sorte de demande en mariage bien romantique, par conséquent, j'ai fini par en imaginer une de mon cru. Je l'ai composée d'une façon très fleurie, très poétique : Bertram tombait à genoux, bien que Ruby Gillis m'ait assuré que ça ne se faisait plus, de nos jours. Géraldine a accepté sa demande, dans un discours d'une page. Je peux t'assurer que ce discours-là m'a posé bien des problèmes. Je l'ai récrit cinq fois et je considère qu'il s'agit là de mon chef-d'œuvre. Bertram lui a offert une bague en diamant et un collier de rubis, et lui a promis qu'ils iraient en voyage de noces en Europe, car il était extrêmement riche. Mais c'est alors, hélas ! que de sombres nuages se mirent à obscurcir leur chemin. Cordélia était secrètement amoureuse de Bertram, elle aussi, et quand Géraldine lui a annoncé leurs fiançailles, elle en a conçu une fureur sans bornes, surtout après avoir entrevu la bague et le collier. Toute son affection d'antan pour Géraldine se changea en haine amère, et elle jura que Géraldine n'épouserait jamais Bertram. Pourtant elle continua de faire semblant d'être toujours l'amie de Géraldine. Un soir, elles étaient debout sur un pont, un cours d'eau agité roulait sous elles, et Cordélia, se croyant seule avec Géraldine, la poussa dans l'eau avec un sardonique et méchant "Ha ! ha ! ha !" Mais Bertram avait tout vu et plongea d'un bond dans le fleuve déchaîné en s'écriant : "Je te sauverai, ô mon incomparable Géraldine." Hélas, il avait oublié qu'il ne savait pas nager, et bientôt, enlacés, ils coulèrent tous deux à pic et se noyèrent. Ils partagèrent la même tombe et eurent droit, Diana, à d'impressionnantes funérailles. C'est tellement plus romantique de terminer une histoire par des funérailles, plutôt que par un mariage. Quant à Cordélia, le remords la rendit folle et on l'enferma dans un asile d'aliénés. J'ai pensé que c'était là un châtiment poétique pour elle. »

« Quelle superbe histoire ! » fit Diana en poussant un long soupir, car elle appartenait à la même école critique que Matthew. « Je ne comprends pas comment tu arrives à inventer des histoires aussi passionnantes toute seule, Anne. J'aimerais avoir ton imagination fertile. »

« Tu en aurais une, si tu la cultivais », dit Anne, avec enthousiasme. « Je viens d'échafauder un plan, Diana. Formons, toi et moi, un club rien qu'à nous, pour nous raconter des histoires et les rédiger, afin de nous entraîner. Je t'aiderai jusqu'à ce que tu saches t'y prendre. Tu devrais entretenir ton imagination, tu sais. Mlle Stacy le dit. Il suffit de s'y prendre correctement. Je lui ai parlé de la Forêt hantée, mais elle assure que dans ce cas-là, nous ne nous y sommes pas prises correctement du tout. »

C'est ainsi que le club des conteuses d'histoires vit le jour. D'abord, il se limita à Diana et Anne, mais bientôt s'élargit pour accueillir Jane Andrews, Ruby Gillis, et une ou deux autres qui estimaient que leur imagination avait besoin d'être entretenue. On n'y admettait pas de garçons – encore que Ruby Gillis fût d'avis que leur présence rendrait la chose encore plus passionnante – et chacun des membres devait écrire une histoire par semaine.

« C'est extrêmement intéressant », confia Anne à Marilla.

« Chacune des filles doit lire son histoire à voix haute, et ensuite, nous en discutons. Nous allons toutes les conserver pieusement afin de les faire lire à nos descendants. Chacune d'entre nous écrit sous un nom de plume. Le mien, c'est Rosamund Montmorency. Toutes les filles s'en sortent bien. Ruby Gillis est plutôt sentimentale. Elle met trop d'amour dans ses histoires, et tu sais que trop, c'est pire que trop peu. Jane n'en met jamais, parce qu'elle dit qu'elle se sent toute gênée de les lire ensuite à voix haute. Les histoires de Jane sont bien construites. Diana, elle, parle trop de meurtres dans ses histoires. Elle dit que, souvent, elle ne sait plus quoi faire des gens, alors elle les tue pour s'en débarrasser. La plupart du temps, c'est moi qui dois leur donner un sujet, mais ce n'est pas difficile, car j'ai des millions d'idées dans la tête. »

« Je trouve que cette histoire de conteuses est la plus insensée que j'ai entendue jusqu'ici », conclut Marilla en haussant les épaules. « Vous allez vous semer des tas d'idées idiotes dans la tête et perdre un temps précieux que vous pourriez consacrer à vos leçons. Lire des histoires, c'est déjà répréhensible, mais en écrire, c'est encore pis. »

« Mais nous prenons bien garde d'y insérer une morale à chaque fois, Marilla », expliqua Anne. « J'insiste là-dessus. Tous les bons sont récompensés, tous les mauvais sont punis comme ils le méritent. Je suis sûre que cela doit avoir un effet salutaire. La morale, voilà la grande affaire. M. Allan le dit lui-même. Je lui ai lu une de mes histoires, et Mme Allan et lui ont trouvé tous deux la morale excellente. La seule chose embêtante, c'est qu'ils ont ri au mauvais moment. Je préfère que les gens pleurent. Jane et Ruby pleurent presque toujours quand j'en arrive aux passages les plus pathétiques. Diana a écrit à sa tante Joséphine pour lui parler de notre club, et sa tante Joséphine lui a demandé, par retour du courrier, de lui envoyer quelques-unes de nos histoires. Nous avons donc recopié quatre des meilleures, et nous les lui avons fait parvenir. Mlle Joséphine Barry nous a répondu qu'elle n'avait jamais rien lu d'aussi divertissant de toute sa vie, ce qui nous a un peu surprises, car toutes les histoires étaient fort pathétiques, et presque tout le monde y mourait. Mais je suis contente que Mlle Barry les ait appréciées. Cela démontre en tout cas que notre club fait du bien aux gens. Mme Allan dit que cela devrait constituer notre objectif ultime dans tous les domaines. J'essaie vraiment d'en faire mon objectif, mais je l'oublie aussitôt quand je m'amuse. J'espère que je deviendrai un peu semblable à Mme Allan, lorsque je serai grande. Penses-tu qu'il y a quelques chances, Marilla ? »

« Je ne pense pas qu'il y en ait beaucoup », fit Marilla, toujours aussi encourageante. « Je suis persuadée que Mme Allan n'a jamais été une petite fille aussi sotte et distraite que toi. »

« Non, mais elle n'a pas toujours été aussi bonne que maintenant », riposta Anne, très sérieusement. « C'est elle-même qui me l'a dit, c'est-à-dire qu'elle m'a avoué qu'elle commettait des tas de mauvais coups quand elle était petite fille, qu'elle se trouvait toujours embarquée dans des histoires embarrassantes. Cela m'a fortement encouragée de l'entendre me raconter ça. Est-ce que c'est vraiment méchant de ma part, Marilla, de me sentir réconfortée lorsque j'entends les autres me parler de leur passé stupide et polisson ? Mme Lynde prétend que si. Elle assure que cela la choque toujours d'entendre quelqu'un dire qu'il a été méchant, peu importe son âge. Mme Lynde a entendu un jour un pasteur avouer qu'enfant, il avait volé une tarte aux fraises dans le garde-manger de sa tante, elle n'a plus jamais eu le moindre respect pour ce pasteur-là. Moi, je n'aurais pas du tout eu une réaction de ce genre. J'aurais considéré que c'était très louable de sa part de faire une telle confession et j'aurais trouvé fort encourageant pour les petits garçons d'aujourd'hui, qui commettent de mauvais coups et les regrettent par la suite, de savoir qu'un jour, malgré tout, ils pourront peut-être devenir pasteurs. Voilà ce que je pense, Marilla. »

« Ce que je pense, moi, à ce moment-ci, ma petite Anne », dit Marilla, « c'est qu'il est grand temps que tu laves ces assiettes. Avec ton interminable babillage, tu as déjà perdu une demi-heure. Apprends donc à travailler avant de jacasser. »

27

Vanité et vexation

Marilla, arrivant tard d'une réunion de la société de bienfaisance un soir d'avril, se rendit compte que l'hiver venait de se terminer, avec ce petit frisson de plaisir que le printemps ne manque jamais de provoquer autant chez les plus vieux et les plus mélancoliques que chez les plus jeunes et les plus joyeux. Marilla n'était pas très douée pour analyser le pourquoi de ses pensées et de ses sentiments. Elle se croyait innocemment en train de réfléchir à la société de bienfaisance, à leur quête pour les missions, ou au nouveau tapis pour la salle de patronage, mais, perdue dans ces réflexions apparentes, elle n'en restait pas moins consciente de l'harmonie environnante : champs rouges d'où montaient en fumerolles, dans le soleil pâlissant, des brumes d'un mauve léger ; longues ombres pointues des sapins projetées sur le pré de l'autre côté du ruisseau ; érables placides aux bourgeons rouges, parqués autour d'une mare lisse comme un miroir ; réveil souverain du monde, impulsion de forces cachées s'agitant sous les mottes grises. Le printemps envahissait tout le pays, et le pas de Marilla, ce pas sobre de femme vieillissante, s'en retrouvait soudain allégé et allègre, marqué par cette euphorie profonde qui puise ses racines très loin dans l'âme humaine.

Elle jeta un regard affectueux sur Green Gables, qui apparaissait par bribes à travers le lacis des arbres. Les fenêtres réfléchissaient la lumière du soleil en paillettes étincelantes. Marilla, arpentant avec précaution l'allée humide, songeait qu'il était réellement plaisant de savoir qu'elle allait retrouver un beau feu de bois crépitant et une table joliment dressée pour le thé, au lieu de la froide désolation des anciens retours de réunions, alors qu'Anne n'habitait pas encore Green Gables.

C'est pourquoi, lorsque Marilla pénétra dans la cuisine et trouva le feu éteint, sans la moindre trace d'Anne, elle en éprouva un dépit justifié et une colère certaine. Elle avait pourtant recommandé à Anne de veiller à ce que le thé soit prêt à cinq heures ; or, voilà qu'elle devait se hâter d'enlever ce qui était une de ses plus belles robes pour préparer le repas avant que Matthew rentre des labours.

« Je vais m'occuper de cette petite demoiselle dès son retour », marmonna Marilla, menaçante, tout en taillant du petit bois à l'aide d'un couteau à découper, avec une vigueur excessive. Matthew était maintenant rentré et attendait paisiblement dans son coin que le thé fût servi. « Elle est en train de rôder quelque part avec Diana, à écrire des histoires, à répéter des saynètes ou à commettre quelque autre ânerie du même genre, ne se souciant pas une minute de ce qu'elle a à faire. Voilà une attitude déplorable, et qui exige un rappel à l'ordre brutal et immédiat. Ça m'est parfaitement égal que Mme Allan soutienne qu'il s'agit de l'enfant la plus intelligente et la plus sensible qu'elle ait connue. Intelligente et sensible, peut-être, mais la tête farcie de sottises imprévisibles. À peine émerge-t-elle d'une histoire invraisemblable que la voilà embarquée dans une autre ! Enfin, bref ! Voilà que je me mets à répéter les mots exacts qu'a proférés Rachel Lynde à la société de bienfaisance aujourd'hui, et qui m'ont tellement agacée. J'étais bien contente que Mme Allan prenne la défense d'Anne ; si elle ne l'avait pas fait, j'aurais lancé quelque chose d'un peu trop vif à Rachel, devant tout le monde, j'en suis certaine. Anne a bien des défauts, il faut l'admettre, loin de moi l'idée de vouloir prétendre qu'elle n'en a pas. Mais c'est moi qui l'élève, pas Rachel Lynde, qui découvrirait des défauts chez l'ange Gabriel lui-même, s'il avait la malchance de vivre à Avonlea. Enfin, quoi qu'il en soit, il n'y a aucune raison qu'Anne ait quitté la maison de cette façon, d'autant plus que je lui avais demandé explicitement de rester ici cet après-midi et de s'occuper des tâches domestiques. Malgré tous ses défauts, je ne l'avais jamais vue désobéir, je ne l'avais jamais trouvée indigne de ma confiance jusqu'à présent ; ça me chagrine de constater qu'elle l'est devenue. »

« Eh bien, disons que je ne sais trop », risqua Matthew, réfléchi, et surtout affamé. Il avait décidé qu'il valait mieux laisser Marilla exhaler sa colère sans contrainte, la laisser dire tout ce qu'elle avait à dire ; l'expérience lui avait appris qu'elle s'acquittait bien plus rapidement du travail à faire si elle ne perdait pas son temps en débats inutiles. « Tu portes peut-être un jugement trop rapide, Marilla. Ne décide pas qu'elle est indigne de confiance avant de t'assurer qu'elle a vraiment désobéi. P'têt que tout ça peut s'expliquer : Anne a toujours des explications. »

« Je lui avais dit de rester, et elle n'est pas là », rétorqua Marilla. « Je parie qu'elle va éprouver bien des difficultés à me fournir une explication satisfaisante pour ça. Bien entendu, Matthew, j'étais sûre que tu prendrais sa défense. Mais c'est moi qui l'élève, pas toi. »

Le souper était prêt, la nuit était tombée, et pas la moindre trace d'Anne, se hâtant de revenir par le Chemin des amoureux et le pont de bois, anxieuse de s'excuser, repentante, de sa mauvaise conduite. Marilla, d'un air renfrogné, lava la vaisselle et la rangea. Quand elle eut terminé, elle partit chercher une bougie pour éclairer le sous-sol ; elle monta dans le pignon est, afin d'aller chercher celle qui se trouvait habituellement sur la table d'Anne. Lorsqu'elle l'eut allumée, elle se retourna et découvrit Anne, en personne, étendue sur le lit, le visage enfoncé dans les oreillers.

« Miséricorde divine ! » s'exclama, interloquée, Marilla. « Tu dormais, Anne ? » La réponse étouffée lui parvint : « Non. »

« Et serais-tu malade ? » s'enquit Marilla, avec une anxiété grandissante, tout en se dirigeant vers le lit.

Anne s'enfonça encore plus profondément dans les oreillers, comme pour se mettre définitivement à l'abri des regards.

« Non. Mais, s'il te plaît, Marilla, ne reste pas ici et ne me regarde surtout pas. Je suis plongée dans les abîmes du désespoir et je me moque de savoir qui va être premier en classe, ou qui va rédiger la meilleure rédaction et chanter dans la chorale de l'école du dimanche. À présent, ces petites choses-là n'ont plus aucune importance, car je n'irai plus nulle part, de toute façon. C'en est fini de ma carrière. Par pitié, Marilla, éloigne-toi, ne me regarde pas ! »

« A-t-on déjà entendu sornettes pareilles ? » fit Marilla, désorientée et cherchant à comprendre. « Qu'est-ce qui t'arrive, Anne Shirley ? Qu'est-ce que tu as bien pu faire ? Allons, debout, tout de suite ! Réponds-moi ! Tout de suite, allons ! Eh bien, de quoi s'agit-il ? »

Anne, se résignant à obéir, s'était laissée glisser sur le sol.

« Regarde mes cheveux, Marilla », murmura-t-elle.

Marilla approcha sa bougie et scruta attentivement la chevelure d'Anne, répandue, épaisse et lourde, sur son dos : elle avait indéniablement une allure bizarre.

« Mais, Anne Shirley, qu'as-tu fait à tes cheveux ? Ma parole, mais… mais ils sont *verts* ! »

Vert était le mot le plus approprié, en effet, pour décrire cette invraisemblable couleur, mais un vert étrange, sans éclat, aux reflets cuivrés, rendu plus désastreux encore par la présence, ici et là, de mèches striées du roux initial. De toute sa vie, Marilla n'avait jamais vu quelque chose d'aussi grotesque.

« Eh bien oui, ils sont verts », éclata Anne, sanglotante. « Je croyais qu'il n'y avait rien de pire que d'avoir des cheveux roux. Maintenant, je sais que c'est mille fois pire d'avoir les cheveux verts. Oh, Marilla, si tu savais comme je suis malheureuse, tellement malheureuse ! »

« Je ne sais trop comment tu as pu te transformer de la sorte, mais j'ai la ferme intention de le découvrir », dit Marilla. « Allons, descends à la cuisine – il fait trop froid, ici en haut – et raconte-moi ce que tu as fait. Depuis un bon moment, j'appréhendais une nouvelle catastrophe. Tu ne t'étais pas attiré d'ennuis depuis deux mois, il fallait bien que tu finisses par te fourrer dans un quelconque pétrin. Eh bien, à présent, explique-moi : qu'est-ce que tu leur as fait, à tes cheveux ? »

« Je les ai teints. »

« Teints ? Tu as teint tes cheveux ? Savais-tu qu'il s'agit là d'une bien méchante action ? »

« Oui, je me doutais bien que c'était un peu méchant », admit Anne. « Mais je me disais que ça valait la peine de se montrer un peu méchante si ça pouvait enfin me débarrasser de cette horrible couleur rousse. J'avais tout calculé, Marilla. En plus, j'avais la ferme intention de me montrer particulièrement gentille dans d'autres circonstances, afin de compenser. »

« Eh bien », fit Marilla, sarcastique, « si j'avais décidé qu'il valait la peine de me teindre les cheveux, je les aurais au moins teints d'une couleur décente. Je ne les aurais sûrement pas teints en vert ! »

« Mais je ne voulais pas les teindre en vert, Marilla », protesta Anne, de plus en plus abattue. « Si j'ai été méchante, j'avais de bonnes raisons. Il m'a garanti que j'aurais des cheveux d'un superbe noir corbeau. Comment aurais-je pu ne pas avoir confiance, Marilla ? Je sais bien, moi, comment on se sent lorsque quelqu'un doute de votre parole. D'ailleurs, Mme Allan soutient que nous ne devons jamais soupçonner quelqu'un de mensonge avant de détenir une preuve. Maintenant, je l'ai, cette preuve : des cheveux verts, c'est là, je pense, une preuve suffisante pour convaincre tout le monde ! Mais, sur le moment, j'ai cru tacitement tout ce qu'il me disait. »

« Qui disait quoi ? Mais de qui parles-tu ? »

« Le colporteur qui était ici cet après-midi. C'est à lui que j'ai acheté cette teinture. »

« Anne Shirley ! Combien de fois t'ai-je déjà dit de ne jamais laisser un seul de ces Italiens pénétrer dans la maison ! Je crois qu'il faut les décourager une fois pour toutes de rôder par ici. »

« Oh, mais je ne l'ai pas laissé rentrer dans la maison ! Je me suis rappelé ce que tu m'avais dit : je suis sortie, j'ai pris soin de refermer la porte derrière moi, et c'est sur le seuil que j'ai regardé sa marchandise. D'ailleurs, ce n'était pas un Italien, mais un Juif allemand. Il y avait, dans son coffre, plein de choses intéressantes ; il m'a dit qu'il devait travailler dur, afin de gagner suffisamment d'argent pour que sa femme et ses enfants, restés en Allemagne, puissent venir le rejoindre. Il en parlait avec une telle émotion que ça m'est allé droit au cœur. Je désirais vraiment lui acheter quelque chose pour encourager une cause aussi noble. C'est alors que, tout à coup, j'ai aperçu le flacon de teinture. Le colporteur m'a assuré que ça teignait n'importe quels cheveux en beau noir corbeau, et que la couleur ne partait pas au rinçage. Soudain, je me suis vue, moi, avec de superbes cheveux noir corbeau ; je n'ai pas pu résister à une pareille tentation. Mais le flacon coûtait soixante-quinze sous, et je n'en avais plus que cinquante. Je crois que ce colporteur devait être d'une grande générosité, car il m'a dit, en constatant que je n'avais pas assez d'argent, que, pour moi, ce ne serait que cinquante sous, autrement dit, presque gratuit. Je l'ai donc acheté, et, dès qu'il a été parti, je suis montée ici. J'ai suivi les instructions et j'ai mis le produit sur mes cheveux à l'aide d'une vieille brosse. J'ai vidé le flacon entier, et, oh Marilla, quand j'ai vu l'horrible couleur de mes cheveux, je me suis repentie amèrement d'avoir commis cette méchante action, je peux te l'assurer ! Et je m'en veux de plus en plus. »

« Eh bien, j'espère que ce repentir-là servira à quelque chose », dit Marilla, sévère, « et t'ouvrira les yeux. Tu vois où ta vanité t'a menée, ma pauvre Anne. Dieu seul sait ce qu'on peut y faire maintenant. Commence par bien te laver les cheveux, on verra bien ce que ça donnera. »

C'est ainsi qu'Anne se lava les cheveux et les frotta vigoureusement avec de l'eau et du savon ; hélas, elle aurait pu tout aussi bien tenter de leur enlever ainsi leur couleur d'origine, avec le même inepte résultat. Le colporteur n'avait sûrement pas menti en déclarant que cette teinture ne partait pas au lavage, même si l'on pouvait mettre en doute la vérité de certaines de ses allégations.

« Oh, Marilla, que vais-je faire ? » demanda la pauvre Anne, en larmes. « Je ne survivrai pas à ça. Les gens ont sans doute oublié mes autres bêtises : le gâteau au liniment, la soûlerie de Diana, mon envolée coléreuse contre Mme Lynde. Mais ils n'oublieront jamais ceci. Ils croiront que je ne suis pas une petite fille respectable. Oh, Marilla, “quelle toile embrouillée nous tissons, quand dans le mensonge nous nous enfonçons”. C'est de la poésie, certes, mais bien véridique. Et, oh, comme Josie Pye va s'amuser ! Marilla, je ne peux pas faire face à Josie

Pye ! Je suis la fille la plus malheureuse de toute l'Île-du-Prince-Édouard. »

Anne fut malheureuse tout le reste de la semaine. Elle n'alla nulle part et se fit un shampoing tous les jours. Diana fut la seule à connaître le secret, après avoir fait la promesse solennelle de ne jamais le révéler, et il est permis de croire qu'elle sut tenir parole. La fin de la semaine venue, Marilla, d'un ton décidé, déclara :

« Ça ne sert à rien, Anne. Tu ne te débarrasseras jamais ainsi de la teinture. On doit te couper les cheveux, je ne vois pas d'autre solution. Tu ne peux décidément pas te montrer avec cette tête-là. »

Les lèvres d'Anne esquissèrent un léger tremblement de désarroi, mais force fut de convenir de la justesse des remarques de Marilla. Avec un profond soupir de détresse, elle alla chercher les ciseaux.

« Très bien, Marilla, coupe-les tout de suite pour qu'on en finisse. Oh, comme mon pauvre cœur se brise ! Je suis en proie à un désespoir très peu romantique ! Dans les livres, les filles perdent leurs cheveux à cause d'une fièvre, ou bien elles les vendent contre de l'argent destiné à quelque bonne action. Chose certaine, je serais beaucoup moins affectée par la perte de mes cheveux si je pouvais l'imputer à une raison de ce genre. Mais ça constitue une piètre consolation de perdre ses cheveux parce qu'on les a teints d'une couleur horrible, n'est-ce pas ? Je vais pleurer sans arrêt pendant que tu me coupes les cheveux, si tu m'y autorises. Quelle tragédie ! »

Anne pleura, en effet, mais, plus tard, dans sa chambre, elle s'observa dans une glace en affichant le calme des désespérées. Marilla s'était acquittée de sa tâche avec une conscience professionnelle sans faille : il avait fallu couper les cheveux d'Anne à la garçonne, aussi courts que possible. Le résultat n'était pas des plus heureux, pour exprimer les choses avec délicatesse. Anne eut tôt fait de tourner contre le mur la glace de son miroir.

« Je ne me jetterai plus un seul regard tant que mes cheveux n'auront pas repoussé », déclara-t-elle avec fougue.

Mais elle remit soudain le miroir à l'endroit.

« Plutôt, oui, je vais me regarder. De cette manière, je me punirai d'avoir été méchante. Chaque fois que j'entrerai dans ma chambre, je me regarderai et je constaterai à quel point je suis horrible. Je n'essaierai pas, d'ailleurs, d'atténuer cette réalité-là à l'aide de mon imagination. J'avoue que je ne croyais pas nourrir de vanité à l'endroit de mes cheveux, même si j'en avais pour bien d'autres choses, mais je sais, à présent, que j'étais vaniteuse, bien qu'ils soient roux. Ils étaient trop longs, trop bouclés, trop épais. Je m'attends à ce qu'il arrive prochainement quelque chose à mon nez. »

Le lundi suivant, la coupe d'Anne fit sensation à l'école, mais, à son grand soulagement, personne ne devina la vraie raison pour laquelle elle était ainsi tondue, même pas Josie Pye, qui, cependant, ne manqua pas l'occasion de confier à Anne qu'elle ressemblait à un épouvantail.

« Je n'ai rien répondu à Josie, lorsqu'elle m'a ainsi insultée », avoua Anne à Marilla ce soir-là. Cette dernière, souffrant d'une de ses fréquentes migraines, était allongée sur le sofa. « J'ai pensé que ça faisait partie de mon châtiment, et qu'il me fallait avoir la patience de l'endurer. C'est insupportable, pourtant, de se faire dire qu'on ressemble à un épouvantail ; j'aurais voulu répondre. Mais je ne l'ai pas fait. Je lui ai juste lancé un regard méprisant et puis je lui ai pardonné. Cela procure une délicieuse sensation de vertu que de pardonner aux autres, non ? Je vais tenter de consacrer toute mon énergie à me montrer bonne et gentille, dorénavant, et je n'essaierai plus jamais d'être belle. Il est évident que la bonté est une qualité supérieure. Je le sais, mais c'est parfois bien difficile de croire quelque chose, même lorsqu'on le sait. Je veux vraiment devenir bonne, Marilla, comme toi, comme Mme Allan, comme Mlle Stacy ; je te donnerai l'occasion d'être fière de moi. Diana me conseille, lorsque mes cheveux commenceront à repousser, de me nouer un ruban de velours noir autour de la tête, avec un nœud sur le côté. Elle est persuadée que cela m'irait vraiment bien. Je dirai que c'est un bandeau. Le mot me semble si romantique ! Mais est-ce que je parle trop, Marilla ? Est-ce que cela te donne mal à la tête ? »

« Non, ma tête va mieux, à présent. Cet après-midi, par contre, c'était épouvantable. Mes maux de tête empirent de jour en jour. Il faudra que je me décide à consulter un médecin. Quant à ton bavardage, je ne sais plus s'il me dérange ou non, j'y suis tellement habituée. »

Voilà comment Marilla, à sa manière, laissait entendre que le bavardage d'Anne, au fond, lui plaisait.

28

Une pauvre belle au teint de lis

« Bien sûr que c'est toi qui dois jouer Elaine, Anne » dit Diana. « Moi, je n'aurais jamais le courage de me laisser flotter jusque là-bas ».

« Moi non plus », fit Ruby Gillis avec un petit frisson. « Cela m'est égal de me laisser porter par le courant lorsque nous sommes deux ou trois dans la barque et que nous pouvons nous asseoir. C'est bien amusant. Mais s'étendre sur le fond plat, faire semblant d'être morte, non, je ne pourrais pas. J'en mourrais de frayeur, pour de bon ! »

« Bien sûr que ce serait romantique », admit Jane. « Mais je sais bien que je ne pourrais pas rester immobile. À chaque instant, je lèverais la tête pour voir où je suis et m'assurer que le courant ne m'entraîne pas trop loin. Et tu sais bien, Anne, que ça gâcherait tout. »

« Mais », fit Anne d'un air désespéré, « une Elaine rousse sera complètement ridicule ! Je n'ai pas peur, moi, de me laisser flotter et c'est vrai que j'adorerais être Elaine. Mais c'est quand même ridicule. C'est Ruby qui devrait faire Elaine. Elle est tellement belle, elle a le teint si clair et les cheveux si blonds, ondoyant autour d'elle comme ceux d'Elaine et “ruisselant d’une coulée d’or”. Elaine était la belle au teint de lis. Une rouquine ne peut pas être une belle au teint de lis. »

« Mais tu as le teint tout aussi clair que celui de Ruby », fit Diana, fort sérieusement, « et tes cheveux sont nettement plus foncés qu’ils ne l’étaient avant que tu les coupes. »

« Tu crois ? Vraiment ? » Anne en rougissait de plaisir. « Je l’ai parfois pensé, intérieurement, mais je n’aurais jamais osé en parler à quiconque de peur qu’on ne me dise le contraire. Crois-tu que l’on pourrait les qualifier de “châtains”, maintenant ? » s’enquit-elle, anxieuse.

« Oui, je crois, et je les trouve vraiment très beaux », dit Diana, laissant errer un regard admiratif sur les boucles courtes et soyeuses de son amie, retenues par un superbe ruban au nœud de velours noir.

Elles se tenaient debout au bord d’un lac, en bas d’Orchard Slope, à l’endroit où une fine pointe de terre, bordée de bouleaux, s’avançait dans l’eau ; un petit embarcadère y avait été construit pour que pêcheurs et chasseurs de canards pussent atteindre l’eau plus aisément. Ruby et Jane passaient les après-midi d’été avec Diana ; Anne était venue jouer avec elles.

Anne et Diana, cet été-là, avaient occupé presque toutes leurs heures de loisir à jouer près de ce lac, ou à le parcourir en bateau. Idlewild, le paradis de la nature sauvage, avait été oublié par la force des choses : M. Bell avait, sans pitié, abattu le cercle d’arbres qui se dressait dans le pré derrière chez lui, au printemps dernier. Anne en avait pleuré, assise au milieu des souches ; elle regrettait surtout le romantisme de son petit paradis sauvage. Malgré tout, elle se consola vite : est-ce qu'elles n'étaient pas, elle et Diana, de grandes filles de treize, bientôt quatorze ans ? Elles étaient trop vieilles à présent pour se contenter de divertissements aussi puérils que ces petits théâtres imaginaires ; il y avait, sur les bords de ce lac, nombre d'activités auxquelles se consacrer. C'était merveilleux de pêcher des truites depuis le pont, et les deux adolescentes apprirent à canoter sur la petite barque à fond plat dont M. Barry se servait pour la chasse aux canards.

L'idée de mettre en scène *Lancelot et Elaine* émanait, bien sûr, de cette chère Anne. L'hiver précédent, elles avaient étudié ce poème de Tennyson en classe, puisqu'il avait été inscrit au programme du cours d'anglais des écoles de toute l'Île-du-Prince-Édouard. Elles l'avaient étudié en détail, en avaient déchiqueté le contenu, la forme, la grammaire ; elles en avaient fouillé les moindres recoins, de telle sorte qu'il semblait incroyable qu'elles pussent encore y trouver un intérêt quelconque : et pourtant, la belle Elaine au teint de lis, Lancelot et Guenièvre, le roi Arthur, étaient devenus pour elles des personnages tout à fait vivants, au point qu'Anne souffrait secrètement de ne pas être née à Camelot. Cette époque, à l'entendre, était infiniment plus romantique que la nôtre.

Le plan proposé par Anne fut approuvé avec enthousiasme. Les filles avaient découvert que si l'on poussait la barque à partir du débarcadère, elle suivrait le cours de l'eau, passerait sous le pont et s'échouerait ultimement sur un autre petit promontoire, en aval, qui faisait saillie dans une anse du lac. Elles s'étaient souvent laissé porter ainsi, et il s'agissait là de la solution parfaite pour incarner le rôle d'Elaine.

« Bon, dans ce cas, je ferai Elaine », accepta Anne sans grand enthousiasme. Elle eût été enchantée de jouer le rôle principal, certes, si sa sensibilité esthétique, terriblement exigeante, ne lui eût révélé, malheureusement, que ses propres limites risquaient d'altérer la perfection de l'entreprise. « Ruby, tu seras le roi Arthur, Jane sera Guenièvre, et Diana sera Lancelot. Mais, pour commencer, vous serez les frères et le père. Nous ne pourrons pas emmener le vieux serviteur muet : il n'y a pas assez de place pour deux lorsque quelqu'un s'allonge au fond de la barque. Il nous faut voiler entièrement la barque du brocart lamé le plus sombre possible. Le vieux châle noir de ta mère fera parfaitement l'affaire, Diana. »

On lui donna le châle noir. Elle en couvrit le fond de la barque et s'y étendit de tout son long, telle une gisante, les yeux clos, les mains croisées sur la poitrine.

« Oh, mais elle semble vraiment morte », murmura Ruby Gillis, jetant un regard vaguement inquiet au petit visage immobile et livide sur lequel jouaient la lumière du soleil et l'ombre des bouleaux. « Je trouve tout ça réellement effrayant, les filles. Êtes-vous sûres que c'est bien d'agir ainsi ? Mme Lynde, elle, affirme que toute forme de théâtre constitue un acte répréhensible. »

« Ruby, tu ne devrais pas parler de Mme Lynde », fit Anne avec sévérité. « Ça n'a rien à voir et ça gâche tout, puisque cette histoire s'est passée des centaines d'années avant la naissance de Mme Lynde. Jane, veille à ce que ça ne se reproduise plus. Ça n'a aucun sens qu'Élaine parle alors qu'elle est morte. »

Jane se montra digne de la circonstance. Il n'y avait pas de drap d'or pour couvrir le corps, mais un vieux châle de crêpe japonais, qui avait servi à protéger un piano, le remplaça parfaitement. Il était impossible, vu la saison, de se procurer un lis blanc, mais l'effet produit par un grand iris bleu, glissé dans une main d'Anne, n'était pas éloigné de la mise en scène recherchée.

« Bon, elle est prête », décréta Jane. « Il nous faut déposer un baiser sur son front serein ; toi, Diana, tu diras : "Adieu, ma sœur, adieu pour toujours" ; toi, Ruby, tu diras "Adieu, douce sœur" ; vous essaierez de prononcer ces mots du ton le plus lugubre possible. Anne, par pitié, souris au moins un peu ! Tu sais bien qu'Elaine "reposait comme en souriant". Bon, c'est mieux. À présent, allons-y, mettons la barque à l'eau. »

On poussa donc la barque, qui racla durement un vieux piquet émergeant à peine du sol. Ruby, Jane et Diana, s'étant assurées que le courant emportait bien l'embarcation dans la direction du pont, détalèrent à travers bois et route pour atteindre le petit promontoire en aval où, devenues Lancelot, Guenièvre et le roi, elles devaient se tenir prêtes à accueillir la belle au teint de lis.

Pendant quelques minutes, Anne, qui descendait tout doucement, éprouva le plus exquis des plaisirs. Quelle situation romanesque ! Mais ce qui suivit s'avéra beaucoup moins romantique. La barque prenait l'eau ! Quelques instants plus tard, il devint impérieux qu'Elaine se relève, se saisisse de son drap d'or, de son voile de brocart lamé, et observe sans trop comprendre la longue fissure au fond de la barque, par laquelle l'eau jaillissait avec force. Le piquet, qui dépassait de l'embarcadère, avait arraché l'étoupe qui en calfeutrait le fond. Anne l'ignorait, mais il lui fallut peu de temps pour se rendre compte qu'elle se trouvait en bien mauvaise posture. À la vitesse où l'eau montait, la barque se verrait submergée et sombrerait bien avant d'avoir pu dériver à destination. Où étaient les avirons ? On les avait laissés sur l'embarcadère !

Anne laissa échapper un léger cri d'effroi, que personne n'entendit ; elle blêmit terriblement, mais ne perdit pas toute contenance pour autant. Il lui restait une seule et unique chance.

« J'étais absolument terrifiée », avoua-t-elle à Mme Allan le lendemain, « et on aurait cru que des années s'écoulaient, pendant que cette barque dérivait vers le pont et que l'eau y montait sans cesse. J'ai prié, chère madame Allan, je le jure, mais sans fermer les yeux, car je savais que la seule manière dont Dieu pouvait me sauver était de laisser dériver le bateau suffisamment près d'un pilier du pont pour que je puisse y grimper. Ces piliers, vous le savez bien, ne sont en fait que de vieux troncs d'arbre, tout noueux, tout hérissés de vieux bouts de branche : il était certes nécessaire d'implorer l'aide du ciel, mais il me fallait aussi m'aider moi-même en ne les perdant pas de vue. Je me suis contentée de répéter sans cesse : "Dieu, mon Dieu, faites dériver la barque près d'un des piliers du pont, et je m'occuperai du reste." Dans des circonstances comme celles-là, on ne réfléchit pas beaucoup à toutes les fioritures dont on peut orner une prière. Mais la mienne a été exaucée, puisque la barque est allée buter sur l'un des piliers, l'espace d'un instant, me donnant le temps de jeter écharpe et châle par-dessus mon épaule, tout en me hissant sur une grosse souche qui se trouvait là comme par miracle. Quelle situation désespérée, chère Mme Allan ! J'étais là, agrippée de toutes mes forces à ce vieux pilier glissant et je ne pouvais même pas bouger, ni pour monter, ni pour descendre ! À bien y penser, c'était une situation fort peu romantique, mais je n'avais guère le temps d'y penser sur le moment. On oublie quelque peu le romanesque lorsqu'on vient d'échapper à un cimetière aquatique. J'ai tout de suite fait une prière de gratitude, et puis je me suis concentrée pour ne pas lâcher prise, car je sentais bien qu'une aide humaine me serait probablement nécessaire pour regagner la terre ferme. »

La barque, elle, dériva sous le pont et ne tarda pas à couler au milieu du lac. Ruby, Jane et Diana, qui étaient déjà à l'attendre sur le petit promontoire en aval, se trouvaient aux premières loges pour assister au naufrage et elles ne doutèrent pas un instant qu'Anne eût sombré avec l'embarcation. Elles restèrent un moment paralysées d'horreur, pâles comme des linceuls, dépassées par la tragédie, et puis, poussant des lamentations stridentes, elles se mirent à courir fébrilement dans le bois et ne s'arrêtèrent qu'après avoir traversé la grand-route. Elles jetèrent alors un dernier regard vers le pont. Anne, qui tentait désespérément de tenir bon malgré la précarité de son point d'appui, les vit qui détalaient et entendit leurs hurlements. On viendrait bientôt à son secours, certes, mais, en attendant, sa situation devenait de plus en plus difficile.

Quelques minutes s'écoulèrent, chacune aussi longue qu'une heure pour la pauvre belle au teint de lis. Pourquoi personne ne se montrait-il ? Où étaient passées les filles ? Et si, toutes ensemble, elles s'étaient évanouies ? Et si on ne venait pas, si personne ne venait ? Et si la fatigue s'emparait d'elle, de ses muscles douloureux, et l'empêchait de tenir bon ? Le regard d'Anne plongea dans les profondeurs d'un vert glauque s'agitant en dessous d'elle, et elle frissonna à la vue des ombres vibrantes et visqueuses comme des reptiles. Une infinité de dénouements macabres affluèrent à son esprit.

Au moment même où elle pensait qu'elle ne pourrait plus tenir une seconde, tant ses bras et ses poignets lui faisaient mal, ne voilà-t-il pas que, sous le pont, dans le doris[1] de Harmon Andrews, ramant à petits coups, apparut… Gilbert Blythe !

Gilbert leva la tête et fut bien étonné de découvrir un petit visage hautain, tout blanc, qui le dévisageait avec de grands yeux gris aussi terrifiés que méprisants. « Anne Shirley ! Que fais-tu là, pour l'amour du ciel ? » s'écria-t-il.

Sans attendre de réponse, il approcha son doris du pilier et tendit une main à Anne. Il n'y avait rien à faire, elle était contrainte de l'accepter. Anne, serrant bien fort la main de Gilbert Blythe, descendit tant bien que mal dans le doris où elle s'assit à la poupe, furieuse d'être surprise ainsi crottée, avec un châle mouillé et un crêpe trempé lui dégoulinant le long

1. Bâteau de pêche à fond plat.

des bras. Il semblait plutôt ardu de conserver ne serait-ce qu'une apparence de dignité en de telles circonstances !

« Qu'est-ce qui s'est passé, Anne ? » demanda Gilbert en empoignant les rames.

« Nous étions à jouer l'histoire d'Elaine » répondit Anne, plus glaciale qu'un iceberg, et sans daigner jeter un coup d'œil à son sauveur, « et je devais me laisser porter par le courant jusqu'à Camelot, dans un grand bateau plat, enfin, dans une barque. La barque s'est mise à prendre l'eau, je me suis accrochée au pilier. Les filles sont allées chercher du secours. Est-ce que vous auriez l'amabilité de me ramener au débarcadère ? »

Gilbert ne se fit pas prier. Une fois arrivée au débarcadère, Anne bondit avec agilité sur le rivage sans attendre d'assistance.

« Je vous suis bien reconnaissante », fit-elle d'un ton condescendant avant de tourner les talons. Mais Gilbert, lui aussi, venait de sauter sur la rive et il lui mit la main sur le bras pour la retenir.

« Anne », dit-il très vite, « écoute-moi. Ne pourrions-nous pas être amis ? Je suis sincèrement désolé de m'être moqué de tes cheveux. Je n'avais pas l'intention de t'humilier, cette fois-là. Il s'agissait simplement d'une plaisanterie. Et ça fait si longtemps ! À présent, je trouve tes cheveux vraiment très beaux, je le pense sincèrement. Soyons amis, veux-tu ? »

Anne hésita un court instant. En dépit de la blessure d'amour-propre qu'elle avait subie, elle découvrait dans les yeux noisette de Gilbert, où se mêlaient autant de timidité que d'amitié sincère, quelque chose de très agréable. Son cœur se mit à battre plus vite. Mais la vieille amertume se chargea d'effacer cet étrange sentiment et fortifia sa résolution de ne pas céder. La scène d'il y a deux ans lui revint en mémoire, aussi vivante que si elle avait eu lieu la veille. Gilbert l'avait appelée « poil de carotte » ! Il l'avait humiliée publiquement, à l'école, devant tout le monde ! Son ressentiment pouvait sembler risible aux adultes et à la terre entière, mais il n'était pas de ceux que le temps peut négligemment balayer. Elle détestait Gilbert Blythe. Non, elle ne lui pardonnerait jamais !

« Non », fit-elle, froidement. « Je ne serai jamais ton amie, Gilbert Blythe. Je n'en ai pas la moindre envie. »

« Bon, tant pis ! » répliqua Gilbert, rouge de colère, en sautant dans son canot. « Ne t'en fais pas, Anne Shirley, je ne te le proposerai plus, et ça m'est tout à fait égal, à moi aussi ! »

À grands coups de rames, il s'éloigna du bord, tandis qu'Anne gravissait, sous le feuillage des érables, le petit raidillon que bordaient des fougères. Elle se tenait bien droite, et pourtant, au fond d'elle-même, s'agitaient d'indicibles regrets. Elle souhaita presque, un instant, avoir répondu autre chose à Gilbert. Bien sûr, il l'avait terriblement vexée, mais quand même… Du même coup, elle sentit qu'une bonne crise de larmes lui serait salutaire. Elle avait les nerfs à fleur de peau, tant elle avait eu peur, agrippée à son pilier !

Arrivée à mi-chemin, elle se trouva nez à nez avec Jane et Diana, qui repartaient à toute allure vers le lac, dans un état d'affolement indescriptible.

« La barque s'est mise à prendre l'eau
et je me suis accrochée au pilier »,
répondit Anne, plus glaciale qu'un iceberg,
sans daigner jeter un coup d'œil à son sauveur.

Elles n'avaient trouvé personne à Orchard Slope, puisque M. et Mme Barry étaient partis. Ruby Gillis s'était mise à pleurer hystériquement ; elles l'avaient abandonnée en espérant qu'elle s'en remettrait, et elles avaient filé à travers la Forêt hantée, traversé le ruisseau, pour atteindre Green Gables. Mais elles n'y avaient trouvé personne non plus, Marilla s'étant rendue à Carmody et Matthew faisant les foins dans le pré derrière la ferme.

« Oh, Anne ! » expira Diana en lui tombant presque dessus. Suffoquée par la joie d'avoir retrouvé son amie, elle se mit à pleurer : « Oh, Anne ! Nous pensions… que tu étais… noyée… et nous nous sentions… criminelles de t'avoir fait jouer Elaine. Et Ruby est en pleine crise d'hystérie. Oh, Anne, Anne, comment t'en es-tu sortie ? »

« J'ai réussi à grimper sur un des piliers », répondit Anne d'un ton las, « et Gilbert Blythe, qui passait dans le doris de M. Andrews, m'a ramenée au bord. »

« Oh, Anne, c'est fantastique ! Quel geste romantique ! » s'écria Jane, qui venait enfin de retrouver son souffle. « J'espère que tu vas lui adresser la parole, maintenant. »

« Bien sûr que non », rétorqua Anne, qui retrouva tout d'un coup son ancienne agressivité. « Et je ne veux plus entendre de ma vie prononcer le mot "romantique", Jane Andrews. Je suis désolée de vous avoir effrayées, les filles : tout est de ma faute. Je suis certainement née sous une mauvaise étoile. Tout ce que je fais finit par me mettre dans une situation impossible, ou par y mettre mes meilleures amies. Nous avons réussi à perdre la barque de ton père, Diana, et j'ai bien l'impression que nous n'aurons pas le droit de canoter sur le lac d'ici fort longtemps. »

Ce pressentiment ne tarda pas à se vérifier en fait ; grande fut la consternation, chez les Barry et les Cuthbert, lorsque les événements de cet après-midi-là furent connus.

« Mais enfin, Anne, *quand* auras-tu la tête sur les épaules ? » s'écria Marilla, furieuse.

« Ça viendra, ça viendra, Marilla » répondit Anne, optimiste. Elle avait retrouvé sa bonne humeur habituelle, après avoir pleuré un bon coup, toute seule dans son pignon, et s'être ainsi calmé les nerfs. « Je crois réellement que j'ai de plus en plus de chances de devenir raisonnable. Beaucoup plus que par le passé. »

« Je ne vois guère pourquoi », répliqua Marilla.

« Voici », poursuivit Anne. « Aujourd'hui, j'ai eu ma leçon et j'ai appris quelque chose de fort important. Depuis que je suis à Green Gables, je n'ai pas arrêté de faire des bêtises, et chaque bêtise m'a permis de me corriger d'un vilain défaut. L'histoire de la broche en améthystes m'a appris à ne pas me mêler de ce qui ne me regarde pas. La mésaventure de la Forêt hantée m'a découragée de laisser trop courir mon imagination. Le liniment analgésique dans le gâteau m'a appris à faire attention quand je fais la cuisine. D'avoir teint mes cheveux m'a guérie de ma vanité. Depuis, je ne me préoccupe plus de mes cheveux et de mon nez, enfin, presque plus. Et la bêtise d'aujourd'hui va me guérir définitivement de ma fièvre romantique. J'en suis venue à la conclusion que ça ne sert à rien d'être romantique à Avonlea. C'était sans doute aisé dans un château comme Camelot il y a des centaines d'années, mais le romanesque n'est plus apprécié de nos jours. Je suis tout à fait convaincue que tu t'apercevras bientôt de grands changements dans mon attitude, Marilla. »

« Je l'espère bien, en tout cas », fit Marilla, sceptique.

Mais Matthew, lui, qui était resté dans son coin sans rien dire, posa une main sur l'épaule d'Anne une fois que Marilla fut sortie.

« N'abandonne pas toutes tes idées romantiques, Anne », murmura-t-il doucement, « un peu de romanesque est toujours une bonne chose – pas trop, bien sûr – mais gardes-en un peu, Anne, gardes-en un peu. »

29

Des journées mémorables

Anne ramenait les vaches à l'étable par le Chemin des amoureux. C'était un soir de septembre ; dans le bois, de chacune des clairières et des trouées entre les arbres s'échappait l'éclat vermeil du soleil couchant. Çà et là, des éclaboussures de lumière inondaient le chemin, déjà noyé dans l'ombre des érables. Sous les sapins, le pourpre clair du crépuscule s'insinuait déjà, comme des taches d'un vin léger. Tout en haut des sapins, on entendait le vent du soir entonner cet air merveilleusement doux auquel nul autre sur terre ne peut être comparé.

Les vaches, elles, se dandinaient sans se presser dans le chemin, et Anne les suivait, tout en rêvant et en se répétant les vers de la bataille dans *Marmion* de Walter Scott. Ce texte-là aussi faisait partie des lectures de leur cours d'anglais l'hiver précédent, et Mlle Stacy les avait obligés à l'apprendre par cœur ; Anne était enflammée par le mouvement impétueux de ces vers, semblable à des formations de bataille, par le mouvement des images qui s'entrechoquaient comme des lances. Lorsqu'elle en arriva aux vers qui disaient :

Lances à la main, ils tenaient encore, ces guerriers indomptables
À la lisière des bois, obscurs, impénétrables

elle dut s'arrêter, comme en extase, fermant les yeux pour mieux se transporter en imagination au milieu de ces êtres héroïques. Lorsqu'elle rouvrit les yeux, ce fut pour voir Diana franchir la barrière qui conduisait au champ des Barry. Elle arborait un air si distingué qu'Anne se douta immédiatement qu'il se passait quelque chose d'important. Mais, même si elle voulait connaître la nouvelle, elle se contraignit à ne pas laisser paraître sa vive curiosité. « Les couleurs mauves de cette belle soirée ne semblent-elles pas irréelles, Diana ? Je suis si heureuse d'être sur terre. Le matin, je crois toujours que les matinées constituent le moment le plus agréable de la journée, mais lorsque vient le soir, c'est le moment que je préfère. »

« C'est une très belle soirée, c'est vrai », répondit Diana, « mais si tu savais, Anne, les nouvelles que j'apporte ! Devine ! Je te le donne en mille. »

« Charlotte Gillis se marie à l'église, en fin de compte, et Mme Allan veut qu'on s'occupe de la décoration », fut la première proposition.

« Non. Le fiancé de Charlotte ne serait pas d'accord, vu que personne, jusqu'ici, ne s'est marié à l'église, et selon lui, ça ressemblerait trop à des funérailles. Trouve autre chose. »

« La mère de Jane va l'autoriser à organiser une réception pour son anniversaire ? »

Diana fit non de la tête. Ses yeux noirs pétillaient de malice.

« Je n'arrive pas à imaginer », fit Anne, toute désemparée, « à moins que Moody Spurgeon MacPherson ne t'ait raccompagnée hier soir, après la prière. C'est ça ? »

« J'espère bien que non », s'écria Diana, indignée. « Et je ne m'en vanterais pas, si c'était le cas ! Quel individu horrible ! Je savais bien que tu ne devinerais pas. Ma mère a reçu aujourd'hui une lettre de tante Joséphine qui souhaite que nous lui rendions visite, mardi prochain, et que nous restions quelques jours chez elle pour voir l'exposition. Et voilà ! »

« Oh, Diana », émit Anne, avec un filet de voix, « est-ce bien vrai ? » Elle se sentait si faible, tout à coup, qu'elle dut s'adosser à un érable. « J'ai bien peur que Marilla ne me permette pas d'y aller. Elle va encore dire qu'elle refuse d'encourager les courail-lages. Elle a déjà utilisé cet argument-là la semaine passée, lorsque Jane m'a invitée à assister au concert américain à l'hôtel de White Sands, avec sa famille, dans leur boghei à deux sièges. Je voulais y aller, bien sûr, mais Marilla prétendait qu'il valait mieux pour moi rester à la maison à apprendre mes leçons et que Jane serait bien inspirée de faire la même chose. Quelle déception, Diana ! J'avais tant de peine que je n'ai même pas pu formuler une prière convenable avant de me coucher. Mais j'en ai éprouvé tant de remords que je me suis levée en pleine nuit pour la faire. »

« Tu sais quoi ? » demanda Diana. « C'est ma mère qui demandera à Marilla. Comme ça, il y a de bonnes chances qu'elle te laisse y aller ; et, si tu viens, on s'amusera comme jamais ! Je n'ai jamais été à une exposition, et c'est si pénible d'avoir à écouter les vantardises des autres filles qui y sont allées ! Jane et Ruby s'y sont rendues deux fois et elles y retournent cette année. »

« Je refuse d'y penser, tant que je ne saurai pas si je peux y aller ou non », déclara Anne sans hésiter. « Si je commence à y penser et que je doive me résoudre par la suite à ne pas y aller, ce sera une déception insupportable. Par contre, si j'y vais pour de bon, il y a des chances que mon nouveau manteau soit prêt à ce moment-là. Marilla estimait que je n'avais pas besoin d'un nouveau manteau. D'après elle, mon vieux manteau demeurait encore fort convenable pour l'hiver prochain, et je devais me contenter d'une nouvelle robe. C'est une très belle robe, Diana, bleu marine, et à la dernière mode. Marilla ne me fait plus que des robes à la dernière mode : elle n'a pas envie que Matthew aille quérir les services de Mme Lynde. J'en suis bien contente. C'est tellement plus facile de faire les choses correctement quand on porte des vêtements à la dernière mode, pour moi du moins. Pour les gens qui sont naturellement bons, cela ne doit pas faire de différence, je suppose. Mais Matthew a soutenu que je devais porter un manteau neuf, et, par conséquent, Marilla a fait l'acquisition d'un beau tissu de popeline bleue, et c'est une vraie couturière de Carmody qui me le confectionne. Il doit être prêt samedi soir, et j'essaie de ne pas trop imaginer de quoi j'aurai l'air quand je m'avancerai dans l'église dimanche prochain, avec mon nouveau manteau et mon bonnet neuf ; j'ai bien peur que ce ne soient pas là des pensées estimables. Mais cela me revient sans arrêt, même si je ne le veux pas. Il est si beau, mon bonnet ! Matthew me l'a acheté le jour où nous sommes allés à Carmody. C'est un de ces petits bonnets de velours bleu, avec une ganse et des houppes dorées, un de ceux qui font fureur en ce moment. Ton nouveau chapeau est très élégant, Diana, et il te va fort bien. Quand je t'ai vue entrer dans l'église dimanche dernier, j'ai ressenti comme une bouffée de joie : cela me faisait chaud au cœur que tu sois ma meilleure amie. Crois-tu que ce soit très mal de penser sans cesse à nos vêtements ? Marilla, elle, dit qu'il s'agit là d'une faute grave. Mais c'est tellement intéressant, tu ne trouves pas ? »

Marilla accepta de laisser partir Anne pour la ville, et on se mit d'accord pour que M. Barry les y conduise le mardi suivant. Charlottetown étant à trente miles, et M. Barry souhaitant faire l'aller-retour dans la même journée, il fut nécessaire de partir tôt. Mais, pour Anne, tout était si exaltant qu'elle fut debout, ce mardi-là, bien avant le lever du soleil. Elle jeta un coup d'œil dehors qui la rassura sur le temps : à l'est, par-delà les sapins de la Forêt hantée, on apercevait un beau ciel argenté, sans le moindre nuage. À travers les arbres, elle vit briller une lumière dans le pignon ouest d'Orchard Slope, preuve indiscutable que Diana, elle aussi, était déjà levée.

Matthew avait à peine allumé le feu qu'Anne était déjà tout habillée ; lorsque Marilla descendit, elle avait déjà préparé le petit déjeuner, mais elle était infiniment trop nerveuse pour réussir à avaler quoi que ce fût. Après le petit déjeuner, ce fut le moment d'enfiler le bonnet et le manteau neuf, et Anne fila jusqu'à Orchard Slope par le chemin du ruisseau et de la sapinière. M. Barry et Diana l'attendaient, et ils se mirent en route sur-le-champ. C'était une longue route, mais Anne et Diana en apprécièrent chacun des instants. Elles éprouvaient un vif plaisir rien qu'à entendre les grincements et les craquements de la voiture sur les routes encore humides, tandis que les premiers rayons d'un beau soleil rouge inondaient d'une lumière douce les champs d'herbe rase. Dans l'air frais et vivifiant du matin, de petites brumes bleutées montaient en spirales des vallons, en s'attardant sur les buttes. À certains endroits, la route chevauchait des bois remplis d'érables qui commençaient à se parer de bannières écarlates ; à d'autres endroits, on traversait des rivières sur des ponts qui continuaient, comme autrefois, de réveiller chez Anne une délicieuse frayeur ; par moments, on longeait la côte, près d'un petit port, où l'on découvrait, nichées l'une contre l'autre, des cabanes de pêcheur, grises comme un temps de pluie ; et puis on regagnait des collines d'où l'on pouvait apercevoir des terres étagées à l'infini, ou un grand pan de ciel bleu, légèrement brumeux ; et, tout au long de cette route, voguant de surprise en surprise, on trouvait de quoi s'émerveiller. Il était presque midi lorsqu'ils arrivèrent en ville et se dirigèrent vers Beechwood, la belle maison bourgeoise de Mlle Barry. C'était une demeure de style ancien, légèrement en retrait, séparée de la rue par la masse verdoyante des ormes et les fouillis de branches des bouleaux. Mlle Barry elle-même vint les accueillir sur le seuil, ses yeux noirs pétillants de vivacité.

« Te voici enfin, Anne, ma fille ! » lui lança-t-elle. « Mais, mon Dieu, comme tu as grandi ! Te voilà plus grande que moi, ma parole ! Et tu es devenue absolument ravissante, en plus ! Mais je suis sûre que tu sais déjà tout cela. »

« Non, non, je ne savais pas », s'empressa de répondre Anne, radieuse. « Je sais que je n'ai plus autant de taches de rousseur et j'en suis ravie, mais, sincèrement, je ne croyais pas être devenue plus jolie pour autant. Je vous remercie de m'en aviser, mademoiselle Barry. »

La maison de Mlle Barry était meublée de façon « grandiose et magnifique », pour reprendre les mots dont se servit Anne par la suite pour raconter le tout à Marilla. Le salon était tellement splendide que les deux petites filles de la campagne en furent absolument intimidées lorsqu'elles s'y trouvèrent seules quelques instants, pendant que Mlle Barry allait s'enquérir du dîner.

« Ne dirait-on pas un véritable palais ? » marmonna Diana, qui n'osait élever la voix. « Je n'étais jamais venue dans la maison de tante Joséphine jusqu'à maintenant et je n'avais aucune idée que c'était si luxueux. J'aimerais que Julia Bell puisse voir ça, elle qui fait le paon quand elle parle du salon de sa mère. »

« Un tapis de velours rouge », fit Anne, en poussant un profond soupir, « et même des rideaux de soie ! Je n'avais jamais rêvé de me trouver en présence de choses aussi belles, Diana. Mais, sais-tu, je ne suis pas sûre que je me sente tout à fait à mon aise d'en voir autant. Il y a une telle quantité de beaux objets dans cette pièce, tant de choses impeccablement splendides, que l'imagination n'y trouve plus sa place. Et c'est la consolation des pauvres : tant de choses bien plus belles ne sont perceptibles qu'en imagination ! »

Leur séjour en ville constitua, pour Anne comme pour Diana, un événement marquant qu'elles se remémorèrent durant des années. Du premier au dernier instant, ce ne fut qu'avalanche de plaisirs plus délicieux les uns que les autres.

Le mercredi, Mlle Barry les emmena visiter l'exposition ; elles y passèrent toute la journée.

« C'était superbe », raconta Anne à Marilla, plus tard.

« Je n'avais jamais imaginé quelque chose d'aussi intéressant. À vrai dire, je ne sais plus quelle section était la plus passionnante. Je pense que j'ai préféré les chevaux, les fleurs et les ouvrages pour dames. Josie Pye a gagné le premier prix pour sa dentelle de tricot. J'étais très contente pour elle. Et j'étais encore plus heureuse d'être contente, car, devine quoi ? Si je me réjouis pour Josie, cela prouve que je m'améliore, n'est-ce pas ? Ses pommes Gravenstein ont valu le second prix à M. Harmon Andrews, et M. Bell a gagné le premier prix avec un de ses cochons. Diana trouvait parfaitement ridicule qu'un directeur d'école du dimanche remporte un prix pour un cochon, mais je ne vois pas pourquoi. Et toi ? Elle dit qu'elle n'arrivera pas à oublier le cochon chaque fois qu'elle le verra prier pendant les cérémonies. Clara Louise MacPherson a gagné un prix de peinture, et Mme Lynde a eu le premier prix pour son beurre et son fromage. Avonlea était particulièrement bien représenté, tu ne trouves pas ? Mme Lynde était là ce jour-là, et j'avoue que je ne m'étais jamais doutée à quel point je l'appréciais jusqu'à ce que j'aperçoive son visage familier au milieu de tous ces étrangers. Il y avait là des milliers de gens, Marilla. Je me sentais si petite, si insignifiante, c'était épouvantable ! Et Mlle Barry nous a aussi emmenées à la grande tribune pour assister à des courses de chevaux. Mme Lynde n'a pas voulu venir ; elle soutenait que les courses de chevaux étaient une abomination et qu'une personne pieuse comme elle se devait de donner le bon exemple en refusant d'y aller. Mais tant de monde y assistait que personne n'aurait pu prêter attention à l'absence ou à la présence de Mme Lynde. Je crois, je dois dire, qu'il serait dangereux pour moi d'assister trop souvent à des courses de chevaux : c'est *vraiment* beaucoup trop passionnant. Diana était si enfiévrée par le spectacle qu'elle m'a proposé de parier dix sous contre le cheval rouge. J'étais persuadée qu'il n'allait pas gagner, mais j'ai refusé de parier, parce que j'avais résolu de tout raconter à Mme Allan en revenant ici, et que j'étais sûre qu'elle n'aimerait pas du tout apprendre que j'avais misé de l'argent sur un cheval. Il ne faut jamais faire quelque chose que l'on n'oserait pas raconter à la femme du pasteur, parce que avoir une femme de pasteur comme amie, c'est disposer en même temps d'une conscience supplémentaire. D'ailleurs, c'est une chance que je n'aie pas parié, car le cheval rouge a réellement gagné la course et j'aurais donc perdu mes dix sous. Tu vois, la vertu est toujours récompensée ! Nous avons vu quelqu'un monter en ballon. J'aimerais, moi aussi, monter en ballon, Marilla ; ce serait tout bonnement étourdissant ; et nous avons aussi vu un homme qui vous disait votre avenir pour dix sous. On lui donnait l'argent, et un petit oiseau choisissait, d'un coup de bec, le papier où était inscrit votre fortune. Mlle Barry nous a donné dix sous chacune, pour que nous puissions tout connaître sur notre avenir, Diana et moi. J'ai appris que j'épouserais un beau brun, nanti d'une grosse fortune, et que j'irais vivre de l'autre côté de la mer. Depuis, je ne cesse d'observer avec attention tous les bruns que je rencontre, mais il n'y en a guère qui me chavirent le cœur, et, de toute manière, j'ai l'impression qu'il est encore bien trop tôt pour que je me mette à sa recherche. Oh, Marilla, quelle journée ! Je ne suis pas près de l'oublier. Mlle Barry nous a logées dans la chambre d'amis, comme elle l'avait promis. C'était une chambre décorée avec beaucoup de goût, Marilla ; pourtant, dormir dans une chambre d'amis n'est pas exactement comme je pensais. Des expériences comme celle-là vous font comprendre à quel point il est dommage de grandir, je commence à m'en rendre compte : les choses que l'on souhaitait tant acquérir lorsqu'on était petite ne paraissent plus aussi merveilleuses, une fois qu'on les a eues. »

Le jeudi, les filles furent conduites au parc, et le soir Mlle Barry les emmena à un concert donné à l'Académie de musique, au cours duquel une prima donna de grande réputation devait effectuer son tour de chant. Pour Anne, cette soirée demeura un éblouissement.

« Oh, Marilla, c'est quelque chose d'indescriptible. J'étais si nerveuse que je n'arrivais plus à émettre un son, imagine un peu ! J'étais assise, muette et immobile, presque en extase. Mme Selitsky était prodigieusement belle, dans sa robe de satin blanc, étincelante de diamants. Malgré tout, dès qu'elle s'est mise à chanter, je n'ai plus pensé à rien. Je me sentais… je ne trouve pas les mots pour le dire. Il me semblait tout à coup qu'il ne me serait plus jamais difficile d'être brave et bonne. J'éprouvais une sensation semblable à celle que donne l'observation des étoiles. J'en avais les larmes aux yeux, mais c'étaient des larmes de joie ; j'étais si heureuse qu'une fois le spectacle terminé, je me suis sentie tout abattue et j'ai dit à Mlle Barry que je ne voyais pas comment je pourrais revenir à la vie ordinaire. Elle m'a répondu qu'à son avis traverser la rue pour aller déguster une crème glacée dans le restaurant d'en face pourrait commencer à me ramener à la réalité. Une telle remarque me sembla bien prosaïque sur le coup, et pourtant je me suis aperçue qu'elle était tout à fait justifiée. Cette crème glacée s'est révélée un véritable délice, Marilla, et c'était si agréable de manger, assise dans ce restaurant, à onze heures du soir, comme si l'on menait une vie dissipée ! Diana m'a dit qu'elle se croyait faite pour la vie en ville. Mlle Barry m'a demandé ce que j'en pensais, mais tout ce que j'ai pu rétorquer, c'est que je devrais y réfléchir sérieusement avant de pouvoir répondre. Aussi, une fois au lit, j'y ai bien réfléchi. C'est toujours le meilleur moment pour réfléchir. Et j'en suis venue à cette conclusion, Marilla, que je ne suis pas faite pour vivre en ville, et j'en suis heureuse. C'est fort agréable de manger de la crème glacée dans des restaurants illuminés à onze heures du soir, une fois de temps à autre, mais, la plupart du temps, je préfère être endormie dans mon pignon à onze heures du soir, avec la vague conscience, dans mon sommeil, que les étoiles brillent au-dehors et que le vent souffle dans les sapins de l'autre côté du ruisseau. C'est ce que j'ai répondu à Mlle Barry au petit déjeuner, le lendemain matin, et ça l'a bien amusée. Tout ce que je disais amusait beaucoup Mlle Barry, même les choses les plus sérieuses. Cela ne me plaisait pas trop, Marilla, parce que je ne tentais même pas de faire des plaisanteries. Elle s'est montrée tellement accueillante, elle nous a traitées comme des princesses. »

Le vendredi, il fallut s'en retourner à la maison, et M. Barry vint chercher les filles.

« Et voilà », dit Mlle Barry en leur disant au revoir. « J'espère que vous vous êtes bien amusées. »

« Oh oui, beaucoup », répondit Diana.

« Et toi, Anne, ma fille ? »

« Je me suis amusée sans arrêt », dit Anne, bondissant impulsivement au cou de la vieille dame et lui plantant un baiser sur sa joue ridée. Diana, qui n'aurait jamais osé se livrer à de tels épanchements, en resta tout interdite. Mais Mlle Barry, elle, en fut ravie, et attendit debout dans la véranda jusqu'à ce que le boghei disparaisse au loin ; lorsqu'elle ne le vit plus, elle réintégra, avec un soupir, sa grande maison. Que la journée semblait solitaire, privée de la vie qu'irradiaient ces deux jeunes filles ! Mlle Barry, cependant, il faut bien l'admettre, était une vieille dame passablement égoïste, qui ne s'était jamais beaucoup souciée des autres. La valeur des gens, pour elle, était proportionnelle au degré d'utilité ou de plaisir qu'ils lui procuraient. Anne la divertissait, et c'est ainsi qu'elle était arrivée, dans ses bonnes grâces, au point le plus haut qui se puisse atteindre. Mais Mlle Barry s'aperçut qu'elle était moins attentive aux étranges discours de cette petite Anne qu'à sa façon sincère de s'enflammer pour quelque chose, à la pureté de ses émotions, au charme de ses attitudes, et à la douceur de ses lèvres et de ses yeux.

« J'ai cru que Marilla Cuthbert était devenue folle lorsqu'on m'a raconté qu'elle avait adopté une orpheline », se dit-elle, « mais j'ai l'impression qu'elle n'a pas commis une bêtise, après tout. Si j'avais une enfant semblable à Anne pour me tenir compagnie dans cette maison, je me sentirais mieux et je serais plus heureuse. »

Anne et Diana prirent autant de plaisir à la route du retour qu'à celle de l'aller, même plus : le plaisir de savoir qu'au bout de la route, votre maison vous attend, ne rend-il pas le voyage d'autant plus exquis ? Le soleil se couchait lorsqu'elles dépassèrent White Sands et prirent la route de la côte. En face d'elles, les collines d'Avonlea se détachaient, toutes noires, sur un pan de ciel safran. Derrière elles, la lune semblait monter de la mer, qu'elle transfigurait de son éclat radieux. Chacune des petites anses que la route contournait offrait l'attachant spectacle de vaguelettes en mouvement. En dessous d'elles, sur les rochers, les vagues s'affaissaient avec douceur, et l'on pouvait humer dans l'air vif et frais le parfum salé de l'océan.

« Oh, que c'est bon d'être en vie et de rentrer chez soi », fit Anne en soupirant d'aise.

Lorsqu'elle passa sur le pont de bois qui franchissait le ruisseau, la lumière de la cuisine de Green Gables lui adressa un clin d'œil de bienvenue ; par la porte entrouverte on voyait ronfler le feu dans l'âtre, qui répandait dans la nuit automnale sa chaleur rougeoyante. Anne, bondissant d'allégresse, gravit la colline et pénétra dans la cuisine, où un repas chaud l'attendait sur la table.

« Te voilà donc de retour ? » dit Marilla, repliant son tricot.

« Oui, et que c'est bon d'être de retour ! » répondit Anne, euphorique. « J'aimerais tout embrasser, même l'horloge. Oh, Marilla, un poulet rôti ! Ne me dis pas que tu as cuisiné ça spécialement pour moi ? »

« Eh bien oui », fit Marilla. « Je pensais que tu aurais faim après une si longue route et que tu aurais besoin de quelque chose de vraiment appétissant. Dépêche-toi, maintenant, déshabille-toi, nous allons souper dès que Matthew sera de retour. Je dois admettre que je suis heureuse de te savoir de retour. Je me suis sentie bien seule, sans toi, et ces quatre jours m'ont semblé interminables. »

Après le souper, Anne s'assit devant le feu, entre Matthew et Marilla, et leur narra sa visite à Charlottetown dans les moindres détails.

« C'était vraiment extraordinaire », conclut-elle, heureuse, « et je sens que j'ai vécu là des moments mémorables. Mais le meilleur demeure, après tout, le retour à la maison. »

30

Candidate pour Queen's

Marilla posa son tricot sur ses genoux et se renversa dans son fauteuil. Ce travail minutieux lui avait fatigué les yeux. Elle se dit, sans trop de conviction, qu'elle devrait s'occuper de changer ses lunettes lors de sa prochaine visite en ville. Ces derniers temps, ses yeux se fatiguaient de plus en plus facilement.

Il faisait presque nuit, car le triste crépuscule de novembre était descendu sur Green Gables. Il n'y avait, comme seule lumière, que les flammes rougeoyantes qui dansaient dans le poêle.

Anne était assise à la turque sur la carpette devant le feu, suivant du regard le mouvement joyeux des flammes, chaleur du soleil de centaines d'étés que distillait à présent ce bon bois d'érable. Elle avait interrompu sa lecture, son livre ayant glissé subrepticement sur le sol, et voilà qu'elle rêvait, les lèvres entrouvertes sur un demi-sourire. De sémillants châteaux en Espagne surgissaient des brumes et des arcs-en-ciel de son imagination fertile ; des aventures nouvelles et exaltantes l'entraînaient dans leur sillage merveilleux, aventures dont elle demeurait jusqu'à la fin l'héroïne triomphale et qui ne la voyaient surtout jamais sombrer dans ces misérables pétrins qui marquaient sa vie réelle.

Marilla pouvait se permettre de l'observer avec une grande tendresse, car le doux contrepoint d'ombre et d'éclat de feu voilait pudiquement son regard. Elle n'aurait jamais accepté de manifester plus ouvertement son affection pour Anne, même si cette fille maigre, aux yeux gris, lui inspirait maintenant un sentiment d'autant plus fort et profond qu'il était dissimulé. Cet excès d'amour l'effrayait : ne risquait-il pas de devenir trop indulgent, voire déplorablement faible ? N'était-ce pas une forme de péché que de ressentir pour un autre être humain une tendresse aussi irréductible que celle qu'elle ressentait pour Anne ? Sans doute, en guise de représailles inconscientes, se prenait-elle à adopter avec la petite une attitude plus sévère et critique, comme si Anne ne lui avait pas été chère. Anne, pour sa part, n'avait aucune idée que Marilla puisse l'aimer à ce point. Elle ne pouvait s'empêcher de songer parfois avec amertume que Marilla était bien exigeante et manquait certainement de gentillesse et de compréhension, mais elle se dépêchait de bannir de sa tête une pensée aussi inacceptable : comment oublier tout ce qu'elle devait à Marilla ?

« Anne », fit Marilla d'un ton sec, « Mlle Stacy est venue cet après-midi, pendant que vous étiez en train de vous promener, Diana et toi. »

Anne, brutalement ramenée à la réalité, sursauta et exhala un profond soupir.

« Vraiment ? Oh, je regrette de ne pas avoir été là ! Marilla, pourquoi ne m'as-tu pas appelée ? Nous n'étions que dans la Forêt hantée : il fait si beau dans les bois, à cette époque-ci. Toutes ces petites choses de la nature – les fougères, les feuilles satinées, les quatre-temps – semblent profondément endormies, comme si quelqu'un les avait cachées jusqu'au printemps sous une couverture de feuilles. Je crois que c'est là l'action d'une petite fée grise : elle est arrivée la dernière nuit de lune, sur la pointe des pieds, avec une écharpe arc-en-ciel autour du cou. Mais Diana n'a pas envie de parler de ça, elle se souvient trop de s'être fait rabrouer par sa mère parce qu'elle croyait aux fantômes de la Forêt hantée. Son imagination s'en trouve gâchée, je dois dire. Mme Lynde dit que c'est la vie de Myrtle Bell qui est gâchée. J'ai demandé à Ruby Gillis pourquoi la vie de Myrtle Bell était ratée, et, selon Ruby, c'est à cause de son soupirant, qui n'a pas tenu ses promesses. Ruby Gillis ne pense qu'aux jeunes hommes, et plus elle vieillit, plus elle ne pense qu'à eux. Les jeunes hommes sont des êtres humains respectables, évidemment, qui ont leur importance dans le monde, mais ce n'est pas une raison pour en parler sans cesse et les mettre à toutes les sauces, tu ne crois pas ? Diana et moi, nous songeons de plus en plus sérieusement à nous jurer l'une à l'autre de ne jamais nous marier, de devenir de charmantes vieilles filles et de vivre toujours ensemble. Diana n'est pas entièrement décidée, cependant, parce qu'elle croit qu'épouser un jeune homme de mauvaise réputation, fougueux et rebelle, et le ramener à un comportement acceptable, constituerait une tâche encore plus noble. Nous discutons beaucoup de sujets sérieux, Diana et moi, à présent. Nous avons l'impression, vois-tu, d'être tellement plus âgées qu'avant, qu'il nous devient impossible de nous attarder à de petites histoires puériles. C'est tellement important, Marilla, d'avoir presque quatorze ans. Mercredi dernier, Mlle Stacy nous a emmenées au bord du ruisseau, toutes les filles de notre âge, et elle a prononcé un petit discours à ce propos. Elle a insisté sur le fait qu'il nous fallait bien surveiller les habitudes que nous étions en train de prendre, et les principes de vie que nous adoptions, car, arrivées à vingt ans, notre caractère serait définitivement formé et servirait de fondement au reste de notre vie. Elle a ajouté que, si le fondement était instable, nous ne pourrions plus jamais rien construire de solide et de durable. En revenant de l'école, nous en avons discuté, Diana et moi. Nous nous sentions extrêmement préoccupées, Marilla. Et nous avons décidé de faire particulièrement attention à ne prendre que des habitudes convenables, de nous montrer aussi raisonnables que possible, afin que nos caractères soient impeccablement formés à vingt ans. Que c'est effrayant de penser qu'on aura un jour vingt ans, Marilla ! Cela sonne terriblement vieux et lointain... Mais pourquoi Mlle Stacy est-elle venue ici cet après-midi ? »

« C'est ce que j'essaie de te dire, Anne, si tu consens à me laisser placer un mot. Elle est venue parler de toi. »

« Oh, mais je sais parfaitement de quoi elle t'a parlé. J'avais l'intention de t'en informer, Marilla, je le jure, mais j'ai oublié. Mlle Stacy m'a surprise en train de lire *Ben Hur* en classe, hier après-midi, au moment où j'aurais dû être en train d'étudier mon histoire du Canada. C'est Jane Andrews qui me l'avait prêté. J'en avais lu des chapitres pendant l'heure du dîner et j'étais arrivée à l'épisode de la course de chars au moment où l'école a recommencé. Je ne pouvais pas attendre plus longtemps, j'étais trop impatiente de savoir comment cette course allait finir, même s'il me semblait évident que Ben Hur devait gagner, sinon ça n'aurait pas été juste ; j'ai donc ouvert mon livre d'histoire devant moi et j'ai glissé *Ben Hur* contre le pupitre, en le coinçant du genou. On aurait juré que j'étais en train d'étudier l'histoire du Canada, tu sais, alors qu'en réalité, j'étais plongée avec délectation dans la suite des aventures de Ben Hur. C'était si passionnant que je n'ai pas entendu Mlle Stacy s'approcher et je ne me suis aperçue de sa présence que lorsqu'elle s'est trouvée juste devant moi, me considérant avec un air de reproche. Tu ne peux pas savoir à quel point j'ai eu honte, Marilla, surtout quand j'ai entendu Josie Pye pouffer de rire. Mlle Stacy m'a enlevé *Ben Hur*, mais sans dire un mot. Elle m'a fait rester pendant la récréation pour me parler. Elle m'a dit que je m'étais rendue coupable de deux fautes : d'abord, en gaspillant le temps que j'aurais dû consacrer à mes études ; ensuite, en cherchant à tromper mon professeur en lui donnant l'impression que j'étudiais mon livre d'histoire, alors qu'en réalité je lisais un roman. Je ne m'étais pas encore rendu compte, Marilla, de la malhonnêteté de mon geste. Cela m'a fait beaucoup de peine. J'ai pleuré à chaudes larmes, en suppliant Mlle Stacy de me pardonner et en lui jurant de ne plus jamais recommencer ; j'ai même proposé de faire pénitence en ne jetant plus le moindre coup d'œil sur *Ben Hur* de toute la semaine, quitte à ne pas découvrir le vainqueur de la course de chars. Mais Mlle Stacy m'a dit qu'elle n'en exigeait pas autant et qu'elle me pardonnait bien volontiers. Finalement, je ne la trouve pas très gentille d'être venue ici cet après-midi pour te raconter tout ça. »

« Mlle Stacy ne m'a pas glissé un mot de cette histoire, Anne, c'est uniquement ta mauvaise conscience qui te joue des tours. Tu ne dois pas apporter de romans à l'école, voilà tout. Tu n'en lis déjà que trop. Moi, quand j'étais jeune fille, on ne m'aurait jamais laissée même *regarder* un roman. »

« Mais, Marilla, comment peux-tu dire que *Ben Hur* est un roman ? C'est un livre rempli d'idées religieuses ! » protesta Anne. « Bien entendu, il s'agit d'une lecture un peu trop passionnante pour qu'on la lise le dimanche, c'est pourquoi je la réserve pour les jours de semaine. En plus, je ne lis plus rien dont le contenu n'ait d'abord été approuvé par Mlle Stacy et Mme Allan. C'est Mlle Stacy qui me l'a fait promettre. Elle m'avait surprise en train de dévorer *Le Mystère macabre du manoir hanté*, que Ruby Gillis m'avait prêté. Oh, Marilla, c'était tellement fascinant et terrifiant ! J'en avais le sang qui se figeait dans les veines… mais Mlle Stacy m'a affirmé que ce n'était pas un bon livre, que c'était même un ouvrage fort malsain, et elle m'a demandé de ne plus lire d'histoires du même genre. Cela ne me faisait rien de promettre de ne plus en lire à l'avenir, mais je dois dire que j'étais à l'agonie d'avoir à lui rendre ce livre-là sans en connaître la fin. Malgré tout, mon affection pour Mlle Stacy s'est montrée la plus forte, et je lui ai rendu le livre. C'est tout à fait fantastique, Marilla, ce que l'on parvient à faire pour s'attirer les faveurs de quelqu'un qu'on aime particulièrement. »

« Bon, je pense que je vais allumer la lampe et me mettre au travail », lança Marilla. « Je vois bien que tu n'as aucune envie de savoir ce que Mlle Stacy avait à dire. Tu t'intéresses nettement plus au vacarme que produit ta langue quand elle cause, qu'à n'importe quoi d'autre. »

« Oh, mais non, Marilla, au contraire ! J'ai très envie de savoir ce qu'elle a dit », glapit Anne, contrite. « Je ne dirai plus rien, plus un mot. Je parle toujours trop, je le sais, mais j'essaie tellement de me guérir de cette habitude ; si tu connaissais le nombre de choses que j'aimerais énoncer et que je tais, tu trouverais que je fais d'énormes progrès. Dis-moi, Marilla, ce que Mlle Stacy t'a révélé. »

« Bon, eh bien, Mlle Stacy veut choisir parmi ses élèves les plus avancés des candidats qui prépareront l'examen d'entrée pour l'école supérieure de Queen's. Elle a l'intention de leur donner des cours supplémentaires, à raison d'une heure tous les soirs, après l'école. Elle était ici pour nous demander, à Matthew et à moi, si nous aimerions que tu sois candidate. Qu'en penses-tu, Anne ? Aimerais-tu étudier à Queen's et devenir institutrice ? »

« Oh, Marilla ! » Anne fut instantanément debout, les mains jointes. « Mais c'est le rêve de ma vie, ou plutôt des six derniers mois, depuis que nous avons commencé, avec Jane et Ruby, à parler de cet examen d'entrée. Mais je n'en ai rien dit, car j'ai supposé que cela serait parfaitement inutile. J'adorerais être institutrice. Mais est-ce que ça ne sera pas horriblement cher ? M. Andrews dit que ça lui a coûté cent cinquante dollars pour que Prissy puisse réussir, et Prissy n'était pas nulle en géométrie. »

« Tu n'as pas à te préoccuper de ces choses-là. Lorsque nous avons décidé, Matthew et moi, de t'élever, nous étions bien résolus à faire notre possible pour toi et à te donner la meilleure instruction qui existe. J'estime qu'une fille doit être apte à gagner sa vie, même si elle n'a jamais à le faire. Tant que nous serons ici, Matthew et moi, tu auras ta place dans cette maison, mais qui sait ce qui peut survenir ? Aussi bien se tenir prêt à tout, dans cette vie hasardeuse. Si tu veux, Anne, tu peux faire partie des candidats pour l'examen d'entrée à Queen's. »

« Oh, Marilla, merci, merci ! » Anne entoura Marilla de ses bras et la regarda droit dans les yeux. « J'éprouve un tel sentiment de reconnaissance envers Matthew et envers toi. Je vais étudier du mieux que je pourrai et je m'appliquerai pour que vous soyez fiers de moi. Je vous préviens : en géométrie, n'attendez pas trop de moi, mais, par contre, je sais que je peux maîtriser toutes les autres matières si je travaille assez fort. »

« Tu réussiras bien, j'en suis persuadée. Selon Mlle Stacy, tu es intelligente et tu travailles avec assiduité. » Marilla n'aurait jamais avoué ce que Mlle Stacy avait réellement dit au sujet d'Anne, pour ne pas flatter sa vanité. « Tu n'as pas besoin de te tuer au travail. Rien ne presse. Tu ne seras pas prête à te présenter à l'examen d'entrée avant un an et demi. Mais, comme dit Mlle Stacy, il vaut mieux s'y prendre assez tôt et disposer de tout son temps. »

« À partir de maintenant, je m'intéresserai infiniment plus à mes études », fit Anne, heureuse, « parce que j'ai un but dans la vie. M. Allan prétend que chacun doit en avoir un et s'y tenir mordicus. Mais il dit aussi qu'il faut s'assurer, d'abord, qu'il s'agit d'un but valable. Ça me semble valable, comme but, que de vouloir devenir une institutrice semblable à Mlle Stacy, non, Marilla ? Je trouve que c'est une profession tout à fait respectable. »

La classe des candidats pour Queen's finit par s'organiser. S'y trouvaient Gilbert Blythe, Anne Shirley, Jane Andrews, Josie Pye, Charlie Sloane, et Moody Spurgeon MacPherson. Diana Barry n'en faisait pas partie, car ses parents n'avaient nulle intention de l'envoyer à Queen's. Pour Anne, cette situation ne fut rien moins que catastrophique : en effet, jamais, depuis cette nuit où Minnie May avait eu le croup, Anne et Diana n'avaient été séparées. Le premier soir où la « classe de Queen's » s'attarda à l'école pour son heure supplémentaire, et qu'Anne regarda s'éloigner Diana vers le chemin de la maison qui la verrait traverser seule le sentier des bouleaux et le Vallon des violettes, elle dut faire un effort surhumain pour demeurer assise au lieu de se lancer impulsivement à la poursuite de sa meilleure amie. Elle sentit une grosse boule se former dans sa gorge et se dépêcha de disparaître derrière sa grammaire latine, pour qu'on ne la voie pas pleurer. Anne n'aurait supporté, pour rien au monde, que Gilbert Blythe ou Josie Pye soient témoins de ses larmes.

« Mais, oh, Marilla, j'avais vraiment l'impression de goûter à l'amertume de la mort, selon les mots du sermon dominical de M. Allan, lorsque j'ai vu Diana s'en aller toute seule », raconta-t-elle, avec tristesse, ce soir-là. « Je me disais qu'il aurait été tellement merveilleux qu'elle étudie elle aussi pour passer cet examen d'entrée. Mais, comme le dit Mme Lynde, on ne peut pas atteindre la perfection dans un monde imparfait. Mme Lynde n'est pas quelqu'un de réconfortant, en général, à vrai dire, mais il ne fait aucun doute qu'elle énonce des vérités plus souvent qu'à son tour. Quant à la classe de Queen's, je pense que ce sera fort intéressant. Jane et Ruby vont se contenter d'étudier pour pouvoir enseigner; c'est là toute leur ambition. Ruby affirme qu'elle n'enseignera que pendant deux ans, une fois qu'elle aura terminé ses études, après quoi elle a l'intention de se marier. Jane, elle, déclare qu'elle dédiera toute sa vie à l'enseignement et ne se mariera jamais, absolument jamais, parce qu'on vous paie pour enseigner, alors qu'un mari ne vous donne jamais un sou et qu'en plus il rouspète lorsque vous réclamez de l'argent pour la maison. J'ai l'impression que Jane parle d'expérience, malheureusement: d'après Mme Lynde, son père est affligé d'un caractère absolument exécrable et d'une avarice incroyable! Josie Pye, pour sa part, ne veut fréquenter le collège que pour l'instruction, parce qu'elle n'aura de toute manière pas besoin de gagner sa vie. Elle dit que la situation est sans doute différente pour des orphelines qui vivent de charité: elles doivent absolument, *elles*, se tailler une place au soleil. Moody Spurgeon a l'intention de devenir pasteur. De toute manière, selon Mme Lynde, avec un nom comme celui-là, il n'y a pas beaucoup d'autres professions qui puissent lui convenir! J'espère que ce n'est pas malveillant de ma part, Marilla, mais rien que d'imaginer Moody Spurgeon en pasteur, j'ai envie de rire. Il est tellement drôle, ce garçon, avec sa grosse face ronde, ses petits yeux bleus, ses grandes oreilles décollées. Mais peut-être qu'en grandissant, il prendra une apparence intellectuelle. Charlie Sloane clame qu'il veut se lancer en politique et devenir député fédéral, mais, selon Mme Lynde, il n'y parviendra jamais, parce que la famille Sloane est trop honnête, et que seuls les voyous deviennent politiciens, de nos jours. »

« Et quelles sont les ambitions de Gilbert Blythe ? » s'enquit Marilla, voyant Anne ouvrir son livre de Jules César.

« Je n'ai aucune idée de ce que Gilbert Blythe veut faire dans la vie, à supposer qu'il veuille faire quelque chose », répliqua Anne, grinçante.

Il faut dire que la rivalité entre Anne et Gilbert devenait maintenant tout à fait évidente. Jusque-là, elle se manifestait surtout chez Anne, mais, chose certaine, Gilbert était maintenant tout aussi déterminé qu'elle à être premier de classe. Il se montrait à la hauteur de sa jeune rivale dans le duel qui les opposait désormais. Leur supériorité n'était remise en question par aucun autre membre de leur classe, et personne n'aurait même eu l'idée de se mesurer à eux.

Depuis le jour où Anne, près du petit lac, avait refusé de lui accorder son pardon, Gilbert, mise à part la rivalité scolaire, ne semblait plus dorénavant se préoccuper de son existence. Il parlait et plaisantait avec les autres filles, échangeait avec elles livres et casse-tête, discutait des leçons et des programmes, et parfois même raccompagnait l'une ou l'autre après les réunions de prière ou les activités de la Société des débats. Il ignorait complètement Anne Shirley, qui commença à se rendre compte qu'il est très désagréable que quelqu'un vous ignore. Elle essayait bien, adoptant un air dédaigneux, de se persuader que tout ça lui était parfaitement égal ; en son for intérieur, là où palpitait, capricieux et entêté, son cœur féminin, elle savait que cela ne lui était nullement égal, et qu'elle aurait maintenant une attitude fort différente si la scène du Lac-aux-Miroirs venait à se reproduire. Soudainement, pour son plus grand désarroi, elle avait l'impression que sa vieille rancune contre cet individu, soigneusement entretenue depuis des années, n'avait plus la moindre raison d'être, et ce, au moment précis où il aurait fallu, au contraire, l'attiser davantage, pour préserver son amour-propre. Mais c'était en vain qu'elle tentait de ranimer la flambée de colère qu'avait suscitée leur première et tragiquement inoubliable rencontre ; les dernières flammèches semblaient s'être éteintes dans l'embrasement ultime sur la rive du petit lac. Anne comprit soudain qu'elle avait, sans le savoir, pardonné à Gilbert et tiré un trait sur toute cette affaire. C'était, hélas ! trop tard…

Il fallait, cependant, que personne – ni Gilbert, ni même Diana – ne puisse soupçonner à présent à quel point elle regrettait son geste et son attitude fière et vindicative. Elle prit donc la décision d'« ensevelir ses sentiments dans un linceul d'oubli profond », et, avouons-le, elle y réussit parfaitement, ne laissant pas à Gilbert – qui n'était peut-être pas si indifférent qu'il en avait l'air – la moindre possibilité de croire que sa campagne de mépris avait réussi à toucher l'adversaire. Ne restait, comme seul réconfort, que de constater que Charlie Sloane, lui aussi, était royalement snobé par Anne, sans rémission et sans pitié.

Cela mis à part, tout le monde passa un hiver agréable, entrecoupé par les études et par mille occupations diverses. Pour Anne, les journées s'égrenaient doucement comme autant de perles d'or sur le collier de la vie. Heureuse, elle était curieuse de tout : il y avait des leçons à apprendre, des récompenses à mériter, des livres passionnants à dévorer, de nouvelles pièces à étudier pour la chorale du dimanche, le plaisir de passer les samedis après-midi au presbytère avec Mme Allan. Bientôt, avant même qu'Anne en eût pris conscience, le printemps fut de retour au domaine des pignons verts et la nature, encore une fois, refleurit de plus belle.

Les études en souffrirent quelque peu. La classe de Queen's – qui devait rester à l'école alors que les autres partaient gambader dans la verdure des chemins, dans le lacis de feuillage autour des clairières, dans la splendeur des prés où serpentaient les sentiers – en était réduite à laisser errer de longs regards tristes par les fenêtres, découvrant tout à coup que les verbes latins et les exercices de français présentaient indubitablement moins de charme et d'intérêt que durant les mois hivernaux. Même Anne et Gilbert avaient perdu de leur entrain. Professeur et élèves furent également soulagés de voir arriver la fin du trimestre et se profiler à l'horizon la perspective idyllique de longues journées de vacances !

« Vous avez bien travaillé cette année », leur déclara Mlle Stacy le dernier soir, « et vous avez grandement mérité des vacances agréables. Amusez-vous tant que vous voudrez, détendez-vous parmi les merveilles de la nature qui nous entoure et revenez à la rentrée prochaine avec des provisions de bonne santé, de vitalité et de saine ambition. Il s'agira alors de la lutte décisive, sachez-le bien : votre dernière année avant l'examen d'entrée. »

« Et vous, mademoiselle Stacy, serez-vous de retour à la rentrée ? » demanda Josie Pye.

Josie Pye n'était jamais à court de questions embarrassantes ; cette fois-ci, cependant, tous les élèves lui en furent reconnaissants. Personne d'autre, en effet, n'aurait osé poser une telle question, même si elle leur brûlait la langue à tous et à toutes, puisque des rumeurs fort inquiétantes avaient circulé dans l'école depuis quelque temps, insinuant que Mlle Stacy ne reviendrait pas à la rentrée suivante. On lui aurait offert un poste à l'école primaire de la région d'où elle était originaire, et elle aurait eu l'intention d'accepter. C'est pourquoi le plus grand silence s'était installé ; toute la classe de Queen's, impatiente, tendit l'oreille.

« Eh bien, je crois que oui », dit Mlle Stacy. « J'ai pensé aller enseigner dans une autre école, mais j'ai finalement décidé de revenir à Avonlea. À vrai dire, je trouve mes élèves d'ici si intéressants que je ne puis me résoudre à les quitter avant la fin. »

« Hourra ! » hurla Moody Spurgeon, qui n'avait jamais fait montre d'autant d'exhibitionnisme auparavant ; et, à chaque fois qu'il se trouva à y repenser par la suite, il se prit à rougir de confusion.

« Oh, que je suis contente ! » s'exclama Anne. Ses yeux brillaient. « Chère mademoiselle Stacy, ce serait affreux si vous aviez décidé de ne pas revenir ! Je crois que je n'aurais pas eu le courage de continuer mes études avec un autre instituteur à votre place. »

Lorsque Anne revint à la maison, ce soir-là, elle empila tous ses manuels scolaires dans une vieille malle qui se trouvait au grenier, la ferma à clef et plaça la clef dans le coffre à couvertures.

« Je ne jetterai aucun regard sur aucun manuel scolaire de toutes mes vacances » déclara-t-elle à Marilla. « J'ai passé tout le trimestre à bûcher, j'ai même ressassé cette sacrée géométrie au point d'en connaître par cœur la moindre proposition ou le moindre théorème qui puisse se trouver dans le manuel du premier niveau, même lorsqu'on en intervertit les lettres. Mais j'en ai par-dessus la tête de ces choses raisonnables et j'ai décidé de laisser courir mon imagination tout l'été. Oh, non, Marilla ! Tu n'as pas à t'alarmer. Je la laisserai courir dans des limites raisonnables. J'ai simplement envie de passer un bon été, de bien m'amuser, parce que c'est peut-être le dernier été où je pourrai agir comme une petite fille. Mme Lynde affirme que, si je continue à grandir de cette façon, il me faudra porter des jupes plus longues dès l'an prochain. Elle affirme qu'on ne voit plus que mes yeux et mes jambes. Et, une fois que j'aurai commencé à porter des jupes plus longues, je vais me sentir obligée d'agir en conséquence et de me montrer digne de ma nouvelle tenue. J'ai bien peur de ne même plus pouvoir croire aux fées ; c'est pourquoi, cet été, je vais mettre tout mon cœur à y croire encore. Je pense que nos vacances seront particulièrement réjouissantes. Ruby Gillis va organiser bientôt une réception pour son anniversaire, il y aura le pique-nique de l'école du dimanche et puis le concert pour les missions le mois prochain. M. Barry m'a dit aussi qu'un de ces soirs, il nous emmènerait, Diana et moi, dîner à l'hôtel de White Sands. Là-bas, on dîne le soir, tu sais. Jane Andrews y est allée une fois, l'été passé, et elle nous a raconté quelle vision éblouissante c'était, toutes ces lumières électriques, toutes ces fleurs, toutes ces dames dans leurs plus belles robes. Jane nous a dit que c'était la première fois qu'elle découvrait la vie des gens de la haute société et qu'elle n'oublierait jamais cette expérience. »

Mme Lynde vint faire un tour le lendemain après-midi, histoire de voir pourquoi Marilla ne s'était pas rendue à la réunion de la société de bienfaisance le jeudi précédent. Lorsque Marilla ne s'y montrait pas, tout le monde savait que quelque chose ne tournait pas rond dans la maison aux pignons verts.

« Matthew a eu une faiblesse au cœur jeudi dernier », expliqua Marilla, « et je n'ai pas voulu le laisser seul. Oui, bien sûr, il va tout à fait bien maintenant, mais ça lui arrive de plus en plus souvent d'avoir des faiblesses du même genre et ça m'inquiète. Le docteur lui a conseillé de ne pas commettre de folies. C'est une chose aisée, pour Matthew, de ne pas commettre de folies, ça n'a jamais été son genre, mais, par contre, il ne doit pas non plus effectuer des travaux trop durs, et ça... autant lui demander de ne plus respirer. Matthew ne pourra jamais s'arrêter de travailler. Allons, Rachel, posez vos affaires et asseyez-vous. Vous resterez bien pour le thé ? »

« Bon, puisque vous insistez, je pense que je vais rester », minauda Mme Rachel, qui n'avait jamais eu l'intention d'agir autrement.

Mme Rachel et Marilla s'installèrent confortablement dans le salon, tandis qu'Anne préparait le thé et leur cuisinait des biscuits si légers et si blancs que même Mme Rachel en fut à court de critiques.

« Je dois dire qu'Anne est devenue une fille très bien », admit Mme Rachel, tandis que Marilla la raccompagnait au bout de l'allée, en fin d'après-midi. « Je suis sûre qu'elle doit vous être d'un grand secours. »

« En effet », dit Marilla, « et l'on peut maintenant lui faire tout à fait confiance. J'avais bien peur qu'elle ne demeure une tête de linotte comme elle l'était avant, mais elle a changé pour le mieux. Je n'aurais plus la moindre hésitation à lui confier quoi que ce soit. »

« Je n'aurais jamais pensé, à vrai dire, qu'elle puisse un jour se muer en jeune fille convenable, quand je l'ai vue pour la première fois il y a trois ans », dit Mme Rachel. « Juste ciel, quelle scène elle m'a faite, quand j'y repense ! Lorsque je suis rentrée chez nous, ce soir-là, je l'ai dit à Thomas : “Écoute-moi bien, mon Thomas, Marilla Cuthbert va se mordre les doigts de ce qu'elle vient de faire là !” Mais j'avais tort et je suis contente de l'admettre. Je ne suis pas de ces gens, Marilla, qui refusent d'admettre qu'ils ont commis une erreur. Non, Dieu merci, je n'ai jamais été comme ça. Je m'étais trompée au sujet d'Anne, mais ce n'était guère surprenant, car on n'avait jamais vu pareille drôlesse, avec une imagination aussi pendable ! Pas moyen de la juger selon les mêmes critères que les autres enfants. C'est presque miraculeux de constater à quel point elle s'est améliorée ces trois dernières années, mais c'est surtout son allure qui a changé en bien. Je n'hésite pas à dire que ça fera un beau brin de fille, même si je ne me sens pas vraiment attirée, pour ma part, par ce genre de beauté pâle aux grands yeux. Je préfère les filles aux joues plus colorées, à l'allure plus énergique, comme Diana Barry ou Ruby Gillis. Ruby Gillis est exceptionnellement belle. Mais, d'une certaine manière – je ne sais pas pourquoi –, quand Anne se trouve avec elles, même si elle est loin d'être aussi jolie, elle a un petit quelque chose qui rend les autres fades et ordinaires, un peu comme si on plaçait ces lis de juin blancs qu'elle appelle des narcisses à côté de grosses pivoines rouges, si vous voyez ce que je veux dire. »

31

Du petit ruisseau à la grande rivière

Le « beau grand » été d'Anne coula merveilleusement bien, et elle en jouit tout son soûl. Anne et Diana profitèrent pleinement du grand air, ne se privant d'aucun des plaisirs que pouvaient apporter à deux adolescentes ces lieux magiques baptisés Chemin des amoureux, Source des Fées, Lac des saules ou Île Victoria. Cette vie de bohémiennes ne souleva guère d'objections de la part de Marilla. En effet, le médecin de Spencervale, qui avait accouru auprès de Minnie May la nuit où elle avait failli mourir du croup, avait rencontré Anne chez un de ses patients, un après-midi, au tout début des vacances. Il l'avait bien observée, avait hoché la tête, esquissé une légère grimace, et n'avait pas tardé à faire parvenir, par un intermédiaire, le message suivant à Marilla Cuthbert :

« Veillez à ce que cette fille rousse que vous gardez chez vous profite le plus possible du plein-air tout l'été et ne touche à aucun livre tant que sa démarche n'aura pas acquis un peu plus d'allant. »

Ce message terrifia Marilla au plus haut point. Elle se dit que, si jamais elle n'y obéissait pas à la lettre, Anne risquait de mourir de phtisie. C'est ainsi qu'Anne put passer le plus bel été de sa vie à folâtrer en toute liberté. Elle s'en donna à cœur joie, musardant partout, canotant sur le lac, cueillant des mûres, et ne se privant surtout pas de rêver ; lorsque le mois de septembre arriva, ses grands yeux étaient vifs et brillants, sa démarche aurait passé sans échouer à l'examen du médecin de Spencervale, et son cœur débordait d'entrain et d'ambition.

« Je me sens de nouveau prête à étudier de toutes mes forces », déclara-t-elle en descendant ses livres du grenier. « Oh, chers vieux amis, que je suis contente de revoir votre bonne tête, même la tienne, damnée géométrie ! J'ai passé un été absolument superbe, Marilla, et je me sens à présent aussi énergique qu'un homme fort qui entreprend une course, pour reprendre l'image de M. Allan, dimanche dernier. Les sermons de M. Allan ne sont-ils pas extraordinaires ? À en croire Mme Lynde, il s'améliore de jour en jour, et une fois pour toutes, une église de la ville va venir nous le chiper, et il nous faudra de nouveau choisir et former un autre jeune pasteur sans expérience. Mais, après tout, pourquoi s'inquiéter des problèmes avant qu'ils ne se posent, hein, Marilla ? Je crois qu'il vaut mieux que nous profitions de M. Allan pendant que nous l'avons encore ici. Si j'étais un homme, je pense que j'aimerais être pasteur. Avec de bonnes connaissances théologiques, ils peuvent exercer une telle influence bénéfique sur les gens ; sans compter qu'il doit être incroyablement exaltant de prononcer en chaire des sermons de toute beauté qui font vibrer le cœur de ceux et celles qui vous écoutent ! Pourquoi les femmes ne peuvent-elles pas devenir pasteur, Marilla ? J'ai posé la question à Mme Lynde ; elle s'est fâchée, en disant que ce serait là un scandale.

Elle a ajouté qu'il était possible qu'il y ait des femmes pasteurs aux États, qu'en fait elle était sûre qu'il y en avait, mais que, grâce à Dieu, nous n'en étions pas encore là au Canada, et qu'elle espérait bien que nous n'y arriverions jamais. Mais, moi, je ne vois toujours pas pourquoi. Je pense que les femmes feraient des pasteurs absolument remarquables. Quand il s'agit d'organiser une réception, un thé ou une quelconque activité sociale pour obtenir de l'argent pour l'église, c'est aux femmes qu'on demande de faire le travail. Et il me semble que Mme Lynde est tout aussi apte à prier que M. le surintendant Bell, et qu'avec un peu de pratique elle arriverait à prêcher aussi bien. »

« Oui, je pense qu'elle le pourrait » répliqua Marilla abruptement. « Elle prêche déjà bien suffisamment comme ça. En fait, personne ne peut faire quelque chose de mal à Avonlea sans que Rachel ne s'en aperçoive. »

« Marilla », fit Anne, comme en veine, soudain, de confidences, « j'aimerais te dire quelque chose et te demander ce que tu en penses. Ça me préoccupe terriblement, les dimanches après-midi, particulièrement, quand vient le temps de réfléchir à ce genre de choses. J'ai la réelle intention de bien me comporter en toutes choses ; et quand je me trouve avec toi, ou avec Mme Allan, ou avec Mlle Stacy, j'en ai encore plus l'intention que d'habitude ; mon seul désir est d'agir en conformité avec ce qui vous fait plaisir et ce que vous approuvez. Mais, la plupart des fois où je suis avec Mme Lynde, je deviens horriblement méchante, avec une envie irrépressible de faire exactement ce qu'elle vient de me dire de ne surtout pas faire. C'est une tentation presque irrésistible ! À ton avis, quelle peut être la raison de cela ? Penses-tu que je sois foncièrement mauvaise et irrécupérable ? »

Marilla, l'espace d'un instant, sembla hésiter. Puis elle se mit à rire.

« Si tu l'es, Anne, alors je le suis aussi, car Rachel produit souvent le même effet sur moi. Je crois parfois qu'elle exercerait une plus grande influence bénéfique sur les gens, comme tu dis, si elle ne passait pas son temps à les aiguillonner pour qu'ils agissent comme il faut. On aurait dû créer un commandement particulier pour empêcher les autres de vous harceler de cette façon. Mais qu'est-ce que je dis là ? Rachel est bonne chrétienne, et elle a d'excellentes intentions. Il n'y a personne de plus dévoué dans tout Avonlea, et personne qui accepte comme elle sans sourciller l'infinité de tâches auxquelles elle se consacre. »

« Je suis heureuse que tu penses comme moi », fit Anne. « Ça m'encourage, je ne me ferai plus de souci à partir de maintenant. Mais je sais bien qu'il surgira plein d'autres choses pour me tracasser, de ces problèmes, tu sais, qui vous rendent toujours perplexe. Il y en a de nouveaux sans arrêt. On en résout un, en voilà un autre qui surgit. C'est incroyable, plus on grandit et plus se multiplient les choses auxquelles il faut réfléchir avant d'agir pour le mieux. Rien que de m'arrêter pour réfléchir et choisir la décision qui s'impose me prend tout mon temps ! C'est une affaire sérieuse que de grandir, non, Marilla ? Mais, grâce aux excellents amis que j'ai – Matthew et toi, Mme Allan, Mlle Stacy –, je devrais devenir une adulte tout à fait convenable, sinon, ce sera de ma faute. Mais quelle responsabilité, quand on pense qu'on ne dispose que d'une seule chance. Si on ne devient pas quelqu'un de bien, on ne peut plus revenir en arrière et recommencer. J'ai grandi, cet été, Marilla : deux pouces de plus. C'est M. Gillis qui m'a mesurée, à la fête qu'on a organisée pour Ruby. Je suis ravie que tu aies taillé mes nouvelles robes un peu plus longues. Cette robe vert foncé est très belle ! Et quelle délicate attention que de l'avoir garnie de volants ! Ce n'était pas nécessaire, bien sûr, mais les volants sont fort à la mode cet automne ; Josie Pye en a sur toutes ses robes. Je suis persuadée d'étudier plus efficacement avec des volants. J'en éprouverai une telle satisfaction que ça m'aidera, tu verras. »

« C'est important de se sentir bien », concéda Marilla.

Mlle Stacy revint à l'école d'Avonlea pour y trouver tous ses élèves à nouveau prêts à travailler d'arrache-pied. La classe de Queen's, en particulier, était plus que jamais disposée à entrer en lice, car, à l'horizon, à la fin de l'année scolaire, se profilait déjà cette épreuve redoutable que l'on appelait l'« examen d'entrée » ! Rien qu'à entrevoir son profil terrifiant, ils en avaient tous, filles et garçons, des sueurs froides et la gorge serrée ! Et s'ils échouaient ? L'hiver qui suivit cette rentrée-là, Anne fut obsédée, sans arrêt, même le dimanche après-midi, par cette hypothèse horrible. Elle n'arrivait plus à réfléchir à autre chose, même à de grandes questions morales ou théologiques. Elle n'échappait à son obsession que durant son sommeil, mais, là encore, il lui arrivait de faire des cauchemars : elle se voyait, désespérée, cherchant en vain à lire son nom sur les listes d'élèves reçus à l'examen d'entrée ; tout en haut, en grosses lettres, était affiché celui de Gilbert Blythe, mais le sien… le sien ne s'y trouvait pas !

Ce fut, malgré tout, un hiver qui passa vite comme d'un coup d'aile, mille activités diverses ne laissant guère prise à l'ennui. Les travaux scolaires étaient aussi captivants qu'avant, les rivalités en classe aussi prenantes. Sous les yeux d'Anne, admirative et passionnée, de nouveaux mondes, domaines encore inexplorés, connaissances toutes neuves, ouvraient des brèches à ses pensées, à ses désirs, à ses ambitions :

Ils surgissaient colline sur colline, Alpe sur Alpe.

Tout ceci était dû en grande partie à la méthode de Mlle Stacy : prudente, attentive, ouverte, elle amenait ses élèves à réfléchir par eux-mêmes, à tenter leurs propres expériences, à esquisser leurs propres découvertes ; elle les encourageait à sortir des sentiers battus à tel point que Mme Lynde et les administrateurs de l'école en furent scandalisés, eux qui se méfiaient par principe de tout changement apporté aux méthodes établies.

Anne, outre ses études, put mener une vie sociale plus active : Marilla, que l'ordonnance du docteur de Spencervale avait profondément marquée, ne s'opposait plus à ce qu'elle sortît de temps en temps. La Société des débats, en plein essor, présenta plusieurs spectacles ; deux ou trois d'entre eux prirent des allures de soirées pour grandes personnes ; il y eut aussi des courses en traîneau et quantité de balades en patins sur les lacs gelés.

Durant ce temps, Anne grandissait. Elle poussait si vite, en fait, qu'un beau jour Marilla, stupéfaite, constata, tandis qu'elles se trouvaient côte à côte, qu'Anne était désormais plus grande qu'elle !

« Mon Dieu, Anne, que tu as grandi ! » soupira-t-elle, sans trop y croire. Marilla regrettait, étrangement, ces pouces supplémentaires. D'une certaine manière, l'enfant qu'elle avait appris à aimer avait disparu ; et voilà que surgissait à sa place cette grande fille de quinze ans, l'air réfléchi, les traits posés, l'allure fière. Cette jeune fille-là, Marilla l'aimait autant qu'elle avait aimé l'enfant, mais, en son for intérieur, elle en éprouvait un étrange et douloureux sentiment de perte. Ce soir-là, quand Anne fut partie avec Diana à la réunion de prière, Marilla, seule dans le crépuscule hivernal, s'assit et se laissa aller à la faiblesse de pleurer. Matthew, qui rentrait, la lanterne à la main, la surprit ainsi et en fut si bouleversé que Marilla se prit à rire à travers ses larmes.

« C'est à Anne que je pensais », expliqua Marilla. « Elle est devenue une vraie jeune fille ; l'hiver prochain, elle ne sera probablement plus avec nous. Elle me manquera terriblement. »

« Mais elle pourra revenir ici souvent », hasarda Matthew pour la réconforter. Pour lui, Anne était toujours, et resterait toujours, cette petite fille si vive qu'il avait ramenée de Bright River un certain soir de juin, quatre ans plus tôt. « D'ici là, la ligne de chemin de fer de Carmody sera prête à entrer en service ».

« Mais ce ne sera pas la même chose que de l'avoir ici, près de nous, tout le temps ! » exhala Marilla avec un soupir lugubre, bien décidée à ne pas se faire priver du chagrin auquel elle s'était autorisée à donner libre cours. « Voilà bien les hommes : incapables de comprendre ! »

Anne changeait véritablement, en tous points. Pour commencer, elle devenait plus calme. Elle n'en pensait peut-être pas moins, elle rêvait sans doute toujours autant, mais elle parlait incontestablement moins. Marilla en prit conscience et le lui fit remarquer.

« Tu ne jacasses plus comme autrefois, ma fille, et tu n'utilises plus autant de grands mots. Qu'est-ce qui t'arrive ? »

Anne rougit et eut un petit rire, abandonnant son livre et laissant errer un regard rêveur au-delà de la vitre ; dehors, on voyait de gros bourgeons rouges émerger de la vigne vierge en réponse à l'appel du soleil printanier.

« Je ne sais pas vraiment, je n'ai plus autant envie de parler », répondit Anne, le menton appuyé pensivement sur l'index. « C'est plus agréable de penser à de jolies choses qui vous sont chères et de les garder pour soi, comme des trésors. Je n'aimerais pas qu'on s'en moque ou que d'autres essaient de les interpréter. Et je n'ai plus envie d'utiliser de grands mots. C'est presque dommage, d'ailleurs : me voilà maintenant assez grande pour m'en servir correctement si je le désire. À certains égards, Marilla, c'est bien agréable d'être presque une grande personne, mais ce n'est pas tout à fait ce à quoi je m'attendais. Il y a tellement de choses à inventer, à découvrir, à méditer, qu'on n'a plus le temps d'utiliser de grands mots. De plus, Mlle Stacy affirme que les mots courts sont meilleurs et plus expressifs. Elle veut que nous écrivions nos dissertations le plus simplement possible. C'était difficile, la première fois. J'avais tellement l'habitude de faire étalage de tous les beaux grands mots qui me traversaient l'esprit, et ils étaient nombreux, je peux te dire ! Mais je m'y suis habituée, à présent, et je me rends compte que ça donne de meilleurs résultats. »

« Qu'est-ce qui est arrivé à ton club des conteuses ? Je ne t'ai pas entendue en parler depuis un bon moment. »

« Le club des conteuses n'existe plus. Nous n'avions pas de temps à y consacrer, et, de toute façon, nous nous en étions lassées. C'était ridicule d'écrire des histoires d'amour, de meurtres, d'enlèvements et d'intrigues policières. Mlle Stacy nous demande parfois de rédiger une histoire dans les cours de composition, mais elle ne nous laisse rien écrire d'autre que ce qui nous arrive effectivement à Avonlea, et elle critique nos écrits de façon très acerbe et nous demande d'en faire autant. Je n'avais jamais pensé que mes compositions recelaient autant de défauts jusqu'à ce que je les découvre moi-même. J'ai alors eu tellement honte que je voulais abandonner, mais Mlle Stacy m'a dit que, pour apprendre à bien écrire, il fallait d'abord apprendre à devenir critique envers soi-même. C'est ce que je m'efforce de faire. »

« Il ne te reste plus que deux mois avant l'examen d'entrée », dit Marilla. « Penses-tu que tu réussiras ? »

Anne réprima un frisson.

« Je ne sais pas. Parfois, j'ai l'impression que tout se passera bien, et soudain je me sens en proie à une terrible panique. Nous avons beaucoup étudié, Mlle Stacy n'a rien négligé pour nous préparer, mais, malgré tout, personne n'est assuré de réussir. Nous avons tous un domaine vulnérable. Pour moi, comme toujours, c'est la géométrie ; pour Jane, le latin ;

l'algèbre pour Ruby et pour Charlie ; l'arithmétique pour Josie. Moody Spurgeon a le pressentiment qu'il échouera en histoire anglaise. Mlle Stacy va nous faire passer un examen blanc en juin, aussi ardu que celui de Queen's, et elle nous corrigera tout aussi sévèrement, ainsi nous pourrons nous faire une idée. Oh, Marilla, que j'aimerais que ce soit déjà fini ! Tout cela me hante. Parfois je me réveille en plein milieu de la nuit et je me demande ce qui m'arrivera si jamais j'échoue. »

« Eh bien, tout simplement, tu retourneras à l'école et tu recommenceras », répondit Marilla sans sourciller.

« Non, je ne crois pas que je le pourrais. Je n'aurais pas le courage de recommencer. Et ce serait un tel déshonneur que d'échouer, surtout si Gil… si les autres étaient reçus. Les examens me rendent tellement nerveuse que je risque bien d'être dans tous mes états et de tout faire de travers. Si seulement j'avais la placidité de Jane Andrews ! Rien ne semble la perturber. »

Anne poussa un grand soupir et détourna le regard du printemps ensorcelant, des séductions de cette journée bleue, de la douce brise, des pousses vertes qui jaillissaient du jardin, pour s'enfermer avec détermination dans son manuel. Il y aurait d'autres printemps ; par contre, si jamais elle ne réussissait pas à son examen d'entrée, Anne était convaincue qu'elle ne se remettrait jamais assez complètement pour pouvoir en jouir de nouveau.

32

On affiche les résultats

La fin juin marqua l'aboutissement et du trimestre et de l'hégémonie de Mlle Stacy sur les élèves d'Avonlea. Ce soir-là, Anne et Diana rentrèrent chez elles bien gravement : leurs yeux rouges, les mouchoirs humides, tout témoignait explicitement que les paroles d'adieu de Mlle Stacy avaient été aussi touchantes que celles de M. Phillips, prononcées en des circonstances semblables trois ans auparavant. Du pied de la butte aux épinettes, Diana se retourna pour jeter un regard vers l'école, après quoi elle émit un profond soupir.

« On dirait que c'est la fin de tout, tu ne trouves pas ? », demanda-t-elle, d'un ton désemparé.

« Tu devrais te sentir moins mal que moi », rétorqua son amie, qui cherchait en vain un coin de mouchoir sec. « Tu reviendras l'hiver prochain, toi, mais moi, je présume que j'ai quitté cette bonne vieille école pour toujours, si j'ai de la chance, bien entendu. »

« Mais ça ne sera plus du tout pareil. Mlle Stacy ne sera plus là, ni toi, ni Jane, ni Ruby, probablement. Il me faudra m'asseoir toute seule, car je ne supporterais pas d'être à côté d'une autre après avoir partagé mon banc avec toi. Te rappelles-tu comme on s'est bien amusées ? C'est affreux de penser que c'est fini ! »

Deux grosses larmes frôlèrent le nez de Diana.

« Arrête de pleurer, sans ça je ne pourrai jamais m'arrêter », fit Anne suppliante. « J'ai à peine rangé mon mouchoir que je recommence à pleurer, rien qu'à voir tes yeux qui ruissellent. Comme dit Mme Lynde, "si vous n'arrivez pas à être joyeux pour de vrai, soyez-le du moins autant que vous le pouvez". À bien y réfléchir, d'ailleurs, il ne fait pas de doute que je serai de retour l'année prochaine. À certains moments me vient la certitude que je ne réussirai pas. C'est le cas présentement, et le plus inquiétant, c'est que ces certitudes me reviennent de plus en plus fréquemment. »

« Mais, enfin, tu t'es remarquablement sortie des examens blancs que Mlle Stacy vous a fait passer ! »

« C'est vrai, mais ces examens-là ne me rendaient pas nerveuse. Quand je pense aux vrais examens, tu ne peux t'imaginer à quel point je suis terrifiée ! J'en éprouve d'horribles sueurs froides, mon cœur se glace, j'en frémis comme une feuille. En plus de ça, je suis la treizième candidate, et Josie Pye affirme que c'est un nombre malchanceux. *Moi*, je ne suis pas superstitieuse et je sais que ça ne fait pas de différence. Pourtant, j'aurais préféré ne pas être la treizième. »

« J'aimerais tant t'accompagner », lui dit Diana. « N'aurions-nous pas un plaisir fou, ensemble ? Mais je suppose que tu passeras tes soirées à bûcher, encore… »

« Pas du tout ; au contraire, Mlle Stacy nous a fait promettre de ne plus ouvrir un livre. Elle affirme que cela nous épuiserait, que nous risquerions d'en avoir les idées confuses. Elle nous a conseillé de nous promener, de ne pas penser aux examens, de nous coucher de bonne heure. Ce sont là de bien sages conseils, mais j'ai peur qu'ils ne soient difficiles à suivre ! Comme, d'ailleurs, tous les bons conseils. Prissy Andrews m'a raconté que, chaque soir de la semaine des examens, elle est restée éveillée une grande partie de la nuit, à réviser frénétiquement, et c'était mon intention d'en faire *au moins* autant. Au fait, c'est très aimable de la part de ta tante Joséphine de m'inviter à loger à Beechwood pendant que je serai en ville. »

« Tu m'écriras pendant que tu seras là-bas ? »

« Je t'écrirai mardi soir pour te raconter comment la première journée s'est passée », promit Anne.

« On ne verra que moi au bureau de poste, le mercredi », promit Diana.

Le lundi suivant, Anne partit pour la ville ; le mercredi, Diana, fidèlement, se précipita au bureau de poste, pour recevoir sa lettre.

Très chère Diana, écrivait Anne, nous sommes mardi soir, et je t'écris de la bibliothèque de Beechwood. Hier soir, je me sentais horriblement seule dans ma chambre. J'aurais tant voulu que tu sois avec moi. Je ne pouvais pas me mettre à bûcher puisque j'avais promis à Mlle Stacy de ne pas le faire, mais cela a été aussi difficile de ne pas ouvrir mon livre d'histoire que ça l'était de ne pas lire un roman avant d'avoir terminé mes leçons.

Ce matin, Mlle Stacy est venue me chercher et nous nous sommes rendues au collège. En route, nous sommes allées chercher Jane, Ruby et Josie. Ruby m'a fait toucher ses mains : elles étaient aussi froides que de la glace. Josie a trouvé que j'avais l'air de n'avoir pas dormi de la nuit et m'a dit qu'à son avis je ne serais pas capable de tenir le coup même si je réussissais à entrer : le programme pour devenir institutrice se révélerait bien trop ardu pour moi. Il y a vraiment des moments où j'ai l'impression de n'avoir guère fait de progrès dans mon estime pour Josie Pye !

Lorsque nous sommes arrivées au collège, il y avait plein d'élèves venus de tous les coins de l'Île. La première personne que nous avons aperçue, c'était Moody Spurgeon ; assis sur les marches du collège, il se parlait à lui-même. Jane lui a demandé ce qu'il pouvait bien être en train de faire et il lui a répondu qu'il se répétait sans arrêt ses tables de multiplication pour se calmer les nerfs et il a supplié qu'on ne l'interrompe plus, par pitié, parce que, s'il arrêtait de compter, ne serait-ce qu'un instant, il prenait peur et oubliait tout ce qu'il savait ; tandis que se répéter inlassablement ses tables de multiplication, ça lui permettait de garder ses connaissances bien en place !

Une fois qu'on nous a indiqué dans quelles salles nous devions nous rendre, Mlle Stacy nous a quittés. J'étais assise à côté de Jane : elle était si calme que j'en étais jalouse ! Pas besoin de tables de multiplication pour elle, si solide, si sereine, si raisonnable ! Je me demandais, pour ma part, si je dégageais extérieurement ce que je ressentais au-dedans, et s'ils pouvaient entendre mon cœur battre la chamade dans toute la pièce ! Un homme est arrivé et a commencé à nous distribuer les feuilles pour l'examen d'anglais. C'est alors que mes mains sont devenues glacées et que ma tête s'est mise à tourner. Quel horrible moment j'ai passé, Diana, avec cette feuille entre les mains, c'était exactement comme il y a quatre ans, lorsque j'ai demandé à Marilla s'il ne m'était pas possible de demeurer à Green Gables. Et puis, tout est redevenu clair dans ma tête, mon cœur a recommencé à battre – j'avais oublié de te dire qu'il s'était immobilisé complètement, l'espace d'un instant – car je me rendais compte que je pouvais extirper quelque chose de valable de cet examen-là. À midi, nous sommes allées manger à la maison, et nous sommes revenues l'après-midi pour l'épreuve d'histoire. C'était un examen passablement difficile, et j'ai eu beaucoup de peine à m'y retrouver dans mes dates. Malgré tout, je crois que je m'en suis assez bien sortie. Mais, oh Diana, demain c'est le jour de l'épreuve de géométrie, et il me faut toute la fermeté dont je suis capable pour ne pas ouvrir mon Euclide. Si je découvrais que réciter mes tables de multiplication peut m'aider à être moins nerveuse, je me les réciterais sans arrêt toute la nuit…

Ce soir, je suis allée voir les autres filles. En cours de route, j'ai rencontré Moody Spurgeon qui flânait dans le quartier, l'air distrait. Il m'a avoué qu'il était sûr d'avoir échoué en histoire, qu'il était né pour faire la honte de ses parents, qu'il allait rentrer par le train du matin, que, de toute manière, il serait plus aisé de devenir charpentier que pasteur. Je lui ai remonté le moral et je l'ai convaincu de rester jusqu'au bout, en lui disant que ce ne serait pas très correct, après tout ce que Mlle Stacy a fait pour nous, de ne pas affronter toutes les épreuves. J'aurais aimé être un garçon, c'est vrai, mais chaque fois que je vois Moody Spurgeon, je me sens toute fière d'être une fille, et bien contente de ne pas être sa sœur.

Ruby était en pleine crise d'hystérie lorsque je suis arrivée à la pension où elles étaient logées ; elle venait de découvrir qu'elle avait commis une erreur impardonnable dans son travail d'anglais. Une fois qu'elle a été remise, nous sommes allées en ville manger une crème glacée. Nous aurions bien aimé que tu sois avec nous !

Oh, Diana, si seulement l'épreuve de géométrie était déjà passée ! Enfin, comme dirait Mme Lynde, que je réussisse ou que j'échoue, la terre continuera de tourner. C'est vrai, mais ce n'est pas nécessairement rassurant. Je pense que, si jamais j'échoue, il vaudrait mieux qu'elle ne tourne plus jamais !

Je t'envoie toutes mes amitiés,

Ta grande amie qui pense à toi,

ANNE

L'épreuve de géométrie, et toutes les autres, furent bientôt terminées, et le vendredi soir, Anne était de retour à la maison aux pignons verts, affichant un petit air de triomphe que même sa fatigue évidente n'arrivait pas à éclipser totalement. Diana se trouvait justement à Green Gables à son arrivée et leur rencontre passionnée aurait pu laisser croire qu'elles ne s'étaient pas revues depuis des années.

« Ma grande chérie, quelle joie exquise de te revoir ! On dirait que ça fait des années que tu es partie en ville ! Oh, Anne, raconte-moi, comment ça s'est déroulé ? »

« Pas trop mal, à mon avis, dans tous les domaines, sauf en géométrie. Je ne sais vraiment pas si j'ai réussi à cette épreuve-là, un pressentiment pénible et douloureusement sournois me dit que non. Oh, mais que c'est bon d'être de retour ! Green Gables est vraiment l'endroit le plus délicieux et le plus charmant du monde entier ! »

« Et comment est-ce que ça a marché pour les autres ? »

« Les filles affirment ne pas avoir réussi, mais je crois, moi, qu'elles s'en sont bien sorties. Selon Josie, l'épreuve de géométrie était si facile qu'un enfant de dix ans aurait pu la réussir ! Moody Spurgeon est toujours persuadé d'avoir échoué en histoire, et Charlie pense avoir échoué en algèbre. Mais, quoi qu'il en soit, rien n'est certain tant que les résultats ne seront pas affichés. Et ça va prendre encore quinze jours. Imagine-toi : attendre ainsi quinze jours, dans des transes pareilles ! J'aimerais bien pouvoir m'endormir et ne pas me réveiller avant que les quinze jours soient écoulés… »

Diana, sachant fort bien qu'il ne servirait à rien de demander comment les épreuves s'étaient déroulées pour Gilbert Blythe, se contenta de dire :

« Oh, toi, de toute façon, tu seras reçue, ne t'en fais donc pas. »

« Peut-être, mais j'aimerais mieux ne pas être reçue du tout, plutôt que de ne pas figurer parmi les meilleurs », rétorqua la candidate, et Diana comprit fort bien que cela voulait dire : mon succès serait incomplet et ma victoire amère si je n'étais pas, sur la liste, mieux placée que Gilbert Blythe.

C'était précisément cet objectif – faire mieux que son rival – qui avait galvanisé Anne pendant les épreuves. Même chose pour Gilbert. Ils s'étaient aperçus et croisés une bonne douzaine de fois dans la rue sans échanger la moindre salutation, et à chaque fois, Anne avait pris un air un peu plus distant, tout en regrettant un peu plus vivement de ne pas s'être réconciliée avec Gilbert quand l'occasion lui avait été fournie, mais en se jurant un peu plus passionnément de faire l'impossible pour le dépasser à l'examen. Elle savait bien que toute la jeunesse d'Avonlea se demandait qui allait être le mieux placé ; elle savait même que Jimmy Glover et Ned Wright avaient fait un pari à ce sujet, et que Josie Pye avait affirmé que, sans le moindre doute possible, Gilbert serait premier ; Anne sentait fortement que l'humiliation d'une défaite lui serait tout à fait insupportable.

Elle avait cependant un autre motif plus louable pour souhaiter ainsi se qualifier honorablement. Elle voulait figurer en bonne place pour faire plaisir à Matthew et à Marilla, à Matthew, surtout. Celui-ci, en effet, lui avait déclaré qu'à son avis elle « dominerait tous les élèves de l'Île ». Bien sûr, même dans ses rêves les plus fous, Anne savait cet espoir inutile, mais elle comptait sincèrement figurer au moins parmi les dix premiers, afin d'avoir la joie de voir étinceler de fierté les doux yeux bruns de Matthew. Ce serait, se disait-elle, une récompense juste pour tout le travail patient qu'elle avait fourni, les innombrables efforts qu'elle avait déployés pour s'y retrouver dans les équations arides et les conjugaisons rébarbatives.

Après ces deux semaines, ce fut au tour d'Anne de se rendre sans cesse au bureau de poste, accompagnée de Jane, Ruby et Josie, dans un état indescriptible, feuilletant les quotidiens de Charlottetown avec appréhension, les mains fiévreuses, une sensation de nausée au creux de l'estomac aussi pénible que celle qu'elles avaient pu ressentir au cours de la semaine des examens. Charlie et Gilbert, eux aussi, se livraient à cette activité ; le seul à s'en abstenir fut Moody Spurgeon.

« Je n'ai pas le courage d'aller au bureau de poste lire le journal de sang-froid », avoua-t-il à Anne. « Je vais attendre que quelqu'un vienne me révéler, à un moment donné, si j'ai réussi ou si j'ai échoué. »

Lorsque trois semaines se furent écoulées sans que la liste des reçus fût publiée, Anne commença à souffrir des affres de l'attente. Elle manquait d'appétit, elle perdait tout intérêt pour ce qui se passait à Avonlea. Elle se disait qu'elle ne pourrait plus tenir le coup longtemps. Mme Lynde, elle, ne se gênait pas pour affirmer qu'il n'y avait rien d'autre à espérer d'une instruction publique croupissant entre les mains des bleus, et Matthew, qui remarquait bien la pâleur d'Anne, son indifférence à tout, et la démarche traînante qui la portait chaque après-midi, péniblement, jusqu'au bureau de poste, en vint à se demander fort sérieusement s'il ne ferait pas mieux de voter rouge aux prochaines élections.

Un soir, pourtant, les nouvelles arrivèrent enfin. Anne était assise près de la fenêtre ouverte, dans sa chambre, pour une fois inattentive à l'aridité des examens et aux tracasseries quotidiennes, se laissant mollement pénétrer par la beauté du crépuscule d'été, par la délicatesse du parfum des fleurs, par le bruissement et les frissons qui agitaient les peupliers dans le jardin en contrebas. À l'est, au-dessus des sapins, le ciel avait emprunté une teinte rosâtre, reflet de l'ouest, et Anne, rêvassant, se demandait si l'âme des couleurs ressemblait à cela, lorsqu'elle aperçut soudain Diana, descendant à vive allure la pente couverte de sapins, pour traverser tout aussi allègrement le pont de bois et remonter vers Green Gables, brandissant un journal dont les feuilles claquaient au vent.

Elle fut debout instantanément, aussitôt consciente du contenu de ce journal. La liste venait d'être publiée ! Elle en avait la tête vacillante, le cœur affolé, elle se sentait si terriblement faible qu'elle n'aurait pas pu avancer d'un pas. Une heure sembla s'écouler avant que Diana galope dans le corridor et fasse irruption dans la pièce sans même prendre la peine de frapper tant elle était surexcitée.

« Anne », s'écria Diana, « tu es reçue ! Tu es reçue *la toute première*, vous êtes premiers tous les deux, Gilbert et toi, vous avez la même note, mais c'est ton nom qui est inscrit en tête de liste. Oh, je suis tellement fière de toi ! »

Diana expédia le journal sur la table et se projeta sur le lit, hors d'haleine, incapable de prononcer un mot de plus. Anne, elle, alluma la lampe, non sans avoir préalablement renversé la boîte d'allumettes et en avoir gaspillé une demi-douzaine tant ses mains tremblaient. Une fois qu'elle y fut parvenue, elle s'empara prestement du journal. Oui, c'était bien vrai, elle avait réussi. Son nom figurait là, sur la page, tout en haut d'une liste de deux cents noms ! Ce moment, à lui seul, compensait toutes les vicissitudes de la vie !

« Tu t'en es tirée magnifiquement, Anne », lui lança Diana, qui avait suffisamment récupéré pour pouvoir s'asseoir et se remettre à parler ; Anne, cependant, l'air absent, les yeux brillants, n'avait pas ouvert la bouche. « Ça fait à peine dix minutes que mon père est revenu de Bright River avec ce journal – il est arrivé par le train de l'après-midi, tu sais, il ne sera pas à la poste avant demain – et, bien sûr, dès que j'ai vu la liste des reçus, je me suis précipitée jusqu'ici comme une folle. Vous êtes tous reçus, votre petit groupe au complet, même Moody Spurgeon, bien que son acceptation demeure conditionnelle en histoire. Jane et Ruby s'en sont bien sorties – elles sont dans la moyenne – et Charlie aussi. Josie a tout juste été reçue, à trois points près, mais tu verras qu'elle va prendre ses grands airs comme si elle était en tête de liste. Ne crois-tu pas que Mlle Stacy sera ravie ? Oh, Anne, dis-moi ! dis-moi ce que ça te fait, de voir ton nom chapeauter une liste comme celle-là ! Si c'était le mien qui s'y trouvait, je crois bien que je deviendrais folle de joie. Je le suis presque déjà maintenant, mais toi, tu restes calme et paisible comme une soirée de printemps. »

« C'est simplement que je suis sous le coup de la stupéfaction », dit Anne. « Je sens grouiller au fond de moi mille choses que je voudrais dire, mais je ne trouve plus mes mots. Je n'ai jamais rêvé que ça pourrait m'arriver un jour, sinon, pour être honnête, une fois, une seule petite fois ! Je me suis permis de me dire : "Et si tu arrivais première ?" Mais je n'y croyais pas, c'était bien trop présomptueux de ma part d'oser imaginer que je pouvais être la meilleure de toute l'Île, tu sais. Excuse-moi un instant, Diana. Il faut que je coure avertir Matthew. Quand je reviendrai du champ, nous irons faire un tour par la route pour faire part aux autres de toutes ces bonnes nouvelles. »

Elles partirent ensemble, à toute vitesse, jusqu'au champ fauché en contrebas de la grange, dans lequel Matthew était en train de fouler le foin en grosses balles ; la chance était de leur côté, car, sur le chemin, discourant avec Mme Lynde par-dessus la barrière, elles rencontrèrent également Marilla.

« Oh, Matthew », s'écria Anne, « j'ai réussi, et je suis première, enfin, une des premières ! Et je n'en tire pas vanité, seulement de la gratitude ! »

« Eh bien, tu vois, je l'avais toujours dit », fit Matthew, parcourant la liste des lauréats avec délectation. « Je savais bien que tu pouvais battre facilement tous les autres. »

« C'est vraiment très bien, Anne, je dois le dire », lui lança Marilla, s'efforçant de soustraire sa fierté démesurée à l'œil inquisiteur de Mme Lynde. Mais cette brave dame s'exclama impulsivement.

« Il semble qu'elle ait vraiment bien réussi, et je n'hésiterais nullement à le proclamer. Tes amis ont de la chance de te connaître, Anne, et nous sommes tous très fiers de toi. »

Ce soir-là, Anne, qui avait mis fin à cette soirée exquise par une discussion fort sérieuse avec Mme Allan au presbytère, s'agenouilla délicatement devant sa fenêtre ouverte, dans la lumière d'un rayon de lune, et c'est du plus profond de son cœur qu'elle murmura à voix basse une prière de reconnaissance et d'espoir. Elle y réitéra sa gratitude pour le passé et se permit de présenter quelques requêtes pour l'avenir. Lorsqu'elle s'abandonna au sommeil sur son oreiller blanc, elle fit des rêves aussi aériens et lumineux qu'il est possible à une jeune fille d'en faire.

33

Soirée de gala

« Ta robe blanche en organdi, sans le moindre doute, Anne », lui affirma Diana, avec assurance.

Les deux jeunes filles se trouvaient dans la chambre du pignon est. Dehors, le crépuscule pointait à peine, délicieusement chamarré de jaune et de vert dans un ciel impeccablement clair. Une grande lune ronde, dont l'éclat virait tout doucement du blafard à l'argent poli, veillait sur la Forêt hantée. L'air était rempli de la douceur frémissante de l'été : gazouillement d'oiseaux encore ensommeillés, frôlement de coups de vent capricieux, rires et voix venus de loin. Mais, dans la chambre d'Anne, les persiennes étaient baissées, la lampe était allumée, car Anne s'affairait à une tâche d'une extrême importance : choisir sa plus belle toilette.

Le pignon de l'est avait considérablement changé d'allure depuis quatre ans, depuis cette horrible nuit durant laquelle Anne s'était sentie pénétrée jusqu'à l'âme par une froideur inhospitalière. Ces changements s'étaient effectués subrepticement ; Marilla, résignée, préférant fermer les yeux plutôt que de s'y opposer, et la chambre était devenue le petit nid, douillet et délicat, que toute jeune fille souhaite avoir.

Certains fantasmes d'Anne ne s'étaient pas matérialisés, ni le tapis de velours aux roses pâles, ni les rideaux de soie rose. Mais les rêves d'enfance s'étaient assouplis avec l'âge, ne lui laissant nul regret. Une belle natte couvrait le plancher, et les contours trop anguleux de la fenêtre se trouvaient estompés par des rideaux de fine mousseline vert tendre qui ondulaient au vent léger. Sur les murs, aucune tapisserie de brocart d'or ou d'argent, mais un papier peint illustré de fleurs de pommier, aux teintes fort délicates, et quelques images pieuses qu'Anne avait reçues en cadeau de Mme Allan. La photo de Mlle Stacy trônait à la place d'honneur ; Anne, toujours aussi sentimentale, se faisant un devoir d'agrémenter de fleurs fraîches ce qui lui servait de support. Ce soir-là, le parfum subtil d'une touffe de lis blancs flottait dans la pièce tel un rêve vaporeux. Ne trônait dans la chambre aucun « superbe mobilier d'acajou », mais il y avait, fort joliment arrangés, un lit bas, entièrement blanc, une petite bibliothèque blanche regorgeant de livres, une chaise berçante en rotin garnie d'un coussin, une table de toilette ornée de mousseline noire, un étrange miroir au cadre doré, provenant de la chambre d'amis, dont la partie supérieure, en forme d'arc, s'ourlait de petits angelots, roses et grassouillets, et de grappes mauves.

Anne se préparait pour la soirée de gala qui avait lieu, ce soir-là, à l'hôtel de White Sands. Les clients l'avaient organisée afin de rassembler des fonds pour l'hôpital de Charlottetown et ils avaient fouillé les environs pour y mettre à contribution tous les « artistes » disponibles. Bertha Sampson et Pearl Clay, de la chorale de l'église baptiste de White

Sands, devaient chanter en duo ; Milton Clark, de Newbridge, allait jouer un solo de violon ; Winnie Adella Blair, de Carmody, chanterait une ballade écossaise ; Laura Spencer, de Spencervale, et Anne Shirley, d'Avonlea, réciteraient des poèmes.

Pour Anne, c'était un honneur indescriptible d'avoir été choisie, et elle ne tenait déjà plus en place : il s'agissait, une fois encore, pour reprendre son expression familière, d'« une journée mémorable ». Matthew rayonnait de fierté et Marilla partageait son émotion, même si elle aurait préféré se faire couper en morceaux plutôt que de l'admettre : elle avait donc déclaré qu'elle ne trouvait guère convenable qu'une troupe de jeunes gens et de jeunes filles aillent ainsi batifoler à l'hôtel, sans chaperon responsable.

Anne et Diana devaient s'y rendre avec Jane Andrews et son frère Billy dans leur boghei à deux sièges, suivis de plusieurs autres jeunes gens d'Avonlea. On attendait un certain nombre de spectateurs venus de la ville, et, le spectacle terminé, les artistes auraient droit à un souper.

« Tu crois vraiment que ma robe en organdi est la plus belle ? » s'enquit Anne, une fois de plus, surexcitée. « Moi, je ne la trouve pas aussi bien que celle de mousseline bleue à fleurs, et elle est certainement moins à la mode. »

« Mais elle te va tellement mieux ! » répliqua Diana. « Elle est si souple, si légère, elle te moule si délicatement ! La mousseline, c'est raide, et ça te donne vraiment un air guindé. Cette robe d'organdi, on croirait absolument qu'elle a été conçue pour toi. »

Anne, non sans un gros soupir, céda. Diana commençait à acquérir une solide réputation en matière de goût et d'habillement, et on sollicitait son avis de toutes parts. Elle était d'ailleurs fort joliment vêtue elle-même pour l'occasion, drapée dans une robe églantine, aux teintes délicieusement discrètes, que le teint d'Anne lui eût interdit formellement, mais, de toute manière, Diana ne participait pas activement au spectacle, et son allure revêtait une moindre importance. Ce qui importait, à ce moment, c'était la manière dont Anne allait s'habiller, car, aux yeux de Diana, et pour faire honneur à tout Avonlea, elle devait être parée, coiffée, pomponnée comme une véritable reine.

« Allons, tire encore un peu sur ce volant, bon, laisse-moi nouer ta ceinture, et maintenant, tes chaussons. Je vais te faire deux belles tresses, avec de gros nœuds blancs au milieu pour les tenir, non, non, pas de boucle sur le front, juste une raie, sans trop tirer les cheveux. Sais-tu, Anne, que Mme Allan te trouve l'air d'une madone quand tu es coiffée de cette façon ? Rien ne te va mieux. Bon, et maintenant, derrière l'oreille, cette mignonne petite rose. Il n'y avait que celle-là sur mon rosier, je l'ai gardée bien précieusement pour toi. »

« Penses-tu que je devrais mettre mon collier de perles ? » demanda Anne. « Matthew m'en a apporté un rang qu'il m'a acheté en ville la semaine passée, et je sais bien qu'il aimerait me le voir porter. »

Diana fit une petite moue, pencha la tête, observa son amie d'un air particulièrement scrutateur et, secouant ses cheveux noirs, finit par se prononcer en faveur des perles qui furent donc nouées autour du cou d'Anne ; elles firent le meilleur effet sur sa gorge, blanche comme neige.

« Tu crois vraiment que ma robe en organdi est la plus belle ? » s'enquit Anne.

« Tu es toujours très élégante, Anne » lui dit Diana, avec une admiration totalement dénuée de jalousie. « Ton port de tête est tellement distingué ! Et puis ta silhouette ! Moi, je ressemble à un boudin ! J'ai toujours craint cette éventualité, et voilà, c'est comme ça ! Je n'ai guère le choix, il faudra que je m'y résigne. »

« Mais tu as de si charmantes fossettes », repartit Anne, en souriant affectueusement. « De bien jolies fossettes, comme des dessins dans de la crème. Moi, j'ai abandonné tout espoir d'avoir un jour la moindre fossette. Mes rêves à propos des fossettes se sont évanouis, mais, par contre, j'en ai vu se réaliser un si grand nombre d'autres que je ne peux vraiment pas me plaindre. Suis-je prête, à ton avis ? »

« Absolument », décréta Diana, au moment même où la silhouette de Marilla se profilait dans l'embrasure de la porte. Maigre, les cheveux de plus en plus gris, les traits de plus en plus anguleux, elle n'en avait pas moins acquis une grande douceur dans le regard. « Entrez, Marilla, venez voir ! Est-ce que notre artiste n'est pas particulièrement jolie ? »

Marilla émit un son guttural, oscillant entre le reniflement et le grognement.

« Oui, elle est correcte et décente. J'aime bien cette coiffure-là. Mais je crains fort qu'elle n'abîme sa robe en chemin, avec la poussière et la rosée, et ça semble d'ailleurs une robe bien trop fine pour des nuits humides comme celle-ci. De toute manière, l'organdi est le tissu le moins pratique du monde, je l'ai pourtant dit à Matthew quand il l'a acheté. Mais on ne peut plus rien lui dire, à Matthew. Dans le temps, il écoutait encore mes conseils ; à présent, il n'en fait qu'à sa tête, dès qu'il s'agit d'acheter quelque chose à Anne, et les vendeuses de Carmody savent pertinemment qu'elles peuvent lui refiler n'importe quoi. Du moment qu'on lui affirme que quelque chose est beau et à la mode, il puise dans son escarcelle et il paie ! Fais bien attention, Anne, ne laisse pas traîner le bas de ta robe près des roues du boghei, et enfile une veste chaude. »

Sur ce, Marilla se retira et descendit l'escalier, en se disant, dans son for intérieur, qu'Anne était vraiment ravissante, « Le front resplendissant d'un seul rayon de lune ». Elle ne regretta qu'une chose, de ne pouvoir se rendre au gala, elle aussi, entendre déclamer sa fille.

« Je me demande si c'est *vraiment* trop humide pour ma robe », s'inquiétait Anne, cependant.

« Mais non, pas du tout », affirma péremptoirement Diana, tout en relevant la persienne pour s'en assurer. « La nuit sera magnifique, il n'y aura pas la moindre rosée. Regarde un peu ce clair de lune. »

« J'apprécie énormément que ma fenêtre donne sur l'est, là où le soleil se lève », dit Anne en s'approchant de Diana. « C'est si merveilleux de voir le jour se lever sur le dos allongé des collines, de guetter la lumière naissante entre les sapins pointus ! À chaque matin, c'est un plaisir renouvelé et j'ai l'impression de plonger ainsi mon âme dans ce bain de soleil matinal. Oh, Diana, si tu savais combien j'aime cette chambre ! Je me demande comment je vais me résoudre à en être éloignée, le mois prochain, lorsque je serai en ville. »

« Ne parle pas de partir, ce soir, s'il te plaît », supplia Diana. « Je ne veux pas y penser, cela me rend horriblement triste, et j'ai envie de profiter de ma soirée. Qu'est-ce que tu vas réciter, Anne ? As-tu le trac ? »

« Non, pas le moins du monde. J'ai déjà déclamé tant de poèmes devant un public que cela ne me dérange plus. J'ai décidé de réciter *Le Vœu de la jeune fille.* C'est très dramatique ! Laura Spencer, elle, va dire un texte comique, mais, pour ma part, j'aime mieux faire pleurer les gens que les faire rire. »

« Et si on te rappelle ? As-tu un autre texte ? »

« Je suis certaine qu'on ne me rappellera pas », fit Anne en haussant les épaules, tout en souhaitant, intérieurement, qu'on ne manque pas de la bisser, et s'imaginant déjà en train de raconter à Matthew, le lendemain au petit déjeuner, quel effet ça lui avait fait. « Allons, viens, je vois Billy et Jane qui arrivent, j'entends les roues de la voiture, c'est l'heure. »

Billy Andrews insista pour qu'Anne monte à côté de lui, en avant, et, bien qu'elle n'en eût guère envie, elle se hissa jusqu'au siège du conducteur. Elle aurait de loin préféré s'asseoir à l'arrière avec les filles, histoire de rire et de jacasser éperdument, ce qu'elle ne pouvait guère souhaiter faire, avec Billy, un gros gars costaud d'une vingtaine d'années, un peu trop rond, au visage de lune inexpressif et à la conversation inexistante. Pourtant, il admirait énormément Anne et se sentait gonflé d'orgueil à l'idée de conduire sa voiture jusqu'à White Sands, flanqué de cette jolie fille à la silhouette fine et fière.

Anne, finalement, à force de se retourner vers les filles, tout en échangeant de temps à autre une parole courtoise avec Billy – qui souriait bêtement, ricanait et n'arrivait jamais à trouver à temps la réponse appropriée –, apprécia le déplacement. La soirée s'annonçait enchanteresse. Sur la route, une quantité de bogheis se dirigeait vers l'hôtel, et l'on entendait fuser de partout l'écho de rires cristallins. L'hôtel tout entier était un éblouissement de lumière. Nos jeunes amis furent accueillis par les dames du comité organisateur, dont l'une conduisit immédiatement Anne à la loge des artistes, où se trouvaient déjà les membres du Cercle symphonique de Charlottetown ; leur présence intimida fort la pauvre Anne, qui se sentit soudain bien petite et bien paysanne. Dans sa chambre du pignon est, sa robe lui avait paru tellement jolie et élégante, alors qu'à présent elle lui semblait simple et quelconque, infiniment trop simple et quelconque, se dit-elle en regardant les cascades de soie et de dentelle qui ne cessaient de bruire et de briller autour d'elle. Et comment comparer ses petites perles aux diamants de la belle grande dame qui se tenait près d'elle ? Que sa pauvre rosette pâle semblait miteuse, au milieu des superbes fleurs de serre que les autres portaient ! Anne ôta son chapeau et sa veste et se ratatina dans un coin. Elle aurait bien aimé repartir tout de suite vers sa chambre blanche et sa maison aux pignons verts…

Ce fut bien pis encore, une fois qu'elle fut sur scène, dans la grande salle de concert de l'hôtel. Les lumières électriques l'éblouissaient, l'odeur des parfums et la rumeur incessante qui montait de la salle l'étourdissaient. Elle aurait ardemment voulu rejoindre dans la salle, tout au fond, Jane et Diana qui semblaient s'amuser comme des folles, alors qu'elle se tenait là, coincée entre une dame assez forte revêtue de soie rose et une grande fille méprisante enveloppée de dentelle blanche. De temps à autre, la dame assez forte tournait carrément la tête vers Anne et la lorgnait à travers ses lunettes de façon si impudente qu'Anne avait envie de laisser échapper des hurlements tant elle se sentait mal à l'aise. Quant à la fille en robe de dentelle blanche, elle ne cessait de déblatérer, en prenant bien soin d'être entendue par Anne, contre les « habitants » et les « rustauds » qu'elle voyait dans la salle, de se gausser des « beautés sorties de leur campagne », et de ricaner d'avance au « plaisir » qu'il y avait à écouter les talents du coin que le programme annonçait. Anne en conçut pour cette fille en blanc une haine prodigieuse.

Malheureusement pour Anne, une *récitatrice* professionnelle, qui séjournait à l'hôtel, avait accepté de dire un texte ce soir-là. C'était une femme au corps souple, aux yeux noirs, vêtue d'une superbe robe d'un tissu gris qui scintillait comme des rayons de lune, dont l'éclat n'était éclipsé que par les bijoux qui resplendissaient sur sa gorge et dans ses cheveux. Les modulations de sa voix étaient une merveille, leur pouvoir évocateur semblait sans limites ; le texte qu'elle avait choisi électrisa le public. Anne, oubliant quelques instants son ego rétréci et ses problèmes, se fit tout ouïe, les yeux brillants, éperdue d'admiration, mais, lorsque cette admirable interprétation se termina, elle se prit la tête dans les mains : comment, après, pouvait-elle se lever et avoir le courage de dire son texte ? Impossible ! S'était-elle même imaginé pouvoir réciter devant une telle foule ? Oh, repartir tout de suite à Green Gables !

C'est précisément à cet instant inopportun qu'elle entendit annoncer son nom. Chose incroyable, Anne parvint à se lever et, machinalement, à s'avancer vers l'avant-scène. Sa tête tournait ; elle était si pâle que, dans la salle, Diana et Jane, qui ne la quittaient pas des yeux, se serrèrent la main très fort, inquiètes et solidaires de leur amie. Elle n'avait pas même remarqué, en se levant, que sa voisine en dentelle blanche avait réprimé un léger sursaut de surprise coupable ; elle n'aurait, de toute manière, pas saisi le compliment qui lui était ainsi implicitement rendu.

Anne, en un mot, était victime d'un trac monstrueux. Elle avait souvent déclamé devant un public, mais elle n'avait jamais eu à affronter un public comme celui-là, et simplement le regarder la paralysait complètement. Tout lui semblait si étrange, si luxueux, si déconcertant : ces dames, au premier rang, en robes du soir ; ces regards avides, toute cette atmosphère finement empreinte de richesse et de culture… Rien à voir avec les bancs simplets de la Société des débats, dont elle revoyait soudain avec nostalgie les occupants, braves voisins et amis au visage sympathique et sans prétention. Mais cette foule, ici ! N'allait-on pas la tailler en pièces ? Ne se préparait-on pas, comme cette fille en dentelle blanche, à éprouver « bien du plaisir » à la regarder s'empêtrer dans ses efforts de pauvre gourde rurale ? Elle se sentit affreusement désemparée, honteuse, misérable… Ses genoux tremblaient, son cœur palpitait à tout rompre, une faiblesse l'empoignait ; elle n'arriverait pas à prononcer un mot, et elle se prépara à prendre ses jambes à son cou et à quitter la scène, malgré l'humiliation qu'elle ne manquerait pas de ressentir éternellement après une telle dérobade.

Soudain, à ce moment crucial, tandis qu'elle promenait son regard terrifié sur la salle, elle aperçut Gilbert Blythe au fond, en train de s'incliner vers elle pour mieux savourer sa déroute, un sourire à la fois triomphant et provocateur aux lèvres… En fait, il n'en était rien ; le brave Gilbert souriait tout bonnement parce que la soirée lui plaisait, et que la jolie silhouette blanche d'Anne, en particulier, mince et élégante sur un fond de palmiers, le réjouissait fort. Par contre, à ses côtés, Josie Pye, qu'il avait emmenée au spectacle avec lui, affichait très certainement un air aussi triomphateur que provocant. Mais Anne n'avait pas aperçu Josie, et l'eût-elle fait que ça ne l'aurait guère préoccupée. Elle prit une profonde inspiration, redressa fièrement la tête, galvanisée par un courage et une détermination aussi violents qu'une secousse électrique. Non, elle ne pouvait pas perdre la face devant Gilbert Blythe ! Elle ne lui fournirait plus jamais l'occasion de se moquer d'elle, plus jamais ! Sa peur et sa nervosité s'étant évaporées, elle commença à réciter, et sa voix, claire, juste, et ferme, porta instantanément jusqu'au fond de la salle. Elle venait de retrouver tous ses moyens, et, aiguillonnée par l'horrible moment de totale impuissance qu'elle avait connu, elle se donna comme elle ne l'avait jamais fait. Lorsqu'elle eut fini, on applaudit de bon cœur. Anne revint à sa place, rougissante, intimidée et pourtant ravie, et la dame un peu rondelette, sa voisine vêtue de soie rose, lui prit la main qu'elle serra bien fort.

« Ma chère, vous avez été splendide ! » exhala-t-elle. « J'ai pleuré comme une enfant, je n'ai pas pu m'en empêcher. Écoutez-les, ils vous rappellent, il vous faut y retourner ! »

« Oh, non, non, je ne peux pas », marmonna Anne, confusément. « Et pourtant, je dois y aller, sinon Matthew sera bien triste. Il était sûr qu'on allait me rappeler. »

« Dans ce cas, ne faites surtout pas de peine à Matthew », ajouta la grosse dame en riant.

Toute souriante et rougissante, les yeux humectés par l'émotion, Anne trotta jusqu'à la scène et offrit quelques textes amusants qui captivèrent le public encore davantage. La suite de la soirée constitua une sorte d'apothéose pour la jeune fille.

Lorsque le spectacle fut terminé, la grosse dame en rose – c'était la femme d'un millionnaire américain – la prit sous son aile protectrice et la présenta aux spectateurs. Tout le monde se montra exceptionnellement gentil avec elle. La *récitatrice* professionnelle, Mme Evans, vint bavarder avec Anne, lui affirmant qu'elle avait une voix charmante et qu'elle avait remarquablement bien « interprété » ses textes. Même la fille en dentelle blanche lui fit, mollement, un petit compliment. On prit le souper dans la somptueuse salle à manger ; Jane et Diana, puisqu'elles avaient accompagné Anne, furent invitées à se joindre aux convives, mais on ne retrouva pas Billy, qui avait pris la fuite de peur d'être invité. Il les attendait, pourtant, tenant les rênes de son attelage, à la fin de la soirée, lorsque les trois filles sortirent de l'hôtel pour réintégrer la nuit silencieuse où ne brillait maintenant que la lune. Anne aspira l'air pur à pleins poumons et leva les yeux vers le ciel clair, au-dessus des branches sombres des sapins.

Oh, qu'il était bon d'être à nouveau dehors, dans le calme et la pureté de la nuit ! Que tout était merveilleux et serein, harmonieusement rythmé par le grondement sourd de l'océan ! Les falaises, que l'on distinguait dans l'obscurité, n'évoquaient-elles pas de farouches géants veillant sur des côtes enchantées ?

« N'était-ce pas une soirée splendide ? » soupira Jane, tandis qu'ils s'éloignaient. « J'adorerais être une riche Américaine et passer mes étés dans un hôtel, à montrer mes bijoux, mes belles robes décolletées, et à manger de la crème glacée et de la salade de poulet tous les jours que Dieu fait. Je suis sûre que ce serait infiniment plus amusant que d'enseigner. La manière dont tu as récité, Anne, était tout simplement sublime, même si j'ai eu peur tout d'abord que tu ne trouves pas le courage de commencer. Je t'ai trouvée meilleure que Mme Evans. »

« Oh non, Jane, ne dis pas ça », protesta Anne, « ça n'a vraiment aucun sens. Tu sais bien qu'il est impossible que je sois meilleure que Mme Evans, parce qu'elle, c'est une professionnelle, et que moi, je ne suis qu'une petite élève, avec un petit talent minuscule pour dire des textes. Pourvu que les gens aient suffisamment apprécié ce que j'ai fait, ça me suffit. »

« Je vais te raconter quel compliment j'ai entendu à ton sujet, Anne », renchérit Diana. « Du moins, je pense que c'était un compliment, à cause du ton dont on l'a dit. Une partie, du moins, était flatteuse. Derrière nous, un Américain était assis, un homme à l'allure très romantique, aux cheveux et aux yeux noir de jais. À en croire Josie Pye, c'est un artiste renommé – la cousine de sa mère, à Boston, a épousé un homme qui allait à l'école avec lui. Eh bien, nous l'avons entendu murmurer – n'est-ce pas, Jane ? – "Qui est cette fille sur scène, aux cheveux d'un magnifique blond vénitien ? J'aimerais peindre son portrait." Tu vois, Anne. Mais qu'est-ce que c'est, des cheveux d'un blond vénitien ? »

« À mon avis, ça signifie franchement roux », dit Anne en riant. « Le Titien était un artiste vénitien célèbre qui aimait peindre des femmes rousses. »

« Dis-moi, as-tu remarqué tous les diamants que ces femmes portaient ? » lança Jane avec un soupir. « C'était éblouissant. Est-ce que vous n'aimeriez pas être riches, les filles ? »

« Mais nous *sommes* riches » répondit Anne avec assurance. « Nous avons seize ans, nous sommes plus heureuses que des reines et nous possédons de l'imagination à revendre. Et regardez-moi cet océan, les filles : ses reflets d'argent, ses coins d'ombre, tout ce qu'on peut y découvrir, tant il est vaste et mystérieux. Nous ne jouirions pas davantage de sa beauté si nous avions des millions de dollars et des rivières de diamants à notre disposition. Je suis sûre que vous ne troqueriez jamais votre vie pour celle d'une de ces femmes du monde. Souhaiteriez-vous vraiment être comme cette fille en robe de dentelle blanche, la mine éternellement aigrie, comme si elle était née pour lever le nez sur le reste de l'univers, ou alors, comme cette dame en rose, sympathique et gentille, bien sûr, mais si forte et si courtaude qu'on dirait un pot à tabac, ou encore comme Mme Evans, dont le regard est si mélancolique ? Elle a dû être très malheureuse dans la vie pour avoir un regard mélancolique comme celui-là. C'est sûr que tu n'échangerais pas ta vie pour la leur, Jane Andrews ! »

« Non, ce n'est pas sûr du tout », répondit Jane, que ce discours n'avait guère convaincue. « Je crois que les diamants peuvent être d'un très grand réconfort, malgré tout. »

« Eh bien, moi, je ne souhaite qu'être moi-même, et je me passerai du réconfort des diamants s'il le faut », déclara Anne. « Je m'estime tout à fait satisfaite d'être Anne de Green Gables, avec son rang de perles. Je sais que Matthew a mis plus d'amour à m'offrir ces perles qu'il peut y en avoir dans tous les bijoux de la Dame à la Robe rose. »

34

Une jeune fille de Queen's

Les trois semaines qui suivirent à Green Gables furent extrêmement fébriles, car Anne se préparait à partir pour Queen's. Il y avait tout un trousseau à préparer, une infinité de détails à discuter et à mettre au point. La garde-robe d'Anne était composée de jolis vêtements, amples et agréables à porter, car Matthew y avait veillé, et Marilla, pour une fois, ne s'était opposée à aucune de ses suggestions ou de ses acquisitions. Bien mieux : un certain soir, elle fit irruption dans la chambre du pignon est, un fin tissu vert pâle entre les bras.

« Anne, voici de quoi te confectionner une jolie robe légère. Je ne pense pas que tu en aies absolument besoin ; tu ne manques pas de corsages élégants, mais j'ai pensé que tu aimerais peut-être avoir quelque chose de plus chic, pour une soirée en ville, une réception, ou un événement exceptionnel. J'ai entendu dire que Jane, Ruby et Josie avaient des "robes du soir", comme elles disent, et je ne veux pas que tu te sentes en reste. J'ai prié Mme Allan de m'accompagner à la ville pour choisir le tissu, la semaine passée, et nous allons demander à Emily Gillis de te faire la robe. Emily a du goût et une habileté sans pareille pour exécuter les retouches qu'il faut. »

« Oh, Marilla, que c'est joli » s'écria Anne. « Merci, merci beaucoup. C'est vraiment trop gentil de ta part, ça rend la perspective de mon départ de jour en jour plus difficile pour moi. »

La robe verte fut taillée avec autant de petits plis, de volants et de bouillons que le bon goût d'Emily en autorisait. Un soir, Anne l'enfila pour la montrer à Matthew et à Marilla, et récita *Le Vœu de la jeune fille* dans la cuisine, à leur intention. Pendant qu'elle regardait ce beau visage s'animer, qu'elle surveillait les mouvements gracieux de ce joli corps, Marilla se prit à songer au soir où Anne était arrivée à Green Gables, et de sa mémoire renaquit cette étrange petite fille, tout apeurée, dans son horrible robe de tiretaine d'un brun jaunâtre, prête à éclater en sanglots à tout moment. Quelque chose de poignant, dans l'évocation de ce souvenir, fit monter des larmes aux yeux de Marilla.

« Mais c'est que ma façon de réciter te fait pleurer, Marilla ! », fit Anne, toute joyeuse, se penchant sur la joue de Marilla pour y déposer un baiser léger. « Eh bien, voilà ce que j'appelle une réussite. »

« Tu te trompes, Anne, ce n'était pas à cause de ton texte que je pleurais », se défendit Marilla, qui aurait trouvé indigne de se laisser apitoyer par de la « ridicule poésie ». « Je ne peux pas m'empêcher de penser à la petite fille que tu étais, Anne. Et je souhaiterais que tu sois restée une petite fille, même si tu te comportais de bien étrange façon. À présent, tu as grandi, tu vas t'en aller ; et te voilà si grande, si élégante, et si… si différente, en un mot, dans cette robe-là, comme si tu devenais soudain étrangère à Avonlea, et je me sens toute seule, tout à coup, en pensant à ça. »

« Marilla ! » Anne s'assit dans le giron de Marilla, qui portait sa robe de guingan habituelle, prit le visage ridé entre ses mains et regarda, avec une tendresse empreinte de gravité, les yeux de la vieille fille. « Tu sais, je n'ai pas vraiment changé. On m'a un peu taillée et un peu élaguée, pour que je pousse mieux, et que mes branches se rendent plus loin, mais, au fond, la véritable Anne – celle d'en dedans – ne s'est pas du tout modifiée. Et ce n'est pas le fait d'aller ailleurs ou d'acquérir une autre apparence qui peut y changer quelque chose : dans mon cœur, je resterai toujours ta petite Anne, qui vous aimera, toi, Matthew et cette chère maison aux pignons verts, chaque jour davantage. »

Anne laissa reposer sa joue fraîche contre celle, toute fanée, de Marilla, et étendit la main jusqu'à toucher l'épaule de Matthew. À un moment comme celui-là, Marilla aurait bien voulu être capable, comme Anne, de trouver les mots justes pour exprimer ses sentiments, mais la nature et la force de l'habitude en avaient décidé autrement, et tout ce qu'elle put faire, ce fut de serrer sa fille dans ses bras, aussi fort que possible, en regrettant amèrement qu'elle parte.

Matthew, dont le regard semblait étrangement voilé, se leva et sortit. À la lueur des étoiles de cette belle nuit bleue, il traversa la cour jusqu'à la barrière près des peupliers. Quelque chose, dans sa démarche, trahissait une profonde agitation intérieure.

« Eh bien, on dira ce qu'on voudra, je ne crois pas qu'on l'a trop gâtée », se dit-il, à mi-voix, avec fierté. « J'ai bien l'impression que, d'y avoir mis mon grain de sel de temps à autre, n'a pas causé grand tort. Elle est jolie, intelligente, et elle nous aime, ce qui est encore mieux que tout le reste. C'était vraiment une enfant parfaite, et le hasard a bien fait les choses quand Mme Spencer s'est trompée, si c'est un hasard. Je pense, moi, qu'il ne s'agissait pas du tout d'un hasard. C'était la Providence, à mon avis, parce que Notre Seigneur, dans sa toute-puissance, a bien vu que nous avions besoin d'elle. »

Le jour où Anne dut partir pour la ville arriva enfin. Elle s'y rendit avec Matthew, par une belle matinée de septembre, après s'être livrée avec Diana à des adieux déchirants, et avec Marilla à une séance moins larmoyante et plus posée, du moins en apparence. Mais, une fois Anne partie, Diana sécha ses larmes et partit pique-niquer à la plage de White Sands avec des cousins de Carmody, où elle parvint à s'amuser à peu près convenablement, tandis que Marilla, elle, s'acharna toute la journée sur toutes sortes de corvées inutiles, le cœur taraudé par la douleur, une douleur amère qui vous brûle et vous mord sans relâche, et qu'aucun flot de larmes ne peut cautériser.

Mais ce soir-là, lorsque Marilla se coucha, avec la douloureuse conscience que, dans la petite chambre du pignon, au bout du couloir, plus aucune âme ne palpitait, plus aucune vie, fraîche et légère, ne faisait vibrer l'air, elle se laissa aller à pleurer, le visage dans l'oreiller : elle pleura la disparition de sa fille, en gros sanglots incoercibles. Une fois qu'elle eut retrouvé son calme, un tel débordement de passion lui parut excessif, et une preuve indubitable de la faiblesse humaine.

Anne et les autres étudiants d'Avonlea arrivèrent juste à temps pour se rendre au collège. Le premier jour se passa fort agréablement, dans un excitant tourbillon, occupés qu'ils étaient à rencontrer les nouveaux étudiants, à apprendre à reconnaître les professeurs et à se diviser en groupes dans les diverses classes. Anne avait l'intention d'entamer tout de suite le travail de deuxième année, comme le lui avait recommandé Mlle Stacy. Gilbert Blythe choisit d'en faire autant. De cette manière, si l'on réussissait, on pouvait obtenir son brevet d'enseignant de première catégorie en un an au lieu de deux, mais bien entendu, cela impliquait aussi que l'on travaillât davantage, et plus fort. Jane, Ruby, Josie, Charlie et Moody Spurgeon, qui ne se sentaient motivés par aucune ambition particulière, s'estimèrent parfaitement satisfaits des cours de deuxième catégorie. Lorsque Anne se retrouva tout à coup seule dans une grande salle en compagnie de cinquante autres qu'elle ne connaissait pas, sauf un, elle se sentit quelque peu déroutée ; et celui qu'elle connaissait, ce grand brun, assis de l'autre côté de la salle, ne lui avait guère donné l'occasion de l'apprécier et ne pourrait donc lui être d'un grand réconfort. Et pourtant, elle se sentait indéniablement heureuse qu'ils fussent tous deux dans la même classe ; leur vieille rivalité pourrait ainsi suivre son cours. Eût-elle été absente, Anne s'en serait sentie perdue.

« J'ai besoin de me sentir en compétition », se dit-elle. « Gilbert semble tout à fait résolu. Je présume qu'il se prépare déjà à tenter de rafler la médaille. Mais c'est qu'il a un beau menton ! Je ne l'avais jamais remarqué, je dois dire. Si seulement Jane et

Ruby, elles aussi, avaient décidé d'étudier pour le brevet de première catégorie ! Enfin, je présume que je me sentirai moins comme un chien dans un jeu de quilles lorsque je connaîtrai mieux les autres. Je me demande lesquelles de ces filles vont devenir mes amies. C'est fascinant d'essayer de le pressentir. Bien sûr, j'ai promis à Diana qu'aucune fille de Queen's, quelle que soit l'affection que je lui porte, ne la remplacerait jamais, mais j'ai dans le cœur quelques deuxièmes places encore disponibles. Cette fille aux yeux bruns et à la robe rouge me plaît bien. Elle semble en pleine forme, elle a les joues bien colorées, mais il y a aussi cette fille au teint clair qui regarde par la fenêtre. Elle a de beaux cheveux et paraît s'y connaître quelque peu en rêverie. J'aimerais les connaître mieux toutes deux, les connaître vraiment bien, suffisamment pour marcher bras dessus bras dessous avec elles et leur trouver un surnom. Mais, pour le moment, je ne les connais pas, elles ne me connaissent pas et elles n'éprouvent sans doute pas la moindre envie de mieux me connaître. Oh, que je me sens seule ! »

Anne se sentit encore plus seule ce soir-là, lorsque, à la nuit tombante, elle regagna sa chambrette de pensionnaire. Elle ne logeait pas avec les autres filles, qui habitaient toutes chez des parents qui pouvaient les héberger. Mlle Joséphine Barry aurait bien voulu lui offrir la même hospitalité urbaine, mais Beechwood était trop éloigné du collège pour qu'on puisse même envisager cette possibilité. Mlle Barry s'était donc mise en quête d'une pension de famille, assurant à Matthew et à Marilla que c'était la meilleure solution pour Anne.

« La dame qui tient cette pension est tout à fait respectable. Elle a connu quelques revers de fortune », leur avait expliqué Mlle Barry. « Son mari était officier dans l'armée britannique ; elle prend grand soin de bien choisir ses pensionnaires. Je vous garantis que, sous son toit, Anne ne fera aucune mauvaise rencontre. On y mange bien, et la maison se trouve dans un quartier tranquille, non loin du collège. »

Tout ceci était sans doute vrai – comme l'avenir devait d'ailleurs le prouver – mais ne fut pas d'un bien grand secours pour Anne, tandis qu'elle se retrouvait seule, pour la première fois, loin de chez elle. Elle promenait un regard désespéré sur les murs ternes de sa petite chambre et en exacerbait les détails déplaisants : la couleur fade du papier peint, la nudité des murs, l'étroit lit de fer, la bibliothèque dépourvue de livres. Sa jolie chambre blanche de la maison aux pignons verts lui revint alors en mémoire, et, avec elle, une féroce envie de pleurer. Comment ne pas se sentir la gorge serrée à l'évocation de ces étendues idylliques où elle aurait encore pu s'ébattre, de la profusion de pois de senteur dans le jardin, de la lune éclairant tendrement le verger, du ruisseau murmurant au pied de la pente douce, des touffes d'épinettes bercées par le vent, et de cette étoile particulière, la lumière de chez Diana, émergeant des arbres et du ciel, constellée comme une indéfectible présence ? Ici, rien de tout cela : Anne savait que dehors il n'y avait que l'aridité d'une rue de ville, avec son réseau de fils téléphoniques voilant impitoyablement le ciel, et ses visages étrangers éclairés de lumières artificielles, martelant le béton de leurs pas anonymes. Elle sentit qu'elle allait pleurer et fit tout pour s'en empêcher.

« Non, je ne pleurerai pas. C'est idiot et lâche. Tiens : déjà trois larmes qui me coulent sur le nez ! Et d'autres encore ! Vite, pensons à quelque chose de drôle pour arrêter tout ça ! Mais il n'y a rien de drôle, ici, tout ce qui est amusant me rappelle Avonlea, et cela rend tout encore plus triste – quatre larmes, cinq –, je rentre à la maison vendredi, mais elle est à des années-lumière d'ici ! Oh, je suis sûre que Matthew est de retour à la maison à l'heure qu'il est, ou presque. Marilla, près de la barrière, est en train de l'attendre… Six larmes, sept, huit, ça ne vaut plus la peine de les compter, maintenant, c'est un véritable déluge. Je n'arrive pas à me remonter le moral, je ne veux pas me remonter le moral ! J'aime encore mieux m'abandonner à cette tristesse épouvantable ! »

Le déluge de larmes qu'Anne appréhendait se serait certainement produit, si, à ce moment précis, n'était apparue Josie Pye. Anne fut si heureuse de reconnaître un visage familier qu'elle oublia son animosité d'autrefois pour Josie. Même une Pye était la bienvenue, puisqu'elle lui rappelait Avonlea.

« Je suis si contente que tu sois venue », dit Anne, qui le pensait vraiment.

« Mais tu pleurais », remarqua Josie, d'un ton d'exaspérante commisération. « Tu te sens loin de chez toi, je présume. Certaines personnes sont si peu capables de se raisonner à ce sujet-là. Moi, je peux t'assurer que je ne me plaindrai pas d'être loin de chez nous. Il y a bien trop de choses à faire en ville, à comparer avec ce petit trou d'Avonlea. Je me demande comment j'ai fait pour y survivre toutes ces années. Ne pleure pas, Anne, ça ne te va pas du tout, tu vas avoir le nez et les yeux rouges, et après tu sembleras rouge de partout. J'ai passé un moment exquis au collège, aujourd'hui. Notre professeur de français est vraiment mignon, beau à croquer ! Sa moustache vous fait un effet ! Dis-moi, Anne, aurais-tu quelque chose à manger ? Je meurs de faim. Non ? Je pensais que Marilla t'aurait rempli les poches de gâteaux, c'est pour cette raison que je suis venue faire un tour, autrement, je serais allée au parc écouter l'orchestre avec Frank Stockley qui loge au même endroit que moi. C'est vraiment un chic type. Il t'a repérée, d'ailleurs, ce matin en classe : il m'a demandé qui était la fille aux cheveux roux. Je lui ai répondu que tu étais une orpheline que les Cuthbert avaient adoptée et qu'on ne savait pas grand-chose sur ton passé, à part ça. »

Anne se demandait si, tout compte fait, la solitude et le chagrin n'étaient pas préférables à la compagnie de Josie Pye, lorsque Jane et Ruby surgirent à leur tour ; toutes deux, elles arboraient fièrement, sur leur veste, un ruban écarlate et violet, l'emblème de Queen's. Josie, qui ne parlait pas à Jane depuis quelque temps, dut se retrancher derrière un mutisme inoffensif.

« Eh bien », fit Jane en poussant un soupir, « j'ai l'impression d'avoir vécu plusieurs jours en un seul depuis ce matin. Je devrais être chez moi, en train d'étudier Virgile. Cet affreux vieux professeur nous a donné une vingtaine de vers à étudier d'ici demain. Mais je n'arrivais pas à me mettre au travail. Anne, est-ce que ce sont des traces de larmes que je vois là ? Tu as pleuré ? Avoue-le, je me sentirai mieux : moi aussi, je pleurais comme une Madeleine lorsque Ruby est arrivée. Ça m'est égal de me sentir bête comme une oie, pourvu que je ne sois pas la seule du coin ! Du gâteau ? Oh, donne-m'en un tout petit morceau, s'il te plaît ! Merci. Je retrouve là le bon goût d'Avonlea. »

Ruby, apercevant l'annuaire de Queen's sur la table, demanda à Anne si elle avait l'intention de tenter de gagner la médaille d'or. Anne, rougissante, admit qu'elle y avait songé.

« Oh, mais ça me rappelle quelque chose », dit Josie. « En fin de compte, Queen's va recevoir une des bourses Avery. C'est Frank Stockley qui me l'a appris ; son oncle est membre du bureau des gouverneurs. On en fera l'annonce à tout le collège demain. »

Une bourse Avery ! Le cœur d'Anne se mit à battre à tout rompre, et, comme par magie, elle eut l'impression de voir reculer encore, presque jusqu'à l'infini, les horizons dessinés par son ambition. Avant d'apprendre cette nouvelle, Anne ne visait, comme objectif ultime, que le brevet d'institutrice de première catégorie l'autorisant à enseigner dans la province, et, peut-être, qui sait, la médaille de fin d'année ; mais voilà que, tout à coup, elle se voyait déjà détentrice d'une bourse Avery, en train de suivre des cours d'arts et de lettres au collège universitaire de Redmond et de décrocher son diplôme, en toge, la tête coiffée du mortier carré traditionnel, avant même que l'écho des paroles de Josie se soit dissipé. Il faut dire que la bourse Avery reposait sur l'excellence des étudiants en anglais, et, dans ce domaine, Anne se sentait en terrain sûr.

Un riche industriel du Nouveau-Brunswick, avant de mourir, s'était assuré qu'une partie de sa fortune servirait à financer un grand nombre de bourses. Les écoles secondaires, collèges et universités des Provinces maritimes se les répartiraient en fonction de leur valeur respective. On s'était longtemps demandé si Queen's aurait droit à une bourse, mais, finalement, la question semblait résolue : à la fin de l'année, l'étudiant ou l'étudiante qui obtiendrait la meilleure note en anglais ou en littérature anglaise recevrait la bourse : deux cent cinquante dollars par an, pendant quatre ans, pour lui permettre d'étudier au collège universitaire de Redmond. Pas étonnant qu'Anne, ce soir-là, se soit couchée les joues en feu !

« S'il est possible, en travaillant, de décrocher cette bourse », se dit-elle, « j'y parviendrai. Que Matthew serait fier si j'avais mon Baccalauréat ès arts ! Qu'il est bon d'avoir des buts dans l'existence ! Je suis contente d'en avoir autant. Et l'ambition a cet avantage de vous pousser toujours plus loin, de vous forcer à faire toujours mieux ; dès qu'on atteint un de ses objectifs, en voilà un autre qui surgit, encore plus lumineux, encore plus attirant, et c'est le désir de l'atteindre qui donne tant de piquant à la vie ! »

35

L'hiver à Queen's

Peu à peu, le sentiment d'éloignement d'Anne s'estompa, grâce aux fins de semaine passées à la maison. Le beau temps le permettant, les étudiants d'Avonlea se rendaient en train à Carmody tous les vendredis soir par la nouvelle ligne secondaire. Diana et quelques autres jeunes d'Avonlea venaient les attendre, et tout ce groupe, ravi de se retrouver, se dirigeait joyeusement vers Avonlea. Anne trouvait exquise cette façon de vagabonder entre les collines aux couleurs d'automne, dans la fraîcheur de l'air doré, avec au loin le scintillement des lumières du village : il s'agissait, sans doute, du meilleur moment de toute la semaine.

Gilbert Blythe marchait, la plupart du temps, aux côtés de Ruby Gillis dont il portait le cartable. Ruby était devenue une fort jolie demoiselle ; elle n'avait plus le moindre doute à se considérer comme telle, portant à présent des jupes aussi longues que sa mère le lui permettait, et se remontant les cheveux en chignon à la ville même si, de retour à la maison, elle devait se les laisser flotter sur les épaules. Elle avait de grands yeux d'un bleu vif, un teint resplendissant et une silhouette aux courbes appétissantes. Elle riait beaucoup, toujours radieuse et de bonne humeur, et ne cachait nullement qu'elle aimait la vie.

« Mais je ne pense pas que ce soit le genre de fille que Gilbert apprécie vraiment », confia Jane. Anne n'en était pas persuadée non plus, mais elle préférait ne pas en souffler mot, à cause de cette bourse Avery tant convoitée. Malgré tout, elle ne pouvait s'empêcher de penser, elle aussi, qu'il serait agréable d'avoir Gilbert comme ami, non seulement pour bavarder de tout et de rien, mais surtout pour discuter plus sérieusement de livres, d'études, d'ambitions. Que Gilbert nourrît lui aussi certaines ambitions, elle le savait, et Ruby Gillis n'était apparemment pas la personne avec laquelle il pouvait en parler comme il l'aurait souhaité.

Anne ne s'abandonnait jamais à des mièvreries sentimentales : pour elle, les garçons, lorsque sa pensée venait à les effleurer, l'intéressaient tout simplement en termes de camaraderie. Si Gilbert et elle avaient été bons amis, elle ne se serait guère préoccupée de savoir combien d'autres amis il avait ou lesquels, et lesquelles, il raccompagnait. Elle était douée pour l'amitié ; des amies, elle en avait abondamment, mais elle gardait la vague impression qu'une amitié masculine ajouterait quelque chose à ses notions sur la camaraderie et lui permettrait peut-être même de découvrir de nouveaux critères et d'établir de nouveaux points de comparaison. Certes, Anne n'aurait pas su formuler ses sentiments aussi clairement, mais elle se disait tout simplement que, si Gilbert avait pu la raccompagner chez elle, à travers les champs givrés et les chemins bordés de fougères, ils auraient eu d'interminables et passionnantes conversations sur le nouveau monde qui s'ouvrait grand devant eux, sur leurs espoirs, sur leurs ambitions. Gilbert était un jeune homme fort intelligent, qui savait formuler des opinions précises sur les choses, et qui était aussi déterminé à réussir dans la vie qu'il était prêt à y mettre le prix. Ruby Gillis confia à Jane Andrews qu'elle ne comprenait pas la moitié de ce dont Gilbert lui parlait ; il s'exprimait à peu près comme Anne Shirley lorsqu'elle sortait ses grandes théories nébuleuses. Ruby ne trouvait guère passionnant de s'intéresser aux livres et à leur contenu, surtout lorsque les cours les rendaient obligatoires. Frank Stockley était autrement plus amusant et boute-en-train, mais voilà : Gilbert était incontestablement plus beau, et la pauvre n'arrivait pas à décider lequel elle préférait !

Au collège, Anne s'entoura peu à peu d'un petit cercle d'amies à son image : remplies d'imagination, réfléchies, ambitieuses. Elle fut bientôt intime avec Stella Maynard, la fille « aux joues colorées », et Priscilla Grant, la fille « qui paraissait s'y connaître en rêverie ». Elle s'aperçut vite que cette dernière, créature pâle et fantomatique, débordait d'énergie et d'espièglerie, tandis que Stella, dont les yeux noirs pétillaient de vivacité, était plus sentimentale et aimait se perdre dans des rêveries éthérées aux couleurs d'arcs-en-ciel, semblables à celles d'Anne elle-même.

Après les vacances de Noël, les étudiants d'Avonlea cessèrent de retourner chez eux le vendredi et se mirent à travailler fort. Tous les étudiants de Queen's, à partir de cette époque-là, savaient où se situer dans l'ensemble des classes, dont chacune avait pris des traits distinctifs. On acceptait maintenant certaines évidences : pour les médailles, les candidatures se limitaient pratiquement à trois, celles de Gilbert Blythe, d'Anne Shirley et de Lewis Wilson ; la bourse Avery faisait encore l'objet d'une compétition plus ouverte, six candidats et candidates ayant des chances à peu près égales. Quant à la médaille de bronze en mathématiques, elle était déjà pratiquement gagnée par un gros garçon amusant, pas très grand, au front bosselé et à la veste rapiécée, fraîchement débarqué de sa campagne natale.

Ruby Gillis était la plus belle fille à être entrée au collège cette année-là ; pour les filles de deuxième année, la palme de la beauté revenait à Stella Maynard, une petite minorité bien décidée appuyant cependant leur candidate : Anne Shirley. Les juges les plus compétents avaient estimé que les coiffures les plus stylées étaient celles d'Ethel Marr, tandis que Jane Andrews, cette brave Jane, travailleuse et consciencieuse, avait droit aux honneurs dans le cours d'enseignement ménager. Même Josie Pye avait réussi à se singulariser, si l'on peut dire, ayant acquis la réputation de la plus mauvaise langue de Queen's. On peut considérer en toute justice que les anciens élèves de Mlle Stacy avaient bien su se défendre dans l'univers collégial où ils s'étaient trouvés projetés.

Anne travaillait dur et régulièrement. Sa rivalité avec Gilbert demeurait tout aussi vive qu'à Avonlea, bien que, fait ignoré dans l'ensemble de la classe, toute revanche et amertume en eussent disparu. Ce n'était plus pour dépasser Gilbert qu'Anne désirait être première ; c'était, plutôt, pour vaincre avec fierté un ennemi digne d'elle. De plus, même si elle trouvait important de gagner, elle ne pensait plus que la vie deviendrait insupportable s'il en advenait autrement.

Malgré les cours et les devoirs, les étudiants trouvaient le temps de s'amuser. Anne passait une bonne partie de ses loisirs à Beechwood et c'est généralement là qu'elle prenait son dîner du dimanche, accompagnant aussi Mlle Barry à l'église. Cette dernière avouait volontiers qu'elle se sentait vieillir, mais ses yeux noirs n'avaient rien perdu de leur éclat, ni sa langue de sa vivacité ! Mais elle n'aurait jamais médit d'Anne, qui restait la favorite de cette vieille dame intolérante.

« Cette petite Anne n'arrête pas de s'améliorer », disait-elle. « Les autres filles me fatiguent. Elles sont si prévisibles et semblables que c'est agaçant. Anne, elle, possède toutes les couleurs de l'arc-en-ciel, et chacune, le temps qu'elle dure, est la plus belle. Je ne suis pas sûre qu'elle m'aurait fait autant rire lorsqu'elle était gamine, mais elle sait se faire aimer, et j'aime les gens qui savent se faire aimer de moi. Ça m'évite la corvée de me forcer pour les aimer. »

Voilà qu'un beau jour, on se rendit compte que le printemps était arrivé. Les fleurs de mai, encore timides, pointaient leur museau rose pâle entre les derniers amas de neige s'attardant encore sur les terres en friche ; dans les bois et les vallons se mit à flotter une « ombre de verdure ». Mais à Charlottetown, les étudiants de Queen's ne pensaient et ne parlaient qu'examens.

« Il semble incroyable que le semestre soit déjà terminé », dit Anne. « L'automne dernier, on aurait cru que c'était si loin : un hiver interminable à étudier et à suivre des cours. Et nous voilà maintenant aux examens, qui ont lieu la semaine prochaine. Vous savez, les filles, j'ai parfois l'impression que ces examens constituent la chose la plus importante du monde, mais, quand je regarde les bourgeons qui poussent sur ces marronniers, et la brume bleue qui s'effiloche au bout de la rue, ils me semblent perdre la moitié de leur importance. »

Jane, Ruby et Josie, qui venaient d'arriver, ne partageaient pas son avis. Pour elles, les examens prochains revêtaient une importance capitale, dont ne parvenaient à les distraire ni les bourgeons des marronniers, ni les brumes de mai. Anne, qui était sûre d'être reçue, pouvait bien s'autoriser à lever le nez sur les examens : mais lorsque tout votre avenir en dépend, comme en étaient profondément persuadées ces demoiselles, on ne peut se payer le luxe de réflexions métaphysiques à leur sujet.

« J'ai perdu sept livres ces deux dernières semaines ! » fit Jane en poussant un profond soupir. « Ça ne sert à rien de me répéter qu'il ne faut pas m'énerver, je m'énerve de toute façon. C'est même utile, à la rigueur, de s'énerver. On a au moins l'impression de faire quelque chose. Ce serait épouvantable, si je n'arrivais pas à obtenir mon brevet après avoir passé tout un hiver à Queen's et dépensé tout cet argent ! »

« Moi, cela m'est égal », dit Josie Pye. « Si j'échoue cette année, je reviendrai l'an prochain. Mon père peut se permettre de me renvoyer ici. Au fait, Anne, Frank Stockley raconte que le professeur Tremaine lui a dit que Gilbert Blythe allait certainement décrocher la médaille, et qu'Emily Clay allait probablement obtenir la bourse Avery. »

« Ce genre de nouvelles m'inquiétera peut-être demain, Josie », répondit Anne en riant, « mais, pour le moment, j'ai l'impression que, pourvu que les violettes éclatent en petites taches mauves dans le vallon de Green Gables, et que les fougères dressent leur tête dans le Chemin des amoureux, cela m'est passablement égal de remporter ou non la bourse Avery. J'ai travaillé de mon mieux et je commence à comprendre ce qu'on veut dire quand on parle de "la satisfaction du devoir accompli". C'est évidemment parfait de faire de gros efforts et de réussir, mais faire de gros efforts, même si on échoue, cela vaut la peine. Allons, les filles, cessez de parler des examens ! Regardez un peu ce coin de ciel vert pâle, comme un arc au-dessus des toits, et imaginez quelle féerie ce doit être dans les bois violets de bouleaux autour d'Avonlea. »

« Qu'est-ce que tu vas porter pour la cérémonie de remise des diplômes, Jane ? » s'enquit Ruby, toujours plus pragmatique.

Jane et Josie répondirent toutes deux à la fois, et l'on se mit à jacasser et à parler chiffons. Mais Anne, les coudes sur le rebord de la fenêtre, une joue appuyée sur ses mains jointes, les yeux embrouillés de visions, surveillait inlassablement, au-delà des toits et des clochers, la voûte éblouissante du ciel illuminé par le soleil couchant, et tissait ses rêves d'avenir à même l'étoffe dorée de l'optimisme juvénile. L'horizon entier lui appartenait ; les années à venir s'annonçaient roses et prometteuses, véritable guirlande de fleurs merveilleuses.

36

Un triomphe et des rêves

Le matin où l'on devait afficher, sur le tableau de Queen's, le résultat final de tous les examens, Anne et Jane se rendirent ensemble au collège. Jane, heureuse, souriait ; les examens étaient terminés, elle était au moins assurée d'être reçue sans problèmes. Quant à espérer plus, elle ne s'en préoccupait pas, n'éprouvant pas le moindre sursaut d'ambition et n'étant donc affligée d'aucune nervosité particulière. Nous payons le prix, en effet, de tout ce que nous recevons et acquérons en ce bas monde ; il est fort utile de se fixer des buts, mais il nous faut payer le prix fort pour les réaliser, en travail, en renoncements, en angoisses, en découragements. Anne était donc fort pâle et ne disait rien ; encore dix minutes, et elle saurait qui avait remporté la médaille et la bourse Avery. Au-delà de ces dix minutes, pour elle, le temps s'arrêtait.

« Mais tu vas avoir l'une ou l'autre, de toute façon », dit Jane, qui ne comprenait pas comment les professeurs pourraient se montrer assez injustes pour l'en priver.

« Pour la bourse Avery, je n'ai aucun espoir », dit Anne. « Tout le monde s'accorde à dire que c'est

Emily Clay qui va la remporter. Et je ne vais certainement pas être la première à aller voir ce qui est affiché sur ce tableau. Je n'en ai pas le courage. Je vais me rendre directement au vestiaire des filles. Toi, Jane, va voir ce qui est affiché et viens me le dire. Fais vite, par pitié, au nom de notre vieille amitié ! Si j'ai échoué, dis-le-moi carrément, sans tourner autour du pot. Quoi qu'il arrive, n'essaie pas de te mettre à ma place. Promets-le-moi, Jane. »

Jane en fit la promesse solennelle. Ce n'était pas absolument indispensable, d'ailleurs, puisqu'en gravissant les marches du collège, elles aperçurent Gilbert Blythe, porté en triomphe dans le hall par une foule de garçons qui criaient : « Vive Blythe, hourra pour lui, il a gagné la médaille ! »

Pendant une seconde, Anne ressentit durement la défaite : quelle déception ! Elle avait échoué, Gilbert avait gagné ! C'est Matthew qui serait déçu, lui qui était si convaincu qu'elle pouvait gagner.

Mais soudain… quelqu'un lança :

« Un triple hourra pour mademoiselle Shirley, qui a gagné la bourse Avery ! »

« Oh, Anne », balbutia Jane, pendant qu'elles filaient, sous une avalanche de bravos, vers le vestiaire des filles. « Oh, Anne, que je suis fière ! N'est-ce pas magnifique ! »

Sur ce, les filles les entourèrent, et Anne se trouva avalée par un groupe joyeux qui ne cessait de la féliciter. On lui tapait sur l'épaule, on lui serrait vigoureusement la main. On la poussait, on la tirait, on la serrait dans ses bras. Au milieu de tout ce tohu-bohu, elle parvint quand même à glisser à l'oreille de Jane :

« Oh, que Matthew et Marilla vont être contents ! Il faut que j'écrive tout de suite à la maison ! »

La cérémonie de remise des diplômes fut l'événement marquant des jours suivants. Elle avait lieu dans la grande salle de réunion du collège. On faisait des discours, on lisait des travaux, on chantait des chansons et on remettait officiellement diplômes, prix et médailles.

Matthew et Marilla étaient venus et ils n'avaient d'yeux et d'oreilles que pour une seule des étudiantes sur l'estrade : une grande fille vêtue de fin tissu vert pâle, aux joues légèrement rosies, aux yeux lumineux, qui fit la lecture du meilleur essai, et que l'on pointait du doigt en murmurant qu'elle avait gagné la bourse Avery.

« Alors, Marilla, tu n'es pas contente qu'on l'ait gardée ? » murmura Matthew quand Anne eut terminé la lecture de son texte. C'étaient les premiers mots qu'il prononçait depuis qu'ils étaient entrés dans la salle.

« Si, je suis contente, mais ce n'est pas la première fois », repartit Marilla. « Tu aimes bien insister, hein, Matthew Cuthbert ? »

Mlle Barry, assise derrière eux, se pencha vers Marilla, lui assenant un léger coup d'ombrelle dans le dos.

« N'êtes-vous pas fière de cette petite Anne ? Moi, je le suis ! » déclara-t-elle.

Ce soir-là, Anne rentra à Avonlea avec Matthew et Marilla. Elle n'était pas retournée chez elle depuis le mois d'avril et fourmillait d'impatience. Les fleurs de pommiers étaient écloses, le monde semblait frais et neuf. À Green Gables, Diana l'attendait. Une fois qu'elle fut installée dans sa belle chambre blanche,

Anne promena un regard heureux autour d'elle et exhala un profond soupir de bonheur. Sur le rebord de la fenêtre, Marilla avait eu la délicatesse de poser une rose rouge, entièrement épanouie.

« Oh, Diana, que ça fait du bien d'être de retour ! Que c'est bon de revoir ces sapins pointus qui se détachent sur le ciel rose, et ce verger blanc, et cette brave vieille Reine des Neiges ! Le parfum de la menthe n'est-il pas délicieux ? Et cette rose-thé, vraiment, c'est un poème, un hymne et une prière tout à la fois ! Et toi, Diana, *que c'est bon* de te retrouver ! »

« Je pensais que tu me préférais cette Stella Maynard », lui dit Diana d'un ton de reproche. « C'est ce que m'a dit Josie Pye. Josie prétend que tu ne peux plus te passer de cette fille. »

Anne, en riant, fit mine de frapper Diana avec les « narcisses de juin » maintenant fanés, dont elle s'était fait un bouquet.

« Stella Maynard est la plus adorable fille du monde, c'est presque vrai, mais à une exception près, Diana, et cette exception, c'est toi », répondit Anne. « Je t'aime encore plus qu'avant et j'ai tant de choses à te raconter ! Mais, pour l'instant, je me sens bien ici, assise avec toi, à te regarder. Je suis fatiguée, fatiguée de toutes mes études et de mon ambition dévorante. J'ai l'intention de passer au moins deux heures, demain, à rester dans l'herbe du verger, à ne penser à rien, absolument à rien. »

« Tu t'en es vraiment remarquablement sortie, Anne. Maintenant que tu as gagné la bourse Avery, je présume que tu ne vas pas te mettre à enseigner ? »

« Non ! À l'automne, je pars pour Redmond, au collège universitaire. Tu ne trouves pas ça merveilleux ? Je serai de nouveau pleine d'allant, de désirs, d'ambitions diverses, après ces trois magnifiques mois de vacances. Jane et Ruby, elles, vont commencer à enseigner. N'est-ce pas fabuleux que nous ayons tous été reçus, même Moody Spurgeon et Josie Pye ? »

« Le conseil scolaire de Newbridge a déjà proposé à Jane d'aller enseigner là-bas », dit Diana. « Gilbert Blythe va enseigner, lui aussi. Il n'a pas le choix : son père ne pourra finalement pas l'envoyer à l'université l'an prochain, et il doit donc gagner sa vie. Je pense qu'il va enseigner ici, si Mlle Ames se décide à s'en aller. »

Anne éprouva une étrange sensation de surprise, teintée d'un certain effarement. Quoi ? Elle n'était pas au courant ; elle avait toujours pensé qu'elle retrouverait Gilbert à Redmond à la rentrée. Que ferait-elle, maintenant, privée de leur vieille rivalité ? Le travail, même dans un collège universitaire décernant de vrais diplômes, ne lui semblerait-il pas fade, sans cet ennemi fraternel ?

Le lendemain matin, au petit déjeuner, Anne fut frappée par la mauvaise mine de Matthew. Ses cheveux semblaient avoir considérablement grisonné depuis l'année précédente.

« Marilla », se hasarda-t-elle à demander une fois que Matthew fut sorti, « est-ce que Matthew est en bonne santé ? »

« Non », répondit Marilla d'une voix mal assurée. « L'état de son cœur ne s'améliore pas, il a eu des faiblesses assez graves ce printemps, et, malgré tout, il refuse de se reposer, ne serait-ce qu'un peu. Cela me cause bien du souci, mais il faut reconnaître qu'il se porte mieux depuis quelque temps, et le fait d'avoir engagé un bon ouvrier lui permettra sans doute de récupérer. Maintenant que tu es ici, il prendra peut-être davantage le temps de se reposer. Il est toujours content de te voir. »

Anne se pencha par-dessus la table et prit le visage de Marilla dans ses mains.

« Toi non plus, Marilla, tu ne sembles pas en aussi bonne forme que je le souhaiterais. Tu as l'air fatiguée. J'ai bien peur que tu n'aies travaillé trop dur. Maintenant que je suis ici, repose-toi. Je vais consacrer cette journée-ci à des visites de pèlerinage aux petits coins qui me sont chers, et poursuivre quelques-uns de mes vieux rêves, mais, dès demain, ce sera ton tour de te laisser vivre paresseusement pendant que je m'occuperai de la maison. »

Marilla eut pour sa fille un bon sourire affectueux.

« Ce n'est pas le travail, c'est ma tête. J'ai si souvent mal, depuis quelque temps, derrière les yeux. Le docteur Spencer me harcèle pour que je porte des lunettes, mais elles ne font guère de différence. Fin juin, un oculiste réputé va venir dans l'Île, et le docteur veut que je le voie. Je pense que je n'aurai pas le choix : je n'arrive plus à lire ou à coudre sans problèmes. Enfin, Anne, je dois dire que tu as vraiment bien travaillé à Queen's. Réussir, en un an, à obtenir ton brevet de première classe et à décrocher la bourse Avery, eh bien, Mme Lynde a beau raconter que la chute est d'autant plus dure qu'on a plus d'ambition, et qu'une femme ne devrait jamais faire d'études supérieures, je n'en crois pas un mot. Parlant de Rachel, cela me fait penser : as-tu entendu raconter quelque chose à propos de la banque Abbey, Anne ? »

« J'ai entendu dire qu'elle se trouvait en position précaire », répondit Anne. « Pourquoi ? »

« Rachel soutient la même chose. Elle est venue ici, la semaine passée, et nous a raconté que la banque, paraît-il, est en difficulté. Matthew s'en trouve bien ennuyé. Toutes nos économies, jusqu'au dernier sou, sont dans cette banque. J'aurais aimé que Matthew en dépose à la Banque d'épargne, au début, mais le vieux M. Abbey était un grand ami de notre père et son banquier de toujours. Matthew a tranché la question en disant qu'une banque dont il était le directeur en valait bien une autre. »

« Mais je crois qu'il n'est plus directeur que de façon très symbolique, depuis plusieurs années », dit Anne. « Il est très âgé ; ce sont ses neveux qui s'occupent de la banque. »

« En effet, et dès que Rachel nous a révélé cela, j'ai insisté pour que Matthew retire toutes nos économies ; il a dit qu'il y réfléchirait. Mais, pas plus tard qu'hier, M. Russell lui a assuré qu'il n'avait aucune crainte à avoir. »

La journée d'Anne se passa merveilleusement bien : elle se sentait à nouveau en harmonie parfaite avec la nature. Elle ne devait jamais oublier cette journée-là : si belle, si lumineuse, si exquise, sans le moindre accroc, dans la profusion douce des fleurs qui surgissaient de partout. Anne passa des heures sereines dans le verger ; elle erra près de la Source des Fées, du Lac des saules, du Vallon des violettes ; elle se rendit au presbytère et eut une discussion passionnante avec Mme Allan ; le soir venu, elle alla chercher les vaches avec Matthew, dans le pâturage derrière Green Gables. Le soleil embrasait magnifiquement les bois, insinuant des langues de feu entre les collines de l'ouest. Matthew, la tête baissée, marchait lentement; Anne, droite et allègre, contenait sa démarche sautillante pour aller au même pas que lui.

« Tu t'es bien trop dépensé aujourd'hui, Matthew », lui reprocha-t-elle. « Pourquoi ne pas travailler un peu moins ? »

« Eh bien, vois-tu, on dirait que je ne peux pas », répondit-il, tout en ouvrant la barrière pour laisser passer les vaches. « C'est simplement que je me fais vieux, Anne, et que je n'y pense pas toujours. Enfin, de toute façon, j'ai toujours trimé dur et je pense que c'est sous le harnais que je finirai par mourir. »

« Si j'avais été un garçon, comme vous l'aviez souhaité », déplora Anne, « aujourd'hui, je te donnerais un bon coup de main, et tu pourrais te reposer. Rien que pour ça, ça aurait valu la peine... »

« Eh bien, disons, je te préfère de beaucoup à une douzaine de garçons, Anne », dit Matthew en lui prenant la main. « Rappelle-toi toujours ça : tu vaux plus qu'une douzaine de garçons. Qui a gagné la bourse Avery, à ton avis ? Un garçon ? Non, ma fille, dont je suis si fier. »

Il lui adressa un sourire timide, tandis qu'ils pénétraient dans la cour. Anne en garda précieusement le souvenir; pendant qu'elle était assise devant la fenêtre ouverte de sa chambre, ce soir-là, elle réfléchit longuement au passé et aux joies que lui réservait l'avenir. Dehors, la Reine des Neiges faisait comme une brume blanche sous la lune; on entendait, dans le marais au pied d'Orchard Slope, le chant des grenouilles. Anne devait se rappeler toujours la beauté de cette nuit argentée par la lune, de cette paix nocturne pénétrée de parfums. C'était la dernière nuit magnifique qu'elle devait connaître avant que le malheur ne l'atteigne. Une fois que cette main glaciale vous a effleuré, la vie n'est plus jamais la même.

37

L'impitoyable faux de la mort

« Matthew, Matthew, mais qu'est-ce qui t'arrive ? Es-tu malade, Matthew ? »

C'était la voix de Marilla, une voix au débit haché qui trahissait une profonde inquiétude. Anne l'entendit au moment où elle venait de pénétrer dans le couloir, les bras chargés de narcisses blancs ; il lui faudrait fort longtemps, après ce jour-là, pour désirer voir ou humer à nouveau des narcisses blancs. Elle aperçut, en même temps, dans l'encadrement de la porte du porche, Matthew, un journal plié à la main, les traits tirés, le teint gris. Anne laissa tomber ses fleurs, et, d'un bond, elle l'eut rejoint de l'autre côté de la cuisine, en même temps que Marilla. Mais toutes deux arrivèrent trop tard. Avant qu'elles n'eussent pu l'atteindre, Matthew s'était effondré sur le seuil.

« Il est évanoui ! » haleta Marilla. « Vite, Anne, va chercher Martin, vite, vite ! à la grange ! »

Martin, l'ouvrier engagé, qui venait de rentrer du bureau de poste, repartit aussitôt avec la voiture pour aller chercher le médecin, faisant brièvement halte à Orchard Slope pour demander à M. et à Mme Barry de se rendre tout de suite à Green Gables.

Mme Lynde, qui passait accidentellement par là, accourut elle aussi. C'est ainsi qu'ils trouvèrent Anne et Marilla en train d'essayer tant bien que mal de ranimer Matthew.

Mme Lynde les écarta avec délicatesse, lui tâta le pouls, et, l'oreille sur sa poitrine, écouta un instant. Elle leva vers les visages inquiets un long regard triste et se mit soudain à pleurer.

« Oh, Marilla », fit-elle, gravement. « Je ne pense pas que nous puissions faire grand-chose pour lui. »

« Mais, madame Lynde, vous ne pensez quand même pas… vous ne pensez pas que Matthew soit, que Matthew est, qu'il est… » Anne n'arriva pas à prononcer le mot fatal ; elle devint toute pâle et se sentit mal.

« Hélas oui, ma petite, j'en ai bien peur. Regarde son visage. Quand tu auras vu ce regard-là aussi souvent que moi, tu sauras ce que ça signifie. »

Anne regarda le visage immobile ; elle y lut, inéluctable, le sceau du destin.

Lorsque le médecin arriva, il confirma que Matthew était mort subitement, et probablement sans douleur : sa mort avait été causée selon toute apparence par un choc soudain. On découvrit de quel choc il s'agissait en parcourant le journal que Matthew tenait à la main, ce journal que Martin avait amené le matin même du bureau de poste : on y trouvait un article sur la faillite de la banque Abbey.

La nouvelle se répandit dans tout Avonlea comme une traînée de poudre, et toute la journée, amis et voisins envahirent Green Gables, rivalisant de gentillesse pour rendre service aux vivantes et hommage au mort. Pour la première fois, le pauvre

Matthew Cuthbert, toujours si timide et si modeste, se retrouvait au centre de toute l'attention : la mort, le couvrant de sa blancheur solennelle, en avait fait soudain un être exceptionnel.

Lorsque la paix du soir revint à Green Gables, tout se tut dans la vieille maison. Dans le parloir, le corps de Matthew était couché dans son cercueil ; ses longs cheveux gris encadraient son visage paisible sur les traits duquel flottait comme une ombre de sourire ; on eût cru qu'il dormait, rêvant de choses douces. Il était entouré de fleurs, de ces jolies fleurs à l'ancienne que sa mère avait autrefois plantées dans le jardin du domaine, à l'époque de son mariage, et pour lesquelles Matthew avait toujours éprouvé, secrètement, un amour profond. Anne les avait cueillies et les lui avait apportées les yeux brûlants et remplis d'une douleur sans larmes. Apporter ces fleurs, c'était tout ce qu'elle pouvait encore faire pour lui.

Les Barry et Mme Lynde restèrent chez les Cuthbert ce soir-là. Diana, qui était montée dans le pignon est où Anne se tenait immobile, dans sa chambre, devant la fenêtre, lui dit gentiment :

« Anne, ma chérie, aimerais-tu que je reste ici cette nuit, et que je dorme avec toi ? »

« Non merci, Diana. » Anne regarda son amie avec gravité. « Je sais que tu vas me comprendre si je te dis que je préfère être seule. Je n'ai pas peur. Je n'ai pas eu un seul instant de solitude depuis que c'est arrivé et je crois que ça m'est nécessaire. J'ai envie de silence et de calme, pour pouvoir comprendre. Je n'arrive pas à me persuader que c'est vrai. À certains moments, j'ai l'impression que c'est impossible ; il me semble que Matthew ne peut pas être mort ; à d'autres moments, j'ai le sentiment qu'il est mort depuis longtemps et que je n'ai pas cessé de ressentir depuis cette horrible douleur qui m'accable. »

Diana ne comprenait pas vraiment. Le chagrin extrême de Marilla, rompant pour une fois toutes les digues que l'habitude et la pudeur avaient pu édifier, lui semblait infiniment plus compréhensible que celui, sans larmes, de son amie. Elle s'en alla cependant, sans discuter, laissant Anne affronter, seule, sa douleur, en cette première veille mortuaire.

Anne espérait que les larmes allaient venir dans la solitude. Cela lui semblait horrible, en effet, de ne pouvoir verser une seule larme pour Matthew, qu'elle avait tant aimé, et qui avait été si bon pour elle ; Matthew, avec qui la veille, au coucher du soleil, elle avait marché dans les prés et qui gisait à présent dans une chambre sombre, à l'étage du dessous, immobile, les traits figés par cette terrible quiétude. Mais aucune larme ne parvint à sourdre, même lorsqu'elle s'agenouilla près de la fenêtre, dans l'obscurité, pour prier en regardant les étoiles au-delà des collines ; pas une seule larme, rien que cette douleur incessante qui continua de la tenailler jusqu'à ce qu'elle s'endorme, épuisée de fatigue et d'énervement.

Elle se réveilla dans la nuit, enveloppée par le calme de l'obscurité, et les souvenirs de la journée affluèrent soudain comme une vague de chagrin. Elle revit le visage de Matthew en train de lui sourire, de ce même sourire qu'il avait eu lorsqu'ils s'étaient dit au revoir, ce soir-là, près de la barrière, et elle entendit encore ses mots : « Ma fille, ma fille dont je suis si fier. » Alors les larmes jaillirent, torrentielles, inépuisables. Marilla, qui l'entendit, monta la réconforter.

« Allons, allons, ne pleure pas comme ça, ma pauvre chérie. Ça ne le fera pas revenir. Ce n'est… ce… ce n'est pas bien de pleurer ainsi, même si je n'ai pas pu m'en empêcher de toute la journée. Il a toujours été pour moi un frère si bon, si gentil, mais les voies de Dieu sont impénétrables. »

« Oh, Marilla, laisse-moi pleurer », sanglota Anne. « Les larmes me soulagent un peu de cette douleur terrible. Mais reste ici, un petit moment, prends-moi dans tes bras, comme ça. Je ne voulais pas que Diana reste, même si elle est douce et gentille ; ce n'est pas son chagrin à elle, elle est étrangère à tout ça, et n'aurait pas pu réussir à me réchauffer le cœur. C'est notre peine, à toutes les deux. Oh, Marilla, qu'allons-nous devenir sans lui ? »

« Nous sommes toujours ensemble, Anne. Je ne sais pas ce que je ferais si tu n'étais pas là, si tu n'étais jamais venue vivre ici. Oh, Anne, je sais que je me suis montrée sévère avec toi, trop dure peut-être, durant toutes ces années, mais ne va jamais croire que je t'aimais moins que Matthew, malgré tout. Je tiens à te le dire, pendant que ça m'est possible. Ça n'a jamais été aisé pour moi d'exprimer ce que je ressens vraiment, mais ça devient plus facile à des moments comme celui-ci. Je t'aime aussi profondément que si tu étais ma propre fille, la chair de ma chair ; et, depuis que tu es arrivée à Green Gables, tu as été toute ma joie et mon réconfort. »

Deux jours plus tard, on fit franchir pour la dernière fois le seuil de son domaine à Matthew Cuthbert, on l'arracha à ces champs qu'il avait cultivés, à ces vergers qu'il avait chéris, à ces arbres qu'il avait vus croître. Et puis Avonlea retrouva sa placidité quotidienne, et même à Green Gables, la vie reprit son cours habituel, les travaux et les tâches nécessaires furent accomplis aussi régulièrement qu'auparavant, bien qu'il flottât toujours autour des objets familiers « comme une âme que l'on aurait perdue ». Anne, pour qui le chagrin constituait une découverte, trouvait désolant que l'on pût ainsi continuer à vivre de la même façon, sans Matthew. Elle éprouva même une sorte de honte, mêlée de remords, lorsqu'elle s'aperçut que les levers de soleil sur les sapinières ou l'éclosion des bourgeons rosés dans le jardin suscitaient en elle la même bouffée de joie qu'auparavant, que les visites de Diana étaient toujours aussi agréables, que sa jovialité continuait de l'amuser, de l'émouvoir, de la faire rire ; bref, que ce bel univers fait de fleurs, d'amour et d'amitié n'avait rien perdu de sa capacité de l'émouvoir et de fouetter son imagination, et que la vie continuait de la réclamer à cor et à cri.

« Je me sens déloyale à la mémoire de Matthew, malgré tout, en prenant plaisir aux choses, maintenant qu'il n'est plus là », avoua-t-elle pensivement à Mme Allan un soir où elles se trouvaient toutes deux dans le jardin du presbytère. « Il me manque tellement, continuellement, en fait, et pourtant, madame Allan, le monde et la vie me semblent si beaux, si passionnants ! Aujourd'hui, Diana a dit quelque chose de drôle, et je me suis surprise à éclater de rire. J'ai cru, pourtant, que je ne rirais plus jamais. Et malgré tout, il semble que je doive encore rire. »

« Quand Matthew était encore parmi nous, il aimait t'entendre rire, il aimait savoir que toutes les belles choses qui nous entourent te rendaient heureuse », lui répondit Mme Allan de sa voix douce. « Il est parti, voilà tout ; mais ta joie lui fait toujours autant plaisir. Je suis convaincue qu'il ne faut jamais fermer notre cœur aux forces naturelles qui peuvent nous guérir. Je comprends bien ce que tu ressens. Nous trouvons fort déplacé que quelque chose nous plaise alors qu'une des personnes qu'on aime n'est plus là pour partager avec nous ce plaisir, et nous avons presque l'impression de manquer de dignité dans le chagrin lorsque nous reprenons intérêt à la vie. »

« J'ai été au cimetière cet après-midi planter un rosier sur la tombe de Matthew », raconta Anne, rêveuse. « J'ai fait une bouture de ce petit rosier d'Écosse blanc que sa mère avait apporté, il y a si longtemps, quand elle est venue de là-bas ; Matthew avait toujours préféré ces roses-là, elles étaient petites, mais si douces et parfumées malgré leurs épines. Ça m'a rendue heureuse de planter cette bouture près de sa tombe, un peu comme si je lui faisais là un plaisir particulier. J'espère qu'il a trouvé des roses comme celles-là, au paradis. Peut-être même que les âmes de toutes ces roses blanches qu'il a tant aimées au cours de toutes ces années se trouvaient là pour l'accueillir. Mais il se fait tard, il faut que je rentre. Marilla est toute seule, et la solitude lui pèse encore plus lorsque la nuit tombe. »

« J'ai bien peur qu'elle ne se sente encore plus seule lorsque tu seras partie pour l'université », ajouta Mme Allan.

La jeune fille ne répondit pas ; elle se contenta de souhaiter le bonsoir et se mit lentement en route pour

Green Gables. Marilla était assise sur les marches de l'escalier, devant la maison ; Anne s'assit à ses côtés. Derrière elles, la porte était ouverte, retenue par une grosse conque rose, dont les circonvolutions internes, polies par l'eau, avaient gardé quelque chose des teintes crépusculaires de la mer.

Anne cueillit quelques brins de chèvrefeuille jaune pâle et se les glissa dans les cheveux. Elle aimait ce délicieux soupçon de parfum, sorte de bénédiction céleste, qui lui faisait une aura chaque fois qu'elle bougeait.

« Le docteur Spencer est venu pendant ton absence », lui dit Marilla. « Il voulait m'annoncer que le spécialiste sera en ville demain et il insiste pour que j'y aille absolument et que je me fasse examiner les yeux. Mieux vaut, je pense, y aller et en finir une fois pour toutes avec ce problème. Je serai bien contente si cet homme-là réussit à me trouver des verres adaptés à ma vue. Ça ne te dérangera pas, de rester seule ici durant mon absence, n'est-ce pas ? Il faudra que Martin m'y conduise ; il y a du linge à repasser, et il faut faire le pain et le gâteau. »

« Mais non, tout ira bien. Diana viendra me tenir compagnie. Je ferai mon possible avec le linge, le pain et le gâteau. Tu n'as rien à craindre, je n'amidonnerai pas les mouchoirs et je ne mettrai pas de liniment dans le gâteau. »

Marilla rit.

« Quelle sacrée gamine tu étais ! Toujours prête à commettre une bêtise ! Tu te fourrais dans de tels pétrins. J'en étais venue à croire que tu étais possédée. Te rappelles-tu la fois où tu t'étais teint les cheveux ? »

« Oui, évidemment ! Je ne suis pas près de l'oublier », fit Anne avec un sourire, tout en tâtant de la main l'épaisse tresse enroulée autour de sa jolie tête. « Je ris un peu toute seule, parfois, lorsque je me souviens à quel point mes cheveux me rendaient malheureuse, mais je ne ris pas trop fort malgré tout, parce que c'était pour moi une telle source de problèmes. Deux détails me semblaient insupportables : mes cheveux roux et mes taches de rousseur. Des taches de rousseur, je n'en ai plus, et les gens sont assez aimables pour prétendre maintenant que mes cheveux sont châtains, enfin, tous les gens sauf Josie Pye. Elle m'a fait savoir, hier, qu'à son avis ils étaient nettement plus roux qu'auparavant, à moins que ce ne soit ma robe noire qui en fasse ressortir la teinte ; sur quoi elle m'a demandé si les roux s'habituaient jamais à la couleur de leurs cheveux. Tu sais, Marilla, j'ai presque décidé de ne plus faire d'efforts pour aimer Josie Pye. Mes efforts jusqu'ici ont été absolument héroïques, mais il n'y a vraiment *aucun* moyen d'aimer Josie Pye ; je crois qu'elle ne souhaite tout simplement pas qu'on l'aime. »

« Josie est une Pye », répliqua Marilla sèchement, « et c'est pour ça qu'elle ne peut s'empêcher d'être désagréable. Je présume que ce genre de personnes ont dans la société une utilité quelconque, mais, à vrai dire, je me demande bien laquelle, exactement comme je me demande à quoi servent les chardons. Est-ce que Josie veut devenir institutrice ? »

« Non, elle retourne à Queen's l'an prochain, ainsi que Moody Spurgeon et Charlie Sloane. Jane et Ruby, elles, vont enseigner, elles ont déjà trouvé une école : Jane à Newbridge, Ruby, quelque part dans l'Ouest. »

« Et Gilbert Blythe ? Il sera maître d'école, lui aussi ? »

« Oui. »

« C'est vraiment un beau garçon », ajouta Marilla, comme pour elle-même. « Je l'ai vu à l'église dimanche dernier : il est tellement grand, c'est devenu un homme. Il a tout à fait l'allure de son père au même âge. John Blythe était beau garçon, lui aussi. Nous étions de grands amis, lui et moi. On racontait même que c'était mon prétendant. »

Anne, intéressée, leva soudain la tête.

« Oh, Marilla, et qu'est-ce qui s'est passé ? Pourquoi ne vous êtes-vous pas… »

« Nous nous sommes disputés. J'ai refusé de lui pardonner quand il me l'a demandé. J'en avais l'intention, quelque temps après, mais j'étais fâchée, j'étais rancunière, j'avais envie de le punir avant de lui pardonner. Il n'est jamais revenu. Tous les Blythe avaient du caractère. Mais je m'en suis voulu, après. J'ai toujours regretté de n'avoir pas pu revenir en arrière pour lui pardonner lorsque j'en avais eu l'occasion. »

« Ainsi donc », fit Anne doucement, « tu as eu toi aussi ta part d'amours romantiques, à ce que je vois… »

« Hé oui, je pense qu'on peut le dire. Et pourtant, à bien regarder, ça ne semble guère évident, n'est-ce pas ? C'est qu'il ne faut jamais juger les gens sur leur apparence. Tout le monde a oublié mes amours avec John. Je les avais oubliées moi-même ! Ça m'est revenu tout à coup quand j'ai aperçu Gilbert dimanche dernier. »

38

L’aventure attend au tournant

Le lendemain, Marilla se rendit en ville comme prévu; elle revint le soir même. Anne avait accompagné Diana à Orchard Slope; au retour, elle trouva Marilla dans la cuisine, la tête dans les mains, assise devant la table. Il y avait, dans son attitude, un je-ne-sais-quoi d’abattu qui donna le frisson à la jeune fille. Elle n’avait jamais vu Marilla aussi inerte.

« Es-tu très fatiguée, Marilla ? »

« Oui… non, je ne sais pas », répondit Marilla d’une voix monocorde, en levant les yeux vers elle. « Sans doute suis-je fatiguée, mais ce n’est pas ça qui me préoccupe. »

« Tu as vu l’oculiste ? Qu’est-ce qu’il a dit ? » s’enquit Anne, avec anxiété.

« Oui, je l’ai vu. Il m’a examiné les yeux. Il m’a dit que, si j’arrêtais complètement de lire et de coudre et si je m’abstenais de tout travail fatigant pour les yeux, tout en prenant garde, de plus, à ne pas pleurer et à porter les lunettes qu’il m’a données, j’avais, à son avis, une chance que ma vue n’empire pas et que mes maux de tête guérissent. Autrement, si je ne suis pas ces conseils, il m’affirme que je serai tout à fait aveugle dans six mois ! Aveugle ! Anne, y penses-tu ! »

Anne, ayant poussé un petit cri de stupeur, resta silencieuse quelques instants. Il lui semblait qu'elle ne pouvait, décemment, rien dire. Elle se risqua pourtant, courageusement, la voix un peu cassée par l'émotion :

« Marilla, *n'y pense pas*. Il t'a au moins donné un espoir. Si tu fais bien attention, tu ne perdras pas du tout la vue, et si ces lunettes te permettent de guérir tes maux de tête, ce sera fantastique ! »

« Je n'appelle pas ça de l'espoir », fit Marilla, amère.

« Comment vivrai-je, si je ne puis ni lire, ni coudre, ni m'occuper à rien de semblable ? Mieux vaudrait encore que je sois aveugle, ou morte. Quant à pleurer, je n'y peux rien, je pleure quand je me sens trop seule. Enfin, bon, ça ne sert pas à grand-chose de parler de tout ça. Je serais contente d'avoir une tasse de thé. Je me sens complètement abattue. N'en parle à personne pour le moment, s'il te plaît. Laisse-moi un moment de répit : je ne supporterais pas les questions des gens, je prendrais en grippe leurs manifestations de sympathie et leurs discussions à ce sujet. »

Lorsque Marilla eut fini de souper, Anne la convainquit d'aller se coucher. Elle monta peu après dans le pignon est, s'assit dans le noir, toute seule, devant la fenêtre, laissant s'épancher en larmes le poids qui lui broyait le cœur. Que les choses étaient devenues tristes depuis cette soirée où elle s'était assise là, au même endroit, en revenant à la maison ! La vie, alors, était remplie des plus joyeux espoirs, et l'avenir semblait si rose de promesses. Depuis, Anne avait l'impression d'avoir vécu plusieurs années en peu de temps, et pourtant, avant qu'elle ne se couche, un sourire vint illuminer son visage, et son cœur retrouva une certaine sérénité : elle avait, en fille courageuse, affronté son devoir et découvert en lui une sorte d'ami réconfortant, ce qui est toujours le cas lorsque nous abordons sans détours, avec détermination, les tâches qui nous incombent.

Un après-midi, quelques jours plus tard, Marilla rentra lentement de la cour où elle venait de discuter avec un visiteur, un homme qu'Anne connaissait de vue, un nommé John Sadler, de Carmody. Anne s'interrogea sur l'échange que ce John Sadler avait pu avoir avec Marilla, pour que celle-ci semblât si consternée.

« Que désirait M. Sadler, Marilla ? »

Marilla s'assit près de la fenêtre et regarda Anne avec tristesse. Malgré l'interdiction de pleurer qui lui avait été faite par l'oculiste, il y avait des larmes dans ses yeux, et sa voix se brisa lorsqu'elle dit :

« Il vient d'apprendre que je veux vendre Green Gables et il a l'intention de l'acheter. »

« L'acheter ? Acheter cette maison aux pignons verts ? » Anne se demandait si elle avait bien entendu. « Oh, Marilla, tu n'as pas l'intention de vendre Green Gables, n'est-ce pas ? »

« Tu vois, Anne, je ne vois vraiment pas comment faire autrement. J'y ai bien réfléchi. Si j'avais de bons yeux, je pourrais rester ici et continuer de m'occuper de tout, me débrouiller, bref, en engageant un bon ouvrier pour m'aider. Mais, vu la situation, je ne peux pas. Je risque de perdre la vue complètement, et, de toute manière, je n'ai plus la vitalité nécessaire pour m'occuper de tout. Oh, je n'avais jamais pensé que le jour viendrait où je devrais me résoudre à quitter ma maison. Mais la situation risque d'empirer sans cesse, jusqu'au jour où je ne trouverais plus personne pour l'acheter. Toutes nos économies se trouvaient dans cette banque en faillite, et Matthew m'a laissé quelques dettes à rembourser, contractées l'automne dernier. Mme Lynde me conseille de vendre la ferme et de me loger quelque part, chez elle, je présume. La vente ne rapportera pas grand-chose, ce n'est pas un gros domaine, et les bâtiments sont vieux. Mais je pense que ça me suffira pour vivre ; Dieu merci, tu as réussi à avoir ta bourse ; tu as donc ce qu'il te faut, Anne. Je suis bien triste de penser que tu n'auras pas de chez-toi où revenir passer tes vacances, voilà tout, mais je pense que tu t'y feras. »

Sur ce, Marilla s'effondra et éclata en sanglots amers.

« Mais il ne faut pas vendre Green Gables », s'écria, très fermement, Anne.

« Oh, Anne, j'aimerais tellement pouvoir faire autrement ! Mais je dois m'y résoudre : tu le vois toi-même. Comment rester ici toute seule ? La solitude et les difficultés viendraient à bout de mes forces. Et puis, ma vue irait en déclinant, je le sais. »

« Mais tu ne resteras pas seule ici, Marilla. Je vais rester avec toi. Je ne vais pas à Redmond. »

« Tu ne vas pas à Redmond ! » Marilla leva son visage ravagé vers Anne. « Comment ? Qu'est-ce que tu veux dire ? »

« Exactement ce que j'ai dit. Je n'accepterai pas cette bourse. J'ai pris ma décision le soir où tu es revenue de la ville. Tu n'imagines quand même pas, Marilla, que je vais te laisser seule, avec tous tes problèmes, après ce que tu as fait pour moi.

J'ai mûrement réfléchi et j'ai échafaudé un plan très simple. M. Barry veut louer la ferme l'année prochaine ; de ce côté-là, tu n'as donc pas à t'en faire. Moi, j'enseignerai. J'ai fait une demande pour enseigner ici, mais je ne m'attends pas à l'obtenir, car je crois que les administrateurs ont déjà promis le poste à Gilbert Blythe. Par contre, je peux avoir l'école de Carmody, M. Blair me l'a assuré, hier soir, au magasin. Bien entendu, ce ne sera pas aussi pratique ni aussi agréable que si j'étais institutrice à Avonlea, mais je peux loger ici et me rendre en voiture à Carmody, du moins durant les saisons chaudes. L'hiver, je ne rentrerai à la maison que les vendredis. Nous garderons donc un cheval. Tu vois, Marilla, j'ai tout planifié. Je te ferai la lecture, je t'aiderai à te remonter le moral. Tu ne seras pas malheureuse et tu ne t'ennuieras jamais, je te le jure. Nous allons nous créer ici un vrai petit nid douillet, toi et moi. »

Marilla avait écouté en silence, comme dans un rêve.

« Oh, Anne, ce serait évidemment fantastique si tu pouvais rester ici. Mais tu dois aussi penser à toi. Ça me semble une chose affreuse que de renoncer à tes études. Je n'ai pas le droit de te demander ce sacrifice. »

« Sacrifice, balivernes que cela ! » fit Anne, avec un grand rire joyeux. « Il ne s'agit pas d'un sacrifice. Rien ne serait pire pour moi que d'abandonner Green Gables, rien ne me serait plus pénible. Il nous faut garder cette bonne vieille maison. J'y suis fermement décidée, Marilla. *Je n'irai pas* à Redmond, et je vais enseigner ici. Ne t'inquiète donc pas pour moi. »

« Mais tes ambitions… et… »

« Des ambitions, j'en ai toujours. La différence, c'est que mes objectifs ne sont plus les mêmes. Je serai une excellente maîtresse d'école et je t'empêcherai de perdre la vue. De plus, j'ai bien l'intention de continuer à étudier à la maison et de suivre par moi-même un petit cours d'université. Des projets, Marilla, j'en ai des douzaines ! Cela fait une semaine que j'y pense. J'ai l'intention de donner à ma vie ici le meilleur de moi-même et je suis sûre que je n'en retirerai en retour que des avantages. Quand j'ai quitté Queen's, l'avenir me semblait tout tracé devant moi, comme une route bien droite. Je pouvais voir très loin, à des miles et des miles devant. Maintenant, la route fait un virage. Je ne sais pas ce qui peut advenir après ce virage, mais j'espère que le meilleur nous y attend. Il me fascine, ce tournant, Marilla. Je me demande à quoi la route ressemble, après. Quel monde merveilleux s'y laissera découvrir, quelle verdure resplendissante, quel clair-obscur mystérieux, quels nouveaux paysages, quelles buttes, quels vallons, quels accidents de terrain nous guettent, plus loin ? »

« Je pense que je ne devrais pas accepter que tu abandonnes », dit Marilla, qui pensait toujours à la bourse.

« Mais tu ne peux pas m'en empêcher. J'ai seize ans et demi, et "une tête de mule", comme l'a dit un jour Mme Lynde », fit Anne en riant. « Oh, Marilla, cesse donc de me plaindre. Je n'aime pas qu'on me plaigne, et il n'y a vraiment aucune raison de le faire. J'ai chaud au cœur rien qu'à l'idée de demeurer ici, à Green Gables. Chère vieille maison, personne ne saurait t'aimer plus que nous deux. C'est pour ça que nous te gardons. »

« Très chère petite ! » abdiqua Marilla. « J'ai l'impression que tu as redonné à ma vie un second souffle. Sans doute devrais-je insister et t'obliger à partir à l'université, mais je ne m'en sens pas la force, et je n'essaierai pas. D'une manière ou d'une autre, Anne, je te revaudrai ça. »

Lorsqu'on apprit, à Avonlea, qu'Anne Shirley avait abandonné l'idée d'aller à l'université et envisageait de rester au village et d'enseigner dans les environs, les langues allèrent bon train. La plupart des bonnes âmes, qui ignoraient tout de l'état de Marilla, la jugèrent idiote. Ce ne fut pas le cas de Mme Allan. Elle fit part de son opinion à la jeune fille, en des termes si élogieux qu'ils arrachèrent à celle-ci des larmes de fierté. Mme Lynde, elle non plus, ne désapprouva pas Anne. Elle vint un soir rendre visite à ses amies, qu'elle trouva devant la porte principale, assises tranquillement dans l'air chaud et parfumé du crépuscule d'été. Elles aimaient s'y asseoir, à cette heure-là, pendant que le soleil se couchait, que les papillons de nuit voletaient dans le jardin, et que montait dans l'air humide une odeur de menthe exquise.

Mme Rachel installa confortablement son corps plantureux sur le banc de pierre devant la porte, derrière lequel croissaient des roses trémières jaunes et roses, et elle lâcha alors un profond soupir de satisfaction et d'épuisement.

« Je dois dire que je suis bien contente de m'asseoir. Je suis restée debout toute la journée, et deux pieds suffisent à peine à porter mes deux cents livres.

Vous avez bien de la chance de ne pas être corpulente, vous, Marilla. J'espère que vous l'appréciez. Pour en venir au fait, Anne, j'ai entendu dire que tu avais laissé tomber l'idée d'aller à l'université. Cela m'a fait le plus grand plaisir. Tu as bien suffisamment d'instruction pour une femme, déjà. Je ne suis pas du tout d'accord avec le fait que les filles aillent à l'université avec les garçons et se bourrent le crâne de latin, de grec et d'une infinité d'absurdités du genre. »

« Mais vous savez, madame Lynde, j'ai quand même l'intention d'étudier le grec et le latin », répliqua Anne, malicieusement. « Je vais suivre mes cours de lettres ici même, à Green Gables, et j'apprendrai tout ce qui me serait enseigné à l'université. »

Mme Lynde, prise d'une sainte épouvante, leva désespérément les mains.

« Anne Shirley ! Tu cours à ta perte ! »

« Mais non ! Au contraire, je m'en trouverai encore plus stimulée. Oh, je ne vais certainement pas me tuer à la tâche. Comme dirait la brave femme de Josiah Allen, je me maintiendrai "dans l'honnête moyenne". Mais j'aurai beaucoup de loisirs pendant les longues soirées d'hiver et je n'ai pas l'intention de perdre mon temps en futilités. Je vais être maîtresse d'école à Carmody, vous savez. »

« Non, je ne le savais pas. Je crois que tu seras plutôt institutrice ici même, à Avonlea. Les administrateurs ont décidé de t'offrir cette école-ci. »

« Madame Lynde ! » s'exclama Anne, que la surprise avait fait bondir sur ses pieds. « Mais je croyais qu'on avait offert l'école d'Avonlea à Gilbert Blythe. »

« En effet. Mais, dès que Gilbert a entendu dire que ça t'intéressait, il est allé leur rendre visite. Tu sais que le conseil tenait une réunion hier soir. Il leur a affirmé qu'il retirait sa demande et leur a suggéré d'accepter la tienne. Il leur a dit qu'il irait enseigner à White Sands. Bien entendu, c'est uniquement pour te faire plaisir qu'il s'est retiré, parce qu'il savait à quel point tu tenais à rester avec Marilla, et je dois dire qu'à mon avis c'est tout à fait noble et généreux de sa part, aucun doute là-dessus. Ça représente même un certain sacrifice, parce qu'il devra payer sa pension à White Sands, et tout le monde sait bien qu'il doit gagner suffisamment pour financer ses études universitaires lui-même. Donc, finalement, les administrateurs ont décidé d'accepter ta candidature. J'en étais toute retournée lorsque Thomas, en rentrant chez nous, m'a annoncé ça. »

« J'ai le sentiment que je ne devrais pas accepter », murmura la jeune fille. « Je veux dire… je ne crois pas devoir accepter que Gilbert se sacrifie pour… pour moi. »

« Je crains fort que tu ne puisses l'en empêcher. Il a déjà signé son contrat avec les administrateurs de l'école de White Sands. Donc, même si tu refusais, ça ne changerait plus rien pour lui. Et c'est bien évident que tu dois accepter. Tu te débrouilleras fort bien, maintenant qu'il n'y a plus de Pye à l'école. Josie était la dernière de la famille, et c'est une excellente chose qu'il n'y en ait pas d'autres. Ça fait vingt ans que traîne un membre de la famille Pye à l'école d'Avonlea, et j'ai toujours pensé que leur mission dans cette vie était de rappeler aux instituteurs et aux institutrices que cette terre est hostile. Mais, mon doux Seigneur ! Que diable signifie tout ce clignotement à la fenêtre du pignon des Barry ? »

« C'est Diana, qui me signale de venir », expliqua Anne, en riant de bon cœur. « Nous restons fidèles aux traditions, vous savez. Excusez-moi, je dois aller voir ce qu'elle me veut. »

Anne descendit à la vitesse d'une biche la pente couverte de trèfle et disparut sous l'ombre des sapins de la Forêt hantée. Mme Lynde la suivit d'un regard indulgent.

« Il y a encore en elle bien des traits d'enfant. »

« Mais il y a surtout en elle des qualités de femme », repartit Marilla, retrouvant momentanément le ton acerbe d'autrefois.

Désormais, pourtant, ce n'était plus sa principale caractéristique. Comme devait le dire Mme Lynde à Thomas ce soir-là, « Le caractère de Marilla Cuthbert s'est comme *ramolli*. Voilà ce qui s'est produit. »

Le lendemain soir, Anne se rendit au petit cimetière d'Avonlea, afin de déposer des fleurs fraîches sur la tombe de Matthew et d'arroser le rosier d'Écosse. Elle y resta jusqu'au crépuscule, prenant plaisir à flâner dans cet endroit serein et paisible, où les peupliers semblaient bruire d'amicales paroles, et où l'herbe, croissant sans discipline aucune entre les tombes, frémissait à votre passage. Lorsqu'elle se décida à partir, pour s'engager sur la route qui descendait la colline jusqu'au Lac-aux-Miroirs, le soleil était déjà couché, et tout Avonlea s'étendait devant elle, dans une pénombre étrange et onirique, comme « le souvenir d'une très ancienne paix ». Le fond de l'air restait frais, car une petite brise s'était levée, apportant avec elle l'odeur sacrée des champs de trèfle. Les lumières des maisons clignotaient çà et là entre les arbres des fermes. Au-delà, noyé d'une brume mauve, s'ouvrait l'océan, dont le murmure incessant semblait rythmer le silence. À l'ouest, mille teintes diffuses se mêlaient en un ballet aérien, et le lac les reflétait toutes, leur conférant encore plus de douceur subtile. C'était si beau qu'Anne sentit son cœur déborder de bonheur. Elle ouvrit toutes grandes les portes de son âme.

« Ô vieille terre adorable », murmura-t-elle extatique, « que tu es belle ! Que je suis heureuse de vivre en ce bas monde ! »

À mi-pente, un grand garçon franchit en sifflotant la barrière du domaine des Blythe. C'était Gilbert, et il s'arrêta net de siffloter lorsqu'il aperçut Anne. Il la salua en ôtant sa casquette, par pure politesse, et l'aurait probablement croisée sans rien dire, si elle ne l'avait pas arrêté de la main.

« Gilbert », dit-elle, les joues cramoisies. « Je veux te remercier de m'avoir laissé l'école d'Avonlea. C'est vraiment très généreux de ta part, et je tiens à ce que tu saches que j'apprécie énormément ton geste. »

Gilbert ne se fit pas prier pour serrer cette main tendue.

« Ce n'était pas de la générosité, tu sais, Anne. Cela me fait plaisir, tout simplement, de pouvoir te rendre service. Serons-nous amis, à présent ? M'as-tu finalement pardonné ma vieille faute d'antan ? »

Anne éclata de rire et tenta, mais sans succès, de retirer sa main.

« Je t'ai pardonné depuis longtemps, en fait, depuis ce jour où nous nous trouvions sur le débarcadère. Mais je ne le savais pas, à l'époque. Quelle

« Anne, serons-nous amis, à présent ?
M'as-tu pardonné ma vieille faute d'antan ? »
lui demanda Gilbert.

petite oie bornée j'étais. Je m'en suis voulu – aussi bien te confesser toute la vérité –, je m'en suis voulu amèrement depuis. »

« Nous serons les meilleurs amis du monde », s'écria Gilbert, avec jubilation. « Nous sommes nés pour être amis, Anne. Tu contrecarres le destin depuis trop longtemps. Je sais bien, moi, à quel point nous pourrons être utiles l'un à l'autre. Tu poursuis tes études, n'est-ce pas ? Moi aussi. Allons, je vais te raccompagner jusque chez toi. »

Marilla observa curieusement Anne lorsque celle-ci entra dans la cuisine.

« Avec qui remontais-tu l'allée, Anne ? »

« Gilbert Blythe », répondit Anne, vexée de se sentir rougir. « Je l'ai rencontré sur la butte des Barry. »

« Je n'aurais jamais cru que vous étiez de si bons amis, Gilbert Blythe et toi », fit Marilla, avec un sourire en coin. « Tu es bien restée une demi-heure accoudée à la barrière, à lui faire la conversation. »

« Nous n'étions pas… nous étions de bons ennemis. Mais nous avons décidé qu'il serait plus utile, dans l'avenir, de devenir de bons amis. Nous sommes vraiment restés là une demi-heure ? On aurait dit à peine quelques minutes. Il faut dire, Marilla, que nous avons cinq ans de conversations perdues à rattraper. »

Anne, ce soir-là, resta longtemps à sa fenêtre, pénétrée d'un profond sentiment de satisfaction. Une douce brise chuchotait dans les cerisiers, et le parfum de la menthe s'insinuait jusqu'à la fenêtre. Des étoiles luisaient au-dessus de la masse noire des sapins du vallon, et, par la trouée entre les arbres, on voyait scintiller la lampe de Diana.

Depuis cette soirée qui avait marqué son retour de Queen's, l'horizon d'Anne semblait s'être rétréci, mais, pour plus étroit que fût désormais le sentier qu'elle avait décidé de suivre, il ne faisait pas de doute qu'il serait euphoriquement serti de fleurs. Elle ferait désormais siens les plaisirs que procurent le travail intègre, les aspirations valables, les amitiés intenses, et rien ne pourrait jamais lui enlever cette imagination brûlante et ces rêves flamboyants qui appartenaient, innés, à sa nature. Et au-delà de la route, mystérieusement, s'ouvrait ce tournant magique…

« Dieu veille sur l'autre monde, et tout est bien dans celui-ci », murmura Anne, doucement.

CHEZ LE MÊME ÉDITEUR

FRANCES HODGSON-BURNETT

LE JARDIN SECRET

Mary Lennox, mal-aimée de ses parents, a été abandonnée aux soins de domestiques indiens qui ont laissé libre cours à ses caprices et à son insolence.
À la suite d'une épidémie de choléra, retrouvée seule dans une maison vide, elle est envoyée en Angleterre pour vivre auprès d'un oncle qu'elle n'a jamais connu : Archibald Craven, vieil homme riche et bossu, qui vit dans un manoir isolé du Yorkshire. La nuit, elle y entend l'écho de pleurs venus d'une chambre introuvable.
Mary s'ennuie dans cette sombre demeure, cernée de landes sinistres. Mais en explorant le domaine, elle fait la rencontre d'un rouge-gorge et se laisse guider jusqu'à une clé enterrée. Elle lui donne accès au jardin clos où sa tante aimait à cultiver des roses. Jardin condamné par l'oncle Archibald depuis la mort de son épouse.
Poussée par la curiosité, Mary décide de braver l'interdit et ouvre la porte grinçante. Sa vie ne sera plus jamais la même…

Orpheline de père à 4 ans, Frances Hodgson-Burnett (1849-1924), née à Manchester, émigre aux États-Unis où, dès l'âge de 19 ans, elle publie des histoires pour subvenir aux besoins de sa famille. Le Petit Lord Fauntleroy *(1886),* Princesse Sara *(1888) et* La Petite Princesse *(1905) établissent sa réputation d'auteure pour la jeunesse, couronnée en 1911 par* Le Jardin secret, *roman porté à l'écran en 2020, avec Colin Firth et Julie Walters dans les rôles principaux.*

« Un livre qui déborde de joie et de magie ».
Sunday Telegraph

ISBN 978-2-37735-425-2 / 5,95 €

CHARLES DICKENS

DAVID COPPERFIELD

Traduit de l'anglais par Paul Lorain

David Copperfield mène une enfance heureuse auprès de sa mère jusqu'à ce que celle-ci, veuve, se remarie avec un homme cruel et tyrannique : Mr Murdstone.
N'écoutant que son cœur rebelle, le jeune David décide de s'enfuir pour retrouver une grand-tante qui pourrait bien s'occuper de lui… C'est le début d'un voyage tragi-comique vers l'âge adulte, entre amitiés et trahisons, au cours duquel le jeune garçon fera la connaissance de personnages inoubliables – issus pour la plupart de milieux populaires.
Sans doute le roman le plus autobiographique de Dickens, *David Copperfield* était également, selon ses propres dires, le plus cher à son cœur. Dépeignant toutes les strates du Londres de son époque, de la prostituée au notable de bonne famille, Charles Dickens offre une fresque foisonnante de l'Angleterre du XIXe siècle.

Charles Dickens, né à Portsmouth en 1812, mort dans le Kent en 1870, est le géant des lettres britanniques. Écrivain engagé contre la misère sociale et l'exploitation industrielle, il est inhumé à l'abbaye de West- minster. David Copperfield, Les Temps difficiles *et* Oliver Twist, *ses chefs-d'œuvre, ont souvent été adaptés au théâtre et au cinéma. Archipoche a réédité* De Grandes Espérances, Un conte de deux villes*, ainsi que son dernier roman inachevé,* Le Mystère d'Edwin Drood*, les deux volumes de* Bleak House *comme ceux de* La Petite Dorrit *et des* Aventures de Mr Pickwick *(2017), sans oublier ses* Contes de Noël.

ISBN 978-2-37735-432-0 / 12 €

CHARLES DICKENS

OLIVER TWIST

Traduit de l'anglais par Alfred Gérardin

Exploité plutôt qu'élevé dans un orphelinat, Oliver Twist endure les privations et les brimades. Placé comme apprenti chez le croque-mort Sowerberry, le garçonnet finit par se disputer avec l'irascible épouse de son patron et, au comble du désespoir, choisit de s'enfuir dans les bas-fonds de Londres…

À bout de force, il trouve refuge parmi une bande de jeunes pickpockets agissant pour le compte du vieux Fagin, un soi-disant gentleman dont la crapulerie le dispute à la bonté. À cette sordide école du crime et du vice, Oliver apprend toutes les ruses pour fausser compagnie à la misère et à la faim.

Présumé coupable d'un vol de mouchoir qu'il n'a pas commis, il est recueilli comme son propre fils par le vieux Mr Brownlow. Mais la bande de Fagin le retrouve et le force à participer à un cambriolage…

Tableau saisissant de la condition des enfants abandonnés dans l'Angleterre victorienne, *Oliver Twist* est un des romans les plus populaires de Dickens, hanté par ses propres terreurs d'enfant.

ISBN 978-2-37735-431-3 / 648 pages / 8,95 €

Cet ouvrage a été composé
par Soft Office à Eybens (Isère)

Impression réalisée par
CPI France
en septembre 2021
pour le compte des Éditions Archipoche

IMPRIM'VERT®
Votre imprimeur agit pour l'environnement

Imprimé en France
N° d'édition : 673
N° d'impression : 3045525
Dépôt légal : avril 2021